U0561410

刺局

2 赌杀局

圆太极 著

北京时代华文书局

目 录

第一章　三日之杀 / 001

第二章　曲水翻天 / 025

第三章　瞬间刺杀 / 048

第四章　摔死自己的兜子 / 071

第五章　一击绝杀 / 095

第六章　身陷杀机 / 124

第七章　话兜防不胜防 / 154

第八章　回剖钩 / 179

第九章　太极蕴八卦 / 203

第十章　惊雉立羽 / 229

第十一章　狂攻刘总寨 / 254

第一章　三日之杀

约下三日刺尔命。

怪潮峰。曲水行。

再布奇局，飞影诡惊亭。

西南神仙解玄机，

蕴八卦，藏太极。

三日杀

暗岭、鬼卒、断门、残火、歪柳、泥坑。

东贤山庄外面，御外营大军正在往里逼近。破屋之前，高手带人困住秦笙笙、王炎霸等人。东贤山庄门口，魈面人、鬼卒则警觉地防备着齐君元。

齐君元现在关心的只有泥坑。在得到倪稻花肯定的答复后，这才回头看了看庄外持续逼近的御外营军阵，高声说道："第三个讯息的交易我想改变一下方式。之前两次交易都是我先表示诚意，这次能否让我也先看到些诚意？先把账给我付了再听讯息。因为我只有一根保命稻草了，如果你们拿了货不付账，我就什么法子都没了。我要的第三个价是替我暂时阻止庄外继续往里杀入的御外营军队。"这一次齐君元没有丝毫停顿，直接将要价报出。

在别人看来，齐君元的这种做法没有一点小人之心，而是江湖常情，是他思虑周全的一种做法。其实齐君元就算不报这个价，他的目的也已经达到了。此时大周的鹰狼队已经与外面的御外营军队形成了对峙状态，所以这第三个要价要亏了。

鹰狼队分布在进庄大道两边的树林里，以狼牙短矛和挂链鹰嘴镰等远攻武器警告御外营兵将，不让他们继续往前。薛康之所以这样主动，是因为前两个讯息对他来说极为有价值。他生怕御外营军队的快速强攻，让齐君元来不及说出第三个关键的讯息。

而齐君元并不在意自己要价的亏赚，报完价后也不说交易的信息，而是立刻转身朝半子德院墙上沉声问了一句："敢问唐德唐驸马可在此处？"

"我就是。"是那个干涩不带感情色彩的声音。

"上德塬之事是你指使？"

"是与不是好像都不需要告诉你。"

"不告诉我那我就当你承认了，承认下来那你的麻烦可就大了。"齐君元的语气很平和，一点儿不像是在威胁。

"你看我像是怕麻烦的人吗？"唐德的声音依旧干涩。

"这我不知道，但我知道麻烦有时会害死人，而只要是人都应该怕死的。"齐君元的语气越来越淡，就像在唠家常。

"你觉得麻烦也能害死我？"唐德说这话时似乎带出了些许颤音。

"害不害得死要试过之后才知道。"

"你今夜不就在试吗？"

"今夜不能算了，我原来的计划被狂尸搅乱了，同伴们也过早暴露，就算取了你性命也很难脱身。此次的刺局已然失败，今天便就此放过你了。不过我会重新组织下一个刺局，在三天之内取你性命，你可得小心防范。"齐君元竟然是在和唐德讨论关于杀死他的事情，而且是在这样一种处境下。

唐德狂笑起来，声音也不再干涩："哈哈哈，你这人真挺有意思，竟然能当着我的面说这样的话。你与上德塬有亲有故？"

"没有。"齐君元回道。

"那为何要杀我？"

"不是我要杀，是有人出大价钱买你的命。因为你做了不该做的事情，拿了不该拿的东西。"齐君元这是要故意制造冲突，把水搅浑。

"我拿了不该拿的东西？"唐德语气中全是茫然，他不知道此话指的是哪一方面，因为他以往拿过太多不该拿的东西了，"你的意思是说有极为重要的东西在上德塬？"

"到了这一步唐驸马也就不必再装无辜了。真不该呀，为了一件目前还不知真假的东西惹下这么大的麻烦。眼下这情形你也看到了，来的是些什么人就算你自己不认识，肯定也已经有人告诉你了。大周、南唐、西蜀三国的秘行组织追踪至此合围东贤山庄。就算我不要你性命，他们也会要你性命。"

唐德倒吸口冷气，开始相信齐君元的话了，因为西蜀不问源馆，大周禁军内卫虎、豹、鹰、狼四队的特征他是知道的，现在围在东贤山庄外面的三股力量中，只凭攻杀方式和武器特点他就能认出这两方面的力量。南唐的夜宴队他虽然不能确定，但此时此刻齐君元似乎没有必要为恐吓自己再加上这么一股力量，所以应该不是假话。

不过唐德心中也是十二分的奇怪，自己针对上德塬的目的和什么东西根本没有关系，怎么莫名其妙就惹上这么多的对头？

唐德被老丈人周行逢暗遣行掘墓寻财之事，一直未曾有大的收获，反付出很大成本。最近虽然已经确认几处可能存有可观财富的古墓，却又缺少掘墓高手。那日正好有衡州刺史刘文表的属下封镔来访，说起上德塬言、倪双姓一族有御尸、掘墓之能。他这才暗遣魍面人和鬼卒，抓捕上德塬成年男性为己所用。但是他为自己老丈人掘墓取财以固政权的做法是世人所唾弃的丧德之举，为了保证周楚政权的威信，维护其在百姓心中的形象，他才下令血洗上德塬，以绝世人口舌。

唐德思量，就算自己的所作所为手辣了些，但与那几国并没有关系，为何纷纷遣秘行组织找上自己？而且除了那三国秘行组织，还有不知来路的刺客。那上德塬到底藏了什么东西？从架势上看，那件东西能让这么多人垂涎，定然是非同小可的物件，上德塬之事说不定真就撞上意外之喜，过后要仔细盘查抓到的那些人。可现在的问题是眼下的局面该如何收场。那些秘行组织目前尚不用直对，等弄清楚其中端倪再做决定。至于这几个刺客，竟敢叫明了要在三日内刺杀自己。今晚要让他们脱身而走，之后肯定没有宁日。

"真不知道你是自己傻呢还是觉得我傻，既然连三日内要我性命的话都说出来了，你想今夜我还能让你离开吗？"说完这话，唐德轻轻挥了下手。于是庄里的高手和鬼卒们纷纷行动。那躲了四个人的小屋被围得实实的，而齐君元这边也有数十个人很快就接近到十步不到的位置。

"我觉得唐驸马肯定会让我们离开。因为我们可以做个交易。"齐君元说得非常认真。

"和我做交易？你想用你的第三个讯息来换取你们离开，然后再回头来杀死我？"

"不，那三个讯息已经和那三国的组织做成了交易，货不卖二家，不能再拿来和你做了。"

"那你准备拿什么和我做？呵呵。"唐德开始恢复他那干涩没有感情色彩的语气了。

"据我观察，唐驸马的天性非常怕死，所以我拿你的命和你做个交易。"

"我的命？和我做交易？"唐德的声音里充满惊异和难以置信。

"你没听错。交易很简单，现在放我们走，那么三天内你还可以想尽各种办法邀请绝顶高手保住自己的性命，最不济的话至少还能多活三天。但如果今天不放我们走的话，那么你现在就得死。"

"哈哈哈……哈哈哈……怎么可能，这怎么可能？你们大家说说，这个人是不是得失心疯了？"唐德的笑声很勉强，并且在一个瞬间戛然而止。因为他突然发现周围的人都在用奇怪的目光看着他，就像在看一个死人。

"怎么了？你们都怎么了？有什么不对吗？"唐德被大家看得心里发毛，浑身不自在。

第一章　三日之杀

有人示意他先不要动，然后一双大眼睛在周围快速地辨查寻找。但是这双大眼睛很快就放弃了，因为这双可以查虚辨末的大眼睛更能度量出技艺的高低。大眼睛的主人是已趋化境的高手，这样的高手查辨异常只需看一眼，这一眼之下有疑则有获，无疑则无辨。而刚才一番快速的辨查竟然没有看出丝毫值得怀疑的点位，大眼睛立刻便知道这次遇到的对手是自己无法匹敌的。

"他们不告诉你那我就来告诉你，现在你的脸上多了一只眼睛。听说过二郎神吗？他就有第三只眼睛，叫天眼也叫命眼。我有个伙伴叫二郎，他没有第三只眼，却可以给别人身上做出第三只眼。但这眼不叫命眼，而是叫要命眼。到目前为止他只是给你留下个眼睛影样，没有真给你做下个眼儿。但这已经足够证明我们手里确实有好货，让你知道和我们做生意是很值得的。"齐君元的声调在渐渐提高。

"不过你的决定要快，如果那三国的秘行组织将御外军的兵将们逼退，将我们的活路打通，那你手里就没了本钱，到时候光影就会变成真的洞眼，我们也免了再多和你纠缠三天。"齐君元的声音开始高昂起来。

"呵呵，好玩儿，叫明了的刺杀。我倒要看看三天里你怎么来取我性命。我们的人都撤回院里，放他们走。"唐德的话虽然说得很有气势，但其实已经承认自己输了这一回合。权衡之下，理所当然应该放弃眼下两败俱伤的局面。这样他还可以利用三天时间重新设局，抓住机会将这几个扎进肉的刺儿给拔了。即便不能将他们尽数拔了，自己利用高墙密室以及众多高手自保三天应该是没有问题的。

唐德的命令见效极快，东贤山庄的人马迅速往就近的房子中撤入。半子德院门口的魃面人和大傩师也缩到了院门里。

齐君元没有再和唐德啰唆什么，只是朝远处挥了挥手。于是已经撤去几重包围的两间屋子里蹿出了王炎霸、秦笙笙、唐三娘和裴盛，四个人迅速集结到齐君元的身边。

"还等什么？快走吧！"王炎霸的样子很急，也很害怕。

"等等你师父。"

"他在哪里？"

"不知道，但他肯定在这里。唐德脸上出现的眼睛状光影应该是他做的手脚，要没这一手还真镇不住唐德。"

东贤山庄的人马已经不见踪影，就剩院墙顶上的唐德和几个贴身护卫的高手还站在阴暗之中。不是唐德不想走，而是目前他还没能获取自由。

就在唐德脸上的眼影消失的瞬间他彻底惊呆了，愕然张大的嘴巴久久不能合上。出现在他面前的情景真的很诡异，与他距离只有一步之遥的砖垛突然裂了、断了、软了、塌了，一大块的砖垛如同稀泥般滑落到墙外。直到那大块的砖垛在墙外落脚并朝着齐君元跑去时，唐德和身边的高手才意识到那是一个人——一个可以把自己变成砖垛的人。

砖垛就在面前，而且将眼睛状的光影照在了唐德的脸上，可东贤山庄却没有一个人能够发现到这个目标。这不仅因为对手的融境之术妙到毫巅，还因为对手将自己置身在距离他们最近的位置。距离越近，对手就越难以被觉察；距离越近，对手的视野也就越窄。

唐德暗自庆幸自己的决定，刚才那把交易做得真的太值了。而那几大高手则在暗自懊恼，特别是那个大眼睛。她此时才知道，自己没发现到对手并非因为自己功力不够，而是因为没有想到目标就在唐德面前。她刚才所有的辨查没一个点位是在这么近的范围内。

"怎么走？从哪里走？"范啸天离着还远就已经在急切地问齐君元。

是呀，怎么走？从哪里走？这时候大家才发现最为关键的问题仍然存在。

泥坑逃

此时穷唐和巨猿对铁甲方队的冲击已经奏效极微了。鹰狼队对庄外兵将的阻挡依旧在僵持，但只要这些兵将不被打退、打散，齐君元他们就没办法从庄口冲出去。周围山岭上大部分的位置倒是已经被梁铁桥的手下占住，可那样陡峭光滑的崖壁，再加上湍急的绕庄河，除了巨猿，谁又能跃过河流从崖壁上攀爬而去?

看来齐君元犯了一个极大的错误,他用讯息换取的所有条件,根本无法让他们达到逃出生天的目的!

御外营的铁甲方队再次集结收缩,调整阵形。然后铁甲铿锵,兵戈喧嚷,全体以一致且稳健的脚步往前推进。推进的速度非常慢,是因为巨猿和穷唐的合作攻击依旧对他们有着杀伤和阻挠。但作为御外营最具实力的铁甲方队,他们绝不会因为两只异兽的阻挡而停滞不前。军规的惩处也好,自身的地位、荣誉也罢,都迫使着他们不屈不挠地往前走,哪怕是在巨猿的硬击和穷唐的巧袭下瞬间毙命。

半子德院里的状况也有变化:先是院墙上一阵骚动,应该是唐德被一些高手簇拥着退下院墙,躲到安全的地方去了;紧接着魈面高手带领着鬼面人再次冲出了院门,展开攻击队形,朝齐君元、范啸天这些人慢慢进逼过来。

唐德不是傻子,更不是君子。刚刚有人张狂地叫嚣,摆明了面儿说三天内要将他唐德刺杀了。而且这些人显示的手段也足够疯狂,竟然敢潜伏到距离最近的位置,并且以光影威胁。但这疯狂证明了他们所具备的能力和勇气,更证明了他们疯狂的下一步绝对有成功的可能性。所以眼见这些人现在仍处于一种四面危机、无法逃遁的境地中,对于唐德来说,他是绝不会放过这个消除后患、杜绝危机的大好机会的。

已然处处都是杀势汹涌,而秦笙笙此时却显得比别人略加镇定。她大声安慰着其他已经开始慌乱的同伴:"不要慌,齐大哥还有招呢。他的第三个讯息到现在都没有说出来,可以看行情临时提价,让那三国的高手替我们打开一条生路来。"

"没有第三个讯息。"这话竟然是齐君元说出的。

"什么?没有第三条讯息?!""你是在骗那三国的高手呀。""别吵吵,那么大声让别人听到我们就更没机会了!""齐大哥,你不会是吓唬我们吧?实在不行哪怕编个什么讯息糊弄他们一回。"大家一阵嘈杂,显得更加慌乱和绝望。

"真的没有第三条,我要求他们先做事再听第三条讯息是为了骗他们先帮我做事。但这些人都是江湖里的人精，不可能再骗第二次。"齐君元说的是实话，让大家绝望的实话。"而且你们想过没有，就算那三国的高手们愿意替我们打开出路，可他们愿意就此将我们放了吗？刚才那两条推测出来的讯息，虽然为我们争取了些时间，但同时也让我们惹祸上身了。从此非但楚地周行逢、唐德不会再放过我们，而且就连那三国秘行组织也不会放过我们。因为打这一刻开始，他们都认为我们已经掌握了宝藏的秘密。而且不管我们是否将秘密告诉他们，他们都不会放过我们。未得到秘密的会想方设法从我们这里得到，得到秘密的则会灭了我们的口，同时也是防止我们赶在他们前面开启宝藏。"

范啸天很少出离恨谷，对齐君元所说理解得不是非常透彻，但他很好学好问，而且能简化问题抓住重点来问："你的意思是说，现在此地的四方力量都不会放过我们？"

齐君元没有拐弯抹角："对！他们都决意要抓住或者杀死我们。"

"那我们可是给自己落下绞兜了，现在哪一方面的人爪子都想把我们给撕了！"范啸天的话说得像一声哀叹。

其实早在范啸天直接询问之前其他人就已经非常清楚目前的形势，齐君元自落绞兜的说法其实是很容易理解的。也正是因为理解了、明白了，所以他们的心都一下沉入到绝望的深渊之中。

"不，兜子有漏儿，目前还绞不了我们！"齐君元说这话时抬头看了下周围，山岭上的缠斗已经基本停止，双方都在观望他们的动静。庄外鹰狼队与御外营的对峙也处于静止状态，既然谁都没有必胜的把握，那这场对峙就只能是场面上摆的架势，没有必要拿性命来证明些什么。但是铁甲方队依旧在推进，半子德院里的人马也在慢慢逼近。所以齐君元他们必须走，必须赶紧地走，再晚的话不仅是没有机会逃遁，即便找到逃遁路径也还是会被别人追上的。

"下到泥坑里，稻花可以从那里将我们带出去。"齐君元沉声说完这句话后便径直往自己刚才藏身的大柳树走去，根本不管其他人的反应。

大柳树上还有一些人，这些人横七竖八地被灰银扁弦扣刃网吊挂着，很难受。但要想活命的话，他们就只能强忍着难受，丝毫不敢乱动。齐君元在灰银扁弦扣刃网的几个关键点上拨弹下，被吊挂的那些人顿时便感觉到扁弦勒割在身的力道松懈了下来，然后再试着动一动，可以发现入肉的钩子也不再继续往肉里钻了。

"钩网的兜子已经松了口，接下来你们自己小心地脱钩下地。不要太急，依次而下，钩、线虽不要命了，但急乱了还是会伤了肌腱经脉。"齐君元的话说得关切，就像是在帮助身陷险境的朋友。说完这话，他迈步快速跑向院门前的泥坑。

就在齐君元松兜的过程中，倪稻花已经带头跳下了满是尸骨的泥坑。在这里真的有一条齐君元早就想到的通道，这条通道是那几个协助铃把头斗鬼卒的倪家好手挖出的。而这条临时挖出用作潜入东贤山庄的通道，现在正好成了齐君元他们逃走的活路。

之前从塌陷的泥坑中爬出的都是倪家刨坑挖土的好手，他们跟着铃把头外出办赶尸建坟的活儿，回来后发现上德塬被毁家灭族，于是在铃把头的带领下前来报仇救人。如果不是有这几个刨土挖坟的好手沿途见坟挖坟，那铃把头一时间还真无法找到那么多的尸体来行狂尸之技。

当他们到达东贤山庄后，商议之下决定与铃把头分作两路，一明一暗相互配合。由铃把头以狂尸明攻，其他人则从地下挖掘潜入，偷偷将自己的族人救出。但是当他们挖到半子德院前时却发现，这地底下洞道纵横交错，而且其中全是庄子里人手来来往往，根本无法继续挖掘，也无法借原有通道潜入。于是他们急切间只能是引绕庄河的河水来淹堵庄子原有洞道，自己则从上面的脚步声辨别出地面纠缠大战的位置，挖塌地面，形成个大的陷坑，以此协助狂尸对付鬼卒。可惜的是这些倪家人挖土、刨坑没问题，面对江湖上的技击高手却完全不堪一击。特别是遇到大丽菊手中的大力绝重镖，连招架一下的反应都没有便走上了黄泉路。

虽然他们走上了黄泉路，但他们进来时挖出的洞道却成为一条逃出生天的救命路。所以想到这点的齐君元才会偷偷问倪稻花认不认得倪家人刨挖痕迹的，因为只有沿着这种痕迹挖出的洞道才是逃命的正道。

倪稻花第一个跳下泥坑，其他人想都没想也都跟着跳了下去，在求生的关键时刻，人都会变得很盲从。

齐君元把柳树那里的兜儿松了之后往泥坑奔去，其实此时已经显得有些晚了。半子德院里的高手已经包抄出来，目的很明确，就是要将他拦截下来。因为齐君元刚才的言谈举止显示他是这群人中最为重要的一个，也是最具威胁的一个，所以将他拿下既意味着眼前的胜利又意味着后患的消除。当然，太多的高手去挡截一个人会显得很浪费，也施展不开，所以大部分的魈面人和鬼卒依旧是往泥坑中追去，试图将那几个人一并拦下或灭了。

但是在齐君元做出一个微小动作之后，半子德院的高手们同时畏怯地停住了脚步。因为随着这个小小的动作，在那些试图拦截他的高手面前展现出血腥且惊悚的场面。

齐君元是妙成阁的高手，隐号叫"随意"，其意是指所有的刺局都会随他的意愿达到该达到的结果，也是说他可以随心意将周围环境中的各种器物变成杀人的器具来使用。

在大柳树上布设的灰银扁弦扣刃网，虽然不是随意而为，却可以随心意而变。作为一个以杀人为目的的刺客，竟然在逃跑的紧要关头还去关心一下被自己设下兜子套住的敌人。这不是没有可能的事情，但必定是有着其他目的和企图才会去做的事情。

谁都没有注意到齐君元在松脱钩网离开大柳树时还随意地牵拉出了一根透明的无色犀筋。而当他遭遇拦截时，他将手中牵拉的那根无色犀筋轻轻拉脱了。

挂在大柳树上的那几个高手已经在自我解救了，他们小心翼翼地摘钩解弦，都想尽快离开那张会要人命的带钩钢网。可就在此时，他们完全不知道是怎样一种状况便飞了出去。

将几个高手颇为沉重的身体高高抛出需要很大的力道，齐君元利用的力道来自几方面的合力。有柳树的弹劲、弦网的绷劲，最重要的还有他们自己在剧痛下全力躲避的挣扎、纵跳的劲力。这几种力道的汇合都在齐君元的精妙设计之中，他松扣、退弦的目的就是要让自己的无色犀筋能够牵带兜套突然启动，将几种力道瞬间聚合在一起发挥作用。而他很关心地让那些钩挂住的人依次小心而下，其实是为了让钩网和柳树逐渐蓄势蕴力，成为自己随时可触发的杀器。

抛起时的人体是完整的，落下来时，完整的人体却变成了许多的碎块。这些碎块大部分是被扁弦勒割的，少数是被崩钩撕扯的。而比人体碎块更多、更密集的是血雨，有飘飘洒洒的，有激射喷溅的，在微风之中、火光之下漾起一片粉红色的雾气。

整个过程中没有听到一点惨呼声，因为那些惨呼还没来得及冲出喉咙，喉咙就已经被锋利的扁弦割断了。

乱枝踏

很多时候杀戮并非为了更多的杀戮，而是为了震慑、为了警示，避免接下来的行动和目的必须用杀戮才能达到，更是为了避免自己成为别人杀戮的目标。

瞬间出现的一堆碎肉和漫天血雨对于任何人都是极具震慑力的，谁都不想自己死得这样快速，死得这样无声无息，死得这样惨不忍睹，最终可能连个全尸都凑不齐。所以对造成这样杀戮场面的人，他们下意识间就从拦截态势变成了避让态势，因为他们不清楚这个人会不会还有第二招、第三招来对付他们，或许这第二招、第三招会比瞬间变成碎肉血雨更加凶残。

也就在别人下意识地畏惧和退缩时，齐君元从容地跃入了泥坑。落下泥坑后的他没有马上逃离，先是在泥水中摸索了一会儿，然后才找准方向，往旁边一个洞道里钻去。

"追下去，快追下去，杀了这些人！"大傩师和另一个眉清目秀的年轻喇嘛出现在半子德院门前，发出指令的是那个年轻喇嘛。他只是微启嘴唇，便发出洪亮的声音。他应该就是刚才配合大傩师念诵经文的大悲咒。

泥坑边的魁面人和鬼卒稍稍犹豫了下，随即就纵身下坑。齐君元给他们带来的是震慑和恐惧，但震慑和恐惧的结果有可能是死，也有可能是不死。

而如果不执行半子德院的命令，那么带来的后果将是死和生不如死。两相权衡，他们还是选择追了下去。

第一批追下去的魈面人很惨，痛彻心扉的嘶喊在深坑和洞道的空间回音作用下多倍放大、久久回荡。让人听得脑涨心麻，一时间呆立当地不敢有任何行动。齐君元刚才在泥水中的一阵摸索并非茫然找不准方向，而是又一次随意地布下了爪子。这次他是以泥水下面的尸骨做爪，单支的尸骨折断后竖插起来，整副的尸骨盘叠起来。这些设置在泥水的掩盖下，根本无法觉察。

竖插的尸骨是按"乱枝风"的规律布设的。不但可以直接以断骨进行杀伤，而且在第一次的伤害后，按照被伤害人的身体快速地做出反应的状态和方向设置下的其他断骨，连续进行二次、三次，甚至更多的杀伤。明代洪武十三年，兵部印发兵典《奇战策》中有"山林地袭战，宜按地形势多处击，设乱枝风顺应其相续攻其弱……"这其中的"乱枝风"虽然讲的是兵法，但道理和目的却和这种爪儿大体一样。

盘叠起来的尸骨更加巧妙，做的是"自踏断"设置。这本来是一种用树枝、石块抓捕野兽的陷阱，完全凭借树枝、石块间巧妙的搭接结构产生作用。"自踏断"的陷阱口子不算小，可以容一只脚自由进出。但一旦踏入之后，便会遇到其他树枝、石头的顺势导向，使得脚的踏入方向发生转折。在自己下坠力的作用下，折转了方向的力道会导致脚掌、脚踝、腿骨、膝盖等多处骨折。而且这条腿最终会被树枝、石头组成的单向结构逆锁住，不顺向拆除设置根本无法从中解脱。齐君元在稀泥下的设置是用尸骨替代了树枝和石头，效果完全一样。

"自踏断"在南宋以后被坎子家改良简化，墨家的"踏崩百齿踝扣"就是由此发展而来。改良后的坎子虽然更加霸道，精妙程度却远远不及原来的"自踏断"。

跳下坑的魈面人和鬼卒伤得很厉害，虽然没有当即丢了性命，但这正是齐君元想要的效果。

魈面人和鬼卒受伤后的惨叫是因为疼痛，也是因为害怕。因为他们都非常清楚，沉没在泥水下面的是那些带着怨恨和愤怒的尸骨。就算是被火烧过、被水淹过了，那些怨恨和愤怒却不一定会消除。所以当他们被疼痛刺激的大脑一时无法准确判断自己受伤的原因时，首先便是往那些尸骨上联想。

存有这样的心理其实一点都不奇怪，看不见的危险往往会更加让人惧怕，也更加会让人往无法解释的方向去想象。于是坑上边的人再不敢往下跳，半子德院里从地下坑道包抄过去的人马也不敢再继续逼近。就是大傩师、大悲咒这样的高手也一时间拿不定主意了，不再继续催促手下人去追杀已经消失在土坑中的那几个人。

半子德院高手们的停滞提供了宝贵的逃跑时间，这是齐君元他们几个能够顺利逃脱的关键。因为他们选择的路径并不好走，如果半子德院的人无所畏惧地继续下坑追杀，真就有可能将他们缠住，将最后的一线逃生机会破坏掉。

这条逃生路径是倪稻花选的，她下到坑里后，朝连接泥坑的几条通道上扫看几眼，便立刻确定应该从这条狭窄矮小并且不停有水流入的洞道中逃出。

选择的理由很简单，不管倪家人是从哪条洞道进入的，他们都利用了东贤山庄下面原有的洞道。否则就算倪家刨土、挖坑的技艺再非凡，仅凭借几个人的力量也绝不可能在这么短的时间中从庄外挖到半子德院门前。所以从其他洞道逃走，都会经过东贤山庄原有的洞道，遇上半子德院围堵人马的可能性极大。只有这条狭窄、矮小的洞从痕迹上看完全是倪家人挖出的，这应该是事先准备的一个对敌手段，是想在将人救出之后引用绕庄河的水倒灌东贤山庄下的原有洞道，从而阻挡追兵。所以河道那边的口子没有完全挖开，只有少量瞬时冲高的水流流了进来。这是一条和东贤山庄原有洞道完全不搭界的出路，不会遇上对家人马。另外，从这里出去后，可以顺绕庄河的激流直漂而下，躲开庄里庄外所有人马逃到安全的地方。

倪稻花的判断是正确的，所有人从窄小湿滑的洞中钻出，悄无声息地入水顺流泅行，很快就在黑暗中远离了东贤山庄的范围。不过这个正确的判断也幸亏有齐君元随意随境的血爪儿连续奏效，为逃脱争取到宝贵的时间。另外，范啸天有一招浮水泅行的妙法，是将大长外衣浸湿，迎风鼓起后将袖口、下摆扎紧，这样就相当于一个可短时利用的浮球。不管他们的水性是好是坏，都能利用浮球沿激流漂出很长一段距离。

也就在几个人下水之后，穷唐犬突然停止对铁甲方队的攻袭。摆脑袋嗅闻了两下，随即疾奔兼带滑飞，犹如一个影子般闪动几下便不见了。

而早在齐君元跳下土坑之际，有人就已经意识到他们不会再获知第三条讯息了。但问题是加入战圈是容易的，要想快速脱身战圈却要艰难得多。不过那三国的秘行组织都是非同一般的高手组合，也就稍稍费了些手脚便摆脱了御外营的纠缠，几股风似的就没了踪影。

御外营和铁甲方队停止了前进，失去了围剿的目标，坚定不溃的推进便再没有任何意义。更何况此时他们也真的需要这样一个间隙来救助同伴、包扎自己。

东贤山庄里满地残火和死尸，还有就地打滚呻吟的伤者。塌陷的土坑、坍塌的门楼、垂倒的庄稼，让一个原本颇为秀丽的山庄顿时显得残破萧条。

但这些都还在其次，重要的是几个不知来头的刺客在一个晚上就粉碎了东贤山庄以往的自信和傲气。这些人竟然明言三天内将刺杀庄主唐德。这是一个让他们惴惴不安的狂言，更是一个决定他们前途和命运的狂言。而对于唐德来说，这是一个意味着生死的狂言。所以他们眼下最需要解决的事情是如何平安度过这三天，保住唐德的性命。

齐君元也不知道自己上岸的地方是哪里，沿河道漂流很长一段距离后好不容易才出现了一个浅滩，让他们有机会爬到岸上。否则到底要漂到什么时候、到底能不能上岸都不知道。

上岸之后，齐君元连脸上的水都没有抹一把就连声说："走，不能停，起来赶紧走！楚地全是唐德的势力范围，他只要发个手令，府衙、驻军都会全力围捕我们的。"

"走？你不是说三天内刺杀唐德的吗？"秦笙笙坐着没动。

"我那是要将他吓住。这样三天里他都会全力设防保护自己，忽略追捕我们的事情。所以我们有三天时间可利用，应选择最近的道路逃出楚境。即便出不了楚境，也要尽量远离东贤山庄。"

"你这人怎么满嘴都是谎话。说好用三条讯息进行交易,结果到最后一条没有了。说好三天之内刺杀掉唐德,结果变成了用这三天时间逃出楚境。"秦笙笙用带着些鄙夷的目光看着齐君元。"对了,你那两条用于交易的讯息也是假的吧,盘茶山真的有宝藏?"

"我也不知道是否真的有宝藏,但唐德的确在那里挖了很长时间。我是觉得唐德的这些举动应该早就被那三国秘行组织的耳目收集了,所以把宝藏地点说在那里可信度更高。而且估计得没错的话,那三方力量中现在已经有人赶往盘茶山了。"

"果然又是说谎。"秦笙笙的语气让人感觉她已经非常了解齐君元了。

"的确是说谎,但这更是江湖的生存之道。骗那三方力量为我们阻挡御外营铁甲兵,是为了争取足够的时间。以刺杀威慑唐德,是要让堵在屋子里的你们几个能有机会到泥坑旁边来。还有……算了,现在不能和你细解释,还是先跟着我逃出楚境后再细说给你听。到时候我还有很多事情要和你们好好理一理呢,因为我发现我只是对外人说谎话,而有人却在我们中间说谎话。"齐君元刚说完,有些人的脸色便快速地变化了一下。

回杀令

"不行,我不能走。我还得回东贤山庄去!"首先提出异议的竟然是倪稻花。

齐君元回头冷冷地看了她一眼:"你是个自始至终都在说谎的人,所以我不会相信你的话,也不会答应你要去那里的要求,至少在我确认自己的事情没有完成前,你必须跟着我走。"

"你没有权力要求我什么!"倪稻花有些激动。

"我不要求你什么,但作为一个刺客,我会要求我的处境是绝对安全的,我的信息是保密的。所以为了防止我们前往呼壶里的事情被透露给一些不该知道的人,必要时我会采取极端手段排除这方面的危险因素。"齐君元的话冷冷的。

"你是说你会杀了我？"倪稻花露出很惊讶的表情。

"不仅是你，每一个对我说谎和威胁到我安全的人我都有理由杀了他。所以你自己要懂得珍惜，因为你是倪家不可多得的高手，也可能是唯一能将言家技艺传承下去的人。"

"你都知道了？"倪稻花更加惊讶。

"不知道，所有的一切只有你自己心里最清楚。而且我也不想问，多知道一点真相就给自己多带来一分危险。除非是你自己觉得有必要告诉我们的内容，那才是对我们没有危险的真相。"齐君元说完便不再看稻花，而是回头朝着要走的方向迈出两步。

倪稻花突然朝齐君元大声说道："是的，你猜得没错，我是高手，而且是倪家盗挖技艺最好的一个，外号盗花。铃把头死之前给了我一张黄符，上面写的是驱尸秘法。如果被抓的言家人没一个能逃出的话，那我就真成了言家技艺的唯一传人。但我不能一人身具两技，负担太重，也太不可靠。万一我突遭意外，那两项技艺便从此断了传承。所以我要将上德塬的人救出来，否则我便无法解脱。还有……"

倪稻花停顿了一下，然后才又说道："你们要找的倪大丫就是我父亲，于情于义我都必须回东贤山庄救人。"

所有人都愣住了，之前虽然都多少觉出倪稻花不大寻常，却从没有想到她会是这样的身份，与他们所办的事情有极大的关联。

就在这时，从旁边的岩石缝隙间飞跃出一条黑影，没等大家有所反应，它已经纠缠在了倪稻花的腿边。紧跟着，一个矫健的身影也跃下岩石，稳稳地站立在河滩的碎石上。来的是哑巴和穷唐，能够翻山越岭绕行山道，追上顺激流急速漂行的这些人，除了哑巴和穷唐，天下还真找不出几个来。

哑巴似乎早就听到齐君元和倪稻花的对话了，他朝秦笙笙做了几个手势，并示意她将自己的意思告诉给齐君元，然后很坚定地站在倪稻花身边，而且把弹弓握在了手中。

"齐大哥，哑巴说了，他会跟着稻花杀回去救人。你如果想对稻花不利，他和穷唐首先会成为你的危险。"秦笙笙很平静地告诉齐君元哑巴的意思，语气中似乎有些幸灾乐祸的味道。

齐君元愣住了！倪稻花是装疯，早在往呼壶里的船上他便从倪稻花的眼神和反应中看出来了。倪稻花是高手，是从倪稻花抚摸穷唐时，手掌中特殊的茧子在穷唐皮毛上形成的痕迹看出来的。但是哑巴什么时候死心塌地成了倪稻花的守护者，之前齐君元一点都没有看出来。或许洞察力超人的他心中藏有过多刺客的冷漠，对感情的觉察还是欠缺了许多。

"我也不能走，我们的活儿还没了呢。"这次说话的是裴盛。

"这一点我想齐兄弟是能够体谅的，我们是在做谷里派下的活儿，谁都存着必成的心思。拦我们做活儿也就是搅谷里的局，对吧？"唐三娘说得很客气，其实话里却是暗藏着威胁。

"你们都不走，那我也不走了。我回去把唐德杀了，别让人把我们扎堆都当成说话像放屁的人。"秦笙笙像是在跟着起哄。"腌王八，你敢不敢跟着我一起去？"

"你都敢去我有什么不敢的。"王炎霸毫不示弱，"刚刚那一趟进东贤山庄我还没真正发手，再要去的话我把欺负你们的那两个高手削了给你们报仇。"

"少吹牛，连个墙面相儿都没摆好，让别人一眼就看出来了。还削高手，别让人削了你的两只手就谢天谢地了。"范啸天喝止了王炎霸。"要我说呢，这事情还真不是两三句能说清楚的。齐兄弟说得不错，这里不安全，我们还是先赶紧离开，找个安全的地方好好商量下，看看有没有做成的可能性。当然，我这只是指救上德塬的人，还有我和裴盛、三娘的事儿，至于杀唐德我看还是算了吧。"

范啸天说完后谁都不再说话。对于倪稻花、裴盛他们来说，是十分乐意按这建议而行的。而对于齐君元来说，范啸天话里的意思完全是让他让步。虽然心中十分不愿意，可从目前那几个人的态度来看，局面已经不是自己可以掌控的了。或许自己应该趁着这机会就此退出，任凭他们胡闹去。问题是秦笙笙也坚持混在其中，要不能将她安全送至呼壶里，那么自己这一趟活儿就又搞砸了。

"既然大家都不说话，那么就是对我的建议没有异议。这附近我来过，

往西去有个松溶山，山脚下有许多暗河冲刷出的水流洞，蜿蜒曲折，洞口众多，便于藏身和逃脱。而且那里地势险要复杂，大批人马施展不开，我们可以先到那里躲避一下，商量妥当后再做决定。"范啸天难得做决定，而他敢于做决定的事情无非就是往哪儿逃、往哪儿躲。

"范先生所说大家真没什么异议？"齐君元又问了一句，他必须确定这一点。

虽然没有人说话，但从表情神态上看，很明显他们都认可了这个计划。

"这样也好，倪稻花要去救上德塬的人，我不阻拦，阻拦了哑巴要和我拼命。裴盛兄弟和唐三娘要去做完自己的乱明章，这我也不能阻拦，拦了显得我对离恨谷不忠。不过范先生刚才说了，杀唐德之事算了，这事情还真得算了，因为那只是我为了争取逃跑时间下的虚兜，杀不杀他根本没有任何意义。而秦笙笙与你们这两件事情根本没关系，你们只管做你们的事。而我则继续按谷里给我的指令将她送到呼壶里，我想也没人会干预我的行动吧。好了，这下大家的目的都达到了。"齐君元的几句话真的无可辩驳，谁要再不同意，那就是存心让他为难，也是和离恨谷为难。

"我为什么要跟你走？我为什么就不能回东贤山庄？"秦笙笙是唯一有理由、有勇气存心让齐君元为难的人。

"我不想回答你为什么，如果你不跟我走，我将会像先前那样绑着你走。而且你也只有跟着我走，才有可能及时得到同尸腐的解药。"

齐君元的话说完，秦笙笙不但没有畏怯，反是很倨傲地冷笑了两声。

"先不要争了，还是听我的，躲到松溶山之后我们再商量。这里的确不能久待，万一铁甲兵沿河追下来，我们就又麻烦了。"范啸天坚持自己的决定，但他心里也清楚，除了王炎霸外，在场的这些人谁都不会把自己的话当回事。不，或许连王炎霸也都不把自己的话当回事。

范啸天真的没有想到，这次他的话刚说完，行为和心理最为叛逆的秦笙笙竟然第一个站起身往前面的丛林中走去。跟在秦笙笙后面的有裴盛和唐三娘，然后是王炎霸、哑巴、倪稻花。范啸天转头看了齐君元一眼，随即也跟了上去。

第一章　三日之杀

齐君元皱紧了眉头，一双眼睛死死盯住前面那几个人。不知道为什么，他心中有一股非常强烈的被愚弄、被欺骗的感觉，而且现在更多出一种被排除在这个小团体之外的孤独感。眼见着前面那几个人的身影快被密匝的树丛完全掩盖了，齐君元这才轻迈快步追赶上去。

这几个人没能走到松溶山，其实就连刚刚钻入的那片丛林都没有走出去。阻止他们前进的是一只墨羽隼，齐君元不用细看便可以辨别出这是归属于离恨谷的墨羽隼，看着骨瘦毛散，其实机警无比。

墨羽隼是王炎霸带回来的，他躲到一旁的密木丛中解手，结果自己没拉出来先被这鸟儿拉了一头一脸。幸好他边提裤子边擦脸之余，未曾忘记做出"落隼架"的手势，让墨羽隼认出是自家人。墨羽隼除了带给王炎霸满头满脸鸟屎外，还给大家带来一份乱明章。这是一份内容非常明确的乱明章："二郎主持，引妙音、锐凿、氤氲、飞星，三日内刺唐德。"

齐君元也在旁边扫了一眼那份乱明章，看清内容后心中不禁顿时翻腾起来。乱明章里没有提到他、王炎霸和倪稻花。

王炎霸是范啸天所收不入谷的徒弟，其性质类似一件工具、一个帮手，也就和穷唐的等级差不多，所以乱明章中不将其名号列入是很正常的事情。倪稻花更不可能在其中，恐怕发乱明章的执掌或代主根本都不知道有这么一个人。但很奇怪的是其中竟然没有提到他齐君元，是谷中执掌不知道自己与这些人同行？还是外派的代主疏忽了自己的存在？如果只是这样的话，这其中定然有着无意间的误会和计划中的失误。但如果是误会或失误都还不算大问题，最可怕的是有什么人刻意不要他参与此事，那么就是人为的阴谋了。

让一群白标去执行一项公开的刺杀，面对铁甲重兵和众多高手，还有险恶的地势和重重兜爪设置，那不是要让他们白白去牺牲性命嘛。还有，谷里是如何知道他们就在东贤山庄附近的？三日刺成是什么意图？为何在要求和时间上与自己用来威慑的虚言完全相同，这是巧合还是有人借题发挥？

"不对！"齐君元的话很坚决，挟带的气势不容别人有丝毫辩驳，"这个乱明章有问题，这是明摆着要你们去送死！"

"那你可以跟我们一起去，然后在我们送死时再将我们救出来。"秦笙笙的表情似笑非笑，说出的话半真半假。

齐君元没有搭理秦笙笙，而是仰头将目光朝远方望去，望向黑暗中的山林，望向山林中的黑暗。

芦荡行

春末的天气已然很是炎热，特别是在淮南一带，此处临江，又多湖泊河道，太阳稍烈一些，水分便快速蒸发，让人感觉远处景象缥缈，近处所见恍惚。而地属淮南的江中洲，是个位处长江中间的泥沙淤积岛，所以受此气候的影响更加明显。

赵匡胤是连夜带人乘船上岛的。几十个人不管是何等身份、职位，一色的轻装劲服，红缨顶范阳毡笠，绑腿麻布靴，唯一的差别是在所携带的武器上，还有他们不同的气势、气质。这样的做法是为了防止被别人瞄准并出手暗算他们中的重要目标，而对于他们自己来说却可以便于相互间辨认和寻找踪迹，免得在混乱时发生误会和失群。

原本都以为一个江中的岛子不会太大，用不了几步就能走遍了。但他们上岛之后却发现自己错了。这个由江中泥沙淤积而成的岛子面积远远超出了他们的预料，这里简直就是一片与南北岸断脱的大平原。岛上没有高起的山头土堆，也没有高大的树木丛林，只有一望无际、茂密如毡的芦苇，以及夹杂在芦苇荡中生长的蒿草。至于在芦苇和蒿草里还有些什么，他们就无从知晓了。

不过赵匡胤还是有所准备的，他也怕此行过于唐突造成误会，导致双方的伤害反而不美。所以上岛之后每行一段便以响箭带拜帖射出，那拜帖上写明他们此行意图为了商谈合作、共谋财路。但已经先后射出有十几支响箭了，岛上始终没有任何反应。这些箭到底有没有落到"一江三湖十八山"的人手里，他们根本无法确定。那茫茫芦苇荡中，就连他们自己都不知道这箭大概落在了哪里。

岛上的蒿草、芦苇和其他地方并不相同，它们在江水和淤沙的滋养下长得特别高壮。像赵匡胤那样魁伟的身材，依旧是被没顶其中，没有辅助物踮高一人多的身位根本无法冒头远望。

如此茂密高壮的蒿草、芦苇荡子，往往意味着危险的存在。首先它们掩盖了视线，让人无法判断路线，更难以发现其中暗藏的危机。另外，一般长了这些亲水种类植物的地面都非常泥泞湿滑，湿土下还有往年存留的枯根纠结缠绕，磕绊脚步，行走非常艰难。而那些蒿草和芦苇又无法用来借力扶持，所以稍不小心便会栽倒在泥浆之中。更不用说在某些特定的地方还有天然存在的流沙、淤陷、积水坑，一旦踩踏进去又无人及时救助的话，那就只能眼睁睁等待自己慢慢死去。

虽然这些大周的禁军兵将经历过无数次危险和杀戮，但在这样的环境中行走依旧像失去了眼睛和腿脚，心理的紧张和肢体的消耗很快就会让他们汗流浃背。再加上天气的炎热，芦苇、蒿草又密不透风，就连呼吸都无法顺畅，真让人有种关在蒸笼里的感觉。

赵匡胤停住脚步歇了一小会儿，拿汗巾擦了把脸。汗巾上浓浓的汗馊味抹在脸上让他心中很是不舒服，就像有种无望无助的感觉萦绕不去。置身在这个又厚又大的芦草毡子里，如果不能顺利地走出，那么过不了多久，他们这些人的肉体也会像那汗巾一样发出馊臭的味道。

在芦苇荡中察看周围地势的最好方法就是"架更楼"①，赵匡胤已经记不起让手下"架更楼"的具体次数了，但他却记得每一次察看后汇报的情况。这是因为每一次的汇报内容都完全一样，看得见的只有茫茫的芦苇和蒿草，没有一条道路，没有一处田地和房屋，更看不到一个人影。

其实现在赵匡胤有察看周围情况的欲望，但他却暗自强行抑制住了这个欲望。再不能让这些守帐亲兵虎卫架更楼远眺近望了，因为他们流露出的眼神中已经包含了太多的恐惧和绝望。这些来自北方的兵将虽然个个骁勇善

---

① 古代军营中临时搭起的瞭望塔叫更楼，因为除了瞭望还兼带着打更，这也是为了控制瞭望的哨兵不会打盹、偷睡的一种手段。所以军营中将各种临时搭起用作观察的方式都叫架更楼。

战，但他们却从未见识过这样的地理环境。在这样看不见、走不尽的地方，即便满怀的豪气、满身的力气，也不知道该怎么去发泄掉这两股气。这就像大力挥舞一把锋利的大砍刀，却无法砍断飘柔的绸纱一般。目前这种状况必须马上解决，如果短时间内再不能走出这片芦荡草毡的话，他们中有些人可能会彻底崩溃掉。

"大人，这样一直往前走恐怕不是办法。地形、气候且不谈，就岛上一江三湖十八山的人目前还不知道我们此行的意图。如果以为我们是来犯重敌，暗中布下阵局，一举攻袭之下我们只怕连说清来由的机会都没有。"赵匡胤的属下亲军虎卫头领副将张锦岙提出了自己的看法。这张锦岙原本也是江湖中出身，而且曾经在南平九流侯府当过门客。他不但见识广、技击术高，而且还有双手打飞石的绝招。从后来宋代名将的家世传承上查看，他很可能是水泊梁山好汉没羽箭张清这一脉的先辈。

"布下阵局的确很有可能，我们现在的状况看起来好像已经是在对方瓮中。但一举突袭倒不一定，因为我们上岛的也就数十人而已，而且从衣着上根本无法辨别我们是哪方面的。一江三湖十八山的人都是久走江湖的油滚子（江湖代称，是指经历无数、江湖经验丰富的意思。），不会在完全不明情况的状态下就实施袭杀。不过这看不到边的芦苇荡、蒿草丛我们也真的不能久待，必须赶紧找到一条出路；否则等迷了方向，疲累和饥饿就会让我们失去自保的力气，最终束手待毙、任人摆布。这可能也是岛上的人到现在都没有采取行动的原因，我们不能让这种事情发生。因为此次是来商谈合作事宜的，所以更应该处于一个与对方可抗衡的状态才行，否则一江三湖十八山的人不会相信我们提出的要求和能提供的条件。"赵匡胤的分析入丝入扣，但是光分析是没有用的，这时候更重要的是要拿出一个决定来。显然赵匡胤暂时还不知道该何去何从，他现在需要更多的建议。

"要不然我们就此退回去，虽然不知道前路怎么走，但来的时候我沿途做了些记号，循着记号找到上岛的位置应该不难。"张锦岙熟知江湖上谨慎行事的一套，此趟前来江中洲，他全是按江湖道上的行事手法做的。赵匡胤当年入伍行之前就与张锦岙相识，后来招为己用并任其为贴身副将，除了因为他身怀绝技外，还有很重要的一点就是他熟知江湖道中的一套。

"回去也未尝不是办法，但我们已经上岛行走了这么长的距离，我估计就是想退回去也不一定能行。"虽然嘴上这么说，但赵匡胤还是挥手示意大家往回走。他是一个很会权衡利害关系的人，从不会为了些虚名、面子而固执行事。

事实很快就证明赵匡胤的担心没有错，他们刚回头走出几十步远，芦苇丛中突然升腾起一片淡淡的烟雾。这些绝不是因为水分被太阳照射后蒸发而起的烟雾，而是有人点燃了什么，因为有着很冲、很呛的烟火味儿。

"不好，有人想要放火烧我们。这大草荡子，我们可没地方躲呀！"张锦呑的声音又惊又惨。

"别慌！现在是草木青绿时节，这草荡子烧不起来的。放这烟是想让我们辨不清方向，找不到回去的路。大家先别乱动，摆'八珑罩五活蝠'的阵势防守。"赵匡胤很确定地说。

此时以"八珑罩五活蝠"的阵势防守是非常恰当的。这是一个外圈连贯成八面进行防御抵挡，内圈五股运转，并视情况增援外圈八面的阵势。根据洛土山唐陵碑文记载，"八珑罩五活蝠"是唐将郭子仪由八玲珑的五福走马灯悟出所创，是一个可快速变化移动的防御阵势。

不过这次赵匡胤的判断只对了一半：青绿的芦苇蒿草荡子的确是烧不起来的，而后面的一半判断却是错的，因为别人点燃的烟雾虽然很冲、很呛，但始终都是淡淡的。这样的烟雾不是要他们看不清方向，而是要逼迫他们朝着别人设定的方向行走。

就在赵匡胤他们刚刚摆好阵势严密戒备的时候，他们听到了一种声音。那声音像是风声，事实上也的确有些风，但这风根本不足以驱散那淡淡的烟雾，反是被很冲、很呛的烟雾赶着走。不过不能驱散烟雾的风却在瞬间驱散了"八罩五活蝠"的阵势，众多能征惯战的兵将组成的防御阵势此时竟然还不如一片淡淡的烟雾强势。

风声是无数轻小翅膀发出的，那是一群马蜂的翅膀。燃起的烟雾是为了驱赶马蜂，而被烟雾驱赶的马蜂会变得狂躁、凶狠。哪怕面对的是挥舞刀剑的强悍兵将，它们一样会无所畏惧地将其当做发泄对象。

赵匡胤的手下有一大半在密集的刺痛中奔逃，而且很快就消失在密绿的芦苇、蒿草中，再无法知道后果如何。靠近赵匡胤身边的十几个最信任的护卫没有动，他们在赵匡胤的指示下趴伏在地，并且快速用地上的泥水涂抹身体的裸露部位。

狂飞的马蜂消失得很快，因为它们将奔逃的那些人当作目标，执着地追赶过去。过了一会儿，烟雾也消散了，这应该是燃烧烟雾的人认为目的已经达到了，所以迅速离开了他们刚才的位置。这是江湖人惯用的狡诈手法，以逸待劳，快速移动，不与不明实力的对手发生正面冲突。

第二章　曲水翻天

又见伊

当一切都恢复原来的状态后，泥泞的地上爬起来十几个泥人。这些人一下变得很有土性，一个个茫然呆立，仿佛真是泥捏土塑的。这一场以马蜂为武器的骚扰性攻击，让他们一下丢失了大部分的人，这很难想象。而更严重的问题是，张锦呑此时发现他在来路上留下的记号全没了。

"看来岛上的人不想让我们回去了。"张锦呑的话说得有些无奈、悲凉。

"不但不让回去，而且他们还想赶着我们走，走入他们所希望的点位中。这就像北方的狼群合捕羊群一样。"赵匡胤咬紧了后槽牙，对于眼前这种状况，他的火气也开始压抑不住了，一股豪气由胸中喷薄而出："但他们错了！我们不是束手待毙的羊，而是一群可以咬死群狼的虎豹。"

面对眼前的困境和别人的侵扰，赵匡胤决定暂停前行，先确定好一些情况并商量出应对办法后再做行动。

"我们现在退不回去也走不进去，要不就就地潜伏下不动，和对手耗性子，逼着他们主动现身来找我们。"张锦岱所说的也算是个办法。

"这是没办法时才用的招，现在还不至于这么做。刚才马蜂袭击的意图是要将我们往那边驱赶，你先去察看下那个方向的地势特征。"

听了赵匡胤的吩咐，张锦岱赶紧带两个人往那方向奔过去。过了没多久，三人又快速跑了回来。

"大人，那边的地势环境和我们刚才所走过的地方没什么区别，仍是茫茫的芦苇、蒿草。"

"不，有区别！"赵匡胤低头看了那三人的硬底藤帮快靴后说道，"你们看，我们的脚上都是湿糊的泥浆，而你们三人靴帮上却有块状黏土，这说明那边的地势比这边干。此地到处是不见边际的芦苇荡，没有参照点无法看出地势高低的变化。但自然之中，就算再平坦的地面都是有高低起伏的，而且这种高低起伏是可以人为掩盖的。比如专门在高处栽种矮苇矮草，在低处栽种高苇高草。那么在没有参照无法辨别的情况下遮盖下面，真实的地面高低差距其实会更大。"

"对了，我刚才大概看了下此地的芦苇，应该不下四五个品种。按照每个品种的生长特点，它们正常高度的差距最大可达到一马背高①。但我们几次搭更楼察看到的芦苇荡都是差不多高，根本没有参差不齐的现象。这样看来肯定是地面有很难觉察的起伏，而芦苇也并非完全野生，有些位置是人为调整过的。"张锦岱的发现肯定了赵匡胤的说法。

"不，还不止。如果高的芦苇是长在浅水边，达到半水深，那么最大水深处与高处的差距会更大。"赵匡胤想到了更深一层。

"等等！我想想，让我想想！"张锦岱突然在脑海中捕捉到了什么。"马背高再加上水深，这位置如果是沟道的话，足以通过二十弓②的船只。点检大人，我们可能一开始就没走对路，岛上芦苇、蒿草的掩盖中或许有与大江相连的活水道。一江三湖十八山的人马进出江中洲根本就不用自己步行，而

---

① 古时军中常用的经验高度，实际大概在一米五到一米六的样子。
② 又一种古代军中计量方法，大概在十八米到二十二米的样子。

是乘船走的水道。"

"没错,刚才我们一路泥泞、举步维艰时就应该想到这一点,那样的路根本就不像是人走的。所以岛上肯定有连接扬子江的行船水路,而且一江三湖十八山的总舵应该就在这水路旁边。这样他们才能缘水而据、入草即遁、进退自如。"赵匡胤的思路越来越清晰。

张锦岙:"那刚才的马蜂是在将我们往远离水道的方向逼迫。"

赵匡胤:"也是在往芦苇蒿草荡的深处驱赶。他们的意图仍是要我们自己耗尽体力和心力。"

张锦岙:"如果真是这样的话,那我们的下一步也简单了,只需往相反的方向走,找到暗藏的水路,然后沿水路找到一江三湖十八山的总舵所在。"

赵匡胤有种担心:"理儿是不错,问题是别人让不让你走上正确的方向。"

现在这十几个人虽然都涂抹得像泥塑一样,但这只能用来应对马蜂的攻击,要想作为掩身物绝不可能。更何况在春季翠嫩的青苇绿蒿的映衬下,这样灰黄的一群人反而更为显眼,别人不用费太大劲就能监视到他们的存在。

赵匡胤的担心很快成为事实,但这次对方没有燃烟驱动马蜂,也没采用其他招法驱赶,只任由他们朝自己认为正确的方向行走。因为有一种兵法叫欲擒故纵,有一种失策叫自投罗网。就在赵匡胤这十几个人行进的前方有一个特定的区域,这也正是别人希望他们进入的区域。

刚走进这个区域范围时,赵匡胤他们都稍稍松了口气,因为这里的芦苇、蒿草明显变得稀疏了,由漫无边际的密匝草毡变成了许多小块的组合。这些块状就像是专门用来种植芦苇的田地,只是大小不一,形状也不太规则。块状之间被不算狭窄的空隙分隔着。这些空隙就像田埂一样,不过没有高起反而低落,而且这些没有长芦苇的沙泥面上还覆盖着半指深的积水。与前面走过的地面相比,这里的积水虽然变多变深了,但没有那么泥泞、湿滑。

如果要给覆盖了水的这些空隙一个准确些的名称,那么既可以叫渠沟,也可以叫水道。由于此区域分割的块状芦苇地太多,所以这种水道也显得纵横交错、绵延深远,让人有种可以通到另一个世界的错觉。

面对这样的环境，赵匡胤他们看到了希望。因为他们正需要逃离现在的世界，找到另外一个世界。刚刚推断出另外一个世界是要从水道过去的，而逐渐变深的积水也许正预示了他们方向的正确。

突然，一只黑羽水鸟被惊飞而起，直直朝上，飞得很高。而此时此地，只有像这只水鸟一样直飞冲天，然后回首下顾，才能将地面上的一切看清，才能窥探到下面条条块块间的凶险。

地面上的确是一片芦苇稀疏的区域，此处的芦苇荡子的确是被分割成了许多小块。但从高处看就可以知道，此处的分割要么是大自然的天工之作，要么就是人为的叵测歹毒。

那些被分割的块状基本都是圆形的，只是这些圆有大有小，有正圆有椭圆、空心圆、实心圆、半圆、开口圆，还有圆中套圆。而真正的奇妙诡异之处还不是这些圆形块状，而是它们之间的分割线，也就是那些积水的小道。因为除了各种圆形块状之间所形成的弯曲回旋外，它们还与空心圆、圆套圆、破裂圆内部的空隙路径相连接。于是整个形成了个多线盘旋环绕的布局，就如同好多个漩涡交叉重叠在一起。

这是一个奇妙而危险的局相，它既不属人间道，也不属仙家道，而属于邪魔道。最初黄帝所得、风后所译的奇门遁甲格局为一千零八十局，其中便包含有此局相。后来姜子牙将其归纳重编为七十二局时便将此阵删去了，所以此阵局一直在邪派中流传。现在这阵局的名字叫"曲水翻天"，但最早时却是叫做"红水阵"。"红水阵"是商纣时闻仲讨伐西岐的十绝阵之一，阵主王变。此阵原来是以三个葫芦形的块状组合进行布局，再辅助毒水杀害闯阵之人。后世将其发扬光大，以圆形替代葫芦形，这样的变化便更加多样莫测，而且涵盖的区域可以无限放大。

在此地设置"曲水翻天"的人其实有更深一步的想法，他在其中还利用了地形的陡变，让进入其中的人惯性陷落。与前面刻意种植的等高芦苇来掩人视线的做法截然不同，这种布局是以看似可行的路径让刚从芦苇荡里出来的人顿觉有了出路和希望。其实顺着这些路径而行会更为严重地迷失方向、迷失自己，最终被阵局中布设的杀戮手段轻易毁掉。

第二章 曲水翻天

赵匡胤和手下人也是这样,刚刚在密匝荡子里艰难跋涉过来,到了这里之后很自然地将注意力依旧全放在一块块的小片芦苇上,根本没在意那些可以行走的渠沟,这样就更加容易陷入到局势的锁困中。

但是水鸟冲天而飞所见到的景象赵匡胤这些人却看不到,所以他们循径而走是很自然的事情。但这样走下去的结果是他们无法承受的,却是别人所期盼的。

脚下的水越来越深,已经淹过了脚踝。从这种现象看,他们所走路线是正确的,是在朝着有水的方向行进。不管前面是水路暗道还是江边,只要能顺利抵达便意味着脱出困境。

又一只黑羽水鸟被惊飞,这引起了张锦岱的注意:"这里的水鸟品种单一,数量似乎也不多,都是喜欢在浅水捉鱼的黑婆鸦。这会不会是经过人工驯化的,然后按位布置,以惊飞作为警信。这样可以将我们行及的具体位置报给它的主人知道。"

"应该不会,你看那芦苇丛中有用红粟叶搭的鸟巢,驯化过的鸟儿不会自己在野外搭巢。"赵匡胤当初行走江湖时也了解过这方面的知识。

"哦,真的有鸟巢。这鸟巢搭得还挺精致的,是拢起多支芦苇合撑巢体,再用芦叶遮掩,不细看还发现不了。"张锦岱以前没有见到这样子的鸟巢。

这时旁边一个禁军虎卫也随口搭腔:"这样的鸟巢我先前看到过。"

这话让赵匡胤猛然一个激灵:"你看到过?是在哪里?"

"就第一次惊起飞鸟的地方。"那虎卫答道。

张锦岱:"从第一次惊飞水鸟的地方到这里我们已经走出有小半个时辰,这么长一段距离,再次见到一处差不多的鸟巢并不奇怪。"

"不,这里好像有蹊跷。张将军,你在这附近留个记号吧。记住,要做损形记号。"

水波惊

赵匡胤的话刚说完，张锦岱就已经领会他是什么意思，自己上岛后进入芦苇蒿草丛，都是扎红带留的亮形记号。但这些记号后来都找不到了，很可能是被别人取掉了。损形记号却不同，它是将一些固定物损坏为记，别人要想消除记号，除非是将损坏处弥补好。这样难度可就大多了，就好比将一个圆形块状范围内的芦苇砍掉一些作为记号，那么要想弥补的话，除非是在短时间里挖掉砍断的，再移栽好的过来。事实上即便能做到这一点，挖掘移栽的痕迹还是会很明显。

张锦岱没有砍掉芦苇，而是将十几棵芦苇的苇尖摘掉。这十几棵秃了顶的芦苇对于他们来说是个明显的记号，但在茂密苇丛的衬托之下，对于别人来说却是一个不容易发现的记号。而自己能及时发现别人却很难发现的记号才是最有作用、最具效果的记号。

当小道上的水面差不多有半个小腿高的时候，他们这十几个人又惊飞起一只水鸟。这次的水鸟受惊吓度很小，没有高飞也没有远飞，只是大展开翅膀贴近浅浅的水面掠过很长一段距离，像是在水中寻找些什么，然后轻巧地落在一株粗大的芦苇上，脖子拧转，灵眼四顾，依旧紧盯住浅浅的水下，对赵匡胤他们根本不予理睬。

准确地说，这一次受惊吓的不是那只黑婆鸦，而是黑婆鸦惊吓了赵匡胤他们。因为他们不单看到了同样的水鸟，还看到同样的鸟巢，用红粟叶搭起的鸟巢。而最让他们心惊胆战的是，除了看到鸟巢外，他们还发现旁边十几株被摘掉顶花的芦苇。很明显，这一切显示他们还是回到了原来的地方，跋涉了那么长的路途竟然只是在转圈。这些勇敢的人顿时混乱、不明所以了。

就连赵匡胤的心中也升腾起一种恐惧感，他走过漠北的狼毒滩，也走过吴越余溪的碧花岭，那都是辨不清方向转圈走不出去的地方。但漠北的狼毒滩是天然环境，只要饮水食物充足，再沿途做下明显的记号就能走出来。余溪的碧花岭是坎子家（专门研究设置机关暗器的门派）设下的坎扣，"叶绿花也绿，一碧无天地"。不过只要辨别得出坎家的"孤色五行律"，找出主

第二章　曲水翻天

索（关键规律或关键部位，一般是整个布局的基础，其他变化都由此延伸而出），也可以从容走出来。

但是此地和那两处都不相同，看着竟然有些像是天然环境与人为设置的双重布局，而且这个布局的主索是什么也无法辨出。因为那么多长着芦苇的地块，全都无法看出实际形状。往往还没能绕着一个地块走全，就已经被迫走上围绕其他地块的路径。所以要想从中找出哪个地块是引导整个局势的主索根本没有可能。

再一个让赵匡胤感到恐惧的原因是脚下水深的变化。不管自己每次走的路径是否相同，最后又回到原地却是可以肯定的事实。但同是原地，脚下积水的深度却发生了很大的变化。

水深的变化可能性很多，也许是为了让某些具备杀伤力的东西缘水而来，对自己这帮人进行攻击。这就像坎子家在坎面里放的扣子，就像刺行在兜子里放下的爪子。即便退一步说，就算水里没有东西来攻击自己，一直上升的水位最终也有可能将自己淹死在芦苇荡里。

赵匡胤暗自的斟酌错了一半对了一半。此处布局的主索其实是在积水的路径上而不是在地块上。他到现在都没有将思路从茫茫芦苇荡里抽拔出来，始终纠缠在那些长满芦苇的地块上。但他对缓慢上升水位的分析倒是很准确，这水的用途就相当于"红水阵"里使用的毒水。虽然它里面没有毒，却可以让伤害力比毒水更加凶残的东西从已经足够深的水中游来，对陷入"曲水翻天"里的目标进行攻击。至于是什么样的凶残东西，赵匡胤他们很快就会亲眼见识到，因为那些东西正在向他们逼近。

远远的一声尖利的鸟叫，听声音应该是黑婆鸦。但是这只黑婆鸦是不是刚才那只没人知道，它因何而叫，在哪里叫，同样没有人知道。

"那是什么？"赵匡胤身边有个年轻的虎卫发出一声惊呼，尾音中明显带着哭腔。

大家转头看去，一道晶莹的水线无声地沿着积水的路径缓缓滚来。这水线不高，和平常水面中扔进一块石头荡起的涟漪差不多。但问题是它不是涟漪。水线只有一道，因为很平直，而且在每个可以看得见的岔道中都有出现。

就在此时，芦苇丛中又发出一声黑婆鸦的突兀怪叫。这叫声和刚才远远传来的一声又有不同，它就像一把无形的粗齿锉刀从人的耳朵直插入心脏，让人瞬间收紧了心脏、僵硬了躯体。但这仅仅是开始，随着这只黑婆鸦的叫声响起，芦苇丛中同时扑腾起数百只的黑婆鸦，发出同样让人从耳到心都难受的叫声。在这种叫声的折磨下，人们收紧的心脏重新放松，僵硬的躯体再次松软。只是放松的心脏仿佛失去了跳动的欲望，松软的躯体似乎要放弃一切自身的支撑。

"嗨——"赵匡胤当机立断，挺腰吐气发出一声长喝。这喝叫是为了提聚自己的心神，也是为了让其他人顿醒的。"大家注意了，这鸟叫是'斗禽器'，会乱人的听神、心神，大家舌抵齿，深吸缓吐。但这鸟儿我们刚才已经遇到过，始终没有出现这种情况，所以它们发出'斗禽器'不是针对我们。而应该是发现了它们的天敌或猎物，招呼同伴一起进行攻击。"

幸亏那些鸟叫声持续的时间并不长，所以在赵匡胤的提醒下，其他人很快恢复了状态。

"那些鸟儿不是针对我们的，它们的天敌或猎物会不会是来对付我们的？"有手下胆战地问赵匡胤。

赵匡胤眉头微抖了下："很有可能，此处水位的上升已经很是奇怪，而滚动水线的出现更加蹊跷，大家要尽量当心水里面的东西。"说完这话，赵匡胤取下背上背着的长条布囊，抽出他的鎏金盘龙棍。其他人见赵匡胤竟然连盘龙棍都取出来了，心中都清楚事态的严重。于是，大家也都将随身的兵器取出，凝神戒备。

晶莹的水线缓缓滚过赵匡胤他们所在的位置，水中什么都没有。但大家没有就此放松绷紧的神经和筋骨，明显的前兆出现后却未见到危险，只能说明危险离得更近了，而且危险的程度可能会比预计中的更加凶烈。

突然之间，"斗禽器"的怪叫声一下就沉寂下来，大群黑婆鸦像是被一起掐住了脖子。整个芦苇荡变得和之前一样寂静。不！比之前更加寂静。静得有些诡异，有些恐怖，有些不可思议。

第二章　曲水翻天

赵匡胤他们十几个人虽然还如泥塑一般站立原地不动，但是这突然的寂静倒是给了他们确定自己还活着的机会。因为在这寂静中，他们可以听到了自己快速的心跳声，可以听到血管中湍急的血流声，听到握紧武器后手掌骨骼肌肉发出的"咯嘣"声。

诡异的寂静很快就被更加诡异的声响打破，那是一种如同雨打苇叶的声响，但是周围没有一片苇叶出现抖动。苇叶没有动，水面却是喧哗、跳跃起来，没想到活起来的水可以发出和苇叶相近的声响。又有水线移动过来，但这次过来的不是缓慢且无声的水线，而是沸腾起很大一段水面的水花，速度也比之前的水线快好多倍。

现在的水深虽然已经快接近膝盖了，但沸腾的水花仍然是将水底的泥沙翻腾起来。水色被染成了灰黄，让人无法看清水下是什么东西。不过有一点可以肯定：如果这水花是鱼造成的话，那肯定不会是一条鱼，而是一群鱼。还有一点可以推测出来：造成这样水花的鱼不是一般的鱼，因为它们的游动姿势很特别。一般鱼都是左右摆尾往前游动的，绝不会形成这样喧嚣跳动的水花。只有上下扑打鱼尾往前游动的鱼才可能造成这样的热闹场景。

"退，往后退！看有没有地方可以避开这些水花。"张锦岙喊道。

"不行，后面也有水花过来！""那两边的岔道里也有同样的水花！"这十几个虎卫虽然不是什么江湖高手，但都久经沙场、训练有素。所以刚刚见到诡异的水花便已经自觉地四处寻找躲避的路径。

"看看能否砍开一片芦苇，芦苇根密集的地方水会比较浅，而且有苇根阻挡，水里的东西也不容易接近。"张锦岙又说。

"不能这样做，那样有可能会毁了一两个黑婆鸦的巢窝，到时候鸟群也会将我们当作敌人，水下、天上两面合击，我们更加无法招架。而且就算到了浅水、多根茎的位置也不一定能挡住水下攻击。"赵匡胤说出自己的想法，而接下来发生的事情也证实了他的判断。

喧嚣的水花出现后才一会儿，就已经距离赵匡胤他们不远了，而且水花是从多条路径岔道一起往他们这边集中，很明显他们这次已经再无躲避之处。

也就在这个时候，沉寂了的鸟群却动了，这趟它们没有叫，但发出的声响同样不小。数百只鸟一起拍动翅膀,那巨大的声响竟然也像雨打苇叶一样,而且苇叶真的动了。在这大力的扇动下,在鸟群扑飞而出的借力下,芦苇荡就像掀起了一片绿色波浪。

水下果然是鱼,也果然不是一般的鱼。鸟群依次掠向水面,用硬喙、利爪对那些鱼发起攻击的瞬间,那些鱼也纷纷现身。它们不是因为遭遇水鸟群的追杀而惊吓得现身,而是在黑婆鸦掠近水面时,从喧哗跳动的水花中跃出,主动向鸟群发起了反攻击。

鸟鱼斗

所有的人都呆住了,他们从没有见过这样的鱼。这些鱼虽然不大,但是很多,数量应该远远超过鸟群。鱼的样子很丑:很大的脑袋、很大的嘴巴,嘴巴里满是尖利的牙齿;鱼身无鳞,鱼尾为分叉横尾。从这两个特点来看,这些不像鱼而更像豚。

所有的人都被惊住了,他们从来没有见过这样的场面。这是一场鸟与鱼的厮杀,但激烈且惨烈的程度绝不亚于一场血战。

鸟群率先攻击,直扑向水面。水里怪鱼的动作更快,后发先至,而且跃出水面的数量比鸟群要多得多。这是因为怪鱼的身体小,群体密集,不单可以借助拍打起来的水花跃起,而且相互间还可以利用躯体借力。另外,也是由于此处不是大片水面,而是狭窄盘旋的积水小道,鸟群无法一同扑下。同时它们的飞行还受到芦苇荡和小道弯曲度的影响,所以只能轮流掠下。

跃出水面的怪鱼虽然数量众多,但跃出后却不一定能回到水里。黑婆鸦可以在飞行过程中用疾速且灵巧的喙和爪将跃在半空的怪鱼直接抓住,有的甚至能一下抓到两条或更多。

凌空抓住怪鱼的黑婆鸦大多数立刻喙啄、爪抓将怪鱼撕碎,然后带着怪鱼尸体快速飞离水面。

但有些黑婆鸦由于抓啄的位置不好,在怪鱼的大力挣扎下,使得它们

第二章　曲水翻天

不能及时将怪鱼杀死便匆忙飞离，以免遭到水中其他怪鱼的攻击。而那些一下抓住两条甚至更多条鱼的黑婆鸦则更加没有机会杀死自己已经抓捕到的怪鱼。

好多没有及时杀死自己所抓怪鱼的黑婆鸦都未能飞得太高太远，眼见着扑扇了几下翅膀就又重新一头栽下，就连一点滑翔的迹象都没有。

栽在芦苇丛中的，砸断一片苇尖后便一动不动了。直接栽落水面的，那会惹起一团更大的水花。然后鸟的身体在这水花中瞬间不见，连羽毛都不留下一根，只在浑浊灰黄的水面里添加一些红色。就仿佛那水花下有一副铰刃锋利的铰肉盘似的。

至于随着黑婆鸦一同栽下来的那些鱼，不管鸟儿最终落在水中，还是芦苇上，它们倒是都能蹦跶着回到水中。

"啊，那怪鱼在空中杀死了黑婆鸦。"张锦岙最擅长的绝技是打飞蝗石，眼力不同一般人，所以可以将空中发生的一些细节看清楚。"那怪鱼两侧的鱼鳍是弯刺状，被黑婆鸦抓住后挣扎扭动，弯刺便有可能扎入鸟的身体。只要一扎入，那黑婆鸦立刻就往下栽。"

"什么？难道这就是'虎齿毒刺昂'？"赵匡胤倒吸一口凉气，冒出一身冷汗。

"虎齿毒刺昂"，一种稀有的淡水鱼，元代以后便完全绝迹。《华夏鱼种》《灭绝种类全记录之鱼类》等现代科普书籍中都说此鱼是唐代时外域朝贡带入的品种。虎齿毒刺昂为群居鱼种，身上无鳞，形似豚，繁殖快，性凶，嗜血，喜食肉。从种种特征来看，这应该是中国最早出现的食人鱼。五代后梁时吴国人潘离疏所著《凶事奇闻手辑》中有个"喧水噬人"的故事，说是突然出现一片喧腾的水面，将在水中捞蚬子的乡人瞬间吞噬，只留下血水和白骨。这个故事中出现的喧水很大可能就是大群的"虎齿毒刺昂"。

"注意了，那怪鱼虽然口大齿尖，但真正的杀伤却不在虎齿，而是在毒刺。都看清楚了，就是身体两边的鱼鳍刺。那刺上有毒，是鱼自身肝脏分泌出的'肝攻脑'。毒性可以让牛马那样的大牲口瞬间倒地毙命。"赵匡胤对此鱼很是了解，因为其弟赵匡义曾经被这种鱼毒害过。赵匡义被一斧之师相救，才没有中毒身亡，但身上留下了十几个齿洞。

"怪鱼的特性是不被攻击时只动嘴不动毒刺，一旦遭遇攻击毒刺就会展开，并且分泌毒液。"赵匡胤又补充一句，但这似乎是句废话。难不成他们真就站在那里一动不动任凭这怪鱼咬噬，直到自己变成红汤白骨？要真这样的话还不如被毒刺刺中死得痛快。

"赵大人的意思是如果那些怪鱼不攻击我们的话，那么我们千万不要主动去招惹它们。"张锦岙补充了一句，其实他自己也不知道这是否能解释赵匡胤的真实意图。

黑婆鸦和虎齿毒刺昂的战斗从激烈、惨烈转为了血腥。黑婆鸦刚开始还抓住虎齿毒刺昂杀死并飞到一边吞食，到后来就变成了直接的杀死。抓住后啄咬撕扯后便直接扔掉，然后飞一圈转过来再次捕捉、杀死。这样没有后续目的的杀戮让黑婆鸦的进攻变得更加简单、直接，也正是因为这样的改变，使得被虎齿毒刺昂刺死的鸟儿越来越少了。

但是这样的状况没有维持多久，虎齿毒刺昂随即也改变了状态。它们的游动很明显地变慢了，水面上跳动的水花也没有原来那么激烈了。而且始终有些虎齿毒刺昂浮在水面上游动，水鸟扑下时也不跃起，似乎就静等着被抓、被杀。但这条鱼儿不跃起并不意味着其他的鱼不跃起，当黑婆鸦瞄准水面上浮游的虎齿毒刺昂扑下时，旁边会突然有其他的虎齿毒刺昂跃出，刺击掠近水面的黑婆鸦。

拼死的战斗在继续，战斗的范围离赵匡胤他们所在的位置越来越近。而且没等水中的虎齿毒刺昂游到他们跟前，黑婆鸦的飞行范围就已经将他们这些人笼罩在其中了。

"啪啦"一声响，是有什么东西从天上掉下来，落在一个虎卫的斗笠上。

"什么东西？！"突然出现的一声响将斗笠下本就紧张到极点的虎卫吓得魂飞魄散。

"没事没事。"反倒是旁边被落物溅脸上的虎卫在安慰他。"没事，就是些鸟粪。鸟儿在愤怒攻击时常常将鸟粪也当做武器，边飞扑而下边拉鸟粪……啊！不对，我眼睛怎么了？我眼睛看不见了！我脸上也没知觉了！啊！啊！"那虎卫话没说完就出现了状况，一双手在脸上乱摸乱抓，最后因为脸上全无知觉，连话都说不出了。

"抓住他的手，别让他摸到嘴里。那黑婆鸦捕食了虎齿毒刺昂，所以粪便中带有剧毒。"赵匡胤眼睛一转，立刻想到应该是这么回事。但他的阻止已经晚了，那虎卫擦拭眼睛沾有些许鸟粪的手已经抹到嘴唇边。所以还没等旁边人抓住他的胳膊，这虎卫就已经直直地倒下，身体剧烈地抽搐了几下便再不动弹。

"啊，死了，这就死了！""逃不了了，我们都得死！"赵匡胤的十几个手下已经接近崩溃。水下吃人肉的毒刺鱼已经让他们感觉无路可逃了，现在天上又多出拉毒粪的鸟儿，这可真是到了上天无路、入地无门的地步。

"住嘴，如此聒噪，不怕鸟粪落到嘴里？"张锦岙一声断喝止住手下人的低声哀号。"我跟你们说了，现在不管是被水中的鱼咬死还是被天上的鸟粪毒死，我们都要拼着用自己的身体铺垫道路保赵大人平安出去。"

"不要这样说，只要大家齐心协力，就没有逃不过的灾殃！"赵匡胤将手中的盘龙棍重重往下一戳，满怀豪气地说道。但这番话完全是为了鼓舞大家的勇气。面对眼前的死境，他也只能是祈祷老天保佑。

盘龙棍戳在了水中，插进了泥沙，发出一声奇怪的声响。不是水花溅起的声音，也不是棍头入土的闷响，而是一种金属连续碰撞的声响。不！准确些说应该像是一块奏琴用的弦拨子从钢制鳞甲上轻轻划过的声响。

"啊，盘龙舒鳞！难道真的是老天来帮我了。"赵匡胤剑眉扬展、双目放光，胸气、胆气再次高涨起来，其势透体，如焰升腾。

这赵匡胤为一代开朝帝王，发生在他身上的奇事无数。历史上我们熟知的民间典籍中有两部是将和他有关的东西排在首位的。一部是《百家姓》，其中将赵姓排在第一位，这是因为《百家姓》是北宋初编撰的。另外一部是《典器》，此书将唐至宋末的奇珍异器进行了排位。而宋祖赵匡胤手中的盘龙棍在其中被列为第一位，在九尊日月玺、开片官窑瓷、有凤来仪箫、吉州凸形瓷等绝妙器具之上。

盘龙棍能排众典器之首和赵姓排百家姓之首又有不同，它并非完全是因为赵匡胤的原因，而是它本身具有神妙之处。

首先这盘龙棍的制作材料是世间绝无仅有的，挟有许多神奇的特质，出处来历极为不凡。晋代时，吴地三江王为镇住钱塘江水妖闹水、驱潮冲岸的灾祸，在钱塘北岸立下一根铜铁混铸的盘龙立柱，取名"破潮杵"。为了增加"破潮杵"的震慑力和灵性，当地斩杀犯人也都在此处执行，且将斩杀犯人后的射空血①喷溅在锁潮柱上。"破潮杵"在隋末时被草莽流寇拉倒，用以铸造兵器。但拉倒的"破潮杵"却在基石下留了一个柱根，柱根直到唐中期才被金华金器名匠查行云挖出，然后与铸造师任坦合作，仿造前世流传下的"破潮杵"的形状，再加以改进和美化，最终制作成一根鎏金盘龙棍。

这根盘龙棍制作得非常精妙，它通体是一条龙盘绕在棍子上，棍头就是龙头，棍尾就是龙尾。这只是外观，更为巧妙的是这龙是条活龙。只要机栝打开，盘绕的龙身立刻能与棍身脱离，同时龙身上的所有鳞片倒竖，变成无数锋利的小刀片，只有龙尾始终连接着棍子。这样盘龙棍整个就变成一根长杆软鞭，棍身是鞭杆，而长长的龙身则是鞭身，龙头则是鞭头。挥舞起来，不单龙头可以像流星锤一样重击敌手，倒竖起的鳞片片片锋利，只要着身便是皮开肉绽、骨碎筋断。

因为这盘龙棍取材为"破潮杵"的柱根，所以积聚了"破潮杵"上吸取的所有精华和灵性。当日月变化时，它的色泽会有所改变。遇到危险时，它会发出龙吟般的"嗡"响示警。而遇有可借势力，预示可奋勇一搏时，那龙身会像兴奋起来了一样，从头至尾舒抖一下鳞片。

忽止静

这棍子做成之后一直都只作为辟邪之物，藏于查家祖祠。后来查家遭

---

① 砍头之后，由脖颈间喷出的血，不能及地，也不及其他器皿。

第二章　曲水翻天

遇天火，家业尽毁，其一脉单传的孙子被迫出家为僧，于是将此棍带入了琴架山塔窟寺。多年之后琴架山一带地动塌方，塔窟寺被毁，此棍便不见了踪迹。直到五代时，塔窟寺重建，人们才在天王窟将此棍挖出。但有风水高人说此棍灵性太盛，凶吉不定，龙形难服。一般人家镇不住，佛家静地也不适宜。只能让其用于战场杀戮，磨灭其凶性，修炼其真灵。于是寺中遣人将其抛入驻马峡，任凭天缘机巧为其觅得主人。至于赵匡胤是如何得到这根盘龙棍的，所有正史野史、民间传说都不曾提到过，无须刻意编造。

当赵匡胤将棍子往水中一戳，那棍子便发出了一声清脆的龙舒鳞长音。这一下提醒了赵匡胤两件事情：一个是从他上岛之后，盘龙棍自始至终都未发出过龙吟示警，这说明自己还未到最为危险的时候；而现在龙身借势舒鳞，这说明自己现在虽然看似陷入绝境，但其实是可以借势反击的。

至于可借之势在哪里赵匡胤并不知道，不过他并不为此着急，因为天注定的事情，该来的终究会来。

此时虎齿毒刺昂和黑婆鸦的争斗已经没有开始那么激烈，黑婆鸦只是三三两两地扑下，而毒刺昂也只是在黑婆鸦扑下时才有几条跃起。但只要有黑婆鸦扑下，不是有毒刺昂被抓起撕碎，就是有黑婆鸦被刺落水中，那种双方都不得手的现象基本没有了。这其实已经到了类似于拼死肉搏的阶段了，不成功便成仁，相比喧闹激烈的场面更加残酷冷血。

"它们这一战其实和我们冒险来岛上的目的是一样的，都是为了食物、为了生存。"赵匡胤发出了一声感慨，"它们的捕食对象都是浅水中的鱼虾。虎齿毒刺昂要是进入了这片苇荡水域，大量浅水里的鱼虾被它们吃掉，那么黑婆鸦的生存和繁殖就会受到威胁。但奇怪的是这里黑婆鸦的数量很多，鸟巢也做得结实精巧，不像常常有毒刺昂来争夺地盘的迹象。除非……"

"除非是有人临时将这些怪鱼放进芦荡。"张锦岙总能八九不离十地揣测出赵匡胤的意思，这也是赵匡胤将他一直留在身边的一个原因。

"对！如果是人为放入的虎齿毒刺昂，那么这水道和芦苇叶也可能是人为设置的。"说到这里，赵匡胤立刻蹲下身来，用手在脚下的泥沙中抠挖了几下。"泥沙下有芦苇的连结根，说明这水道原来也是有芦苇的，是被人为割除的。这是一个利用实际环境改造出的阵局，是玄妙局相与自然环境相互结合出来的。所以我们刚才的想法都错了，这阵局的主索不是其中一个或几个不知形状的芦苇地，而是我们脚下以为是正经路的水道。因为只有这水道可以将所有需要利用的块状芦苇地串接起来。"

"啊，那些鱼过来了！它们加速了！"此时旁边有虎卫再次发出高声哀号。

果然，虎齿毒刺昂离得非常近了，已经可以看到它们张得很大且闪露出两排利齿的嘴巴，还可以看到它们拥挤在一起涌动的身体。这一切不但让人感到恐怖，而且十分恶心。

此刻还有其他更加恶心的东西，那就是鸟粪。黑婆鸦见虎齿毒刺昂加速了，立刻也变得疯狂起来。虽然攻击还是三三两两的状态，但几乎所有鸟儿都盘绕在了空中。这样一来，剧毒鸟粪便如雨点般密集地落下。

不过这次鸟粪没有造成伤害，刚才倒下的虎卫已经提醒了其他人，大家已经撕下衣袍将脸面包裹住。鸟粪全都落在衣服上和斗笠上，散发出的阵阵异臭，让人嗅闻到死亡的气息。

汇聚过来的毒刺昂逼得更加近了，十几个人已经挤在一起，再没有一点避让的空隙。黑婆鸦盘旋的高度更低了，几乎都要撞到下面的人，所以大家只能尽量放低身体，但又不敢蹲到水里，那样的话水里的攻击会直接针对要害。

赵匡胤此刻心中已经在疑惑，盘龙棍给出的预示到底准确不准确。但不管有没有外力的相助、有没有老天帮忙，他都不会轻易弯腰示弱放弃最后一线生机。死是可以的，但绝不能以畏缩的姿态去死。于是赵匡胤决然地举起了盘龙棍，准备加入到鸟与鱼的战团之中。

就在这紧要关头，就在盘龙棍完全举起的那一刻，盘龙棍再次发出了一声尖利的声响，就像一把锋利的刀片从棍身龙鳞上刮过，就像琴拨大力地拨响了一根高音弦，弦颤声惊。

此时，所有虎齿毒刺昂几乎同时停止了游动，水面跳动的浪花顿时平复下来。而天上盘旋的黑婆鸦一下全飞落到芦苇丛中，只留下大片不停起伏晃动的芦苇，就像是绿色的波浪。

第二章　曲水翻天

寂静，周围变成了死一般的寂静。但这寂静没有维持多久，紧接着就从远处传来了"隆隆"的响声。随着这响声，渠道上齐膝深的积水在迅速退去，那些虎齿毒刺昂的游动竟然跟不上积水突然退去的流速，很大一部分被芦苇挡住，搁浅在芦苇荡中。而那些黑婆鸦则再次喧闹起来，不过这次的叫声不再是斗禽嚣，而是一种灾难来临前的恐惧声。

"快走！跟着水势走！"赵匡胤不知道即将到来的是什么，但利用眼下的时机跑出这片走不出去的芦苇荡应该不会是错误的选择。因为积水最终肯定是要退到河道或大片水域的，只要能跟上退去的水流就肯定能找到暗藏的活道或一江三湖十八山的盘踞点。

"双锋前卫开道，砍开芦苇丛，跟紧了退去的水势。"赵匡胤下令。

身边有三四个使用双刀的虎卫立刻冲到前面，刀花翻飞，砍苇而行。

"后防卫用快机短弩封住空中，防止水鸟袭击。"赵匡胤立刻想到，砍开芦苇丛便会毁了一些黑婆鸦的鸟巢，这样的话很有可能会遭到鸟群的围攻。

不单是四五个虎卫端起背上的快机短弩，就连张锦吞也从皮囊中掏出了大把的五彩飞蝗石，准备对付鸟群的攻击。虽然赵匡胤的身边只剩下十几个人了，但依旧是个能攻能守、各司其职的团体。由此，可见赵匡胤治军别有一套。

不过这一次赵匡胤的估计却是错了，那些黑婆鸦并没有对他们发起袭击，而是在支撑鸟巢的芦苇被砍断后立刻飞离。这可能是因为它们面对的其他灾难要比鸟巢被毁严重得多，已经无暇顾及这些毁坏它们巢穴的逃命者。

"曲水翻天"的阵法用在此处其实是有些牵强的。原本这阵法是要在多处关键点设置无法毁坏的物体，战场上则设置营盘或队列。这样要么是成功实现阻挡，要么可以顺势变化或重新集结，保住阵势不变。但这里的设置是利用天然的芦苇荡改造而成，平时如果有人想从芦苇地块中直接闯过，可利用黑婆鸦进行阻挡。而一旦失去了黑婆鸦的阻挡，那么被砍破的芦苇地块就成了整个阵法的固缺。而整个阵势只需出现几个固缺之后，与原有的路径接通，那么曲水便成了直水，众多各种形状的圆形地块构成的翻天势便一点作用都没有了，因为被困阵中的人再不会顺着阵势走了。

追着退去的水势果然没有再遇困境，可问题是前方的路又通向哪里？相比之前的情况无路已经不再可怕，无路可以自己踩出条道路来。真正可怕的是脚下明明有路可走，可是却茫然不知这是一条通往死亡的道路。

"好了好了！前面的芦苇矮了，有条面子（长长一排，像墙面一样）的蒿草。那方向肯定有水道，而且是可以行船的大水道。"张锦岱远眺后自信地说道，一向沉稳的他显得很有些兴奋。

可是此时赵匡胤却偏偏停住了脚步，怔怔地站定在那里。他的一双脚立得很稳，已经微陷入泥沙之中。但他的一双手却在颤抖，是因为紧张和恐惧，也是因为被某种无形的力量带动着。

无形的力量并非直接带动着赵匡胤的双手，而是先带动着他手里的盘龙棍，双手是因为棍抖才抖的。而此刻那盘龙棍不仅在微微抖动，同时还发出一阵沉闷的"嗡"响。这是盘龙发出的龙吟声，预示着危险的来临。盘龙棍所具灵性不会出错，此刻的确有巨大的危险正在逼近，而且所挟带的威力和凶势是赵匡胤从未遇到过的。

远处隆隆的声响在渐渐变弱，最终演变成连续不断、没有起伏的一声长响。这响声不清脆、不刺耳，但非常清晰。就像猛力地撕扯开一块老粗布，又像用利刃劈斩开人体的皮骨肌筋。

"架更楼！"赵匡胤断喝一声。随着这声命令，手下虎卫立刻聚集叠立，架起三层高的人体更楼。

刚想迈步登上更楼的张锦岱被赵匡胤一把按住，然后他亲自轻纵鹤步登上了更楼的顶端。

双边潮

远处的声音很清晰，远处的情景更加清晰。那是一座巨斧模样的峰头，峰面立削，犹如刃口，直朝着赵匡胤他们所在的方向劈来。但峰头的顶端并不尖锐，而是晶莹的花朵一般，并且在不停更换着花型绽放。刃口两边的刃面更是不可思议，竟然拖拉出看不见尾端的长度，灰沉沉地，就像压住地平线的灰色云层。

顶面上的花朵是浪花，两边的刃面是涌起的水面。

"峰头潮！这是两潮相夹才会出现的水相，其威力势头比单面涌潮更加飙狂凶猛。但这种潮势只听说钱塘江有，长江水域从未听说过。而且……而且这里的潮浪怎么会直奔岛上而来，其势像要将整个岛淹没了。"赵匡胤闯荡天下时见过很多潮涌的情景，其中包括钱塘潮、灌海潮，等等，所以对潮相潮势了解很多，判断也相当准确。

"对了，这里是处于江中心的一个岛子。一边有潮水冲上来，那么另一边呢？"想到这里赵匡胤猛然转头，望向岛子的另一边。

另一边几乎听不到什么声响，但所看到的水势却更加让人心魄激荡。那里同样也有潮水涌起，速度却没有峰头潮快，看着都有些像是停在原地不动。但这边的潮水却很高，而且还在不断地增高。所以虽然没有领头高耸的峰头，却有一大片不断在长高的群山，由一层层潮水不断叠起、叠高的群山。

"山屏潮，这是只有大海里才有可能出现的潮相，怎么也在这里出现了。而且与峰头潮相对而来，这一击一挡，就算是桐木胎、铁固件的船只都很难抵受，桅断船翻皆在顷刻之间。至于某些没有船只又不熟通水性的人，最终结局会有两个——沉入水底喂了鱼，或者泡浮上水面喂了水鸟。而所谓的某些人中，包括自己和仅存的这些手下。"赵匡胤心中已经万分慌乱，因为所见情景已经将其置于一个必死的境地。

"是潮水冲过来了！赵大人，潮水冲过来了！"赵匡胤下面一层架更楼的虎卫也看出自己面对的是什么样的形势。此时此刻，他们的意识中已经没有了生与死的概念，只有对清醒与幻觉的猜疑。

"潮水？啊，不好！中了别人明赶暗引之计。我们先前走错了，应该是往无水的高处走的。"张锦峇听到上面的话，立刻就将前后事情连贯了起来。

"不见得，就算是高处也不一定能躲过这两边的大潮。"赵匡胤心中虽然慌乱，但语气和表情却依旧镇定。"等等！我看到了，前面确实是水道！

而且是可以行船的水道！"

赵匡胤后面的话听起来有点像废话，但是他这话一说，所有人都安静了，很明显的恐惧和慌乱也强行按伏下来。因为赵匡胤一向平静的语气里此刻却带有很大程度的兴奋，这兴奋让大家感觉到最后一丝逃生的希望。

"水道中好像有船，再顶高一点，我看看清楚。"

听到赵匡胤的吩咐，下面所有的人立刻都以手替肩，三层人体搭起的更楼全变作以手托举。于是整体高度上升了大半个人高。

"是有船，还不少。这些船都停着不动，难道是等着那潮浪的冲击？芦苇、阵法、曲水翻天！对了！我知道怎么回事了！是在等这潮浪来！"说完这话赵匡胤直接跃下更楼，率先往前奔去。赵匡胤边奔边大声呼喝道："跟上，抢船，只要赶在潮水到来之前上了船，那就死不了！"

这不是命令，而是信息，可以活命的信息。这个信息让那些虎卫拼命狂奔，样子比刚才争斗的虎齿毒刺昂和黑婆鸦还要疯狂许多。

和他们直接距离最近的是一艘无桅船，这船虽然挺大，是正宗三丈以上的江船。但只靠摇橹和撑篙作为行船动力，表明这船一般不行远途，只是用作接送和临时过渡货物的。

一群别人认为根本无法走出芦苇荡的人，一群别人以为已经被虎齿毒刺昂噬嚼了的人，一群别人眼中浑身泥浆、鸟屎，还被汗水画出花花道道如同鬼怪的人。当这样一群人突然出现在水道旁边、出现在那艘无桅船前面时，船上那些严阵以待、正蓄势要与巨大浪潮周旋的人全被惊吓住了：这大潮大浪还没到，水鬼水妖却不知从什么地方冒了出来。

被吓住人的很多，但清醒、果断的人也不是没有。距离不远的另一艘大船上有人也发现突然出现的这群人，于是高声呼喝道："快把船划开，不要让他们上了船！"

声音的传播很快，听到喊声的人反应也很快，但这两个时间加起来，怎么都不及张锦岙的手快。船上人还没来得及抓到摇橹和撑篙，已经遭到五彩飞蝗石的准确打击。

飞蝗石由手发出，力道不及器械，所以攻击点全都是要害部位，每一颗石子都准确命中头部或面门。被飞蝗石击中后，大多数人立刻痛彻心脾、头晕目眩，栽倒在甲板上不能动弹。其中还有两人在脚步仓皇之间则被飞蝗石直接打中而跌下了船。对个别抗击打能力强的，中了一石之后强撑住伤痛犹想去移动船只的，张锦岙则采用连续、集中的击打方式。接连几颗石子都击打在同一人身体的同一个点，就算不能将其击晕、击倒，也要让他的身体遭受的疼痛超过其忍受力。

这些动作快的人全遭受到张锦岙飞蝗石的击打，这还算是好的，毕竟受伤挨痛不丢命。那些动作慢的人可没有这样幸运了，他们遭受到的是后方虎卫快机短弩的直接射杀。试图移动船只的人不是伤就是死，这样一来这船肯定是动不了了。但船上的人也不是一般的人，他们是草寇、悍匪，是闯风冲浪的江湖好手。一见移动船只已经没有可能，便立刻抽取兵刃，边拨打弩箭飞石，边往靠在岸边的一侧船沿接近。这行动一看就是要短兵相接阻止赵匡胤他们上船。

也就在此时，水道中的水位已经开始迅速升高了，芦苇荡间也有小股的激流东奔西窜。这让那些搁浅的虎齿毒刺昂重新活泛了起来，随着水流四处游动。

出现这种情形是潮头的前锋到了，空气中已经可以嗅闻到浪潮携带的水腥气，芦苇荡上更是弥漫起一层潮浪激起的水雾。

水流的冲击让张锦岙和那些虎卫一阵踉跄，手中石子、弓弩失去准头。船上一江三湖十八山的人顺利占据了船沿，刀枪探出，封住所有可上船的位置。而水位、水势的变化也让本就随意飘停在一侧的无桅船自行离开岸边一段距离。

赵匡胤一看船漂移出去了，心中暗叫不好：这是活命的最后希望，就差一步就能上船了，可千万不能功亏一篑。于是乎身随意动，猛然纵出一步，手中的盘龙棍朝着大船挥去，而手掌中同时按动了机栝。

顿时间华光闪动，棍舞龙飞。远处是巨大的潮浪，近处是弥漫的水雾，这盘龙棍舞动发出的龙吟风啸声在这氛围的衬托下，再次将船上的人惊骇住了。他们突然发现自己遇到的可能不是水鬼水妖，而是驾云御浪的真龙！

赵匡胤打开了机栝，让盘龙棍上的盘龙抖鳞飞出。鎏金的龙身直奔船头栓缆桩，一下将其紧紧缠绕住。因为龙身鳞片都是逆鳞，锋口倒挂，一下就将缆桩咬死。再加上龙头回首含爪做扣，只要不松劲抖脱龙身，就会越拉越紧。而鳞片的锋口也会越吃越深，直至将缆桩绞碎。

　　但是拉住了缆桩并不代表就能拉住船，赵匡胤虽然勇力过人，但他在大自然的力量面前却同样是渺小的。潮水过来的虽然是前锋，但其蕴含的力道已经非同凡响。在这股力量的推动下，船身依旧不可阻止地往斜前方移动。赵匡胤被这股大力拖扯着，双脚将泥沙地划出两道深沟。

　　"倒斗柱！"张锦岙见此情形大喝一声。随着这声喊，几个虎卫立刻交臂踏肩，叠成一个五人高的人柱。但这柱子才搭起还未完全稳当，就已经直直倒下。

　　倒斗柱是古代战场上用于翻越对方营墙的一种方法。古代安扎营盘的营墙是用粗大的木柱围成，木柱的顶端还削成尖利状。这样从顶上翻跨很是危险，要想徒手攀爬进去非常艰难。就算是用梯子，在营内敌人的骚扰和阻击下，还是有可能被扎在柱尖上。"倒斗柱"的方法其实很简单，但是对人员的要求很高。它是让几个人踩肩叠起，架成很高的单人人柱。然后人柱朝营墙倒下，这样最上面的一两个人就能直接跃入营墙内部，根本不与柱尖接触。所以这下面的人要力大身稳，上面的人则要灵巧敏捷，落下时要懂得缓冲着地。而且一旦进入敌营，必须能以一敌十地搏杀，给后面继续跃入的人腾出空间，否则进去也是枉然。

　　张锦岙这时采用"倒斗柱"的方法非常合适。架高之后倒下来，既可以越过船身已经与岸边拉开的水面，又可以从死守船沿的帮众们挥舞的刀枪上跃过。然后直接落在他们身后的甲板上，起来回身从那些帮众的后侧夹击那些帮众。

　　船上一江三湖十八山的帮众本就已经被赵匡胤挥舞的金龙镇骇住，而对于从高处翻跳过去的敌人一时也不知该采用什么合适的方法阻击，所以很快就有四个虎卫上了船。落到船上的虎卫都是双刀前卫，身体一着船板便立刻弹身起来，展开双刀舞作几朵刀花，朝着那些帮众狂卷过去。

"止杀！移船求生！"赵匡胤高喊一声，就如同半空响起一个炸雷。

而就在这声高喝的同时，一片被风扬起的水珠像雨水般落下，眨眼间将所有人的衣服都打湿了。众人回头一瞥，潮水的峰头已经近在咫尺。

第三章　瞬间刺杀

随浪旋

双刀虎卫都把刀一扔，几把刀在甲板上跳动，银光闪闪就如刚起网的活鱼。而扔掉刀的虎卫转身拿起竹篙，一起插在船身另一侧的水中，将船重新往岸边靠过来。

张锦岙腰鞘里抽出的三节钢管一插一拧，成了一支长大的无缨宽刃矛，然后两个大的跨步，身体跃起，以矛撑地，借助长矛的长度和弹力直接纵身上了船。这次船上的帮众都没有阻击，否则张锦岙就算手中的矛再长，跃起得再高，都不可能这样轻易就跳到船上。此刻那些帮众心中也十分清楚，再这样纠缠打斗下去，最后只会是同归于潮水的结果。四个虎卫已经将四根竹篙撑推成了弓形，这才使得船只渐渐往回靠过来，但从远处的潮势来看，这显然太慢了，必须还有其他措施才能让所有人都登上船。刚在船板上立稳脚步的张锦岙眼光一扫，看到一块跳板，立刻横拉一把，猛地将其推下船去，刚刚好搭在了岸边的浅水中。有了这跳板借力，再加上船只被撑回来一些距离，岸上的虎卫只需纵身两步就跳上了船。

第三章　瞬间刺杀

赵匡胤没有从跳板上船，他将手中的棍子回拉，身体平平地荡起，然后在船头侧舷板上连续几个踩踏借力，单足钩住船舷，翻身上了船面。

"快撤跳板！松篙子！""别撑了，别撑了！让船随着潮势走。""快点松开呀，否则我们都完了！""船会翻的！还会被击碎的！"船上的帮众一阵嘈杂。

"听他们的，快松开！"赵匡胤说话的同时，一脚将搭在船上的踏板踢翻下船。几个虎卫也赶紧松掉竹篙，但由于竹篙弯曲蓄着大力，他们又没经验松得太快，几个人一下子都被弹了出去，重重跌倒在了船板上。

"下仓！赶紧下仓！""来不及了，找稳固的东西抓住！"帮众们又是一阵嘈杂。人就是这样，不管双方处于何种状态下，只要有更大的灾难来临了，那么他们的目的便会变得一致，齐心协力、共同求生！

赵匡胤已经来不及撤回栓缆桩上的盘龙，他只能抓起另一侧桩上的缆绳，并且快速把这缆绳在手臂上绕了几圈。刚做完这些，潮水峰头已经到了。

看着挺大的一艘船，此时却如一片枯叶般被潮水高高抛起。忽悠悠落下时，所在位置已经过了潮头，处在了后面长长潮面的冲击范围中。潮面是个斜线，所以脚下的船随即被斜向赶出了原有水道，裹住后续的潮势中盘旋起伏。

就像草地里的麻雀被一下赶起，潮水一到，四面八方有不下百十条船几乎同时现了形。船被潮水从芦苇荡的遮掩下拱了出来，冒上了芦苇顶。不过其他的船上都看不见什么人，大概都躲到了船舱里。只有一条是例外，就是刚才有人高声下指令阻击赵匡胤他们的那条大船。在这船的船头上站着三个人，这三人竟然都手不抓扶，而且还拿着兵刃。大船虽然同样是在大潮的冲击下盘旋起伏，但他们脚下都站得稳稳的，应该是有什么设置固定着他们的下盘。

赵匡胤双手抓得紧紧的，双脚也站得稳稳的。他目光平视，并不刻意去看什么。但只要船头在盘旋中转向那条大船时，他便抓住瞬间的时机，迅速观察那三个人。

"不对，这船转向不对，是潮水的水流不对。"船上又有一江三湖十八山的帮众在喊。

"不是水流不对,肯定是'曲水翻天'被损破,局势变了,所以水流的势头也变了!"帮众中有更加熟知局相水势的,已经看出问题的关键在哪里。但这种情况下看出问题的关键是没有用的,因为这个关键本身已经成了无法解决的问题。

赵匡胤听到那两个帮众的对话了,脑子里立刻灵光一闪,明白此地为何会用芦苇排布"曲水翻天"的阵法布局了。这局相是对一江三湖十八山总舵的一种保护,同时它也是为了能在眼下这种大潮中渡过危难的手段。

对于大潮水来说,就算有高墙砥柱阻挡,那也是没有太大作用的。要么高墙砥柱被摧枯拉朽般地毁掉,要么就是激起更加凶猛怪异的后续潮势,直至摧毁或越过阻碍。

但是,就和前面提到过的锋利砍刀砍绸纱一样,强硬力道不能解决的问题柔软形势也许就能解决。上天生一物必生一物相克,江中洲会出现季节性的大潮,那么它所在范围里必定有东西可以用来克制它。

环顾江中洲,上面最多也最有特色的就是芦苇。这里的芦苇品种很多,大部分是又粗又高,但高粗的芦苇之间还有细小的芦苇品种弥补空缺。而芦苇有发达的匍匐根状茎,本就很难直接拔起。再加上高低弥补十分密集,土下根茎相互缠绕,立足之稳难以想象。

大潮冲击而至时,这些芦苇虽然看似柔弱,一下就可能被整个没顶。但是这么多芦苇在水下,潮水不能将其拔起和扯断。它们却可以像软垫一样卸掉潮水的冲击力,然后又可以像黏胶一样拖挂住潮头下面的潜在力量,撕破潮势里各种形式的暗流,让潮势平复下来。所以高墙砥柱挡不住的大潮,芦苇荡却具备制住它的天性。

芦苇荡虽然能让潮势快速减缓和渐渐平息,却无法对岛上的人和船提供任何帮助。大潮之下,就连水鸟、游鱼都难有掩身之处,那么人和船又能躲到哪里?

赵匡胤前后联系想通了其中的道理后,不由心中暗自喝了声彩:"真好!既然不能躲避阻挡,那就顺势而动!"

一江三湖十八山的帮众中肯定有异士高人,他们利用本来就对大潮有抑

第三章　瞬间刺杀

制力的芦苇荡，布设出一个"曲水翻天"的格局。这格局可以让潮势盘旋翻转，让潮头冲击回折抵消的。一旦船只随潮势进入到"曲水翻天"中，就只会在潮势的推动下沿阵势布局漂移。虽然所受力道还是很大，漂移盘旋的速度也极快，但这里的势头却会最先平复下来。

而最为重要的一点是，所有进入此区域的船只不会因为峰头潮的驱赶而撞上另一边的山屏潮。所以"曲水翻天"区域内会有大量黑婆鸦生存，这是要让它们捕捉平时随满溢的江水进入此区域的鱼虾蟹虫。以免鱼虾蟹虫破坏了芦苇的根茎，影响了正常生长，导致局势出现破缺。而虎齿毒刺昂则应该是人为养殖的，只是定期和特别需要的时候才放入布局中。比如当黑婆鸦很难捕捉到的泥鳅繁殖到一定数量时，比如突然闯入些像赵匡胤这样的人时，就会让虎齿毒刺昂来拿他们当做美食。

想到这里时，赵匡胤突然闪过一个念头，当初薛康是怎么上的这个岛，难道那时是梁铁桥在当家，这岛上的环境是另外一番情形？

赵匡胤不知道，薛康当初暗中潜上江中洲是有人指点带领的。否则薛康也绝不可能直接摸到一江三湖十八山的总舵，与梁铁桥正面对决。至于是谁将他带入，此人又是出于何种目的，目前却是一个秘密。

"不好，要撞了！"正在思考的赵匡胤被突然的惊叫拉回。果然，一条和自己所在船差不多大小的单桨带篷船从侧面撞了过来。而此刻赵匡胤所在的船正好被暗流打横，那条单桨带篷船便险险地从他们的船头擦过，只有尾部的一侧翘角在他们船头碰撞了一下。

但这力道不大的碰撞却导致船只发生了巨大的变化，不管是所受的潮势，还是随势而行的方向、速度，都顿时显得怪异起来。而那条与他们相碰的船则更加奇怪，竟然侧向急飘起来，一侧的船舷都已经倾斜得接近水面。

赵匡胤的眉头猛然皱紧，原有"曲水翻天"的布局可以让所有船随势而动，顺着局相按水下的曲折环道飘行。但是现在水下的布局已经被他们砍破，所以水势出现怪异的变化，水下暗流力道的运动方式也发生了变化，所有的船只都不能按原来的规律飘行。一旦出现了碰撞，哪怕碰撞的力量不

大，但在水下的暗力作用下，将造成无法想象的后果。

赵匡胤的思虑是正确的。就在此时，刚才那条侧向急飘起来的船实实地又撞上了另一艘船，两条船立刻在水面上翻滚起来，一条直接沉入水底，另一条倒扣在水面上。

正所谓恶性循环，两条船出现的意外在已经破缺的局相中又加入了障碍，导致更多船连续地碰撞与翻沉。而赵匡胤他们所在的船只也岌岌可危，处处遇险，多次与其他船只擦身而过。但躲得过初一躲不过十五，躲过了许多撞击力可以抗衡的小船，却怎么都躲不过比他们强悍的大船。

赵匡胤他们应该感到幸运，因为他们没有和那大船直接撞在一起，而是同向飘行最后靠在了一起。靠在一起的两条船竟然在潮水力道的作用下一时不能分开，就像合并成了一条船，继续不停地旋转起伏。

没有撞击并不代表没有危险，更不代表两条船上的人能够患难与共。两条船靠拢得再近也不会真的变成了一条船，想杀死你的离得再近也不会成为一家人。

峰头决

赵匡胤的危险来自两个人。一个人提着的武器是张渔网，但这不是一般的渔网，而是一张铁网，网结上挂满了周边锋口的铜钱，轻轻一抖声响如同雨打铜铃般悦耳，这铁网叫"云罗天网"。宋代无名氏所编撰的《奇兵散谱》是专门收录江湖奇异兵器的著作，但所谓"散谱"，就是只将兵器收录但并不进行排名。此书中就有此"云罗天网"的收录。

另一个人更加奇怪，远远看着他时还以为他空着手。离近了再看，原来他一手抓一块黑色砖块，那砖块和一般的青砖大小差不多。

赵匡胤江湖走得多了，他一眼就看出这砖块不是普通砖块，而是镔铁铸成。但这对铁砖到底是兵器还是暗器他却不知道，因为除了看到过街上的"混混"用砖块对拍、对扔外，他还从未在江湖上和战场上见过有人用砖块当武器的。

第三章 瞬间刺杀

赵匡胤面对危险后首先将气息调匀,然后一只手依旧紧抓住缆绳,另一只手一抖盘龙棍。龙口从龙爪上松脱,盘龙逆鳞也从缆桩上拔出。然后他单手提棍,稳住身形,严密戒备对手的异动。棍子前段的龙身在甲板上,随着船身的起伏盘旋不停地翻扭游动,真就像一条活龙。而赵匡胤高大的身形稳稳地挺立在那里,手中抓着一条游动的活龙,身后是潮起浪打、云卷雾漫,真就犹如天神下凡。

带来危险的两个人始终没有动手,不是因为距离远,也不是因为所处境地非常险恶,而是因为有些格斗不需要实际进行就已经可以预知到结果。

赵匡胤可以算是武功第一的皇帝,他自创太祖长拳,整套拳路演练起来,充分表现出北方的豪迈特性,为中国武术界六大名拳之一。他还发明了"大小盘龙棍",就是后来的双节棍。这大小盘龙棍法,其实就是为他手中兵器的特性而创。虽然前段龙身是软的,一般只能以鞭法招数使用。但赵匡胤却最终能将其运用得想硬就硬、想软就软,前段龙身不但可以抽、旋、盘、收、拉、挂、拖、绕,而且还能像硬棍一样震、崩、弹、砸、点、戳、扫。后人使用的双节棍,其实只学到他盘龙棍法的一部分,并未领悟到棍与鞭综合运用的精髓。

拿渔网的人虽然是渔夫打扮,但这人正是一江三湖十八山现在的总瓢把子童刚正。他肌筋蠕动的大手紧抓住渔网,内息、血脉一直湍流不息。虽然力随气行并且贯注全身,但童刚正却始终稳住了身形没采取行动。

其实潮势有好几次的起伏都让两条并排靠在一起的船出现大幅度的倾斜,而且是他们的大船在高位,赵匡胤的小船在低位。这个时候童刚正都试图顺势下滑直扑小船,撒开整张铁网,用罩、收、绞三式强攻赵匡胤。但也总是在这个时候,他会发现赵匡胤手中盘龙棍的龙身由柔软游动状一下绷直变硬。龙头翘起,一根棍子变得比两根还长,并且龙头直指他的面目。

前段龙身变硬可以多出"戳"字式和"滑"字式,这"戳""滑"两式是"云罗天网"所有撒开攻击招式的克星,它可以从网眼中穿过直接对持网者进行攻杀。而且龙身与铁网纠缠在一起时,对方有长棍带动龙身,力臂比自己要长，争夺下来搞不好会被对方将铁网夺了过去。如果自己将铁网收作一束采用抽砸的招式，网的长度也远比不过盘龙棍棍身加龙身的总长度，对战起来，自己只有挨打的份儿。

旁边拿铁砖的人长得像个屠夫，穿着却像教书先生。他是新近加入一江三湖十八山的高手，江湖上没名号，只知实名叫郑尚。这家伙也一直没动，而且看起来好像从来都不曾有过要动手的念头。那两块镔铁砖拿在手里就像拿着两本读不懂的书，又像捧着两块不知道怎么烹制合适的肉块，满脸的茫然。但身在如此凶险的大潮之中，面对格外厉害对手之时，犹自能摆出一副茫然面容，只能说明这人的道行非同一般，其心中所有的盘算没有人能够揣摩出些许。

不过有一点却是非常明显的，郑尚手中这对铁砖作为武器太过短小，很难有机会越过盘龙棍的防御范围来近身攻击。而如果作为暗器来用的话却显得太大、太笨重，并且如此明显地拿在手中已经成为明器，失去了暗算的优势。但是只要郑尚继续保持这样的对峙状态，继续将这铁砖拿在手中，就始终会是赵匡胤的一个巨大威胁，让他不得不分出很大一部分精力来应付。

但是郑尚也是有顾忌的，一旦这铁砖飞出攻击却不能得手的话，接下来就只能空着双手没任何兵刃招架，成了被棍子抽打的活靶子。所以他的攻击方式只能走偏道辅杀，在童刚正出手缠斗的时候，选择一个合适的时机，以意想不到的角度、难以想象的力道给予赵匡胤致命的打击。由此可见，偏道辅杀的手段总是比正面的手段阴狠歹毒，而且更加有效。

眼下的问题是童刚正没有足够的把握出手。不仅没有把握，甚至是害怕出手，因为出手之际也许就是自己被制之时。而童刚正不出手，郑尚也就寻不到机会走不了偏道，一对镔铁砖只能一直握在手里，就像紧握住情人的双手不愿让其离去。

而童刚正和郑尚不动，赵匡胤就更没有理由动了。他这趟是来谈生意的，而且很明显此前对方已经有所误会，连交流的机会都不愿给自己。所以现在不要说出手了，就是话说错了，结果都是会迥然不同的。所以他只能等，等对方做出反应，不管有利的还是不利的，有了反应自己才能相机行事。

赵匡胤如磐石般与敌对峙，而旁边的张锦岙却是随着潮涌浪击之势猛然间出手了。

他是抓住船体被潮浪推拱出一定倾斜度的时机，身体突然滑向与大船相靠的船舷，然后采取单腿跪姿尽量稳住下盘，右手撑扶住船舷稳住上身，以左手单手持枪，甩出一个大朵的枪花。甩起的枪花并非为了攻击，而是封住一个很大范围的进攻面，因为在这个进攻面上有两个光华闪烁的团花滚动而来。

两朵团花护住的只有一个人，这人就是刚才在大船船头上的第三个人。此人一手也是单手持磨钢长枪，另一只手持一把九齿锯背刀。很少有人能刀枪一起使用，除非传授此人技击术的人或者他本身曾经是操船的高手。只有这样的高手才习惯于一手持篙一手挥刀进行搏杀。而九齿锯背刀原本就是船上高手经常使用的刀型，它不仅可以砍杀，而且能割缆锯桅，破船断桩。再有，现在这种情形之下，如果不是操船的高手，怎么都不可能在船体起伏势头对自己并不有利的情况下依旧滚动身形攻扑过来。

查阅过各种书籍和民间传说后获知，历史上能以双手各使刀枪而成名的高手极少。数得上的恐怕只有方腊造反称王时手下的镇国将军厉天润。而眼前这个高手也姓厉，叫厉隆开，江湖人称"劈江挑山"。至于他和《水浒传》中提到的厉天润有没有关系，笔者没有找到任何佐证资料。但是有几点巧合让人感觉他应该是厉天润的一宗先辈，首先他也姓厉，所用兵器与厉天润完全相同，这情况已经很是少有。然后从一江三湖十八山的势力范围来看，他们最重要的活动位置也是在方腊后来起事的范围中。另外与厉隆开搭档的郑尚擅长用铁砖伤人，而方腊的手下大将中也有个会用金砖打人的郑彪。郑彪不但也姓郑，除了会使用金砖伤人，还会妖法祭请神鬼对敌。而郑尚加入一江三湖十八山的时间并不长，能有如此地位也是因为他会一些玄学诡异之术。所以再加上这些巧合相互证明，不单能说明厉隆开与后来的厉天润有关系，那郑尚和后来的郑彪也应该是有关系的。

张锦岙单枪封住攻击面，但只能是一时间阻住厉隆开。一朵枪花怎么都无法挡住那两个锋芒化成的团花，除非张锦岙的技击术能高出对手很多，枪法快过对方双倍。张锦岙的技击术没到那样的功力层次，而且更吃亏的他是马步将，而对方是操船高手。在大潮巨浪中颠簸盘旋的船上对决，更是落尽下风。所以才走了四五招，张锦岱就已经被逼得离开船舷，身体随着船体的摇摆逐渐往后滑行。

这样一来，赵匡胤的局势就危险了。一旦厉隆开冲上了小船，分出一刀或一枪旁攻于他，那么童刚正和郑尚便可以借机寻隙夹攻，赵匡胤能耐再大也难以阻挡。

这时张锦岙好像彻底气馁了，索性彻底放弃了阻挡。他单腿跪着的身形一下滑退到船的另一侧，将背部抵靠住船舷。单手舞动的枪花脱离了对方刀枪的合力纠缠后，他便没有了任何需要面对的负担。这是一个以退为进的招数，是要将自己全部精力用于另一种方式的攻击。

厉隆开很自信，他觉得自己将对方这一枪逼开是预料中的结果。但他也多少觉出些不对，对手的状态、反应好像在什么方面存在不合常理的现象。是哪里呢？就在他舞动刀枪纵身往对方船上纵出时，脑子里突然灵光闪现。对了！对手怎么始终只以左臂持枪？一般而言，不管练家子练的是单手枪还是双手枪，在遇到强势的攻击而无法阻挡时，最正常的反应应该是下意识地双手持枪护着自己，然后才移动身形后撤。但是这个对手始终是单手枪，并没有下意识护住自己要害的动作。不好！这是诱招，是佯退！

但是身形已经纵出再难退避，厉隆开只能是将刀枪的团花舞动得更加密集，同时将身形尽量收缩，尽量躲进刀枪团花的防护范围内。

龙势扬

连续三声脆响，是五彩飞蝗石被舞动刀枪崩飞的声音。厉隆开从飞蝗石击打手中兵刃的力度、角度感觉出，对手的暗器力大且狠。于是，厉隆开立刻身形下沉，是要在船舷上踩一脚。这样可以稳住身形，重新调整下落方位，然后再迂回而进，让对手抓不准目标攻击飞蝗石。

第三章　瞬间刺杀

厉隆开应该是个少有的高手，只是在一个纵跃的刹那间，便能够审时度势、思维连转，并且还立刻身形随思而动，尽量扭转已呈定式的状态。

但张锦峦也是个少有的高手，而且打飞蝗石为最擅长的绝技。实战中张锦峦遇到过的厉害敌手无数，各种可能的情形都有经历，所以厉隆开所有的反应和变化都在他的预料之中。

石子不值钱，就算值钱在这种情况下张锦峦也不会节约。他在发出三颗用以阻挡厉隆开攻势的石子之后，紧接着又发出三颗。这三颗没有具体目标，只有打向三个可能出现目标的位置。如果厉隆开不改变原有攻势的话，那么这三颗石子都会落空。问题是厉隆开这样的高手是会有所变化的，而这变化偏偏是会将自己身体的某个部位送到飞蝗石可准确击打的位置上。

三颗飞蝗石，两颗落空了，只有一颗击中厉隆开的脚面骨。伤害不算非常重，而且也不是身体的要害。但糟糕的是厉隆开此时正准备用这只脚去踩踏船舷。被飞蝗石重重一击之后，不但整个脚只剩下了疼痛感和麻痹感，而且石子的大力还将这只脚推离了踩踏位。所以脚下踩空了，改换成膝盖落在船舷上。本来是想稳定一下身形的，不料，整个人半翻半扑地跌了出去。

厉隆开跌下的位置很不好，脑袋就在赵匡胤盘龙棍龙尾的旁边，脖颈就在张锦峦三节竹管枪枪尖的前面。这两人随便谁手中微微一个小动作，厉隆开都得命丧顷刻之间。

童刚正手中的渔网"晃啷啷"一抖，是要出手相救厉隆开。而郑尚拿着镔铁砖的手也背到了身背后，这才是他真正准备攻击的起始状态。这样的姿势既可以展开手臂大力甩出，又可以不让对手看出是从哪个角度、高度攻击的。

但这两个人只是摆出了个起手式就都停止了。人在急切间的下意识举动一般都带有些冲动和盲目，但实际上有些事情瞬间生出念头来容易，要想达到意识中的目的却是很难实现的。就好比在厉隆开现在的处境下，出手救他是正确的意图，但如果真的出手救他了那就是错误的方法。此时救他就等于是逼对方杀他。

周围峰头潮的潮势已经没有刚才那么汹涌了，大幅度的高浪低谷已经很少再有。不过水色开始变得浑浊，是底下的泥沙被翻腾了上来。这幸亏是此处水下有以芦苇荡布局的"曲水翻天"拖住潮势，并带动水底的暗流盘旋。以其力卸其力，这才能使得水势迅速平复下来。不过逐渐平复的水面仍不时突现些漩涡、怪流带动着船只胡乱漂晃，这是由于"曲水翻天"的局势被赵匡胤他们破损了，所以势头虽平，突兀的变化依旧不停出现。

童刚正的脸色很难看，就像泥沙翻腾、漩涡连连的水面。因为他最为重要的助手之一被对方制住，因为此时已经平复的水面上却没有留下几艘他帮中的船只。这是一个已经注定的失败，让帮派重创、让自己再无威信可言的失败。他愤怒、沮丧，却又不知道该怎么办。

赵匡胤并没有注意童刚正的脸色，因为他觉得这是个根本不需要也不值得自己去观察脸色的人。说实话，他此时心里的感觉就犹如刚才的潮水一样翻腾不息，就在潮起潮落之间，他突然觉得这世上很难再有需要他去看脸色的人，包括周世宗。能在自己眼中留下的应该是天色云光、潮涌山秀，能让自己心中出现的应该是江山壮阔、沃野万里。就好比现在，能吸引他注意力并给他带来震撼的只有继续奔涌向前的峰头潮，因为它即将与另一边的山屏潮相撞。

"看看，这才叫大势所趋！"就在潮势即将相撞之际，赵匡胤朗声说了句话。

听到他的话，大家都不由自主地转头望去。两股潮势碰撞了，激荡起的水花直冲天宇，仿佛要在天地间架起一个登天的阶梯。赵匡胤他们从没见过如此震撼的情景，而童刚正他们也从来没有像现在这样认真地观看这种情景，以往这种时候他们都是躲在船舱里的。所以他们的感受是一样的，心中所存的惊叹、惊撼也是一样的。

"此势之下，谁与争锋？"赵匡胤又一声高喝，胸胆开张，满怀豪情不输那潮势激荡。

"看来阁下是不灭我帮誓不罢休了。"童刚正的语气明显有种畏怯。

第三章 瞬间刺杀

听到这话,赵匡胤手中盘龙棍一抬,盘龙"仓啷"一声收盘回棍身。然后用棍子挡开张锦岙的枪头,让厉隆开脱开被制状态。

这举动让童刚正他们一脸的疑惑,不知道赵匡胤究竟在打什么主意。

"为何认为我会对你一江三湖十八山不利?"赵匡胤问道。

"江对岸停驻两艘包甲三桅船,是大周东海营的兵船。上一次就是被这样的船只偷入芦头港,让你们鹰狼队直接潜入到我们总舵。好在当时有梁大当家主局,没有让你们的暗袭得逞。此后港口被泥沙冲移,芦荡更密,你们再无法找到船行的河道。所以便派人上岛寻路,想再举攻袭我总舵。但我帮现在的武力虽不比以前,警戒与防御却强过以前好多,岂能让你们轻易得手!"童刚正不是个会说话的人,言语间其实不断透露出自己的怯弱。其实也难怪,梁铁桥离开一江三湖十八山时,带走了大部分的高手,此时帮中的实力真不能和当初相比。

"呵呵,江湖多蛊疑,小心才存命,各位当家的谨慎所为没有一点差错。但是此一时彼一时,上次是断活路,此番却是开财源。昨日为敌手,今日同求存,这也是江湖上常有的佳话。"赵匡胤回道。

"你的意思……"

"为我口中食,与你大富贵!"

峰头潮与山屏潮的撞击如若排山倒海,但这两下里都是单波潮,没有后续。所以冲撞的力道其实也是相互消减的力道,势头虽高,消退也快。激荡的水花没有冲上天宇,登天的阶梯迅速滑落下来,变成几轮缓缓的波形,往潮来的方向渐渐退去。

北宋董时宁所著《扬子水文观录》中有记载:"海潮起,春秋末最盛。恰与江汛遇于江中洲。南侧道狭,潮势积如墙,北侧道裕,潮势集如峰,两潮相趋没洲。"

当时的扬子江入海口还只是在淮南往东不远,也就是现在的靖江、如皋一带,再过去就是各不相连的块状滩涂。这一带隶属于后来的扬州府。因为入海口偏内陆,所以海水涨潮对长江汛期有很大影响。春末秋末时,江海同是大潮大汛之期。上涌的海潮推动下游的江水倒灌回冲，而上游的江水正值大汛下冲，两边的水势正好是在江中洲处相遇。由于两边水道狭窄有别，所以形成了两股不同形式的大潮。因为当时江中洲形成的时间不久，地势还不够高，每到这两次大潮时都会将整个岛淹没。

野史《赵帝神迹》中有"真龙引潮冲匪穴"的传说，说赵匡胤在长江中指引江中龙卷动潮水将岛上盗匪的巢穴冲毁，这可能是我们这里所讲故事的误传。当时生活在江中洲这样险恶地方的人大都是被官府所逼，当然也有一些逃亡的恶徒混在其中。要不然谁愿意住在这种地方？连个房子都没法建，所有岛上的设施每年都会被潮水扫荡得干干净净。而赵匡胤多次到过这种地方倒真有可能，因为有记载他在对南唐的淮南之战中遇到过特别的江潮。

赵匡胤勇闯江中洲一江三湖十八山总舵，虽然凶险连连，但最终与童刚正达成了走私粮食的协议。不过此番冒险他最大的成功并非是达到走私粮食的目的，一江三湖十八山虽然在暗线私道方面的运输能力很强，但他们走私的粮食并不能解决大周粮食短缺、粮价奇高的状况。只能是给赵匡胤在大周与南唐边境处存储了一些军粮。而且这样的私道运输未能延续太长时间，因为帮派中人员复杂难辨、各怀心思，不久之后就有人向南唐官府密报了童刚正为大周走私粮食的事情。南唐方面派出六扇门高手要拿住童刚正，幸好是梁铁桥从中周旋，这才让童刚正带着家小逃走。一江三湖十八山自此散伙，分成了好多个山头和帮派，其中大部分分布在大周和南唐境内，以至于后来重新组合成几个能与官府抗衡的草莽组织。

赵匡胤此行更大的收获应该是知道了此处每年有两次大潮水，冥冥之中奠定了他后来的一次大胜利。还有就是与一江三湖十八山合作过程中知道了几条秘密暗道，其后才能在淮南一战中突出奇兵，攻破南唐多个镇守要害。

另外，还有此处的两个特产，也让一些人牢牢记在脑子里再难忘记。后来偶然提起，又偶然被一个特别的人听到。于是将这两个特产利用到杀技之中，成功完成两个绝妙的刺局。

赵匡胤在江中洲的事情办得虽然艰难、凶险，但最终结果却是如愿以偿。而赵普和王策的蜀国之行，看着风光无限，所到之地都受到热情接待。但不知为何他们总感觉有种异样，就仿佛周围一直有无形的冤魂相随，让他们片刻都难以心安，始终保持着十二万分的警觉。也或者他们此次前往蜀国是迎险而上、虎口拔须，所以心中难免会有这样的忐忑。

刀截音

大周特使使队一行急急赶往蜀周交界的凤州，也不派前哨与凤州驻守的官员接洽。他们这样做是想给对方一个措手不及，以便看到两国交界处的真实状况。

刚到凤州，就有蜀国凤州镇守使刘焕出关迎接。但刘焕并没有将他们迎入城里驿站，而是安置在凤州城城西的慧贤寺中。不过刘焕倒是派了重兵保护寺庙，也不知是以防大周特使在他辖区内出事呢，还是要限制赵普、王策的行动自由。

刘焕应该算是个少有的官场人才，办事极为谨慎却又尽量不失礼数。对于大周特使突然出现的情况他的反应很快，不但亲自出关迎接，同时还提前派人到寺庙安排特使食宿，尽量做到于己于外都说得过去。但即便这样做了，难免还是显得有些仓促不周，慧贤寺外负责保护的重重兵马还好，寺庙内却显得一片混乱。

其实刘焕心中也很是奇怪，之前他丝毫未曾听闻大周特使进蜀的消息，直到赵普、王策临到关前递上官文要求过关时才知道有这么回事。这其实不怪他，大周虽然有范质拟遣使明文发往蜀国，但这种国家之间的文帖属于绝密，沿途各地官员都是无法知道其中内容的。这要在蜀王孟昶收到遣使明文之后，传旨到沿途各地的州府关卡，让他们接待或者阻止，这时下面才能知道有这么回事。但是赵普他们一行的动作太快，紧跟在遣使明文之后就到了。所以刘焕接到他们时，那明文还没有到孟昶手里。

刘焕不让赵普他们进关是因为没有收到朝廷的旨意。平常时他可以放几百几千的百姓入关，但对于表明身份的邻国官员他反不能随意放入，那会背上私通他国、渎职不守的罪名。而且就现在为止，他还不知道周国特使此行的目的，也不知道蜀王孟昶对特使的到来会是什么态度，所以将使队安排在慧贤寺应该是最合适的做法。

但是这样的安排却引起了赵普和王策的不满，他们都是朝官，不知道边关域官的难处。觉得自己就百十个人，进到城里也不会对关卡城防有一点威胁。现在将自己这些人安排在城外寺庙里，并且派重兵守卫，这难道是怕自己在城里看到些什么、听到些什么吗？

但接下来的几天赵普与王策的疑惑就更加大了。自己不但是进不了城，过不了关，就连出慧贤寺到周围转一转，也都有蜀国兵将紧紧跟随。而且稍微走得远一些，那些兵将便会制止。

王策虽说是个文官，但脾气却是柔中带刚，做事该放就放、该敛才敛。在他感觉自己活动受到限制后便故意大发脾气，要刘焕过来给个交代，并虚言要立刻回转周国京都，奏报周皇世宗出使蜀国被拒。由此造成了什么严重后果，均由刘焕负责。

刘焕听到这消息后也不禁挠头，这事情卡在他这儿不错，但不是他这种级别的官员可以做主处理的。于是，他赶紧向赵普和王策致歉，说明自己的难处。不过这次他自己没有出面，而是让凤州知府朱可树和游击指挥使余振扬前去拜望两位特使。奉上酒、肉、鲜果，以及各色特产来安抚王策的怒气，然后委婉说清其中缘由。承诺只要蜀王御旨一到，立刻遣人护送两位特使前往成都。

朱可树久在边关为官，周旋于成都和邻国之间，为人处世十分老练。而余振扬从军营中一步步爬上指挥使的位置，最懂得忍辱负重，让这两个人前去处理这种事情真的是材为其用、恰到好处。

这两人也真是不负刘焕所望，真话、假话、感情话，三下五除二就把王策的火气给灭了。其实这也是王策借着台阶下，自己身担要务，现在连蜀国的边界都还没进得去，怎么可能就此回去。

但是赵普却借此机会提了个要求，他说自己两个为人臣的被拒入境失了

第三章 瞬间刺杀

面子没有关系，但是使队的仪仗却是代表着大周皇家。是否可以采取个两全之策，请两位大人先将仪仗带入凤州城中，以显对大周皇家的尊重，而自己两人并不进城，这样他们回去后对上面也好交代。

这件事情朱可树和余振扬立马就答应了。只要是他们这两个特使不进城，别说将些个旗子、幡子先带进城，就是将其他所有护卫、车辆，以及携带的用品、礼品全带入城里都没关系。

于是在陪两位特使喝了一顿称兄道弟的豪情酒后，朱可树和余振扬如释重负地离开慧贤寺，带着大周使队的全套仪仗回转到凤州城里。

进城时已近傍晚。由于街道较窄，朱可树手下的衙役和护卫加上余振扬的亲兵马队四列人并行显得拥挤，所以改成两列队前行。朱可树的马车和护卫队走到了前面，余振扬的亲兵马队跟在后面。

朱可树酒喝得有些多，感觉面上燥热，所以车帘一直都掀开着。马车才走入城里三四百步，朱可树忽然发现今天这街上有些不同往常。他皱紧眉头使劲提升意识的清醒程度，想要找出到底是哪里不同往常了。

街景依旧，店铺已经开始打烊，酒店旅店倒正是热闹之时。街上人流渐少，再加上开路衙役的驱赶，马车行驶得比平时更加平稳顺畅。所有一切好像并没有什么不同。

"咦，到底是什么不一样？"朱可树心中奇怪。

对了！不是景象，而是味道！从哪里飘来一股如此浓郁的甜香？

朱可树探头问车夫："看看，是什么东西如此甜香？我记得这附近没有炒糖栗子的店铺呀。"

车夫四周看了下，发现原来是路边离着不远的一个炒糖摊子在做姜丝糖，便赶紧回头告诉朱可树。

此时朱可树喉中发苦，便叫停车，让车外的亲信护卫去买些糖来吃。

做糖的是一对老夫妇，老头子炒糖、压糖、切糖，老太婆拿着个扇子扇炉子。官家的队伍在摊子不远处一停，再走来一个威风凛凛的带刀护卫，把这对老夫妻吓得直打哆嗦。等听那护卫说知府老爷要吃糖，老头赶紧擦手、抹案，拿刀切糖。

前面马车一停，余振扬赶紧催马往前，看看到底发生了什么事情。此时做糖的老头已经切了十几块姜丝糖，放在一个小笸箩里，端着往马车这边送过来。这也是没有办法，那笸箩上全是挂的糖浆，滴挂下来的糖凌都像北方冬天的冰凌。这样的笸箩朱可树的手下没法拿，然后又不能直接用手拿糖块给知府吃，只能是让做糖老头自己送过来。

"且慢，把刀放下来！"余振扬冷冷地喝令一声。他催马到了前面时刚好看到做糖老头切糖，一个靠刀尖上舐血博来功名的人，最熟悉的莫过于手中的刀和床上的女人。所以只看了一眼，便知晓那切糖刀的锋利程度。再见那老头刀也没放下便往马车走来，于是立刻喝令制止。

切糖刀只是比一般的切菜刀大一框，但它的锋利程度却是一般切菜刀的许多倍。因为这刀切断的是黏性很大的热糖块，如果不够锋利，就粘黏住刀口切不动。所以有人说，世上除了专门打制用来杀人的宝刀之外，最锋利的就是切糖刀。

切糖的刀也一样可以杀人，但切糖的人却不一定是杀人的人。更何况在喝令之后那切糖刀已经慌忙放下了，那就再没有理由不让一个端着笸箩的老头过来。

这次余振扬没有阻止，但他总觉得有什么不对劲。他谨慎地扫视了一下周围，最终还是将目光落在那个做糖老头的脸上。

老头满脸的畏惧，这很正常。这种偏远州城的小百姓遇到知府买他的糖，真会吓成这样。虽然老头擦手、抹案、切糖的动作非常从容，但这些都不能说明问题。一般而言老手艺人越是遇到紧张的情况，越是会将最熟悉的操作程序和手法下意识地做出，以此来减缓紧张情绪。

也正是想到这一点，余振扬不由地心中猛然一震，因为他突然发现没有问题的现象恰恰说明有问题存在。如果是下意识间熟悉的操作，老头之前为何会忘记放下刀？而且先前见到知府官队和带刀护卫时紧张得面无人色，而自己叱喝他放下刀时，他却没有显出丝毫紧张，动作依旧很是从容，这状态似乎是早就预料到会有这样的呵斥。如果真是这样，此人肯定是有备而来且别有图谋。

第三章　瞬间刺杀

想到这里，余振扬吸气提腰，手握剑柄，准备大喝一声拔剑冲过去。

但那喝叫声已经到嘴边却又生生憋了回去。做糖老头蹒跚的步伐，端着笸箩微微颤抖的双手，浑浊无光的一对眼睛，这一切仿佛都在嘲笑余振扬的多心、多疑。所以他最终还是将握住剑柄的手松开了，喝止的话语咽下了。只是提马往前迈进一步，尽量离朱可树近一点，以防突变。然后他又示意那带刀护卫将笸箩接过去，不要让老头离朱可树太近。

但是那带刀护卫一时没有理会余振扬的意思，只是不知所措地抬了抬手。

卖糖老头很识趣，那带刀侍卫手一抬，他便立刻停下脚步，站直在原地，微微弯腰前倾，将笸箩朝马车递了过去。

朱可树已经从马车车篷中探出身体来，坐到了前车坐板上。见卖糖老头伸手将笸箩递向自己，便够着身体伸手往笸箩里抓糖。但他发现自己的手只能够到笸箩的边沿。这是一个尴尬的状态，再要往前，自己就要掉下马车了；要想往后退，分量较重的上半身探在外面。必须手撑、脚勾、屁股挪，不费点劲还真就收回不来。

战场、斗场上各种搏杀的胜利靠的是武功，刺局、杀局中的一击即成则靠的是机会。机会有别人给的，有自己发现的，有刻意制造的。而朱可树现在进不能进，退又不能急退，这样的尴尬状态对于别人来说就是个大好机会。这机会是他给的，也是别人刻意制造的。

卖糖老头的浑浊眼睛中射出了一道精光，微微颤抖的双手悄然一振，骨节、血管、经脉瞬间鼓凸而出。

一直严密注意卖糖老头的余振扬发现到这个异常，他立刻一手去拔腰间利剑，同时试图高喊："当心！刺客！"。这一声要是高喊出来的话，既可以向朱可树示警，又可以震慑下意图不轨的人。

但他的手没能碰到剑柄，还差半指距离的样子就再也伸不过去。准备高喊出的四个字也只喊出一个"当"，洪亮的声音让人以为骤然打响了一声铜锣。

阻止声音和动作的还是那把切糖刀。刚才余振扬一声喝止没让做糖老头将这把刀连糖一起带过来，所以现在这刀只能飞过来。

糖入眼

宽大锋利的切糖刀是从扇炉子的老太手中飞出的，旋转的角度、切入的力道、飞行的速度都拿捏得非常准。刀身极为滑爽地切入了脖子，并且稳当当地嵌在那里，就像一页闸门顿时截断了余振扬的声道气流，也截断了余振扬大脑神经对身体各部位的控制。

刀子嵌在脖子里，头颅却没有掉下来，鲜血暂时也没有喷溅出来。余振扬的身体也定定地僵在马背上，睁眼张嘴，一时间也未曾从马上掉落下来。所以周围的人只是听到他发出一声不明其义的"当"声，并不曾有谁很快发现到他脖子上嵌着的切糖刀。

几乎与此同时，卖糖老头的步子往前跟跄了一下，手中的笸箩差点泼翻。但他很快就站稳，站得非常稳，一动不动，像在等待着什么。

也许老头是在等老太，因为不知什么时候那扇炉子的老太已经走到了老头的身后。

也许老头是在等切糖刀。余振扬的尸体终于晃荡了几下从马上栽落下来，但他的身体还没落地，切糖刀就已经回到了老头的手里。

也许老头是在等待身边的护卫和马车夫让开位置。朱可树突然之间从马车上跌落在地，带刀护卫和车夫以及后面反应快的手下全都下意识地赶过去扶他，聚到只有出气没有进气的朱可树身边看看到底发生了什么事情。

朱可树虽然探出身体的姿势和幅度很尴尬，但还不至于掉落马车。让他掉落马车的是一块香甜的糖，一块看在眼里却没能吃到嘴里的糖块。

糖块真的是在眼里，黄黄的一大朵，已经将整个眼睛糊住。如果只是糖块糊住眼睛，朱可树肯定不会摔下马车。问题是糊住眼睛的是笸箩上最粗的糖凌，而这根糖凌滴挂得尖尖长长的前段已经直接穿透眼球，斜插到朱可树的脑腔里去了。

有谁会料到香甜脆滑的糖凌夹杂了一定成分的长姜丝后会变得又韧又硬，而又韧又硬的糖凌在大力道和快速度的双重作用下，其利其锐不输刀匕

第三章 瞬间刺杀

刺凿。虽然本质上它依旧是块香甜的糖，但这块糖除了可以吃之外，在必要的时候还可以刺入别人的要害一击夺命。

就在余振扬的脖子绽开鲜血喷溅的那一刻，做糖的老头、老太已经上了马车。而当有人意识到朱可树和余振扬都遭到别人暗算时，马车在做糖的老头、老太的驱赶下已经冲出了二三十步，将队伍最前面开道的几个衙役、差官全撞飞出去。

余振扬带的兵将都是在沙场上搏过命的，所以要比那些平时只知道耀武扬威的知府护卫反应快。这些兵将原来是在后面队伍里，不知道前面发生了什么事情。当有人高呼"知府大人、游击将军被杀了，凶手驾马车跑了"后，这些兵将立刻催动马匹往前急追。紧盯住前面狂奔的马车，任凭它穿街钻巷始终追住了不放。而队伍中的几个信令兵则快速离开了追赶马车的队伍，另寻道路打马疾奔。他们这是要抄近路赶到前面去，通知几个城门口的守军。让他们设障落闸，或者直接关上城门，总之务必是要将那马车堵在城里。

马车跑得不算快，但是街道也不宽。马车奔跑过程中再走些S形路线，后面的兵将就算已经追到马车尾端，却没有办法将它拦下来。

马车一直奔到南城门，才被预先赶到的信令兵带着守城兵将拦下。但此时那已经是一架空马车，上面一个人影子都没有。做糖的老头、老太不知道是在什么时候消失的，又是采用什么方法消失的。

刘焕接到报告后并没有赶到刺杀现场，而是派手下查验的高手过去搞清楚情况后再向他汇报。这其实是一个明智之举，更是经过一番深思熟虑后的谨慎之举。

朱可树和余振扬被杀是件非常蹊跷的事情。这两个人一文一武，在来凤州之前相互间根本没有关系，所以不应该有共同的仇家。而且就算两人有共同的仇家，那仇家也没必要等到这两个人聚在一起时才动手将他们一起杀死。

所以刘焕觉得刺客很大可能不是针对他们本人下手，而是针对他们的身份下手。也就是说，刺杀二人是为公而不是为私。如果这个推论成立的话，那凤州城中最重要的目标应该是他刘焕，接下来的刺杀目标非自己莫属。甚至刺杀那两人本身就是个局，就是要将他诱到现场然后出其不意地对他下手！

想到这里，刘焕都开始有些佩服自己的睿智了。那两个刺客驾车而逃却没有出城，虽然他们依旧躲在城里的目的很难揣测，但一般而言杀人不逃的主要原因就是还有更重要的人要杀。凤州城里比朱可树、余振扬更重要的只有自己，而将已经发生血案的刺杀现场作为再次刺杀的场地也是别人很难想象的绝好设计。所以不管怎么说，刘焕不去现场都是正确的。

"不对，应该还有比自己更重要的人！只是他们还没有进城。"刘焕突然想到了什么，便立刻带着众多兵将离开府衙，绕道西城门往城外慧贤寺而去。

到了庙里他并没有对赵普和王策细说发生了什么事情，其实到现在为止他自己也真的还不知道到底是怎么回事，只是心中估测而已。只对赵、王二人说此处存在危险，让他们赶紧随他进城。

赵普和王策也觉得刘焕神情很是诚恳，便也不为难他，随着他一起进了凤州城。进城之后刘焕没将赵、王二人安排到驿站，而是带到守备使的府衙暂住。

这是刘焕的又一个明智之举，是个以防后患的挟制之举。被刺杀的是他的手下，但刺客的目的似乎还不止于此。下一个目标有可能会是自己，当然也很有可能会是这两个大周的特使。不过事情也可以反过来想，既然是针对蜀国官员的刺杀，那么会不会正是大周的人所操控的呢？否则怎么会前不出事、后不出事，偏偏他们在这里时就出事了。

边关攻杀防御，什么样的情况都可能发生。攻占敌方城池的方法也无奇不有，包括刺杀将领、减弱军事的指挥能力。从这一角度来说，刺杀朱可树、余振扬最为受益的还真是大周。唐之后，凤、池等四州的归属几经易手，最终被孟知祥收入后蜀境内。对此后周一直都心存阴影，这四州就仿佛后蜀用四支尖锥抵着大周的软肋。所以这样分析下来，说刺客是大周特使操控真就不是刘焕在胡思乱想，而是完全有这样的可能性。

第三章　瞬间刺杀

赵普和王策没到府衙就已经觉察出凤州城中情况不对，大街上店铺、住户都熄灯灭火的，到处有兵卒衙役提着灯笼巡查，一看就知道是出大事了。于是他们向旁边的蜀国兵卒询问怎么回事，这才知道朱可树和余振扬被人刺杀，双双毙命。

听到这个消息之后，赵、王二人立马意识到刘焕将自己接入城内的真正用意，而且他们两个想得更加复杂深入。

一个边关大州城发生这样的事情，作为军事总长官的刘焕有推卸不掉的责任。而他们两人作为大周特使正好身在此处，那么刘焕完全可以将特使被拒关外之事与刺杀之事关联，就说刺客是针对大周特使而来，以此作为推卸自己责任的一个借口。

如果刘焕足够聪明的话，他还可以将两位特使正好到来的事情作为桥段，让刺杀之事成为他转罪为功的妙招，就说那两人是在协助他刘焕保护两位大周特使的时候遇害的。

刘焕甚至还可以在万不得已时将他们两个当成替罪羊。如果真的到最后都巡查刺客无果，而上层又不相信前面两条所谓妙计时，他可以将刺客的来历赖到他们这帮突然赶到凤州边界的大周使队头上。

王策那天在朝房听赵匡胤说过，事情发展到一定阶段而大周局势依旧未能扭转的话，将会对蜀国与大周交界的几处军事重地的官员进行刺杀。从而导致其内部混乱，兵无将领、民无官抚，只能暂缓对大周用兵的计划。但是赵匡胤所有的计划步骤才刚刚开始，自己还没能走进人家境内，怎么就已经开始采用这样的极致手段了？难道自己离开圣都之后，朝廷里又有新的变故？不会，这件事情应该只是一个巧合。但既然有人下了这样歹毒的手段，引起这么大的骚乱，那么背后肯定藏有别人无从知晓的真相。

赵普提出要到刺杀现场看一看。他是大周禁军谋策处的高手，不单是精通行军打仗的计策谋略，而且对案件案情的勘查辨识也有独到之处。这是因为赵普原先也出身江湖，是荆南平湖天眼先生的高徒。

但是赵普的提议遭到拒绝，刘焕有他自己的想法。刺客还没有找出，刺杀的现场包括前往现场的路径都是危险区域，自己和大周特使现在出现在那里很不合适。再有，他不想让大周的人太了解现场的环境和情况。不了解也就没有辩驳和解释的权利，这样在必要的时候，有些话要怎么说便全凭自己的需要了。

赵普和王策在凤州城里只住了两天，蜀王孟昶的圣旨就到了。旨意很简单明确，让刘焕马上派兵马护送两位特使前往成都。

也就是在圣旨到来的时候，赵普发现了蜀国一个异常的现象。他们两个带领使队几乎是和送递出使明文的信使一起出发的，信使速度比他们稍快些。信使到达蜀国境内，出使明文则转由蜀国官家信道传递。

从路程上算，明文到成都然后圣旨至凤州，最快也要二十天的时间。但是回旨这么快就到了，前后算一下，可以看出蜀国的官道信件传递从凤州到成都也就十天左右的样子。那个年代官家信道都是用轻骑快马传送的。这也就是说，与大周相接的秦、成、阶、凤四州虽然离成都路途遥远、艰险难行，但如果蜀国兵马都像信道轻骑那样善于行走蜀道的话，一路急赶，十天内还是可以从成都直接赶到四州边关的。

其实赵普还不完全知道，这封走官信道的回旨还是慢的。蜀王为显示对大周特使来访的重视，是派内廷传旨官专程来送这份回旨的。内廷传旨官一路行走绝不会像信道轻骑那么快，这在回旨过程中其实多耽搁了一天多。所以早在蜀王旨意到达的前一天，刘焕便已经收到从军信道传递过来的一份燎角急件（紧急信件，在信封角上烧掉一点，既表示紧急，又可将内外信纸、信封的烧损痕迹对比，看信件是否被偷看和伪造）。

第四章　摔死自己的兜子

使遇袭

　　这份燎角急件是枢密院事王昭远发来的。他听说了大周突然派来特使的事情，感觉这可能和自己所主持的边境易货有关。现在大周受南唐提税影响，国内粮盐短缺，物价飙升。而蜀国抓住此机会，征收大量粮食赶往周蜀边界，低价换取大周的牛马、烧炭等物资。这做法显得很不仁义，有落井下石之嫌。还有就算大周的特使此行不是问罪此事，那么也应该是来请求蜀国在粮盐方面给予支持，在双方的粮盐市场交易上给予优惠或让价。这两件事情都会对王昭远所筹划的大事有所影响，所以他要刘焕在大周特使入境之后立刻停止所有易货行为，将已经拉到易货市场的粮草全部拉回军料场。一是不能让对方抓到蜀国低价易货的把柄，再一个让他们看到边界粮草、牛马市场上生意萧条，以此证明蜀国民间也无太多余粮和存盐，让他们死了让价支持这条心。

　　王策和赵普虽然在府衙里住下，不能随自己的心意行动，但他们早就预料到可能会出现这样的状况，之前已经安排人装扮成百姓、商旅身份追在他们出使队伍的背后。当蜀地守军官员全力以赴围着他们这百十号人转时，正好让这些后续的手下可以从容观察蜀国边关城池的一些详细情况。

当观察到的一些信息反馈到王策手中后，王昭远自作聪明的举措也让王策有了入蜀境后的一大发现。周蜀边界市场突然间生意萧条，应该是蜀国官家勒令民众囤货不出。这不但加大了大周现在的危机状况，同时也是为下一步的军队行动积攒物资。另外，在城南军料场里有大量军粮囤积，而且这两天又有大批粮草进场。这么多的粮食已经足够当地驻军吃上好几年，这在哪个国家都不是正常的现象。除非是不久之后会有更多人前来，而且是要进行某种长时间、长距离的大行动，才会预先备下这么多的粮食。这样看来蜀国要对大周动手的说法应该不是虚言。

接到孟昶的旨意，刘焕立刻安排人护送赵普和王策出凤城南城门，往成都而行。朱可树和余振扬的事情他已经很难交代，如果这两位特使再要在自己的辖区出点什么事情，他挣钱的官家位置肯定得丢，吃饭的身体位置保不保得住也难说。既然两个刺客动手之后没有出城，那么赶紧将特使送出城对自己来说不算是坏事。只要他们出了南城再走出个百十里，出了自己的辖区再出什么事情就和自己无关了。

但是越怕出事越出事。刘焕怎么都没想到，赵普和王策出凤城南门三十里不到，也遭遇刺局，而且是个攻击面很大的刺局。

只不过这次有惊无险，使队虽然被堵困在山与河沟相夹的狭窄地带，但赵普及时发现了山坡上的"藤缠石"。所以始终在原地不往前也不退后，然后指挥手下迅速连挖一横两顺三道沟。待坡上"藤缠石"移位对准他们的位置进行施放时，那些石头都被横沟所阻，缠藤则被顺沟所陷。而使队的位置一直是处于被保护的安全区域。

这真的是个蹊跷的事情，刺客不是疯狗，不会见个官儿就杀。朱可树、余振扬两个人和赵普、王策根本归不到一类人里，甚至在各为其主的前提下是处于对立面的，但连续的刺杀为何却将他们先后都定为目标？

这件事情王策用了大半天时间终于想透彻了，不管之前的刺客和现在的刺客是不是同一路人，他们的目的都应该是针对自己和赵普的。那天朱可树和余振扬是带着大周使队的仪仗回凤州城时被刺杀的，刺客不认识特使是谁，却认识大周仪仗。所以仪仗出现，他们便认定随行的官员是他们要刺杀的大周特使，于是立刻下手。

但是刺杀大周特使的目的又是为了什么呢？是要阻止周使入蜀？还是为了挑拨周蜀之间的关系？但不管出于哪种目的，受益者都不会是大周和蜀国，从这个角度分析的话，那些刺客应该是来自第三国的。

而平时睿智无比的赵普却对此事未发表意见，只是称赞王策推断准确。但他意味深长的语气和笑意中似乎隐藏着什么，有些事情的发生或许正是赵匡胤推荐他前来出使蜀国的目的。

刘焕在此事之后没多久就被降至阆中镇守使，成了个捉小贼的闲官。凤城镇守使换成了王昭远的亲信王威福，而且还临时兼代了凤州知府之职。只说是凤城知府是个重要的职务，不但要安抚百姓、协助边防，而且还有向邻邦外交的职责。所以吏部挑人调任比较仔细，需要好好斟酌。王昭远为了自己的官商易货计划能够顺利实施，故意从中搅和，阻止委任。让王威福一权独揽，然后完全按照他的意思办事。《五代界事策》中有："……春末，周使至凤城，众官迎。酒酣各归，两官员遇杀，不知由。即之，守备更防，无人续究此事。"由此可见此事确为史实。

落霞山卧佛寺背江朝南，西山东林，寺前是一道矮坡，草木稀疏。不过这稀疏的草木间倒是建了些竹亭、草堂，摆设了些石桌、石凳，香客、游人歇息其中倒也惬意。

全寺分两部分，佛堂大殿全集中于南边，这部分地势较高。北面是方丈、僧舍、经楼，这部分比较低矮。过了北面这片建筑群，便是寺庙的后门。后门连接一条直到江边的小道，可以让乘船拜佛的香客直接从此进入寺内，免得再绕道前山。

从理论上来讲，卧佛寺的位置和建筑格局既不符合风水学的择吉之道，也不符合世俗人伦的人情之道。

首先它的位置并非山抱水环，也不在山体正峰之上，而是位居连亘的

偏峰低岭上，这在风水上为不取正伟。寺庙供奉佛家最尊之处，佛光普照，福泽众生。但寺庙背后却为佛祖慈悲留给阴生的地界，可偏偏此处有江水为阻，为阴晦气聚集不散的局相。正前方的矮坡虽不算高，但是也已超过了寺门登阶，而且呈横拦状，是为近案顶咽、气不能舒的局相。

以上这些为不合风水之道。而从寺庙后门进入的一条道路，必须经过后面的僧舍才能前往佛殿。虽然是方便了从江上水路而来的香客，但是女性香客从寺庙后舍经过，难免会被狎秽者胡言乱语。此为有悖人情之道。

其实在修建此寺庙时有懂风水、人情的高人提出过类似问题，但当时积缘募化修建此寺庙的高僧上觉解释道："各种处修各种法。我寺供奉卧佛，卧佛朝天，天只一个，无风水之别。卧佛望天，思心如天空，不问人情。"

韩熙载日常都在朝堂行走，久未到这种有山、有水、有佛性的地方来了。看着青山秀水心情舒畅，所以离得寺庙大门还很远，就下了轿子自己步行。

王屋山依旧坐在一乘双杠小轿里，但那小轿一直紧跟韩熙载一步不掉，由此可见抬轿的两个人并非一般的人。轿帘全拉开着，王屋山一张俏脸不时探出轿子，表情悠闲像是在看风景。但如果真的只是在看风景的话，那她就不是王屋山了。

韩熙载和王屋山此次前来并没有预先通知庙里，两个人便服轻轿，除了轿夫和贴身佣人，只几个信马由缰的府客同行。韩熙载府中所养家丁、护院都已然是江湖招募、军中精选的厉害角色，那这些被奉为上宾的府客，他们的身份、江湖地位、身具的绝技就更不用说了。

到了寺门口，韩熙载的手下这才拿着名帖去往知客处，报知户部侍郎韩大人前来进香。

寺庙中平时常有官员前来进香，僧人们也见得多了，所以并不慌乱，全按部就班以平常时的规矩接待。大知客出来迎接，众知客僧准备香茶、素点，手下童儿则往寺后去通知方丈。

王屋山随着韩熙载拾阶而上，迈步走进山门。但是在这山门口她突然停住了脚步，因为就在走入山门的过程中她觉出一丝异常来。

站在山门口，王屋山目光四烁，想把那一丝异常寻找出来。

她没有察看那些和尚和偶有经过的香客,因为这些人自有他们带来的那些府客和亲信防备着,就算异常也难以异动。她察看的是山门、院墙、门口塑像,因为觉察出的异常不是活的,而是死的、固定的,像是某种构筑,更像某种坎子行(专设机关暗器、奇门遁甲的门派)的坎扣设置。

　　王屋山原地转了几圈,却始终未能将感觉中的异常找出来。而这时大知客已经引导着韩熙载往寺里面走,先请到了知客处奉茶。王屋山眼见韩熙载已经进去,便赶紧跟随在后面。这是刺客行的经验做法,既然找不出异常来,那么离开有异常的位置就是最为明智的选择。而且某些异常感觉很可能是故意留下的,是刺局里的诱儿,让保护刺标的高手觉察并进行追查,从而疏忽了对刺标的保护。所以刺行中的高手在面对一些不能准确辨出的异常时,好奇心、好胜心都会放淡,只是将自身防护进一步加强。

　　到了知客处门口,王屋山在背后拉住韩熙载,很小声地说了句:"免去一切僧俗客套,直接找慧悯大师。"

　　慧悯大师不用找,谁都知道这个时候他肯定会在藏经阁里。韩熙载也不用知客僧和僧童前去通知,直接和王屋山带着手下径直朝后面藏经楼走去。

　　半路上他们遇到了方丈慧世大师。慧世大师虽然是个方外之人,但经常接待进香的达官贵人,所以不止一次听到过韩熙载的名头,知道他是朝廷中举足轻重的人物。所以慧世大师见到韩熙载后不敢有丝毫怠慢,主动邀请他去方丈室待茶。

　　韩熙载拒绝了方丈慧世的邀请,只简短说明此来是找慧悯大师求教的。正所谓"拭得心如明镜,才能拜得真佛",所以他要先解了心中疑惑,然后再去拜佛进香。

　　慧世觉得韩熙载所说是在人情佛理之中,便也不强请,只是随着韩熙载一帮人一起向藏经阁走去。

势泄瀑

　　虽然没有人事先通知慧悯,但在距藏经阁不远时,方丈慧世已经悄然示意身边弟子先行赶去藏经阁，把一些必要的事情整理妥当。

为什么要这样做呢？因为这慧悯大师虽然是个得道高僧、神仙般的人物，很有一番灵通、神通。但是此人平时只沉迷于研理悟玄，常常多时不加清理洗漱，衣着凌乱，发肤肮脏；而且入迷之时行为也很是不羁，常常祖裸身体在藏经阁里打坐冥思。这要在平时还无所谓，进到藏经阁里的都是寺内僧人，大家都见怪不怪。可现在是朝堂上举足轻重的人物韩熙载要见慧悯，而且身边还带有女眷同行，要是撞上慧悯那不雅的样子会非常尴尬。

藏经阁的结构是垒石台上再加建了两层木楼，垒石台正面有三十几节的青石阶可直达藏经阁门口。到了这里，韩熙载示意其他人留下，包括王屋山，自己则跟着方丈慧世拾阶而上。

王屋山站立在青石阶下，抬头看着韩熙载和慧世拾阶而上。但那两个人才上了三四节石阶的时候，王屋山突然轻喝一声："等等！"

韩熙载站住了，并且转身用询问的目光看着王屋山。慧世也站住，他一个有修为的出家人，不便直接盯视王屋山无比妖艳的身材和娇媚的面容。所以只能合十垂首朝着韩熙载轻声问道："韩大人，贵府女施主是觉得有什么不妥吗？"

韩熙载没有说话，只是看着王屋山，他知道这个女人说"等等"肯定是有她的理由的，而且是非常准确、非常重要的理由。

王屋山的确是有理由，但至于是不是准确、重要她自己也不知道。站在青石阶下，她再次感觉到和山门那里同样的异常来。但这异常到底在哪里，她依旧没有找到。为此她心里不由地生出些羞躁来，接手"三寸莲"门长之位时，教中的几位祖师婆婆将帮中所有秘传绝技强行灌输给她，将她短时间内打造成刺行中的顶尖高手。但是今天身怀各种绝技的她竟然遇到辨看不出的异常，而且相继在两个不同的地点都没有能辨出，这真算得上是对她的一次羞辱。

也就在王屋山心中羞躁却又无可奈何之时，藏经阁虚掩的门一下打开了，一个穿着暗黄色僧袍的大和尚急急地走了出来。他边走边整理自己身上的僧袍，但那已经破损且污秽不堪的僧袍无论怎么整理，都没有办法对他的

第四章　摔死自己的兜子

形象起到丝毫装饰的作用，只能是将身体该遮掩的部位尽量遮住。

"你们怎么不早来告诉我一声，这韩大人可是个识才、惜才的高明人士，我身具的奇能也许只有他能够赏识。他这趟是专门来找我的，我也正等着他来呢。你们怎么现在才来告诉我，是存心要我怠慢得罪韩大人嘛！"

一听这话，不用介绍便可知道这人就是慧悯和尚。但就他这份焦躁、嗔怒的表现，伦次不清的言语，却是与他得道大师的身份相去很远，让韩熙载有些失望。

就在慧悯刚走出藏经楼大门的那一刻，王屋山的眼睛却是猛然跳闪起来。因为有慧悯加入整个场景后，她顿时感觉自己要寻找的异常点已经呼之欲出。

异常并非来自慧悯，但慧悯的出现却可以对异常的发现提供帮助。这是由于慧悯的走路姿势和正常人有些不同，他是一脚前一脚后、一脚跳一脚拖的走法，说直白些就是个跛子。

王屋山立刻调整自己的目光，从藏经阁屋脊面开始，然后横一线竖一道地往下扫视。此时她已经能够确定要找的异常点很大可能与平衡度有关，但这会是个与平常平衡度有很大区别的不平衡概念，它们应该是与慧悯的脚步以非常巧妙的方式相应合。

慧悯走下了青石阶的顶端，急切地朝这韩熙载迎过来。虽然他的脚步没有那么利索，动作显得迟缓、滑稽，但对于他来说，这已经是很快的速度。

王屋山的目光已经扫视到了青石阶的顶端，就快要赶上慧悯的脚步。此时她感觉要找的异常点应该就在附近。

慧悯已经下了三四节石阶，而且可能因为走得适应了，脚步变得越来越快。

王屋山的目光落到了第一节青石阶上，随即突然一跳，直接追上了慧悯的脚步。因为在第一节石阶上她发现有两处不平衡的交合点。

慧悯的脚步越来越快，到了整个石阶一半处的缓折平台时，他的身形已经如同是在走一种神奇而快捷的技击步法。移动的小碎步简直就像在滑行，整个人无所阻挡地直接侧冲出去。

"不好！顺势步障！拦住他！"王屋山说话的同时，拧蜂腰、提纤足，娇小丰满的身体平拔而起,一步五阶纵上。他们带来的府客中也有人闻声而动,而且其中有些人跃起的速度和距离甚至比王屋山更快、更高。

即便是王屋山和府客中的高手都出手了,依旧是晚了那么一小步,没能将慧悯及时拦下来。当那慧悯冲到下面一半青石阶的阶顶处时,身体已然飞了起来,而且是不停扭转、翻滚着飞出的。但是不管身体怎样扭转、翻滚,有一个身体部位的方向却是准确不变的,这个身体部位就是他那已经生出些发茬子的圆脑袋,它是始终朝着一侧的麻石栏杆撞去的。

王屋山只来得及将锦花重绸披风甩到身前,替自己和韩熙载挡住喷洒的血雨。几个府客也都没来得及碰到慧悯的边儿,所以在慧悯发生撞击的时候,各自侧向跃出,躲开喷洒的血雨。

只有那方丈慧世如呆鹅般木立原地一动不动,半张开嘴巴却连半声惊呼都未能发出。慧悯瞬间破碎的头颅鲜血狂喷,溅得方丈慧世满头满脸,就连半张开的嘴巴里都灌进去足足有半口之多。

破碎的头颅很快就不再喷出血雨了,而是改作大股的涌泉。有府客再次纵身到慧悯身边,伸手探一下慧悯鼻息:"只有出气没有进气了。"

"怎么会这样?这和尚也太没道行定性,慌慌急急地把自己给摔成这个样子,这真是赶着去死啊!"韩熙载心中升腾起一股恼怒。这倒不是因为眼睁睁瞧着慧悯摔得鲜血四溅、头颅破裂的一副惨相,让他受到惊吓、感到晦气。而是因为他此行的目的一下子被打破了,就快查明的事情依旧还是一个谜团。

"或许是这和尚曾听出泥菩萨说话,泄露了天机,这才遭此天惩。"有府客半开玩笑地说道。他们很早之前就听说过这个听懂泥菩萨说话的慧悯大师,但今日一见却原来是这样一个邋遢、猥琐的跛子,心中顿时觉得不信和不屑。

王屋山一直弯腰静声在青石阶上仔细察看,听到那府客的话后头都没抬地回了句:"不是天惩,是人刺。"

"人刺?"大家都感到惊异。一个方外的残疾老和尚,刺杀他所为何来?而且这老和尚摔跌的过程大家都亲眼看到的,明明是他自己不小心,没

第四章 摔死自己的兜子

见到有人对其下明手、暗手的杀招呀。

"刺客设了极为巧妙的兜子，专门针对慧悯大师的，而且据我现在所知，这兜子在庙里至少设有两处。山门口的石阶是一处，我进山门时就觉得异常，但没能辨出来。此处石阶是第二处，如果不是见到慧悯大师是跛子，并且亲眼见到他行走的步法特点，此处的兜子我仍是不能辨出的。"王屋山轻叹口气接着说："唉，现在虽然是辨出了兜子，但还是迟了半步。折了这有灵通的和尚，把大人的重要事情给耽误了。"

"是什么兜子？巧妙之处何在？"韩熙载知道这事情怪不到王屋山，但他很好奇是什么兜子能够让一个人将自己摔死。

"顺势步障的一种，叫'势泄瀑'，这种兜子的设置形式有很多，手法也不固定，是需要根据刺杀目标的实际步法特点来进行特别设置的。此处和山门口的设置完全一样，都是在这些石阶上做的手脚。"

说到这里，王屋山拉着韩熙载的袍袖走到最靠上的几节青石阶处。

"大人可以仔细看一下，第一层石阶在外沿最右侧垫了一块很薄的石片。这对一般人的上下来说根本不会有什么感觉，但慧悯跛脚下阶时的重落步在这一阶上下来时却是会产生一个朝左的冲劲。而二层靠中一点的内侧多加了一块撑石，这位置正好是慧悯第二步的落脚点。有了这撑石，他的步子势必要往外躲避，这样脚掌就只好落在石阶的边缘上。这样加上第一步的冲劲，就几乎是冲滑进第三步的。而第三步再次重复第一步的垫石方法，只是这一步垫起的幅度更大。第四步重复第二步的设置，只是位置更靠左侧。如此反复，六七步之后，慧悯的脚步便完全不能自控，到最后积聚的下冲势头就如同流瀑一般，生生将自己给摔出去。而这个兜子的巧妙之处就在此处，是将刺杀目标本身作为血爪，让他自己杀了自己。在别人看来就像是出了个意外而已。"

王屋山所说"势泄瀑"原先是一种阵势，为奇门遁甲第四十局"随势如瀑"。但是后来有坎子行的高手将其阵理运用到坎面设置上来。由于设置巧妙、手法隐蔽，所以刺行中的高手再从坎子行的技法上进行借鉴和拓展，最终创出"势泄瀑"这种刺杀技法。

刺行的"势泄瀑"与坎子行"随势如瀑"的坎面相似却不相同。坎面设置是相对固定的，对所有不懂坎理的人都有杀伤效果。而刺行的设置却是有针对性的，只对某个特定的人有效果。它是利用不同的环境，以不同的手法刺杀不同特征的目标。

元代粤人陈高季编著的《胡色杂闻录》中有一则"仙官三摔将"的故事。元代时百姓分为四等，蒙古人、色目人、北方汉人和南方汉人。粤人陈高季为最下一等的南方汉人，所以编著的这部书里好多内容都是耻笑蒙古人和色目人的。这"黄仙官三摔将"的故事是说一个蒙古将军到南方后去游玩大仙观。在观前口出狂言羞辱粤人和大仙，结果进观时没走到阶顶就摔了下来。而且连摔三次，怎么都进不去大仙观。有人说这是神仙显灵惩治蒙古将军，而江湖中的传言却是有高手针对那蒙古将军长期骑马的罗圈腿特点，在大仙观门口石阶上布设了"势泄瀑"。

另求解

"看着像出了个意外？我知道，设兜杀慧悯的人其实可以用各种方法要了他的命，之所以采用这样麻烦的方法其真正目的就是要看着像意外，而且很有可能是要我们看着像意外。"韩熙载分析道。

"很有可能。而如果是这种目的的话，那设置之人肯定在之前就已经知道我们会过来拜访慧悯，并且预料到慧悯一旦知道大人来拜访他，肯定会急匆匆地出来迎接。而迎接的地点要么是山门处，要么就是他一直待着的藏经阁，所以在这两个点设置是最有可能成功的。"王屋山也觉得这样的分析很正确。"这样的话，有个人便成了最大的怀疑对象。"

"你是说顾闳中？我倒觉得不见得。是他推荐慧悯的，然后再亲自操作或者透露消息给别人杀死慧悯，这做法是在作茧自缚，能设这种兜子的人不会这样愚蠢。"韩熙载真的觉得顾闳中没有这个必要。

"所以才做成意外的假象。"王屋山依旧坚持。

"不用这样麻烦，他之前完全可以不告诉我们慧悯可以破解其中的秘密。再说了，这样的设置还是比较麻烦的。虽然对于一些高手来说并不为难，但对顾闳中一介书生来说却非易事，你也试探过他的身手。还有我们自己府中其实也有不少人知道我们此行目的，他们也应该在怀疑范围之内。"韩熙载又说。

"设置之人必须对慧悯非常熟悉，知道他的平常起居和步行特点。所以我们府里的人几乎不可能。"王屋山说。

"排除顾闳中和我们府里的人，那么会是寺庙里的人吗？他们里面或许早就有人出于某种目的要对慧悯下手，正好凑巧是我来让兜子收了口。"韩熙载问。

"不会，刺者不取近，战者不取远。所以刺客应该是和寺庙关系不大的人，但进出卧佛寺应该还算频繁。而且慧悯方外之人，并不一定知道大人的真实身份和背景，不应该这么着急匆匆地出来迎接。除非有人之前告诉过他，并且强调大人对他可以有某种巨大的帮助。所以与慧悯交往较密的，或者最近到庙里与慧悯有过接触的最有可能。"

王屋山所说"刺者不取近，战者不取远"是说刺客一般是不用很熟悉的人的，这样有可能和目标有交情、有感情下不了手，就算下了手也很难逃走，很快就会被确定为凶手。而战场上则应该使用对环境熟悉的将士，最好家乡就是本地或附近的，这样既便于排兵布阵，感情上也愿意全力以赴保卫故土家园。

韩熙载回头，朝着身后几个陪同的和尚问道："可记得有与慧悯交往较密，或者最近与慧悯有过接触的人？"

此时那方丈已经惊吓得瘫软在地，全不知韩熙载他们在说些什么。倒是那大知客僧见过不少世面，人也灵巧，赶紧上来回答："慧悯平时性格孤僻，只知道读经参禅，一般不与什么人交往的。就是今天韩大人来了，慧悯这才急匆匆出迎，这情况也是仅有的一次。以往就算是皇亲国戚来寺里，他都是理都不理。常与他来往的有吴王府的汪伯定。这两人十分交好，经常躲在藏经阁中一待就是一天。就昨天这汪伯定还来过庙里，给慧悯带了不少吃食。还有就是你们刚提到的皇家画院的画师顾闳中，记得他曾与慧悯交流过两三次。其他也就没什么人和慧悯有来往。对了，好像不久之前画院的修补师父萧忠博也来找过他一次。"

"太子吴王身边的天机教授汪伯定？还有画院的瞒天鬼才萧忠博？"王屋山赶紧确定一下，她觉得这两个人应该是乱麻中的线头。

"是，汪先生来得很是频繁，还经常给慧悯带些庙里没有的吃食。那萧师父却是只来过一次，待了没多久就走了。"大知客僧回道。

"一直听说慧悯精通星算风水，而且有通神之灵觉，曾听到泥菩萨说话，说什么'杀星北现，人难，佛难'，这些是否属实？"韩熙载又问。

"说实话，这些的确是有人在传，但我们也不知道真假，因为慧悯从未给我们寺中的人推算过。就我觉得，慧悯虽然用功，但整天研修的都是佛经。佛经之中虽然也都是精妙绝伦的奥义，但和星算风水什么的应该是两种学问。"知客僧一点不在意这样说会不会坏了慧悯的名头、损了卧佛寺的面子。

韩熙载听到这话之后没有再问，但是在心中却是暗自闪过许多疑问：慧悯是否真的是自己要找的奇人？他真能对自己要查的事情提供帮助？汪伯定、萧忠博和他之间到底有些什么事情？他的死到底和自己追查的那件事情有没有关系？

"接下来该去找谁？还有其他什么人能解字画中的玄妙吗？"王屋山柔声说道，像是在自言自语，实则是在问韩熙载。她知道韩熙载此时的心情很是不爽，所以不敢正面发问，怕将火气惹到自己身上。

"千路朝圣山，万流归大海。此处无解法，我们另寻他处便是。我相信，真相总有水落石出的时候，谜题也总有云开雾散的一天。"韩熙载慷慨而言很是豪迈，但满脸神色却显得有些萎靡。的确，眼下的事情真的拖不起，这关系着南唐皇家的传承，不及时弄清楚怕有内乱纷争。

顾闳中走出了雅安茶楼，沮丧的脸看着就像要哭出来。这雅安茶楼明着是喝茶的，暗地里却是一些有身份背景的人赌乐耍钱的场所。顾闳中家小不在身边，又有闲钱可用，无聊时便常到这里来耍钱作乐、小赌怡情。

第四章　摔死自己的兜子

"顾先生。"有人在招呼顾闳中，顾闳中转头找寻，却没看到叫他的人。

"顾先生，近来说话。"顾闳中再循声看去，还是没有看到人，却是看到一只戴了玉佛珠的手，正伸出轿帘向他招手。

顾闳中认得这串浑圆碧绿的佛珠，那是韩熙载的。这时他才猛然从输钱的沮丧中恢复过来，将朦昏的视角展开。看全了蓝顶官轿，也看到轿子周围不同一般的轿夫和护卫。

"韩大人，这么巧，在这里遇到你了。进去喝杯茶吗？"顾闳中这是假客气，他今天不但将王屋山三天前给他的那对南珠输了，而且就连喝茶的小钱都没能在兜里留下。

"不了，我是经过此处正好看见你了。慧悯的事情你已经听说了吧？"韩熙载问道。

"慧悯什么事？"从顾闳中的神情和语气中看他是真不知道。

"死了。"韩熙载用的是最为简单的话语，这种做法其实是尽量多地留给别人空间，从而看他的反应是不是正常、自然。

"啊，怎么会呢？是怎么死的？"顾闳中的反应很正常，却不太自然，神情中稍显尴尬和惶恐。但这种反应却是正确的，因为他不知道慧悯怎么死的、什么时候死的，所以会以为慧悯早就死了。而他却给韩熙载指引了找慧悯这条路，这就有可能会让韩熙载误会他是用一个死人来骗好处。

"你且不要管慧悯的事情了。我来问你，现在没了慧悯，谁人还能解了那字画中的奥秘？"这才是韩熙载看到顾闳中后落轿相召的真实目的。

"这个，这个我所知也不多，但大千世界，总有人可以的吧……"顾闳中口中含糊其辞，眼睛却盯着韩熙载手中的那串佛珠。

韩熙载没有多说一个字，顺手将腕上的佛珠摘下来，塞到顾闳中手里。对于大输之后的赌徒来说，财物是最好的诱惑和砝码。

"韩大人，你这是什么意思嘛，我是个重感情的人，蒙大人看得起，有什么事我是能帮忙就尽量帮忙的，不是为了身外之物才……"

他的话没有说完就被韩熙载用一个手势制止了，因为他是什么人韩熙载可能比他自己都了解。

"我想啊，这事可能需要往西南方向走一趟才能办成。"顾闳中说这话时已经将玉佛珠塞到了袖筒之中。

王屋山听说韩熙载回府后直奔后花园，便赶紧跟了过来。见到韩熙载眉头紧蹙，哀气长舒，于是轻声问道："大人，是否皇帝家的事情又开闹了？"

韩熙载没有回答，背手往一侧的假山亭走去。

王屋山示意其他人退下，自己则小碎步急走，风摆杨柳般地追上了韩熙载："大人，我知道你心中烦懑。但是慧悯已经被杀，我们手中的那份宝就必须另押一方。必要的话还可以四方全押。"

韩熙载停住脚步："你所说的一方和四方指哪里？"

王屋山眉头微挑："出南唐。"

"不谋而合呀。好了，这件事情其实我已经另外安排下去了。我现在烦恼的是这件事情如果真的揭开了谜底，后事将如何了断，搞不好就是一场宫闱内乱。那天庙里的大知客僧说慧悯所学其实与风水不搭界，我就感觉这和尚只是个被利用的棋子。之所以被刺杀，是因为怕我获悉了他被利用的内幕。而天机教授汪伯定经常与之交往，便更加深了我心中的疑虑。汪伯定虽然是皇家师长，但他倒真的是通晓星算风水等九流之道，所以才被叫做天机教授。他经常与慧悯混在一处，那么慧悯的一些说法、做法会不会是受他指使、教唆？"

"大人，如果是这样的话，那么幕后真正的操纵者就应该是太子吴王。要想理清皇帝家的事情，首先就是要知道大皇子到底在操纵些什么，意欲何为？"王屋山一下切入了重点。"想达到这样的目的有两个途径，一个是查出那些字画的真相，还有一个就是查出汪伯定和慧悯交往的真实企图，以及萧忠博找慧悯又是所为何事。但这两条途径目前来看很难行得通。"

"想行总有行得通的法子，但这也正是我烦恼的缘由。如果一下查出太子心怀叵测，那圣上又该如何处置？稍有不妥，折损的就是南唐基业。所以我现在只能是先在第一条途径上下了点工夫，揭开冰山一角。只有知道真相然后才能视情而动，如是皇家内讧，该掩就掩、该了就了，不必追破瓮底。如果是外奸作祟，那还是要断根的。"韩熙载很有些纠结。

破栅入

"这么说大人已经在找人破解字画秘密了？找的谁？"王屋山既意外又好奇。

"慧悯听懂泥菩萨说话，这样的灵性和道行天下可能只有一人与之相比。为了能确认字画所含秘密不会出错，我们目前只能去找这个人。"

"大人谨慎是应该的，毕竟这是牵涉皇家传承的大事。可我自己都想不起来，我国境内有谁还能比慧悯更具灵性、更懂风水。大人总不至于去找汪伯定吧？"王屋山真的想不起来。

"我又不是傻子，怎么可能去找汪伯定。说实话，之前我也没有想到利用这方神圣，是刚才回来时在街上又遇到了顾闳中，是他提醒我可以再从这条道上走一走，就如你所说，出南唐境，走远一点。"

"走远一点？"

"对，出南唐境，往西南。"

"西南是楚地。对了，那里倒是有个风水大师'云中仙楼'楼凤山。这人是风水先生更是江湖人，除风水外还擅长布阵、易容。神龙见首不见尾，他要不愿意见人，找个数十年都没法把他找出来。"王屋山虽然想到这个"云中仙楼"，其实自己心中觉得不应该，韩熙载所说肯定不会是这人。

"如果只是寻脉定穴之事，找你说的这个楼先生也未必不可。但我现在要求证的事情关乎南唐宗室，这样的话那楼先生便够不上资格了。你再往西想。"

"再往西？再往西就是蜀国了，大人！莫非是无脸神仙？"

韩熙载微微点了点头。

"可无脸神仙不卜皇家官家事。"

"这我知道，所以此事不能直接去求无脸神仙。我今天奏请皇上下旨，派遣礼部给事中萧俨为赴蜀特使，商讨联手御对楚地、大周、南汉的事宜，建立借道南平的捷径兵道，可快速互通运转兵马、粮草。但我另外让萧俨带了重金厚礼，让他到成都后找合适的机会先去拜访申道人。这是蜀国一个手眼通天的人物，怎样的通天？一是他可在蜀王孟昶面前说得上话，另外，他还可以在无脸神仙那里说得上话。于尊于仙，他都是通天人物。所以不管联兵一事，还是字画真相一事，都需要此人帮忙。"

"皇上应允了吗？"

"应允了，而且他还让内务密参顾子敬同行。"

"如此说来，揭开字画中暗藏玄机一事，我觉得尚有几分把握。但这联兵共对诸国之事，我倒是不抱希望。原本南唐、西蜀就并无厚交，现在南唐四周环绕强敌，所处局势比西蜀危患许多，联兵的话，是南唐占便宜西蜀吃亏。再有，南唐新近提高税率，眼下看来西蜀与南唐隔国远离，没有影响。一旦其他国家相继提税化解危机，那么最受影响的就是蜀国。先罪与人，和何成？"

"这也正是我烦忧的又一个原因。"韩熙载深深叹了口气。

范啸天带着几个人再次回到东贤山庄已经是第二天的下午。他们这次走了个"没理路"，希望可以尽量靠近东贤山庄观察情况，同时还不和唐德的人撞上。

什么叫"没理路"，就是选择一个不管从哪方面说都不应该走的路。就拿他们几个来说，此行是要公开刺杀唐德。执行刺活儿，按常理讲应该尽量不被目标注意到，然后寻找一切可能的机会尽量接近，最终选择可靠的手段和绝好的时机一举击杀。如今唐德已经知道有人要来刺杀他，如果依旧按照这样的规律，其实最好的潜入路径是他们逃出时的水路、泥道，不但隐秘，而且他们由此处逃走，别人很难想象他们又从此回来。还有就是半子德院倚靠的山崖，从这位置可以观察到半子德院里面的情形。可以利用绳索滑下，以迅雷之势予以突袭。但这两条路对于刺局高手来说，依旧是"有理路"，都在心谋深远之人的揣度之中，而东贤山庄不乏心谋深远之人。所以他们最终选择的是一个包括他们自己都觉得不应该走的路径接近半子德院，这路径就是东贤山庄的庄口正道。不过虽然走的是这条道路，但他们在形象和身份上却预先做出了很大的改变。

第四章　摔死自己的兜子

易容术本就是离恨谷必修的技艺之一，而"诡惊亭""勾魂楼"的技艺传授中，易容更是重中之重的项目。所以这一次他们几个人没有费太大手脚，就全都搞定了形象和身份的转换，手法极为简便快捷。

其中哑巴放下所带的弓弩箭弹，其他什么都没有变化，然后推着一辆带木边框的送菜大车。他的衣着本身就是个乡下脚夫样，这些人中，他是唯一一个没有在东贤山庄露过面的人，所以他的易容只需要有一个送菜大车作为道具。范啸天带着裴盛、唐三娘、秦笙笙三人躲在那辆送菜大车里。有了这辆大车，他们也不需要做任何改变，只需盖上块草席，就能在别人的意识中将自己转换为被运送的猪牛羊肉或者葱姜白菜。

但这几个人的做法在齐君元的眼中却如同儿戏，根本没有一点江湖道的周密、刺客行的严谨。

本来王炎霸和倪稻花也死乞白赖要跟这五人一起行动的。王炎霸不知道是不放心自己的师父还是不放心秦笙笙，很有一番勇赴死地的豪情。而倪稻花的目的很明确，就是救人。只要自己的父老兄弟们有一个没死，她就不会放弃这样的信念。

但是按照离恨谷的规矩，不管是露芒笺还是乱明章，只有列名的谷生和谷客可以按照指示执行。其他人除非是十分有必要利用的，才可以加入其中。否则的话连任务内容都是不能向外透露的，这也是为了确保所接刺活儿能够可靠实施的一种保障规则。

其实这次范啸天他们接到的乱明章已经很是蹊跷，也不知道那灰鹞怎么就找到他们的。而且还偏偏最先找到了王炎霸，所以其中内容一下让所有人都知道了。不过接下来刺活儿的实施真就不能让没有列名在内的人加入，一旦出现意外不能成功，刺头（多人刺局的组织者）范啸天首当其冲要承担责任，而他偏偏又是个没有胆量和魄力承担责任的人。

齐君元知道规矩，他没有强求跟着行动，但他也没有远离。而是带着王炎霸、倪稻花来到庄口一侧的低矮山头上。这是个绝好的位置，可以看到大半个庄子，也可以看到哑巴推车而行的必经之路。除了这三个人，和他们一起的还有穷唐犬。哑巴将它留在稻花身边不知是为了作为自己的后援，还是为了保护稻花安全。而穷唐也似乎很乐意留在稻花的身边，又蹭又舔，全没有了凶悍怪兽的样子。

虽然乱明章中没有齐君元的名字，但他却知道自己决不能甩手而去。他有种强烈的预感，就凭范啸天那几个人是做不成这件刺活儿的，自己很快就会成为十分有必要利用的人。另外，为何没有自己名字？这是一件非常怪异的事情。因为齐君元想将这事情弄清，所以他也不能就此离去。

坐在庄口的低矮山头上，他觉得这未必不是一件好事。自己现在正好可以利用这个间隙好好将东贤山庄及其半子德院察看一下，然后筹划出一个稳妥的刺局来，将这个已经被自己诳言叫明的刺活儿做得圆满。

齐君元所选位置是一块伸出的岩石，稳坐之上身形凝固得也仿佛一块岩石。他凝神静气观察着庄子里的每一个点，就像一个垂钓者盯住随波微漾的鱼浮。经验丰富的垂钓者只需观察水面和鱼浮，便能知道水下有几条鱼在鱼饵周围游动，是什么品种的鱼，大小如何。刺客也一样，经验丰富的根本不需要近距离地去查看细节，只要在远处观察、感觉一些重要穴点的气势、气氛，以及整体意境中的一些异常现象，就能看出到底有没有预先下的兜子，兜子又是怎样的布置。甚至还能从各种现象特点上推断出下兜人的性格习惯，以及兜子中器爪、人爪的优势和缺陷。

范啸天那几人肯定无法做到像齐君元那样，所以由哑巴推着车直接往东贤山庄而去。还好，一路没有遇到任何阻拦。那大车的木边框上有很多破裂的口子，从这里倒也可以很有限地观察到一些外面的情况。

车子在庄口过了一下，然后沿着护庄的木栅往西绕行。这一路车里车外的人看到了东贤山庄里一片破败杂乱，墙倒屋塌、楼歪地陷。这还在其次，关键是还有满地的尸体，让人看着很不舒服。那些尸体有些是新鲜的，主要是在昨晚混战中死去的兵丁、庄人、鬼卒，当然也有少数一部分是周、蜀、唐三方的高手。而不新鲜的尸体则更多，基本上已经断成了段儿、烧成了灰。就算言家的铃把头现在还没有成为其中的一具尸体，他也没有本事把这些尸骨再呼唤起来。

但是很奇怪的一点恰恰与满地的尸体相反，整个庄子里竟然看不到活人，一个都没有。御外营的兵将不见了，庄子里的庄人、鬼卒不见了，三国秘行组织的高手们不见了。更有甚者，那半子德院也像死去了一样，坍塌了半边的门楼连一块砖都没动，还是那样敞在那里。远远地从院门往里看，满是袅袅未息的烟雾，根本看不清有什么。

看到庄子里是这样一幅情形，范啸天心中觉得庄子里肯定已经没有活人了。很大可能是由于齐君元之前叫明了要三日内刺杀唐德，那唐德惧死不敢在此处停留，于是带手下人全数撤走了。想到这他当机立断，决定利用庄里屋群的遮掩，从庄子侧面破开护庄的木栅进到里面，然后潜行到半子德院附近进一步了解状况。

就在木栅被破开的那一刻，山头上的齐君元突然站了起来，他似乎发现了什么。

天生神力的哑巴只徒手扭拉了几下，一根粗大的栅木就被掰落下来，扩大的空隙足够一个人很轻松地侧身出入。几个人悄无声息地钻进到庄子里。别说，大白天做活儿也有大白天做活儿的好处，这样至少可以将庄子里的情况看得清楚，稍有异变可以立刻脱身遁走。

几个人先快步钻到屋群间，然后迅速分开几路，察看了下周围有没有异常情况。

很快，几个人将所获信息反馈到一起。信息很单一，看到的都是尸体。这让范啸天确定了自己的判断："庄子里已经没有活人了，唐德早就逃走了。"

瓮待君

即便是做出了这样的判断，范啸天仍旧没有大意行事。他迅速从背囊中掏出物件，施展奇术。很快，在晃眼光线的照射下，在房屋、山岭阴影的掩护下，屋群之中恍然间多出了一间房屋来，一间可以移动的房屋。其构造形状、大小高低、新旧程度与庄里的其他房屋极为相似。

这便看出了范啸天和王炎霸的区别来。王炎霸只能在黑夜中施技，而且只能是竖起一面墙，结果那面墙还被东贤山庄中的大天目一下就辨认出来。

而范啸天不但能在大白天里就施展技艺,而且竖起的是一间房子。房子可以从各个方向将他们几个人完全遮掩起来,不露一点痕迹。

此时矮山岭上的齐君元不但是站了起来,而且快步往山坡下疾奔。他已经看出什么地方不对了,但他又不能高声示警。那样反会提醒对方他已经发现了他们的兜子,会迫使对方提前启动兜子。而一旦范啸天他们几个陷入了兜子,要想再将他们救出便很难了。

现代科学曾专门研究一些人在某个方面的天分、天赋,认为这其实是由兴趣、专注、感官等元素综合形成的一种特质。但在古代,表明这种特质最合适的词语可能就是感觉,极具灵性的感觉。而齐君元就具备这样的感觉,所以他能够发现到细节的异常和意境中的隐相。

这次也一样,他发现的第一处异常是在尸体上,昨天夜间庄里庄外都有激烈的搏杀,为何庄外道路、两边山坡上却一具尸体都没有,而庄子里的尸体却是铺了满地。另外,那些鬼卒、铁甲兵卒的新鲜尸体死去的姿势也不正常,有很大一部分是趴伏在地。鬼卒和狂尸拼斗,是靠大师父引魂灯指示,没有自己思想,所以一直是直对敌手,一往无前的,遭受的应该是正面攻击然后仰面而亡。而庄内死去的御外营兵将主要是和铜衣巨猿还有穷唐相斗而亡,当时集结的盾甲方队也是不允许出现退却和逃走的。所以这些鬼卒和盾甲兵丁可以死,但趴倒在地死去,应该只是个别现象,不该有如此多的数量。

再有一点也是最为玄妙的一点,这些趴着的尸体在分布上形成了一个特别的形状,应该是一种叫"三瓣莲"的布局。

"三瓣莲"的布局并不属于奇门遁甲,也不属于坎扣兜爪。最初只是一种以佛性禅意引导别人思想、包容别人心境的冥想图,后来被藏传密宗作为一种敬佛论经的道场格局。有人发现,人处于这种格局之中,目光、思想、行动都会受到很大程度的震慑,意志薄弱者甚至会在景象变化和经文念诵声的作用下失去自我,完全随指引而行。于是有人将这种格局移做他用,设计成一种从精神震慑到实际围杀的绞兜,真可以说是"于佛是至善,与贼为恶行"。

"三瓣莲"布局在元末无名氏的《安平记表》中有收录,作者从其布

第四章　摔死自己的兜子

形、色彩、和声、心理多方面进行了详细分析。只是此书至明末便已只余残本在世，到清中期时就连残页都无处可寻。

齐君元发现的第二处异常是在半子德院高大的院墙和门楼上，这个位置显得太过清爽了。即便此时唐德惧死带着手下和庄丁离开了东贤山庄，这院墙门楼上也该有遗留的夜灯和垛旗。这些东西昨天夜里都是设置在固定位置上的，匆忙间离开总不会将这些都拆下拿走吧。何况那院子中有许多比这值钱的东西都还在，为何单单要将院墙、门楼上的东西取走？而且就算唐德惧死离去，他为何不留下一些手下高手？让他们设兜将这些刺杀自己的人一兜全灭，以绝后患。

第三处不正常是院子里袅袅不息的烟雾。昨夜院子中虽然有明火燃起，但火势完全是在大傩师的控制之下。不管是狂尸群，还是三国秘行组织，都未曾攻杀到院子里，这不息的烟雾从何而来？

齐君元就是在发现到这三处不正常时霍然起身的。因为他在这三点的基础上构思出了一种意境。在这意境中，那些趴在地上的尸体隐约有呼吸的起伏，院墙、门楼上的遮掩处有箭矢锋芒的闪烁，还有那烟雾之中，处处是陷足的钉坑和悬起的刀网。

"阎王，有没有和你师父之间约定的特别信号？快让他们退出来！"齐君元疾奔几步后突然又刹住脚步。因为他发现庄里那个可移动的房屋在太阳光的闪烁中恍然动了几下，就已经到了屋群的边缘，自己现在就是以最快的脚步赶过去也已经来不及。

王炎霸紧跟在齐君元身后，齐君元的脚步突然停止，王炎霸差点撞到齐君元的身上："什么信号？啊，没有！"

齐君元回头又看了一眼那座恍惚的房子。此时那房子已经不移动了，做房子的人和躲在房子里的人似乎已经觉察到了些什么。而刚才还死气沉沉的东贤山庄里面却有东西迅速移动起来，那些移动的东西是在半子德院大门里的烟雾中，是在洞道纵横的地底下，是在厚若城墙的院墙墙体里。这些虽然都是肉眼看不见的移动，但是可以凭感觉知道是在用各种渠道路径、武器手段将那间移动的房子围困在当中。

发现到这种状况后齐君元反倒不急了，庄子里的反应和行动比他想象的要快。此时就算有信号也来不及通知范啸天了，直接大声呼叫则更加不妥，这会让一些暗藏的点子注意到自己，说不定立刻就有后续手段朝他们这三个人而来。

不管齐君元急还是不急，别人该做的事情还是在按程序进行着。一只白纸四角风筝飘出了半子德院，这风筝软软飘飘的，就像个招魂的幡子。白色的风筝在太阳光的照射下有金光流动，由此可知风筝上写满了金字。

随着风筝的飘出，趴伏在地上的一些尸体开始动了起来。不，这些不是尸体，就像齐君元意境中所见一样，他们是活的。趴在地上的大部分尸体其实都是活的鬼卒，只是受了大傩师的控制，将自己的身体状态在一段时间里变得和尸体非常接近。但是只要是活人，不管昏迷、睡觉，还是失魂，他们的眼球始终是会微微转动的。这个细节有许多人都会疏忽，所以某些人才能装死成功。而对于专门将别人送入死亡的刺客来说，这个细节肯定逃不过他们的眼睛，因为这是他判断刺标是否确实死亡的手段之一。这也是为何大傩师要让那些假扮死尸的鬼卒趴伏着，这样便看不到眼球在眼皮下的转动，无从判断这些到底是死鬼卒还是活鬼卒。

"齐大哥，不对呀，我师父做的那个屋子好像落进兜子里了。"王炎霸说这话的时候其实已经晚了，庄子里有些尸体已经开始动起来了。

"对，你师父犯下了极大的错误。五人的刺活儿，他不设望风和接应，不布阻爪子（逃脱时阻挡追兵的设置），也不留活退路，五人堆在一起全都撞进别人的兜子里，现在只能等着落爪送命了。"齐君元的心跳缓了，语速也缓了。

"我们该怎么办？"王炎霸还没有做声，从后面赶来仍气喘吁吁的倪稻花已经抢着问道。

"你还是回原来的地方待着吧。东贤山庄既然已经准备好兜子套我们，那么就会让我们毫无阻碍地直入庄子里。这样的话他们就不会在外围布下设置，以免挂钟惊雀。所以这周围的山上可以确定是安全的。"

"那我呢？"王炎霸也问，他觉得自己和稻花不一样。

第四章 摔死自己的兜子

"你也一样。"

"你是想一个人去救他们？带上我，我能帮上忙的！"王炎霸坚持。

"我和你们两个一样。"

王炎霸和倪稻花有点懵，他们听懂了齐君元的话，却理解不了话里的意思。

此时王炎霸的表现比以往任何时候都要镇定，他冷冷地问一句："你的意思是我们就坐在这里，眼睁睁看他们被血爪灭了，却不去相救。"

"你救得了吗？"齐君元反问一句。

"可是你救得了！"王炎霸的语气像在逼迫。

"对，我救得了，所以你们就都应该听我的。"齐君元的话说得很慢、很坚定。

王炎霸和倪稻花对视一眼，他们没有办法，能做的就是和齐君元一起坐回山头，看着庄子里跌宕变化的局势。

半子德院里的烟雾中飞出一朵火苗，在大太阳的照射下，只显出微微的蓝色光。这火苗飞行得并不迅捷，只是晃晃悠悠地朝前飘行，直至准确地落在那间会移动的房子上。

不知道那间房子是用油纸还是用油布做成的，反正燃烧得极快。火苗刚沾上去，那房子瞬间便没了顶，便如雪入滚汤一般。然后山风一卷，剩下四面墙团成一朵大火花飘升而起，旋转几下化作无数灰黑片絮，纷纷然如同蝶舞。

"啊！"王炎霸轻呼一声。但这呼声并非因为亲眼见到自己师父无所遁形或者引火烧身，而是因为惊讶、不解、难以置信。房子瞬间灰飞烟灭，房子中的人虽然没有灰飞烟灭，却是已然踪迹全无，就如同被蒸发了一般。

"他们不在房子里，他们逃走了吗？"倪稻花很惊讶地问道，她觉得自己看到的如果不是一场戏法那就肯定是仙法。

齐君元微皱下眉头："不，他们现在的处境更危险了。也不知道那个乱明章是谁发来的，让二郎担当刺头。他做小伎俩无与伦比，瞬间就做成个可以乱真的假房子。发现周围情况出现异常后，立刻神不知鬼不觉就将那几人安排到其他位置，就像变戏法一样。这除了他的手法高超外，还好在那几个人的身手不凡，否则是无法做到的。但是不知其中窍要的人根本无法看出二郎是什么时候操作的，又是怎么操作的。"

王炎霸从齐君元的话里听出来了，自己师父所做的伎俩齐君元早就看出来了，所以他是知道其中窍要的人，是有资格对自己的师父做出指责的人。不过王炎霸没有搭腔，而是在安静地等待，等待齐君元说"但是"。

"但是，他的安排却是大错特错。现在裴盛的位置是要应对屋群西北角处的大块头，可能是因为昨夜看大块头面对'石破天惊'只能躲闪而不能还手的缘故。其实大块头能够从容躲闪，正说明'石破天惊'对他无效。而一旦可数的几块'天惊牌'放完了，裴盛又能以何招应对大块头？屋群东侧，哑巴牛金刚的位置正好与大丽菊对峙，老范是想要哑巴以力制力。他也不想一想，'石破天惊'未能力压大丽菊，哑巴的弹弓或弓箭又能有几分把握？正北面，他让秦笙笙应对大傩师，这应该是想以秦笙笙的琴声压制大傩师念诵经文的声音，从而阻止他驱动鬼卒。其实就算不使用法术驱动，这么多鬼卒一拥而上，就他们几个根本无力悉数抵住。那三面布置看似针锋相对，其实根本没有胜算。擒贼先擒王，败军先败将。他们此刻要想无损脱出，必须要将对方的几个高手放倒才行。但就现在这样的安排要想达到这样的目的根本不可能。"

第五章　一击绝杀

定标位

听了齐君元这一番分析，王炎霸再仔细辨看下，果然从一些微小迹象看到了那几人的所在位置。看来就算师父手段再高，始终都是在齐君元的辨识范围中。

"擒贼先擒王，败军先败将。你的意思是直接擒住或杀死唐德，但是对方杀兜不成之前又怎么可能会让唐德露面呢？"王炎霸这句话倒是问在了要点上。

"没错！东贤山庄的人和你是同样的想法。所以唐德现在肯定不会露面，但他们也不急着对你师父一行人下手。因为他们还在等人呢。"

"等人？等谁？"

"等我。是我叫明要三日内刺杀唐德的，所以他们认为我才是要先擒的王、先败的将。我不出现，就会让庄子里的人误以为你师父一行人只是摆面儿的诱饵。觉得我会带着真正的刺杀者隐藏在后，一旦唐德出现便突然实施袭杀。这也难怪，你师父他们谨慎小心，其实是非常冒失地闯入了庄内，有经验的江湖高手看来真的很像是诱饵。所以东贤山庄的人现在只是将他们困住而不下手,这是想逼迫我像昨天夜里那样再次出现营救他们。这样就可以将我们一兜灭清,以绝后患。"齐君元的语气越来越沉稳。

"你的意思是只有你可以换他们出来!"稻花这话问得有些傻。

"我没那么值钱也没那么义气。而且就算我发了疯愿意下去换他们,估计最终结果只是陪他们一起死而已。"齐君元说完这话索性半靠在一块岩石上,那样子像是要小憩一下。

王炎霸怔怔地站在齐君元旁边,倪稻花和穷唐则围着这两人转来转去。没人再说话,齐君元的话说到那个份上,已经是绝了他们救人的念头。

一声清脆的鸟叫打破了沉默,三人同时回头望去,而穷唐则欢快地扑跳过去。从阳光照映树梢的斑驳光影中,有一只黄色小山雀飞落下来,是黄快嘴。

黄快嘴落在一丛矮枝上,叽叽喳喳一阵乱叫,却始终未说人语。这是因为哑巴不在这里,没有精通鸟性的人逗弄引导。

王炎霸见到黄快嘴后,不由地脸色一变。他猛然回头看着齐君元,用很急切的声调喊道:"离恨谷中遣黄快嘴传讯,必定是有紧急的事情。齐大哥你还是赶紧想想办法,先把那几人捞出来再说。"

齐君元依旧是以刚才回头寻找鸟叫声的姿势朝向树梢,稀疏的树叶将斑驳的光影洒在他的脸上。王炎霸急切的语气让他眉头微皱,脸颊轻抖。但他根本没有瞥一眼王炎霸,只是保持着姿势。直到那些斑驳的光影在他脸上移转过半片叶子的距离,他这才缓缓转过脸来。

此时王炎霸粗重的气息完全平静了,穷唐再次趴伏在倪稻花的脚边,黄快嘴也不再叽叽喳喳,只顾在矮枝中啄食树籽。

齐君元站起身来,朝着山下伸直右手臂,然后手指不断变化各种指形。这是刺行中用来测量远处物体大小、角度,以及物体之间距离的技法"花指点对",和工家、坎子行的"指度"如出一辙。

"阎王,'诡惊亭'的'百步流影'你会吗?"齐君元问道。

"会,只要是有足够的光源我就会。"王炎霸这话其实是在告诉齐君元他没本事搞出高亮度、强聚光的光源。

"那个光源够吗?"齐君元朝天上的太阳努了下嘴。

"用太阳光?那再加上聚光放射镜肯定是够了。不是,你不会是要我现在就做吧?大白天的流影会很模糊,看不清楚的。"王炎霸说的是实话。

"我知道,我要的就是看不清楚。稻花,你能指使穷唐行动吗?"

"这个不算难事情,它应该能听我的话。"倪稻花的回答让人听着有些玄。

"如果能做到这两样的话,救他们几个就有些可能了。"说完这话,齐君元纵身跳上一块耸立的岩石,屏气凝神将东贤山庄里的情况再次仔细察看一遍。然后才对那两人说道:"你们两个必须准确地配合我,听我的木哨为号。稻花,你带着穷唐直接到庄口等着,第一声木哨响起,你让穷唐直扑半子德院大门,到大门口再调头奔回。阎王,你等会儿转到西北方向的山腰处,听到我第二声木哨响起后,你立刻施放'百步流影',从半子德院前院墙上一闪而过即可。"

"只要这样就行了吗?你要我们配合,那也应该把计划过程给我们说一下呀。"王炎霸这话也不是没有道理,知道了详细的过程和目的确实可以让他们更加清楚自己该怎样更好地去做。

"你只需要按我说的做,其他不需要知道。现在是你求我去救他们,所以不要和我提要求。"齐君元说这样的话也并非不讲理。他当初刚刚出道配合做刺活儿时,代主也好、刺头也好也都是这样要求的,这是怕整个刺局中出现一处意外时,执行者知道得太多或者下意识的弥补行动反会影响到刺局的相应变化和后续手段。但王炎霸并非谷客、谷生,对此做法是很难理解的。

"什么声响的木哨?"倪稻花的问题比较实际。

齐君元随手掰断身边的一根树枝,掏出小刀,三下五除二一枚木哨就成形了。虽然外观很是粗糙,但放在唇边轻轻试吹,可以听出发音很是高亢清亮。

"你除了吹吹哨子外还干些其他事情吗?"王炎霸又问,而且可能刚才被齐君元顶了下,所以语气开始显得有些无礼了。

"除了吹哨子，我还要去杀唐德。"

齐君元走进庄口，庄子里的局势气相猛然震荡一下。

天上飘飞的风筝停滞了下，然后一下子落下来许多，幸亏风筝线连续几个收放才将它重新提升高度而没有坠下地面。而半子德院的院墙上有尖锐的白光一阵胡乱闪动。虽然离得远，但齐君元还是看出白光属于箭矢一类武器的发光，这和他使用的钩子很相似。

气势依旧沉稳的是庄口大道西侧。那片屋群中有几处胶着的杀气，始终以原来的态势相持，不争不让，不进不退。

齐君元绕过庄子里几处已经阐了相的陷坑、绊索、刺夹布置，再从"三瓣莲"中两个莲瓣中间穿过，直接走到屋群的近边。然后提高嗓门朝着一个巷子里大声呵斥："出来！都出来吧。已经全数被围了，伏波位也被别人瞄准了，死皮赖脸地躲着还有什么意义？还是出来乖乖跟着我出庄去吧，不要没事就跑来搅别人清净，最后搞得连自己的命也从此清净了。"

"齐兄弟，我们出不去了，你何苦也把自己陷进来呀！"范啸天从巷子里探出头，那是一张愁苦的又很是难为情的脸。

"我不进来？那还有谁来救你们？你们几个死了和我没关系，但我无论如何也得把秦姑娘给捞出去呀。"

"你是怕我死了没人替你顶罪责了吧？"秦笙笙的声音从巷子的另一头传来。

"没错，所以你必须好好活着。到我这儿来，跟着我走，谁拦杀谁！"

齐君元虽然没有否认秦笙笙的说法，但他很坚定地说出"你必须好好活着""到我这儿来，跟着我走"这些话，还是让秦笙笙心中涌起一些异样的感受来，有感动、有温暖。

"对，谁拦杀谁！按我的分派，各找各对手，击杀之后立刻寻隙逃走！"范啸天扯着嗓子接上齐君元的话，却怎么都装不出他所想要的那种豪迈。

"别听他的，他的分派是要让你们去送死！都拢到我这里来。快点！否则你们这事我就不管了，自己出去了。"齐君元说着话转身又从原路往庄外走，那样子就像到邻居家门口打了个招呼似的。

第五章　一击绝杀

组成"三瓣莲"的鬼卒是呆滞的，而操控鬼卒的大傩师可能也一时都没理解齐君元是怎么回事。所以那些鬼卒根本没有进行堵截，仍旧站在原地一动不动，等待着指示。

"既然来了还往哪里走？哪里的黄土都埋人呀。嘎嘎！"公鸭般的嗓子，比哭还难听的笑声，是唐德！

齐君元停住脚步，手搭凉棚望去，却没有看到唐德是在什么位置上说话。而就这一个止步的时差，已经有人知道自己主上的意图了。空中风筝立刻横向漂移，风筝坠尾连续抖动。随即那些鬼卒立刻开始行动，"三瓣莲"局面陡然转化，莲瓣绽放开来，将齐君元连同范啸天他们层层围住，再不留一线可行的缝隙。

"唐员外，缩着一直不出来，想必是在等我吧？"齐君元朝着半子德院的方向朗声而言。

"是呀，未见到真神，这把香可是不能随便烧的呀。"的确是唐德的声音，但依旧无法看到他在哪里。

"我这真神已经现身了，可你这烧香的依然是个无面鬼。"齐君元心中开始焦躁，如果唐德不露面，那刚才筹算的计划就完全泡汤了。自己进到庄里真就要陪这几个人一起死了。

"齐大哥，那人是在右边楼阁里。"秦笙笙不知什么时候已经来到齐君元身边，并且凭着她高超的搜音技艺，将唐德的位置锁定。

半子德院的前院墙上，在距离门楼三十步的样子左右各有一座小楼阁。这在古代建筑中叫双喜头，实际功用可作为瞭望，也可用作守夜家丁轮流休息的地方。而唐德就在左边的楼阁里，木格门窗都紧紧关死。

一个聪明的做法，一个逃避刺杀的好位置。小楼阁是个制高点，远处有人来立刻就可以发现，所以突袭和猛攻都无法奏效。他可以用墙头上暗藏的弓弩手以强克强，也可以迅速避开。另外，院子外部空旷，而且暗布鬼卒所布设的"三瓣莲"，控制住了大部分的点位，这就使得刺客根本无法就近下兜摆刺局。

"能听出是声音在楼阁里的哪个位置吗？"齐君元悄声问道。虽然已有的条件不能满足自己的刺局要求，但是他可以设法加上其他附加条件。

"左窗内半步深，发声高度五尺。"

"也就是说，他此时为站立姿，立身高度六尺左右。"齐君元进一步做出推断。

秦笙笙的报位极其准确，齐君元的推断也极其合理，但此时此刻好像已经不是该管别人位置身高的时候了。"三瓣莲"的整体局势已经运行，鬼卒们缓慢逼压过来，杀气、鬼气升腾盘旋，其势如同山倒。

四 赌杀

齐君元似乎根本没有看到"三瓣莲"的变化，只管将自己关心的事情认真地进行下去。他先朝着太阳光照射过来的方向眯了下眼睛，这是在感觉光线照射的角度；然后竖起食指用指根轻揉了下鼻头，这是利用指尖和双目来测试目标的位置和距离。"还差点，调整之后，时机还需要再过去一点！"齐君元在心里告诉自己结果。

有了结果，便知道对策，所以齐君元断喝一声："唐员外，且住，我有话说。"一直说话沉稳的他突然发出如此狂躁的高声，委实吓了大家一跳。

"不算啊！这一次不能算的。因为这次行动的刺头不是我，而是这个外行的老东西。他真心是不行，连续犯错。没能辨出'三瓣莲'的布置就主动往庄里钻。然后就会学泥鳅钻土打坑，不知道寻隙突袭或逃走，就连个老鼠都不如。这样啊，你先放我们出去，我们重来一遍。下一次换作我做刺头，我保证可以用严密的配合和绝妙的器具将你杀死。"

不但是唐德和东贤山庄的人笑了，就是范啸天他们几个也觉得又好气又好笑。这不是做游戏，这是生死相搏的杀场。对手已经将自己这些人收进了兜子，怎么可能还把你放出去重新想办法杀他？齐君元平时总说别人缺少实际做刺活儿的经验，而眼下他的所说所做已经不是经验的问题了，而是智商的问题。

"嘎嘎……嘎嘎，你若不死我便不能活，这种情形下你觉得我会放你们

第五章 一击绝杀

走吗?"唐德的笑声很瘆人,就像在磨杀人的刀。

"我是在给你机会,重新来一次你也许还有两日可活。不放我们走的话,那你马上就要死!"齐君元的声音越来越低,但其狠辣的语气给人的震慑却是如同惊浪。听到这样的语气、这样的话,小楼阁里的唐德不由地从窗口退后了半步。

接下来齐君元发出的声响给人的已经不是震撼,而是惊恐。他吹响了木哨,木哨发出的哨音高亮尖利,就像是鬼哭狼嚎一般。突如其来的哨声让很多人都不由自主地后退防备。这其中仍然包括唐德,他在刚刚退后的半步基础上又退出了一大步。

随着木哨哨音的响起,穷唐冲进了庄口。身形窜纵跳跃、掠行滑翔,就如同一道起伏的黑色闪电,直往半子德院的大门扑去。

即便是在大白天,穷唐这样的身形速度还是很少有人能在它靠近自己之前发现到。除非是身在高处,可以看到较大范围内出现的异常,这才有可能提前看到。但提前看到并不意味着能及时作出反应,比如说那些暗藏在院墙墙垛后面的弓箭手,比如说躲在院墙转角处砖堡①里的大弩弩手。

穷唐已经快蹿进半子德院的大门了,那些弓箭手这才连串惊叫着探身出来,朝着穷唐拉弓搭箭。他们大多在昨夜见识过这只怪兽,没亲眼见过的随后也都听说了。这是一只会飞行的怪兽,一只你没看清它样子时就已经被它咬断脖颈的怪兽。

角堡里架设的是人字架大弩,而且已经弦栝绷好,弩槽上放置了扁平直立大头箭。这大弩虽然可以直接从角堡的箭眼中往外射,但是箭眼视野太小,特别是对大范围中快速移动的目标难以捕捉。好在这架子大弩并不十分沉重,而且架子下有活轮,从角堡里推出来非常容易。

---

① 古代有钱人家的庄院不仅会砌如同城墙似的高大院墙,而且还会设更楼、望斗、楼阁、角堡等防御设施。角堡便是此处说的转角处的砖堡,有直角形也有半圆形,可设置规格较大的、攻杀距离较远的武器,不单对外来的攻击者有效杀伤,而且可免防御者在调整和设置武器时被墙外飞射的武器所伤。

穷唐到了大门口处突然折身而去,这让一部分动作算得上快的弓箭手射出的箭都落空了。这不怪他们,弓箭手对于快速移动的目标确实是射的提前量,原本按照穷唐奔进的途径算好,箭到正好穷唐也到。谁能想到这只怪兽突然转身又回去了。

躲开箭支的穷唐让院墙上又响起一阵惊叫。对一只怪兽的攻击往往会让怪兽更加发怒和疯狂,哪怕这攻击没能使得怪兽损失分毫。所以这惊叫是对穷唐逃避开的惊异,也是对下一步有可能出现更加凶猛攻击的惊恐。

弓箭手的惊叫让角堡里的几个弩手加快了将人字架大弩推出的速度,他们是弓箭手的后续支撑,他们的职责就是用大弩从两边转角上交叉攻击,为弓箭手争取搭箭拉弓瞄准的时间。

此处角堡是半圆形的,说是从角堡中出来,其实就是绕过面前一堵弧形的墙。就在几个弩手推着人字架大弩完全绕过弧形的墙的时候,也就是大弩弩箭发射方向为整个墙头的道面,还未来得及转向靠上墙垛的一刹那,又一声鬼哭狼嚎般的哨音响起。

"哪里?在哪里?""是什么东西?""你看到了吗?"墙头上一阵嘈杂,那些弓箭手在四处寻找,寻找哨音之后应该会出现的攻击。

弩手们刚出角堡就看到这样一番慌乱的情景,在这种紧张气氛的渲染下,他们个个都缩脖端弩,以有些不知所措的戒备状态四处察看。

哨声停止的瞬间,周围竟然出现了短暂的寂静。所有发出喧嚣的人在这一刻下意识地闭上嘴巴,似乎是在共同等待某种危机的来临。但这寂静是短暂的,随即便被更加慌乱的声响打破了。

"啊!在这里……""挡住!"墙头的尖叫此起彼伏,随着尖叫有箭矢乱飞,弓弩刀剑挥舞,整个半子德院门墙墙头上乱成了串儿。

而这混乱维持的时间并不比刚才的寂静长多久。随着墙头上右侧小楼阁的木格窗户被猛然推开,随着一个只有前面半边脑袋的躯体被无力颓然地摔挂在窗台上,院墙上所有的声音再次沉寂,所有的动作顿时停止。

唐德死了!就在墙头上发生短暂混乱的时候死了!不是因为意外,而是一个很像意外的刺局。

第五章　一击绝杀

齐君元的这次刺局布设得是非常大胆的，而且之前有一个必要的条件他并不知道，那就是唐德在哪里？唐德会不会出现，他又将在哪个位置出现。擒贼擒王的兜子，但是如果没有这个贼王，那这个兜子便是打水的竹篮。

所以他下了重注，这重注是自己的性命。不过这把压的可能太重、太冒险了，因为这是一个连串注，他必须押对四把才行：一是当自己出现后唐德也会出现；二是他出现的位置会是在半子德院的院门墙头上；三是穷唐的佯攻可以造成院墙上的弓弩手的惊恐；四是王炎霸的"百步流影"可以造成弓弩手的误射。

第一把他觉得应该赌得过，唐德就算想避开自己叫明的三日之杀离庄而去，那也应该没那么快，毕竟这里是他的家。另外，他也不会料到自己虚言的刺杀真的会来得这么快，刚过去后半夜就立刻开始实施了。所以他应该还在东贤山庄里，确定自己被困之后，他肯定会出现。

第二把齐君元觉得也赌得过，从东贤山庄的整体格局来看，最安全的位置应该就是在南院墙上。这个制高点可以观看到整个庄子里的情况，就算有高手能从半子德院后面的崖壁上突袭而下，要想快速攻到南院墙的位置也是非常困难的。所以唐德最合理的出现位置就在这里。

第三把他也有很大把握。如果这里的弓弩手是御外营的话，他不会这样冒险。因为御外营的弓弩手都经过统一训练，就算是心中恐惧、害怕，下意识中还是会按部就班列阵而对。但东贤山庄原来叫五大庄，是草寇盘踞之地。就算唐德招安拿下了，但总不能留下五大高手而把其他成员都赶走吧。而且其他人并非没有实力，就单兵格斗、弓射精准都在一般兵卒之上。所以让他们在庄里安家，或者作为护院庄丁是极为合适的。既便于掩盖唐德暗中所做的大事，又可以在需要时成为强悍的战斗力。但是齐君元知道，这样的战斗力没有经过有步骤、有组织的正规训练，攻杀战法各成一路，当遇到他们没有把握制服的对手时，必定会出现混乱和惊慌。

第四把其实是最重要的一把，也是最无法控制的一把。齐君元之前做过精确的计算后才确定押下第四把。他亲自入庄除了诱唐德出现，还有一个目的就是为了控制好时机。他在矮山坡上以"花指点对"测量了南院墙的朝向角度和墙体宽度，还有旁边山体的高度对它光照的影响。半子德院的南院墙实则偏朝东南，太阳转过西南位后距离山头仍有很大高度，这样就会出现一个照射角度与院墙走向完全一致的时间段。此时让王炎霸借太阳光施放"百步流影"，可以在院墙上出现一个快速奔过的模糊人影。之前刚刚发生的穷唐佯攻已经让弓弩手产生混乱，再突然有身影奔上了墙头，那么由穷唐带来的恐慌心理会让他们在这种意外情况下竭力自保，在匆忙中下意识地急急射杀。而此时太阳光线正好与院墙呈一线，晃眼的强光下弓弩手可以隐约看到流影却看不出流影是否遮掩了真正的人，这样发生误射便在所难免。

齐君元真可以说是刺客行中的奇才，也真是对得起"随意"这个隐号。他这次的刺局竟然是使用威慑来制造混乱，然后以惑相误导对方的弓弩手为自保放箭射杀，从而将唐德误杀。

但是当赌注押到第二把时便出现了意外。唐德的确是在院墙上，但只显声却没有现身，具体藏在哪里无法知道。幸亏有"妙音"秦笙笙在，她不但听出唐德躲在墙头右侧的小楼阁里，而且还听出他所在位置和在楼阁里的站立高度。

齐君元此刻已经来不及调整原有刺局了，只能是继续添加补充条件。他技承工器属，工器属有很大一部分技艺是与工家、坎子家相通的。所以齐君元对于各种建筑的构局特点非常熟悉，比如说双喜头、角堡，他还对各种弓弩暗器了如指掌，比如说人字架大弩的高度、强度，以及弩箭的飞行抛线。

用尔箭

因为熟悉建筑的构局特点，所以早在未进庄时齐君元就已经确定角堡是半圆形的。等知道唐德躲在小楼阁中时，他又确定了此楼阁为前置双叶门，木格大开窗，两边山墙上各有两个固定的万年青花格风窗。楼阁不高，万年青花格风窗也就不高，只比唐德的站姿高度高出半尺左右。

因为对各种弓弩暗器了如指掌，所以他只是从角楼箭眼中的箭刃芒光就判断出这种高度是使用的人字架大弩，弩箭是扁平直立大头箭。这种弩配这

第五章 一击绝杀

种箭,击杀力道很强,就算遇到些门窗之类的阻碍物,一样可以在撞破障碍之后取人性命。另外,由于箭头较重,射出之后弩箭的飞行会是一个较大的抛物线。

针对这些附加条件,他重新测算出需要的光线角度,这是专门针对角堡中弩手的角度。在这个角度上,弩手可以比其他弓箭手更真切地看到"百步流影",但他们瞄准流影发射弩箭时的视线也更容易被强烈的太阳光晃到。

正因为需要的光线角度出现变化,使得最佳的时机也需要重新调整。于是齐君元大呼小叫,与唐德胡搅蛮缠,说些把他们放出去再重新回来杀唐德的傻话。其用意是借助这几句傻话拖延时间,让他所需要的最佳时机出现。

而齐君元的威慑、穷唐的惊慑让唐德不由自主地退后了一点距离。这距离恰好是将他放在了山墙上前面一个万年青花格风窗的笼罩范围内。

"百步流影"配合最佳时机光线,让弩手看到一个纵身扑来的身影,一个正好和花格风窗在同一竖切面上的身影。

身影是模糊的,但给弩手们造成的恐惧却是真实的。所以他们想都没想就射出了弩箭,就算不期望一击毙敌,至少也要阻止那突袭的身影逼近。

几支扁平直立的大头箭射出,力道强劲。遇到花格风窗阻挡,轻易就将花格撞碎。而没有射在花格风窗范围内的,则撞碎墙砖,插入墙壁。

穿过风窗落入小楼阁里的一共有三支箭。由于弩箭的飞行轨迹是很大的一根抛物线,所以三支箭射中的都是比风窗低很多的东西。一支钉在支柱上,一支钉在座椅上,还有一支钉在花几上。

钉在支柱上的那支劲力最强,让柱子抖了三抖,楼阁颤了三颤。钉在椅子上的劲力弱了些,因为它在这之前从唐德背上削过,连衣服带皮肉剔下了一大块。钉在花几上的那支劲力最弱,就连那花几上放置的花瓶都未曾震落。这是因为它在落到花几上之前,扁平宽大的箭头已经将唐德脑袋的后面半边射落下来。这半边脑袋,有小部分是箭头刃口切削下来的,还有大部分竟然是被弩箭的劲道震裂开的。所以切面并不完全光滑。

没了半边脑袋的唐德往前扑倒,用剩下的半边脑袋撞开前面的木格窗,将他惨烈的死状呈现在窗台上。

"百步流影"只在院墙上来回疾驰了两趟，接着便踪迹全无了。这种器具是用凹面铜镜前加旋转的冻石人形，这样就能反射出疾速运动的幻影。但这种器具对光源的要求很高，稍微偏转一些，便会失去效果。虽然只是来回疾驰两趟的短暂时间，太阳光的偏移已经使得"百步流影"无法将幻影继续照射在院墙顶上。如果想继续产生效果的话，王炎霸必须重新找到一个位置。这个位置会和原来的位置相距较大一段距离，因为他是在旁边的山崖上，与投射点之间的距离也非常大。

　　王炎霸没有改换位置，既然效果已经达到，继续投射幻影便再没有任何意义。

　　齐君元他们也没有移动位置，擒贼先擒王的刺局已经成功，但实际的效果并不像他想象的那样。东贤山庄布设的兜子依旧保持原有态势，他们依旧没有脱身而出的机会。

　　"上当了！"齐君元心中极为痛苦地暗叫一声，这一刻他又找到濯州刺活儿失手的感受。"杀死的不是唐德，否则东贤山庄的人看到自己的主子死了不可能不乱。难怪他一直躲在楼阁中不出来，难怪他身边没有一个高手保护。如果五大高手中有一两个在他身边陪着，就算自己的刺局设计得绝妙无比，那也未必就能将他一举毙命。"

　　"喂！你们这帮没孝心的，没看到你们主子完了吗，还不赶紧去收尸报丧。"秦笙笙朝着半子德院方向喊一句，但是根本没人理会她。"齐大哥，不对呀，那些鬼卒没反应也就算了，怎么几个高手也一点动静都没有。而且院墙上的弓箭手们反倒安定下来，张弓搭箭地摆姿势，全一副没心没肺的样子。"

　　"是不对，因为刚刚射死的不是唐德。"齐君元并不回避自己的失误。

　　"死尸撞出窗外时我没看清，但声音和昨晚的是一样的。"凭秦笙笙对声音的敏感度应该不会出错。

　　"或许真假唐德声音很像，或许昨晚出现的本来就不是真唐德。当时那样混乱的杀场，像他这样的身份应该是不会亲临的。我刚才还在指责范先生莽撞，看来今天我所犯的错误比他更加低劣。他之前不清楚庄内的情况闯入，最多是冒险而为。我是已经看到你们被困其中，却没有将情况思筹周全就自作聪明地行事了。"

"齐大哥，你不用太自责，不就被他们用个假唐德给骗了吗。我们之前都没见过唐德，所以他们用谁装唐德我们都无法看出来。"秦笙笙柔声安慰齐君元，毕竟齐君元是为了救自己才主动舍身陷入到死境之中。

"不，应该可以看出的。那唐德为楚主女婿，我一个草芥杀手叫嚣着要三日内刺他，他总不至于和我这种人斗气留在庄里等我吧。之前我看到此处围住你们的只有三大高手，却没想一下其余两个高手去哪里了？肯定是贴身保护真唐德去了。昨晚此处御外营兵将尽数到了，今天为何一个不见，只用鬼卒庄丁对付我们，那些兵将肯定也是去保护真唐德了。"齐君元此时才看透了一些真相，可惜太晚了。

"对！那些兵将不单是保护唐德，而且还要押送上德塬的人。昨晚三个国家的秘行组织一起攻庄，然后我们又叫明了要为上德塬的事情在三日内刺杀唐德。这异常情况应该会让他想到上德塬那些人的重要性，所以带官兵连夜将他们押解到其他更加安全的地方去了。"范啸天说话了，而且说的都在点子上。

"你怎么知道上德塬的人在庄子里？你不是说昨晚没有找到他们吗？还有，你应该很清楚上德塬那些人到底有什么重要性，那皮卷似乎是和这重要性有关系的。这几点能明告我们吗？或者把那皮卷给我们看看？"齐君元一下锁定范啸天，连续的问话让他无法快速想出妥当的托词。

"不能，你知道为什么。"范啸天虽然是满脸的慌乱，但他的回答很果断。这个没有任何理由的回答，却给了齐君元无法继续追问的理由。

"先不要说这些了，想想我们怎么脱身吧。"秦笙笙的话没有错，此时半子德院门口的迷雾中传来了经文的念诵声，"三瓣莲"的鬼卒开始以很奇怪的步伐往前逼近。这些动作有些像楚地的傩面舞，又像是南方异族祭祀鬼神的仪式。

"注意了，那经文是诸佛化身咒，'三瓣莲'要行声形摄神技法。看来他们的意图是要活捉了我们。"范啸天赶紧提醒大家。他最为娴熟的就是"诡惊亭"技艺，所以对江湖上那些惑神摄魂的技法也都了如指掌。

"出浪滞空的蜂儿（出击却没有成功，被阻挠并僵持在原处不能脱身的刺客）听我说。锐凿，蜂芒儿转对大丽菊；妙音蜂芒儿应对大块头；飞星，先取风筝，再远对大傩师；氤氲用暗料对付'三瓣莲'的鬼卒；立刻转位！"齐君元高喝的同时歪头用眼睛长长瞄了范啸天一下，这意思很明确：不要出声搅局，更不要阻止。

齐君元的高喝只是将声音提高了，语调却依旧平和。但他所说的话却立刻得到了别人的响应，那几个人立刻快速行动。以假动作摆脱对峙的对手，然后迅速移动身形交换位置。不知道从什么时候开始，大家下意识中已经把齐君元当成了主心骨，特别是像现在这样身处绝境的时候。

哑巴躲开了大丽菊，在奔跑之中就已经张弓射箭，将风筝线射断。风筝掉了下来，但诵经声却没有停止，而"三瓣莲"的鬼卒也没有停止行动。这是因为风筝就像夜间的孔明灯一样，是发出指令的介物。夜间哑巴射下孔明灯，是让其破损且燃烧掉，所以鬼卒一下失去了对意识的控制。而现在只是射断风筝线，风筝上的金字符文却未受损，那么至少前面一个已经发出的指令便会继续下去。这是个失误，却是个可以挽回的失误，因为所有的可能都已经在齐君元的料算之中。

齐君元是最优秀的刺客，之所以能成为最优秀的刺客首先一条就是可以保住自己性命，不做拿自己生命冒险的事情。离恨谷祖师要离的几大遗恨之中便有"自损是为遗恨"这一条。

其实齐君元以"百步流影"制造混乱刺杀唐德这件事，本身就是件非常冒险的事情。首先是要将自己投身到险境中诱唐德出现，然后还要确定位置、时间上的准确，除了这些自己可控制的方面，另外，还要求东贤山庄的射手心理素质较差，但反应动作较快，而且箭手之间没有相互的配合。这些条件差一个就造成计划的满盘皆输，特别是这最后的条件，完全不是自己所能掌控的了。对于这样一个理论上很难成功的刺局计划，齐君元敢于实施，这说明他已经想好了后手，万一不成功，依旧有脱出生天的办法。

现在刺局虽然成功，但看情形应该只是刺杀了一个赝品，所以之前早就准备好的后手招可以付诸实施了。

第五章　一击绝杀

这时候裴盛已经按齐君元的布置转移到位了，迎面对住大丽菊。秦笙笙则从侧面截住试图追赶裴盛的大块头。哑巴站定一个位置，他可以在这个位置直接将箭矢射入半子德院的院门内，就算那人是躲在门楼砖墙后面，他的铁弹子也依旧可以破砖击敌。唐三娘没有在任何位置站定，而是在那些阴兵鬼卒面前走来走去。虽然"三瓣莲"的功用渐渐产生，让她感觉心悸难安，头昏脑涨。但她来回走动时从袖中袅袅飘出的轻烟，也让那些鬼卒阴兵的生理状态迅速起着变化。

"接下来现在在东贤山庄做主的人该听我唠叨两句了，如果没有做主的人，那么你们当中想活命的都应该来听我说两句。"齐君元这次的声音更加高，但语调也更加平和，显得很默然、很淡定。

变则胜

"大丽菊，你的大力绝镖确实猛不可当，按理说'石破天惊'不是你的对手。"齐君元的态度很诚恳。

"这不用你说，昨天夜间就已经见分晓了。但你还让他来与我对决，摆明了是想让他送死呀。"大丽菊很自信地回应，很难想象一个出手如此厉害的女人说话的声音会这样好听。

"昨天是昨天，今天是今天。有件事情要提前告诉你一下，今天的'石破天惊'是反旋射出的。"

齐君元只说了这么多，那大丽菊立刻便眼露惶恐、气息微显起伏。的确，"石破天惊"的机栝是可以随意改动的，按自己需要确定正旋或反旋。只不过这杀器一般使用时都是很习惯地设为正旋，所以大家都知道"天惊牌"旋杀力道极为威猛，却从没想过在正旋和反旋上还会存在什么区别。

齐君元是妙器阁的高手，当然知道"石破天惊"可正可反的旋射方式。

大丽菊虽然不是非常清楚"天惊牌"可正可反进行旋转射杀，但她却知道这两种方式的区别和窍要。特别是针对她自己的大力绝重镖而言，因为她的大力绝重镖也是旋转射出的。

大力绝重镖和"石破天惊"的区别是在射出的动力上。大力绝重镖是以手的劲力射出，加上镖叶的二次加速加力，其势威猛无比。如此威猛的力道是天长日久才能修炼而成的，而且根据镖叶弧形，很自然地练成唯一一种旋转方向。但是"石破天惊"却不同，它是完全靠机栝发出，可以随时调节"天惊牌"的正反旋方向。

昨夜的对决确实是"石破天惊"落了下风，当时两边都是以正旋发射武器。大力相撞后，大力绝的二次加速加力，还有镖叶飞散的双重攻击，在力道、途径，以及后续杀着上会更加优越。但如果"天惊牌"是反旋的话，同向的旋劲就会卸掉重镖的冲击力，甚至会将镖体顺势反推。而那几片镖叶在顺向的劲道作用下，会顺势旋转到最尾端才散开，这样飞射的方向就会是往后斜方的，反而会危及射出重镖的大丽菊，而且在双重力道下，那些镖叶的速度和杀伤力会成倍增加。

所以"石破天惊"只需连续反旋射出"天惊牌"，大丽菊重镖回击。回击的力道越大，危及大丽菊自己的镖叶也越多，而且这些镖叶回射的力道和速度都是原来的倍数。

"大块头，你的技艺是在速度和力量上见长。力量方面还算是正常，但速度快对于你这样的体型实属不易，也是可以让敌手出乎意料的。"

大块头听着齐君元的话，表情没有丝毫变化，只是用鼻腔骄狂地"哼"了一声。

"现在阻住你的小丫头速度没你快，力量也没你强，但是她身上却有无数坚韧不断的丝线。速度快的人最怕什么？你应该比我更清楚。最害怕被纠缠、被拖绊，害怕被自己的力量伤害到自己。所以对付你不能用大刀大枪，而一些缠绕难断的丝线却正合适。知道一种食鸟蛛吗？一只蜘蛛吐些丝，就能将飞行速度极快、力量也极大的鸟雀给捉住。"

"你又怎么确定我就是个无法撞破丝网的鸟雀。"大块头很傲然地回问一句，眼中露出的是不屑和不信。

"这一点我还真可以确定，因为我知道她挟带的那些都是可以断骨割肉的丝线。所以你没有撞破丝网的机会，一旦撞上去，你自己的力道和速度会将你这大块头变成很多的小块块。"

大块头昂起的头微微缩了下，肩头也不自然地抖晃了下。而高手的状态只需出现一点点微小的变化，就说明他已彻底崩溃。

齐君元看到了大块头的反应，所以他心中确定这个高手已被自己搞定了。

"大傩师，你的嘟囔可以停了。到现在才和你说话，就是想让你能够看清一些形势。"齐君元是猛然将声音提高的，因为大傩师是在半子德院大门处，离得较远，声音低了他会听不清。

"什么？……"大傩师念诵经文的声音戛然而止。也许他之前只是躲在院墙内认真地念诵经文，根本不曾有时间理会外面的情况。此时被齐君元喝叫后一看，才发现情形完全不是自己预料的那样。

"三瓣莲"的那些鬼卒依旧还是在按指令行动，以怪异的动作舞动刀剑慢慢逼近被围困住的那几个人。但问题是这些鬼卒的动作越来越缓慢，幅度也越来越小。最靠前面的身体似乎已经瘫软无力，看样子随时都可能倒下。

鬼卒的意志可以被控制，杀伤之中可以不知疼痛、不畏生死。但他们实质的身体机能却未改变，毒药、迷药对他们依旧可以产生效果。而且他们的意识被控制后，反倒不能正确判断别人施放烟雾中所含的物质。唐三娘施放的迷药其实很招摇、很猛烈，一般江湖人一见之后便会掩息防护。但是鬼卒们没有正常的防护意识，所以那些迷药很顺利地入了他们的气息，进入了他们的血液。

"我知道你的底细，你的本事就只能是驱动鬼卒，自己本身不具备实际的攻杀能力。所以到紧要关头，还需要别人以功力、气势帮助你一起念诵经文。现在可操控的鬼卒阴兵已经不行了，你还能有何作为？你那主子为何不带你走，而带走大悲咒、大天目？就是因为大悲咒可直接以声取敌，大天目可以以目光取敌。而你没了可操控的鬼卒阴兵就什么都不是了。不信你探个头试试，我的兄弟保证可以给你七窍再添一两窍。"大傩师的脸色此刻变得死灰死灰的。

齐君元说到这里停了一下，然后很用力地摇了摇头："唉，不知道你们自己有没有想过，今天的场面为何会如此混乱，你们为何不能像昨夜那样有御外营的兵将作为外援。一招落了下风便再没有还招能力。是因为你们根本就是用来牺牲的，只需要替唐德拖延我们的时间，不让我们及时追上他而已。至于我们的死活，你们的死活，你们的主子并不在意。可怜啊可怜！我们还知道为什么而为、为什么而死，你们却连死了都不知道所为何事。"

大部分的鬼卒已经瘫软在地，没有倒地的也摇摇欲坠。东贤山庄中一片静谧，只偶然有鬼卒拿握不住的刀剑掉落在地发出"当啷"声。

齐君元环视了一下混乱破败了的东贤山庄，然后挥挥手，率先往庄口走去。没人阻挡，或许庄子的隐秘处、地道中还藏有许多人马，但真的没一个人出来阻挡。

范啸天始终紧跟着齐君元，他脸上的慌乱始终没有消失过，这时候往外走的过程中又增加了几分迷茫，就像还没完全从梦中醒来。其他人也开始从自己的位置上谨慎后撤，跟随着齐君元慢慢退出了东贤山庄。

刚出庄口，齐君元便开始狂奔："快跑，等他们回过味儿来，发动全庄的人手剿杀我们，那就没机会逃了。"

齐君元这句话和紧接着的狂奔让那几个人再次吓得个心惊胆战。于是个个拔足发力一路狂奔，直往旁边的山岭上逃去。

其实齐君元他们走后，东贤山庄里自始至终都没有人追出来。因为齐君元的一番话戳中了人性的薄弱处、敏感处：不要送死，不要毫无理由地送死，更不要被欺骗了、抛弃了，还要为着别人的理由和利益去送死。

周世宗柴荣回到圣京已经是双宝山之战后一月有余。虽然沿途已经见到民间粮食短缺、物价飞涨的情况，虽然代表朝臣在城外迎接他的宰相范质也已经将一些情况对他说了，但进了圣京城之后，眼前的景象还是让他不由地大吃一惊。此时已是炎夏，但柴荣的心中竟仿佛有种寒意流过。想当初自己离开时，京城之中是多繁华热闹，商户如林，路人如织。而现在却变得极为萧条，店铺关门，招幌蒙尘，苔草侵路，少有行人。只有很少的店铺依旧开张，但小二伙计完全没了以往招揽客人的劲头，都有气无力地蹲缩在门槛前，用漠然无神的目光看着征战归来的军队走过。

第五章 一击绝杀

柴荣催马直奔皇宫，宫门口众多大臣都列队迎接。柴荣下马之后没有先回后宫歇息更衣，而是带一众大臣直奔宸薇殿。到了殿上，他只是将身上的黄龙披风扯掉，扔给旁边的太监，然后也不坐进龙椅，而是挺直身板站在八方龙阶上，用威严的目光扫视了一下阶下的大臣。这目光看得那一众大臣们心中直发毛，本来个个都想好了恭贺世宗凯旋的奉承话，现在没一个敢说出半句来。

整个大殿沉寂了好一会儿，柴荣这才缓缓吐声："我征战北汉、大辽，已到完胜之际，却被迫回兵。回途之上所见萧落仓惶，我想尔等重臣就算不见也有耳闻。今日我们且不提何因所致如此境地，也不加尔等不修如此境地之罪，我只问有何良策应对！"

没人做声，非常寂静。在这样的环境中，殿上的所有人都能清楚地听到自己越来越急促、越来越沉重的心跳声，并且一个个都极力控制因为紧张而变得颤抖、断续的呼吸声，不敢出一口大气。

"看来此良策是要我自己去想了。这征战外强我自去，安内解困也要我来，那还要你们这帮大臣干什么？"柴荣的声音不高，语气却是很严厉，就像重锤砸在这些大臣的心上，让他们心中难受至极。而大殿中的侍卫、太监，虽然只是旁观者，但身处如此环境，也都觉得非常压抑，气息难顺。

"要不这样吧，我自留京处理内困，你们这些人替我去大辽征战一番，换位而行或许会有意外之获。"柴荣不是开玩笑，他真是个说得出做得出的君王。

殿上的大臣们差点没瘫软在地上，如果真这样做的话，那么就不是意外之获而是意料之祸了。这所谓的换位而行，比将他们往苦寒之地发配还要狠。这些个京官文臣，不要说征辽了，一路风霜颠簸，就能要了他们半条命。然后等不到上战场，辽兵的凶悍气势就能将他们剩下的半条命给吓没了。

"皇上，其实你未回来时我等已经针对国内目前的窘迫多次商议对策。也并非没有应对良策，只是此次冲击真不只是因为内困，外强干扰太严重。"终于有人说话了，此时还能如此镇定与柴荣对话的也就只有范质了。

"你这一个外强干扰便推去你们未能安内之责吗？"

"不，皇上。我所说的意思是外强干扰，则需内补外修同时下手，才能从容应对。"范质回道。

"那你说说，怎样才能内外同时下手？"

范质迟疑了下，然后才缓缓说道："恐怕皇上要失望，因为无论是内还是外，恐都难顺理此次窘迫之境地。"

灭佛折

对于这样的回答周世宗并没有厉声训斥，而是在无言地等待。因为有时候知道自己所处的绝境，才能够激发更大的求生欲。

见周世宗没有说话，范质便继续解释自己的见解："所谓内补，是要以国库储金救急，从邻国高价取粮，然后低价入市，补贴国民生计所需。这样只要坚持到我国秋粮下来，就能稍作缓解。到明年冬麦入库，则可再解困窘。问题是我国连年征战，国库空虚，所余储金不要说补贴民生至秋粮收获，能维持十天半月已然不易。所谓外修，就是与南唐或商讨或强求，让其修正提税之策。哪怕不用其降低出境粮税，只是将其过境税率降下来，便可让吴越往我国内运送大批低价的粮食。问题是南唐也是几番征战在前，又未能从征战中取得利益，此时已是抢食恶犬般，肉入口后是绝不会松齿的。另外，南唐畏惧腹背受制，所以吴越与我国的交好他肯定会横加干预。降低过境粮税，让吴越与我国互通有无，他们绝不会愿意的。"

"那我们可否也提高一些货品的税率，从而弥补损失？"柴荣其实在回来的路上已经想到这一招。

"大周现依旧为众国宗主，无端提税有损威信。再则我们虽盛产火炭、牛马，但并非南方各国必需之物。而北方的北汉、大辽为我敌国，不通商贾，无法从这两国获利。"范质只一句话便将柴荣之前的想法给否定了。

"内补外修都不成，提税也不成。那不是要迫使我大周破败吗？"柴荣眉头不由地紧皱。

第五章 一击绝杀

"现下还不只是破败,恐怕还会有战事临头。而目前我国所有储备均不足以再兴战事。"这次说话的是东京留守副使王朴。此人不但胸怀治国大略,而且还精通天文卜算之道。他曾多次向柴荣提出"先南后北"的战略方针,但柴荣没有予以采纳,始终是将北汉、大辽作为第一重敌。所以王朴觉得目前的局势应该是个让柴荣正确认识"先南后北"战略方针的绝好机会。

"范相是说北汉和大辽会趁我国窘困之时发兵攻袭吗?"

"不是北汉和大辽,而是南唐、西蜀。南唐陡增税率,已经从民心、民生上予以我国重击。此种举措的险恶目的不言而喻。而蜀地虽然富庶,但蜀人不会就此自足自安,始终垂涎中原之地。当初孟知祥在时,就几次三番要北伐,最终让其取了凤、池等四州方才安定。时下孟昶其志不让父辈,从种种迹象推断,大有借此时机侵袭我国之意图。由此看来,那真正的外强干扰还未来。不过幸好是九重将军定下数重谋略,可暂时拖延住西蜀的行动。"

"对,赵九重呢,怎么没见到我这兄弟呀?本来有他在京城,总不会让我再多操心的。"提到赵匡胤,柴荣突然发现自己没有在这班大臣中看到他。

"九重将军入南唐界,想办法解决粮食窘迫之事。"范质回道。

"怎么,他已有施外修之法的把握?"

"不,他是去借路偷粮,是要利用一江三湖十八山的黑道偷运粮食,然后将这种无税的低价粮投入大周市场,可减缓粮食危机。"

"这倒是个办法,但并非英雄所为,而且其效未知几何,也不能解决根源。"柴荣英雄一世,光明磊落,对这种方法并不完全认可。"只可惜不能给我三月粮草,否则我将那南唐的淮南十四州取了,有了这盛产粮、盐的地域,可就轮到我提税向他南唐要钱了。"

"对了,九重将军临走时给皇上留下一份秘折,说是有个解困的好办法。只是牵涉太多,不敢做主,留下等皇上回来定夺。"范质说完,赶忙命人从待朝房封折密锁铁柜中将赵匡胤留下的秘折取来。

柴荣的内管大太监亲自从待朝房将秘折取来,交到柴荣手里。柴荣打开,定睛一看,不由地也发出一声轻叹:"啊,灭佛取财!"

是的，很奇怪的一件事情。赵匡胤当初在密折上只写下两个字，那两字是竖写的"佛财"二字。但是现在却变成了四个字，在"佛财"两字的前面赫然多出了两个字："灭取"。于是原来的"佛财"便成了"灭佛取财"。

西蜀的成都城里最近挺热闹的，到处清扫换新，挂彩垂红。迎接大国的使臣肯定是需要搞点排场出来的，以便显示自己的国泰民安和热情好客。更何况这一次要一下子接待两个大国的使臣，所以不管是场面规格还是接待档次都要比以往更加隆重。而且有好多细节还要尽量照顾到两国的面子，要让两国特使各自觉得自己才是最被尊重的。当然，最最重要的还是蜀国的面子。

但成都此次的一番大热闹中似乎隐藏着太多其他的怪异气氛，而这种种怪异气氛都是与一片祥和的热闹相悖的，让人有种山雨欲来风满楼的感觉。

首先让人觉出的是肃杀危险的气氛。这从满街巷里鱼贯而行的护卫、巡校就可以看出。大周特使未进凤州关，便遭遇凤州知府和游击指挥使被刺事件。然后过凤州不到二十里，大周特使队也遭遇刺客，伤损了不少大周护卫和西蜀兵卒，好歹是从险象环生的境地中逃生出来。随后的路途上虽然再未遇到刺客，可谁又能保证那些刺客不会在蜀国皇城之中再次下手呢？

然后是有种尴尬的气氛。就西蜀而言，肯定是要将两国使臣都招待好，让他们走到哪里，都有宾至如归的感觉。所以在城门口、持节大街、皇家驿站、皇宫大门口这几处的设置都有些不伦不类。就好比驿站里吧，门廊之中既用花瓶插着南唐特产的莲花，旁边偏偏还贴着大周人喜欢的剪纸。

再有就是有种诡异的气氛。两国使臣是前后两天到的，都住在皇家驿站的两个大院落中，但是这两国使臣并没有进行正常的礼节性会面。大周的王策、赵普干脆躲在房间中半步不出大院，也许是那些刺客让他们成了惊弓之鸟。所以不管是谁都不照面，只是等着蜀王孟昶召见。而南唐的萧俨和顾子敬则完全相反，他们两个是整天不在驿站中，也不知出去找什么人办什么事。

孟昶没有贸然接见大周使臣，而是和一众大臣连续商议了几日，他已经

第五章　一击绝杀

好久没有这样积极地问理朝政了。

孟昶平常时候只是喜好打球走马,而现在已入炎夏,连走马打球也舍了。因为他天生最惧暑热,一热就喘。所以天热没事时便和花蕊夫人躲入水晶宫殿,品冰李雪藕,听雅琴、填妙词。

那水晶宫殿不仅四面通畅透风,而且有活泉水从殿中流过,并且流水池中有激浪机器。开启之后,水花翻滚四溅,带来清凉、带走暑热。而更为奇妙的是在建造宫殿之时,从安加(俄罗斯北部,靠近北极圈)运来多块不化冰魄。冰魄平时封于铁箱、悬于大殿,一旦暑热难当,启动机栝,铁箱便会打开,冰魄冷劲随风而送,整个大殿热度便会降下许多。另外,还可以将铁箱降入流水入口,那水便渐渐冷若冰水,流动之后将暑热全都带走。这样既可以很快降低温度,而且没有激浪的喧闹声,用于夜间不扰睡眠。所以也只有置身如此的宫殿中,孟昶才能写下"冰肌玉骨,自清凉无汗"的词句。可是现在大周、南唐特使几乎同时到来成都,这是一件必须斡旋妥当的大事。所以孟昶非常难得地放弃了在水晶宫殿中享福寻欢的大好时光,来到殿上与众臣商议应对事宜。在没有商量好如何周旋之前,在没有合适的办法应对大周、南唐两国此次遣使的目的之前,他是不会与王策、赵普,以及萧俨、顾子敬见面的。

大周突遣特使前来,定是和最近大周境内粮食短缺、粮价飞涨之事有关。说实话,要是倒回去几年,孟昶肯定是要抓住这个极好的机会攻打周国中原腹地。当初契丹灭晋,雄武军节度使何建以秦、成、阶三州附于蜀,然后孟昶又遣孙汉韶攻下凤州,一下便将直捣中原的路径全打通了。后来虽然宰相毋昭裔一再阻止,他仍是遣安思谦出兵往东,兵侵中原,但因为种种原因最终无功而返。这之后才有了和大周相协相助之约,而大周也一直没有试图收复对其威胁极大的秦、阶、成、凤四州。

此次大周面临粮盐之困,而孟昶听了王昭远的建议,放手让他借民粮民盐以官商形式至周蜀边界交易。以贱价换取马匹牛羊和其他应用之需的物品,从而谋求高额利润。这做法其实是违背了与大周所定相协相助之约的,颇有些落井下石之嫌。

从人情道理上扪心自问，孟昶知道这个决策很有些对不住大周。所以刚接到大周突遣特使入境的折帖，便觉得他们遣使前来无非是两个目的：一个是对西蜀趁火打劫的行为兴师问罪，二是要求西蜀能按以前的约定给予支持和帮助，提供低价粮盐以解周国之困。于是孟昶立刻急令边界易货的事情暂停，将运至边界的粮草食盐先存放在兵营粮草场。他觉得这样至少是在面子上做得过去，不要让大周特使亲眼见到蜀国用高价粮盐换取周国的马匹牛羊。

另外，就现在孟昶的心性，其实已经失去了以往的豪情和血气。蜀国天府之国，物产丰富，尽可安享天予。所以孟昶不想和大周发生什么冲突，只想过好自己的小日子。如果万一不可避免地出现了什么冲突，他自知蜀国的实力无法与大周抗衡。要想自保，除了依据天险外，还有就是要联合外援。正是因为这个原因，他对南唐的使臣也不能有丝毫怠慢。

其实南唐与后蜀中间相隔楚地、南平，除一些无人辖管的野道、断流勉强连接外，就再没有可及时互通有无的途径。不过这样的地理位置却恰好可以在利益上不产生相互冲突，而对其他国家则可以腹背遏制、左右夹击。所以很早之前，孟昶就找机会与南唐太子李弘冀交好，暗中协定互惠互利原则，以应危急。

李弘冀与孟昶的交好知道的人并不多，因为这是李弘冀私下里预备着的一个策略。李弘冀虽然是太子，但元宗早已经有诏告世，其皇位的继承者为元宗之弟、李弘冀的叔父李景遂。对此安排太子李弘冀肯定不愿意，他是个颇具文韬武略的明君之才，是接任南唐皇位的最佳人选。整个皇家之中，也就只有这个李弘冀可以让南唐的皇家基业稳固、延续。用冠冕堂皇的话说，李弘冀为了南唐的发展和未来，他是不会轻易将皇位让给叔父李景遂的。所以除了自己在南唐范围之内预备下一定的军事力量外，他还想借助其他国家的力量，以保他在以后的皇位争夺中取得完胜。

第五章　一击绝杀

软硬胁

　　孟昶和众臣都觉得此次面临的事情很棘手。南唐使臣无巧不巧地与大周使臣同到，其目的很有可能也是与他们提征税率的事情有关，但两者间的出发点肯定截然相反。大周是要得到西蜀经济策略上的支持，渡过危机，平抑其国内市场的恐慌。然后他们才可能重新制定策略，从财力或武力上来对付南唐提高税率强取豪夺的行径。而南唐肯定也想到了这一点，他们提高税率肯定会成为周边国家的众矢之的。而受影响最严重的就是大周，一个绝不会轻易放过自己敌人的国家。所以他们必须找到一些与他不接壤、无利益冲突的国家支持自己，先从经济之策、民生之道上下手，打压周围如豺狼虎豹环伺的诸多国家。

　　真的有些不幸，西蜀皇殿之上数十个大臣，却没有一个完全猜对大周和南唐此来的真正目的。这倒不是他们中缺少才智之士，只是所处境地不同、看待事情的角度也不同，正所谓"人在局中不明其势"。

　　所以当孟昶以为全都考虑成熟了，亲自在皇殿上召见王策和赵普时，却没料到会遭遇对方毫不避讳的指责，而且句句掣肘，让自己根本无从应对。

　　赵普还算客气，上来先直言自己国内因南唐大幅度提高出入境货物税金，导致粮价飞涨，储粮为稀。一众大臣无解决善策，于是遣他二人为使，入蜀国看看有无解决途径，或者蜀国是否愿意在此艰难时刻伸援手一解困局。

　　但赵普话还未说完，王策便接上直接斥问："但是当我二人入到蜀境后却发现，贵国非但不会助我大周，而且还想利用这机会别有所图。"

　　孟昶以为此话所指是蜀国趁大周现在困难局势，官营民资，前往大周边境易货得利的事情。这事情虽然算不上什么大危害，但至少显得不够大气，颇有些小人行径的感觉。特别是蜀国和大周之前还有盟约。所以当王策话一说完，孟昶的脸色顿时变得十分不自在。

　　"只是稍做占利，只是稍做占利。"孟昶尴尬地回应道。

　　"蜀王，你兵将调动，运输大量粮草至周蜀边界，要对大周行不轨之战，还说只是稍做占利？"王策的声音提高，说话间的气息让唇边胡须荡起。赵匡胤说过，来到蜀国就要找蜀国的把柄，不要给孟昶面子，以此敲山震虎。王策抓住的这一点应该算第一个把柄。

这下孟昶脑子发蒙、乱了方寸，不知此话从何说起的。而殿下的那些大臣也都面面相觑，完全不明就里。

"王大人，你无凭无据对我皇无理斥问，莫非是受到什么奸小之人的挑唆。"毋昭裔出列说话。看似维护孟昶的面子，其实也是在为王策打圆场。

"挑唆倒不怕，得罪了蜀王我将脑袋留这里就是了。唯怕是被奸小蒙蔽，那么大周的江山怕就要留给别人了。"

"王大人，你虽为大国使节，但不得如此狂妄无礼，得寸进尺。我皇仁善，不与你计较。但你若拿不出证据来，我赵崇柞便与你不能善罢甘休。"这次尚书郎赵崇柞站了出来。

"呵呵，要什么证据？我就是证据。你们往凤州军营粮草场运送的大量粮草和食盐我是亲眼所见。我等入你境内便遭遇刺客伏击我是亲身经历。对了，你赵大人不与我善罢甘休，莫非是要让你不问源馆的人在这成都城中、蜀王脚下要了老朽的性命？"王策这人虽然是一文官，但为人刚正，铁齿毒舌，很是强势。而且刺杀之事实实在在算得又一个把柄。

"话不说不透呀。王大人这话一说，我们便知道误会出在哪里了。"毋昭裔老奸巨猾，拦住赵崇柞抢过话头。"运往凤州的粮草，其中一部分的确是为了储备军需，但另一部分却是准备与大周易货所用。王大人你也知道，我蜀国马匹牛羊产量较少，品种也不是太好。所以想用这些粮草从大周换取一批良种的马匹牛羊，看看能否在蜀地进行培育饲养。这虽然是对我蜀国有益之举，但对于你大周现在粮食短缺的状况更是大好。王大人你说是吗？"

"如真是易货粮食，那肯定是极好。只可惜这是毋大人巧舌如簧之说，商家易货粮食，又怎么会官兵来押运，储存于兵营？"

"此次易货正是官家所为。其实换取牛羊马匹还在其次，主要是吾皇念及我们两国之前的约定，想适时给予大周一定援助，以显我蜀国诚心、诚信之本。之所以采用这种方式，其实是为了照顾大周颜面。如若是拿些粮草食

第五章　一击绝杀

盐直接送与你大周，你们会觉得是种羞辱，君子不受嗟来之食嘛。而以易货方式则双方都无负担，各自受益，何乐不为？"

"可我在凤州却未见到市场易货，而且我们刚入凤州城，便遇刺客袭击。似乎是怕我们将所见的一些情形传回大周。"王策依旧不信。

"你们到凤州时，我们的粮草也才刚运到，所以还未及时投入易货市场。王大人改日回去时再过凤州，便可以看到另一番繁荣的市场了。至于刺客，最先被杀的是我凤州城的巡城使和刺史大人。如若我们之间不能坦怀，依旧相互猜疑，那我也可以说是你们周国误会我们要从凤州出兵入关中，所以遭刺客杀了那两位大人。王大人，你有没有觉得我所说的情形更加有说服力？"毋昭裔不愧为蜀国宰相，言语间紧而不乱，且句句指在要害。

"不对，那天朱可树和余振扬两位大人是带着我们的仪仗先入的凤州城。我们王大人慧心推测，刺客是将那两位大人误会成我们两个了。所以从最初时起，我们二人才是刺客真正的目标。而后续在前往成都途中遭遇到的刺杀也正说明了这一点。"赵普在旁边阴阴地说话了。

"赵大人，那也不该怀疑到是我蜀国派人下手的呀。试想，如若我不问源馆要杀你们，二次不成为何不再三杀、四杀？你们到成都沿途都是险峰绝地，总会有个地方可以得手。而我们非但没有再次动手，反是增派更多护卫护送两位来到蜀都，这岂不是不合常理？"赵崇柞的话也真的是有道理。

"大人之语让我茅塞顿开，此中必有其他缘由。"赵普很轻易就相信了赵崇柞的话，但是看不出他到底是不像王策那样钻牛角尖，还是心中另有打算。

孟昶见事情说开了，对方已经相信蜀国的诚恳，而且大周使臣也是极为赞成易货之事，心中顿觉轻松。虽然原来斟酌的种种策略都未用上，但结果还是让他感到满意的。

"不过，"赵普的话竟然没有说完，只是微微凝思、喘口长气。"若真是如此的话，那就是有第三方要阻止我们来到蜀都了。而且这第三方应该是惧怕我们此行再次达成共识，履行之前的盟约。"

"对，你们说这刺客不是蜀国所派，那么肯定是有个来处、有所目的的，总不会无缘无故以杀我二人为乐吧。朱可树和余振扬两位大人替我二人被刺之事定然早就传至蜀都，那么不知道在我们从凤州到成都这许多时日里，赵大人、毋大人有没有查出些眉目来，抑或根本就不曾查、不能查。"王策再次言语发难，全不顾孟昶的面子。

毋昭裔、赵崇祚身在成都，凤州的刺杀案怎么可能亲自去查。即便督促当地府衙深究此事，要想找出些眉目来那着实需要些本事、运气，还有时间。所以面对王策的责问，他们真不知道该怎么回答。

就在此时那王昭远站了出来："两位大人所言极是，就当前天下大势，为各国割据纷争，所以相互掣肘、暗绊之事必定难免。大人所说第三方不如直说第三国，那么牵涉方面就简单多了。现在我们只需要思忖一下，蜀国与大周履行前约，对大周予以粮草食盐的支援。那么只要推算出因此举最为受损的会是哪个国家？那么这个国家也就是两位大人所说的第三方。"

孟昶猛然从龙椅上站了起来："你说是南唐？"

"对，所有事端都是因南唐无德揽财所致。不但造成大周巨大损失，而且周边南平、楚地、吴越、南汉均有影响。一旦我们援助了大周，让大周渡过此危机，那么下一步大周肯定会将南唐作为第一仇敌予以报复。所以南唐肯定会千方百计破坏我们之前的盟约，要让大周一蹶不振，再无对其动兵的实力。"王昭远其实说得太过啰唆，孟昶说出南唐时，殿上的众人已经觉得这就是谜底。

"我听说南唐也有使臣来到成都，并且与我们同住一个驿馆。我们到达蜀都之后，闭门不出，静候蜀王召见。但听说南唐使臣却是朝出晚归，巡徜于蜀国各位大臣府上。我想他们肯定是想买通各位大人，好说服蜀王弃我盟约，甚至是联合南唐，对我大周用兵。所以刚才蜀王惊讶刺杀我二人的第三方为南唐时，众位大人却是没有丝毫讶异之色，定是之前已经知道了。"王策毒舌再舞，这次将众大臣抹了个没面皮。

"信口雌黄！""血口喷人！""无妄猜测，妄加菲薄！"皇殿之上一片嘈杂。

"众位大人，如果我王策真是冤枉了各位大人，那我就该为蜀国额手称幸了。南唐此次遣来使臣，那是心怀叵测、别有用心的。他们此次提升税率，是要从众邻国口中夺食。眼下我大周虽然因其贪劣而陷入窘迫，但受害最重的肯定不会是我大周，而是你们蜀国。"王策慷慨而语。

"王大人此道理从何处说起？"毋昭裔心中一动，王策的话点醒了他。

"南唐提税，如果其周边接壤各国为平衡损失，也相应提税。那么最终其害会转移到地处偏僻，再无从货物出、转境上得利的国家。西蜀、北汉、辽国均是终受其害无处转移的国家。而我大周虽受其害甚重，却未相应提高税率，正是因为与你蜀国有着前约，不敢轻易失信于友邻。"

大殿上一片沉静，这沉默是对王策所说的赞许。

孟昶慢慢坐回龙椅，他低声嘟囔两句："不会的，不会这样的。难道那弘冀太子息心罢手了不成？"

第六章　身陷杀机

怀意访

南唐的赴蜀使队到了成都之后便一直没有闲着，因为正使给事中萧俨和暗使内务密参顾子敬都是带着任务来的。但他们两个是各忙各的，谁都不干涉谁。

顾子敬这几天在卜福和几个私聘高手的保护下每天都早出晚归。卜福属于官家人，此次顾子敬出使蜀国，是专门通过刑部发文将他调过来的。至于那几个私聘的高手，也是不用顾子敬花钱的。人他用着，花费却是从户部下拨的州府县衙正常费用中走。其实就这些下拨的正常费用，那些州府县衙根本都不放在眼里，给不给无所谓。他们从其他渠道搞来的钱远远比这笔费用多得多，只要上头睁一只眼闭一只眼就行。至于拨下来的钱，你上头说用哪里，他们就给你用在哪里。

顾子敬带着几个人并没有瞎逛，他们所到之处、所找之人都是有目标、有目的的。他已经预料到了，就算出使通文及时送到蜀国，到了之后不过一段时间是不会见到蜀王的。即使通文上列举许多友好的堂皇理由，对方仍是会揣测此行的真实目的，在没想好应对言辞和措施之前绝不会召见。

顾子敬首先利用孟昶尚未召见的时间段拜访了蜀国的一些官员。但他所拜访的这些官员都不是国家重臣，而是一些户部、吏部操办具体事务的低级官员。这些官员中的大部分人都是没有资格上朝面圣的，对于国家大事的决策也是发表不了意见的。不过这些官员也不是随便就去拜访的，顾子敬来之前已经发挥鬼党特长，拐弯抹角地找到关系。而这些官员都是和南唐多少有些丝丝缕缕关系的，要么有同窗、同乡在南唐任职，要么家属内室有亲戚为南唐官员。

在这些官员眼里，顾子敬是个很懂规矩的官面儿人，更是个很替别人着想的朋友。不管他到谁的府上，都会带着大包小包的礼物，只说是被访者的亲戚朋友托他带来的。另外和这些官员交流时，只谈私事，绝不询问国事，更不会让对方替他办什么事情。最多也就是在别人家中或附近酒店里叨扰一顿酒饭而已。而这往往会更加显得他亲热、随和，让人感觉他就是在走亲戚一样。

除了拜访这些低级官员外，顾子敬做的另外一件事情就是走市场店铺。成都大大小小各种市场他都走了过来，几条最热闹的街市和巷子他也几乎每个店铺都进出过。东西没买几样，但废话却没少说。每次他都和市场商贩、店铺老板东拉西扯、讨价还价，直到别人开始嫌他烦轰他走了为止。

不管是拜访官员，还是走访市场、店铺，顾子敬的目的其实只有一个，想看看在南唐提高税收之后，蜀国从官府到民间到底有怎样的反应。那些具体办事的官员是最了解实际情况的，虽然顾子敬在拜会中不谈及公事，但从家长里短的交谈中就可以看出他们目前所做的公事是什么，看出他们下意识流露出的对南唐提税的态度。市场上的东拉西扯、讨价还价则更加直接，如果南唐的提税真的对蜀国有很大影响，那些被扰烦了的商家肯定会在爆发时下意识地流露出来。

但顾子敬几天下来，却没有发现自己担心的同时也是元宗所担心的情况。

其实顾子敬从南唐借道楚地至蜀国的途中就听说，楚地也已经将茶叶、丝绵等货品的出境和过境税率提升，南平也将纸张、笔墨等一些物品提税。按道理这些做法都是会带来连锁反应的，并且最终会对蜀国的物价产生直接冲击。但是他在蜀国境内特别是在成都，却没有发现提高税收后给蜀国造成的影响。这或许是由于刚刚才提税，其造成的冲击力还未曾真正波及蜀国，也或许楚地和南平提税的货品都不是蜀国极为缺乏的物资和必需品，所以影响不是很大。

不过顾子敬倒是发现了一个非常重要的情况，就是现在蜀国官员民众都在议论纷纷的民资官商。顾子敬有种感觉，民资官商的决策很有可能是蜀国暂时抑制住邻国提税影响的主要原因。

所谓的民资官营其实就是官家先暂时不付出资金，只是以抵粮券、抵盐券从百姓手中收购粮食、食盐等物资，然后将这些物资运到粮食短缺的大周边界去进行易货。然后再将易货得来的牛羊马匹饲养繁殖，这样不但可以还给百姓本金，而且还可以根据收益给予一定利润。这样一来，不单是国家获利国库丰盈，就连老百姓都能有不菲的收益。

顾子敬心中并不十分赞成这样的做法。在他看来，此办法只能暂时抑制住邻国提税的影响，而且是出于一种迫不得已的因素才抑制住影响的。老百姓储备粮盐就是为预防各种不测变化的，现在被官府以抵粮券、抵盐券的形式收购，势必造成一种恐慌。这样一来，老百姓只能改换方式，节衣缩食，将手里余下不多的银钱攥紧了，以备不时之需。所以现在蜀国民众对入境货物的需求到了一个低点，大家都不愿意乱花钱去享受已经因提税而价格很高的入境货物。没有消费就没有交易，没有交易也就无法显示出提税之后带来的影响。

但这现象同时也让顾子敬有了一种疑惑。既然蜀国之前考虑到这样的应对之法了，甚至是想借南唐提税而大发其财，那又何苦派刺客至灌州刺杀自己？难道自己判断错误，在灌州刺杀自己的并非蜀国派遣的刺客？

"等等，大人，情形好像有些不对呀。"卜福低声提醒正在街市上溜达的顾子敬。

顾子敬一下停住脚步，微微皱起眉头："怎么回事？在这地界不应该出

第六章　身陷杀机

什么事情呀。"

顾子敬这话说得没错，他在灌州，哪怕是在金陵，都有可能遭受蜀国所派刺客的二杀三杀。但是只要进到蜀国境内，他反倒是安全的，特别是到了成都。因为他现在的身份是南唐使者，奉南唐皇令前来出访蜀国。进入蜀国境内后，如果出了什么事情，蜀国是没法向南唐交代的，也是很让蜀国丢脸的事情。更何况现在南唐货物的过境、出境税率已经调高，再杀他也是于事无补，最多只能作为泄愤而已。所以蜀国不会以一国颜面做这样的事情，如果灌州未成功刺杀的刺客确实是蜀国派遣的，那么肯定会在南唐正式宣布提税之后就撤去针对自己的刺客。即便那刺客不是蜀国派遣，这次自己以南唐使者身份来到成都，蜀国方面也是会千方百计保证他的安全的。

"前几日我们在各处走动，都有蜀国的一队内卫军护卫远远跟随。但是从今天中午开始，内卫军的护卫都不见了。但在我们的周围多了些服饰上有统一标志的年轻书生，从穿着上判断像是蜀国九经学宫的。"卜福回道。

"就是毋昭裔私财创办的那个由百间学舍组成的九经学宫吗？"顾子敬问道。

"正是，虽然明着说是毋昭裔私财，其实用资全是从皇家国库中走的。明着是传道授业的学宫，其实却是专门训练皇家近卫高手的地方。民间传闻，蜀国前皇孟知祥并非病故，而是被人攻入皇宫刺杀而死。所以孟昶登基后第一件事情是铲除可能会威胁到他皇位的一些骄横霸道的老臣。这其实也是撒网式地在捞刺杀孟知祥的幕后黑手，宁可错杀一百，绝不放走一个。第二件事就是设立九经学宫和不问源馆，一个是专门训练对付刺客的高手，一个是直接从江湖上网罗能为己用的高手。那不问源馆，虽然起这样一个名字，其实要进入非常艰难。所谓的不问源只是不管你原来的身份贵贱，是官是贼。但加入者往上三代人的关系那都是要查清楚，而且会设置各种考验。确定与孟家没有丝毫怨恨和冲突，然后才会被不问源馆录入。而九经学宫的成员，全是各地无家无父母的孤儿，从懵懂无知时就已经收入学宫进行文武两方面的严格训练，所以根本不用查三代和考验。在经过不断筛选之后，留下的都是各方面都超出常人的佼佼者。"

"这我听说过，不问源馆的人主要是负责秘密的外务，包括刺杀。而九经学宫是专门负责内宫防卫的，专门反刺杀。不问源馆几乎是个公开的组织，由赵崇柞负责。而九经学宫则完全是个秘密的组织，归毋昭裔管辖，平常只保护皇家要人。这样看来，他们将禁卫军撤走，换九经学宫的高手跟随，是为了更好地保护我们。"

顾子敬出使蜀国之前对蜀国内部状况做过一定了解，所以知道九经学宫的一些情况。但他所说还不完全，九经学宫的高手不单是对付刺客，还用来对付自己人。朝中大臣、皇上亲信、后宫外亲，这些人都在九经学宫的监视之下。因为自从孟知祥被刺事件之后，蜀国皇家的防范重点便集中在可近身的范围内。这个措施一点都没错，那些见不着面的平民老百姓要防什么？他们根本没有能力、也没有机会对皇家不利。而可信的人往往是可怕的人，贴身的人往往会是杀身的人。

"不一定，也有可能是对我们这几日的四处走动起了疑心，所以派学官高手来调查我们的意图到底是什么。"卜福不无担心地说。

"还有一种可能，就是蜀王已经准备召见我们了。所以让高手先来辨清我们的身份、相貌，然后查清身份是否对应，防止被人替代。其实到现在为止，我的任务已经差不多完成了，见不见蜀王都无所谓。只是不知道给事中萧大人那边的事情顺不顺利，不过他的任务也和蜀王说不着，见不见蜀王也无所谓。"顾子敬分析得很到位。

"我听说萧大人已经找到正主，疏通的金银宝器也都收了，要查办的物件也送了过去，就只等那头给回复。"卜福有时候了解的事情比自己的主子都要多。

"不过回去之后我们还是要提醒一下他，这几日我们在城中闲逛、拜访蜀官都是有合适借口的，就算蜀王查问那些官员也都问不出破绽来。而他的事情倒是需要找个妥当的说法，如果蜀王问起他这几日走动的原因，说出了真实目的怕会让蜀王忌讳。"顾子敬的担忧是正确的，南唐皇帝的事情，到蜀国来办，而且买通孟昶最为信任的申道人去办，这确实会让孟昶有异样的想法。

第六章　身陷杀机

道扬镳

给事中郎萧俨这几天一直忙着打通关系，寻找各种途径结交申道人。经过几天的努力和大量钱财的花费，今天总算是在蜀国后宫总管大太监马辛明的推荐下，来到了申道人在成都的居住地解玄馆。

那总管大太监马辛明平常时大家都叫他明公公，是蜀国后宫举足轻重的人物。虽说申道人有九花金牌，可自由出入朝堂和内宫，但其实出入内宫之时还是要先知会一下明公公的，否则明公公随便找个由头不让进，申道人还真就很难见到皇上和宫里的娘娘们，那些讨好取宠的事情也就无法办成。所以明公公的面子申道人是一定要给的。

萧俨拿着明公公的名帖见到申道人。他当然不会明说自己此行是南唐皇帝元宗委派、又是兵部要员韩熙载指使的。而是谎称自己意外得到三件绝妙的字画，但因为有人说其中暗藏奥秘玄机，可能会给收藏者带来不利，所以借出使蜀国的机会，前来请教无脸神仙。但一则自己外来之人不知无脸神仙那边的规矩，另外自己是官家之人，怕直接去求无脸神仙无法获解。所以特来拜请申道人从中周旋，将三张字画拿给无脸神仙看看，破解其中玄机窍要。

未待申道人表示出一点拒绝或同意的迹象，萧俨抢先将大捧的金银宝器堆在了申道人的面前。那是枕头金两对，南珠两颗，玉石雕的三清像一组，还有薄如纸张的青釉瓷器四件。这些东西都是皇家才有的，民间平常时难以见到。特别是那玉雕和瓷器，在皇家可能就是个玩意儿，到民间那就是摸不到底的无价之宝。

申道人用眼睛瞄了一下堆在自己面前的好东西，嘴角一撇，示意身边的童儿收进去，然后才哑吧着嘴显得很为难地说道："大人如此诚恳，我要不替你办这事情便显得我太不讲情理。无脸神仙虽然每出仙语都是我来解释，但我一个出家之人，自己从未求过无脸神仙推算什么，而且我也从未见过无脸神仙辨看字画。所以这事情我可以替你去办，结果是否能够如你所愿，却是没有丝毫的把握。"

申道人这话说得很不委婉，那意思显然是好处自己照收不误，但事情成不成两说。成的话，是我出力了；不成的话，也是神仙之意不可违，你花费多少都只能认了。

　　萧俨如何听不出申道人话里的意思，但这是韩熙载反复盼咐的事情。到了这个份上，有结果是结果，无结果也是结果，只能听凭人家的了。但他嘴上却不能这么说："我也是好物情重，这才辗转拜求到道长面前。明公公告诉我说，有道长出面，这小事就算不能解个全部肯定也能解出个一二。只盼道长能够尽力加尽量，哪怕给稍许点拨，也会让在下终生受益。"

　　"呵呵，神仙面前不说诳语。这事情如果是大人所求，我还真就给你五成把握。但实际就怕并非如此，有些推算恐怕有违神仙的规矩。只是既然有明公公牵线，大人又如此客气，那我就勉力而为，力求以非常渠道求得几分真解。但大人也莫期望太高，就算只是得到稍许点拨，也可能已经是无脸神仙给足面子，但愿你那朋友能得此幸。"

　　萧俨不由微微地一愣，心中暗自感慨神妙之处不可自狂。自己虽然丝毫未漏口风，这替无脸神仙解仙语的申道人似乎已经知道些真实缘由了。这也就是萧俨这样一个常年在皇家官家走动的人才会觉得申道人神奇，其实就他拿出那么一大堆皇家才有的好东西，然后求解三张价值并不一定高过那堆东西的字画，只要有些脑子和见识的人都能看出，这事情不会是他一个给事中职位的官员能操办的。

　　虽然申道人给的是根本看不到希望的承诺，但萧俨依旧很是欣慰。毕竟他是将申道人这层关系给打通了，这就已经达到了韩熙载的要求。至于下一步则不是自己努力就能办到的，只能期盼神仙恩典了。

　　但是接下来的情况并没有像顾子敬预料的那样，连等几天，孟昶都没有召见他们的迹象。这让顾子敬开始心生暗鬼，感觉事情有些蹊跷。突然间将禁卫军换成九经学宫的高手，却不是为了马上召见而做的前期准备，那么就只会是为了加强对自己这些人的防范。

　　而申道人那边也始终没有一点消息，这让萧俨很是挠头。不管有没有结果、是怎样的结果都应该有个回复才对，这样回到南唐也好如实向元宗呈

第六章　身陷杀机

报。什么回复都没有，字画也没退回来，自己回去根本无法交代呀。

就在这两人在等待中煎熬时，明公公突然让人秘密传来一封书信。顾子敬和萧俨打开书信后不由大吃一惊，其中内容竟然是告知他们，大周特使与蜀王追究出使途中被刺之事，要求蜀王找出刺客和幕后操纵。而现在所有的怀疑已经转向了他们南唐的使节卫队，经过九经学宫高手的跟踪辨别，他们已经发现这次南唐使节卫队中确实带有江湖上的高手。而且到达成都后，南唐使节卫队中好多人行动诡秘，到处拜访低级官员，在市井之间到处查探，定是有所意图的。

顾子敬此时才明白，那些九经学宫的高手不是来保护自己的，而是来揭自己老底的。

齐君元带着秦笙笙他们一路疾奔逃离东贤山庄，逃进旁边山石险峻、密绿丛生的远黛山。然后在之前约定好的一座小峰的山阴处与王炎霸、倪稻花会合。

这几个人直到此时才停下脚步休息，而秦笙笙刚把口气喘过来，各种拐弯抹角的咒骂便滚滚而来："插根鸡毛就当自己是凤凰了，贴片鱼鳞就当自己是龙王了。也不看看自己的一张倒霉黑脸，就像么黑乌仔（蝌蚪）还是个癞蛤蟆下的。你自己尾巴摇摇大脑袋乱撞撞破撞烂撞死个三回都和我们没关系，还偏偏自作聪明拉着我们一起往臭沟泥里面钻……"

这一回挨骂的是范啸天，受着劈头盖脸的骂语，此刻他心里其实也是百分的冤枉。自己是按乱明章的指示行事，也没自作主张要做这个刺头。而且之前的计划部署都是大家商量过的，现在掉头来把所有罪过都砸在他的头上了。听着秦笙笙翻着花儿的骂语范啸天在不停地抿嘴憋气，心中不住提醒自己要有涵养，不要和小丫头一般见识，更不要在唐三娘面前损了形象。

"不要骂了，这次幸亏有他徒弟，要不然还不一定能把你们救出来。"齐君元试图阻止秦笙笙的嘴巴。

"是幸亏他徒弟，幸亏那个腌王八搅屎棍没有出来坏事。"秦笙笙没有住口的意思，而且大有将王炎霸拉上一起骂的架势。

"要不是我用'百步流影',怎么可能杀死唐德。"王炎霸很有些不服气。

"杀死唐德?你要真杀死了唐德,那他们还会不管不顾地继续围杀我们?"

"你是说'百步流影'下被误杀的是个假的唐德?那一杀根本没用?可齐大哥不是说幸亏有我才把你们救出来……"王炎霸说到这里话头突然停下,他意识到齐君元也许说的是另一层意思,是幸亏他急切恳求齐君元解救大家,齐君元这才答应出手。但是自己之所以要急切恳求的真正原因会不会齐君元也看出来了?想到这里,王炎霸很是紧张地转头看了齐君元一眼,但齐君元并没看他,而是看着远处的山影在暗自思忖着什么。王炎霸这才将收紧的心松弛下来。

"秦姑娘,我们这趟也算吉人天相、有惊无险。骂两句也就算了,只是再有刺活儿,我们决不能听凭谷里露芒笺、乱明章的安排。有些事情还是要自己拿主张的。"唐三娘在旁边说了一句。这句话其实只是很平常的劝解,但似乎提醒到秦笙笙什么,她竟然真就将滚滚骂词收住了。

"对了,说到安排,阎王、黄快嘴呢,把它给哑巴挑弄下,看此次带来谷里的什么指示。"齐君元借这机会把话头岔开,同时他也真的非常迫切地想知道黄快嘴到底带来些什么。

哑巴嘬嘴吹哨,没一会儿,黄快嘴从枝叶间出现,一个掠飞,落在哑巴肩头。哑巴还是和原来一样,嘬嘴、咬牙一阵挑弄,那黄快嘴叽喳了一番,随即开口说出人语:"妙音急赴呼壶里,阴阳玄池见仙楼。二郎续寻倪大丫,众强聚处物露光。"

"就这两句?没提到我们?"齐君元眉头微皱。他心中清楚,别人多少能根据这两句知道自己该何去何从,只有自己没有得到一点提示。

"也没提到我们。不过提不提我们无所谓了,我们只管按自己原来的指示斟酌,看应该跟着哪一路走。"裴盛这话说得大有掩盖之意。

"那么你斟酌一下,你该走哪一路?"齐君元反问一句。

"我和三娘往西走正好可以回家去,就跟着秦姑娘一起走。到了呼壶里如果有下一步的指示再做定夺。"裴盛想都没想就答道。

第六章　身陷杀机

"你们两个到上德塬的任务不是救人吗？要救的人没有救出，而且很可能就在被唐德押走的那群人中。为何不继续自己的活儿，反倒想跟着一块儿回去？"齐君元此刻已经在心中断定，裴盛在上德塬说是来救人的话是假的。因为作为离恨谷的谷生，不应该忘记自己还未完成的任务，更不应任务还未完成就已经想着回家了。

"啊，这话说得对，你们还是和老范一路吧。"秦笙笙抢着插进一句话，那语气竟然像是在命令。

"稻花肯定是要跟着范大哥同行的，她是想找机会救出上德塬的人。现在就剩哑巴了。露芒笺只要求他跟着行芒同行，没有具体指定，全看他自己的心意。"齐君元其实有七分把握知道哑巴会走哪一路。

哑巴连手势都没做，只是指了一下倪稻花。这一指已经完全可以表明他的决定以及做出此决定的目的为何。

"这样看来，秦姑娘只有自己前往呼壶里了。"齐君元说这话时微微一笑。

"还有我呢，我可以陪着秦姑娘去呼壶里。"王炎霸突然冒出一句。

"你不跟着你师父？"大家都觉得王炎霸的决定有些奇怪。

"我不是谷生也不是谷客，什么指示都约束不到我。"王炎霸这话真没一点儿错，他的行动全看范啸天怎么调配。

但是范啸天对王炎霸这个根本没有通过自己而自作主张的决定并没做出任何反应，耷眉眯眼地就像是没有听见。

"好好好，那就你们两个去呼壶里，其他人都去追唐德。"齐君元仍是微微一笑。

"你呢？齐大哥你也去追唐德吗？"秦笙笙赶紧追问一句。

"我的活儿已经了清了。本来露芒笺只要求我将你带到秀湾集，而我已经多揽活儿将你送到了上德塬，并且从上德塬又将你送至前往呼壶里的半道上。但是后来你们自作主张，追踪狂尸到东贤山庄，所以没能到达呼壶里。幸好所经凶险没酿恶果，你们依旧可以按谷里下一步的安排进行。而谷里接连几个指令都没有提到我，很明显在前几段活儿中就已经将我排除在外，所以到这儿我也该离开了。再说了，我回转之后也要看看有没有机会把濠州的刺活儿了结了，实在不行我就先回谷里去听候其他安排。"

"齐大哥，你再送送我吧。把我送到呼壶里，说不定这次以后我们就再也见不到面了。"秦笙笙突然有些激动地捧住齐君元的胳膊，双目之中有荧光闪动。

续疑途

齐君元不由一愣，他能从秦笙笙的目光中看出真情流露。这是一种依恋，是一种难舍。一个刺客是不应该带有这种感情的，而秦笙笙更不应该对自己带有这样的感情。这段时间以来，秦笙笙和谁都可以打闹笑骂，只有对自己是最为严肃、谨慎的。虽然自己先后救过她几次，而实际上就追狂尸这件事来说，秦笙笙是存心摆脱自己的。现在自己决定离开了，她为何反而要留住自己，要自己与她同行？

"齐大哥，再送我一段吧，万一中途又有什么变故，腌王八和我是应付不来的。"秦笙笙再次央求。

齐君元在思考，他不是思考该不该继续送秦笙笙，而是在思考秦笙笙这种做法的背后到底隐藏着什么用意。这一刻他思绪翻腾，心中暗自将前面的所有经历再次捋了一遍。

谷里给自己派遣的露芒笺上很模糊地要求在灈州刺活儿之后带走一个女子，而范啸天接到了和自己一样的任务。所不同的是范啸天将其直接带到呼壶里，根本没有秀湾集那一站。事实上秀湾集那一站也只是临时安排了哑巴等候同行，并没有其他指令，就像是临时加入了这么个目的地和哑巴这个人。所以自己正活之外莫名其妙增加的这个任务，其真实作用可能就是为了当自己发现到秦笙笙的威胁后，有所顾忌，不会对她痛下杀手。后面所有的安排只是为了让这个目的实施过程显得更加合理而已。

而上德塬之行，范啸天也是临时接到任务。到达之时上德塬已经被灭族，这要么是真的晚了，要么就是出现了意外变故。找到倪大丫交给他东西是范啸天的任务，这任务因为上德塬突然被袭而没完成。但如果上德塬灭

第六章　身陷杀机

族是个意外，那么裴盛和唐三娘来救倪大丫难道是能未卜先知？所以最大可能就是他们两个一直就跟踪在附近，然后临时接到指令出现。而且他们的行动似乎也是晚了些，刚到现场未曾弄清目标就出手攻击，显得极为仓促。这做法与离恨谷训练出的谷生、谷客相去甚远。还有他们说自己是来救人的，那么一出现就攻击也和救人应该用的方法完全背道而驰。所以从种种迹象来看，他们的任务应该不是所说的救人，而是要杀什么人，否则不会那么急于出手，而且手下毫不留情。

漂走木船，然后追踪狂尸，又是一个临时出现的变故。当时船上有好几个人在，他们都知道自己的行为应该严格遵照离恨谷的安排。很奇怪的事情是，他们几个临时是如何统一意见转而去追踪狂尸的？

第一次逃出东贤山庄后，又临时接到指令转回去刺杀唐德。这一个临时指令又是从何而来的？离恨谷里的执掌、代主又是如何知道他们当时所在位置并且及时发出指令的？

连续好几个临时的变化和临时的指令都是针对他们正在进行的状况安排的，也就是说，发临时指令的人非常了解大家的行动。而自己这些人在行进中都是非常小心的，又有哑巴远距离协行，再加上穷唐也在其中，别人根本无法暗中坠尾儿。所以这个暗中下指令的人很大可能就在他们中间。

"齐大哥，你倒是说话呀！"秦笙笙开始焦急了。

齐君元没有说话，因为他觉得自己已经快找到关键点了，这时候思绪不能被打乱。

最初的时候，齐君元并没有意识到问题出现在自己人中间。但是逃出东贤山庄再转回去刺杀唐德这件事情让他开始有这方面的想法，而且迹象表明，最有可能做这事情的就是王炎霸。

当时他们从逃出时就是另辟地道，然后又顺激流而下，自己都不知道漂到哪里是头。就算有人坠着尾儿，在那一番突变后也是无法找到他们的准点位的。而那次的露芒笺是王炎霸到无人处解手后带回来的，他不是谷生也不是谷客，离恨谷的灰鹞怎么会找上他的？另外，露芒笺中的内容也很奇怪，并不只是布置刺活儿，还特别指定此趟刺活儿的执行者。没有倪稻花倒在情理之中，但是将齐君元和他王炎霸撇在旁边，似乎是带有某种意图的。

再往前看，那次行船漂走，王炎霸是最后追上去的。按常理说，当时范啸天在岸上，王炎霸的第一反应应该是留在自己师父身边。还有临荆县外，王炎霸等候秦笙笙到来，有必要摆下个"剥衣亭"的兜子吗？如果不是自己在兜子之外再加血爪，事情的发展会不会是另外一种情况？

而最让齐君元感觉王炎霸不一般的事情是在东贤山庄外面，看着范啸天他们再次刺杀唐德时。开始王炎霸并不在乎这趟刺活儿成功与否，做刺活儿的人生死如何。但是当黄快嘴出现后，他的态度却突然变化，要求齐君元将被困的人救出。当时齐君元就已经心生疑惑，觉得王炎霸不用挑弄黄快嘴，直接从鸟叫声中就能听出所表达的意思。而后来哑巴调弄黄快嘴说出的内容，也证明了秦笙笙和范啸天还有重任，是不能陷在东贤山庄的。同时这也证明了之前的露芒笺和黄快嘴传递的指令是相互冲突的，王炎霸急于改变状况，最大可能是因为前面那个露芒笺不是谷里传来的，而是他自作主张下达的！

但是所有这一切都是从各种迹象推理的结论，没有任何真凭实据揭开王炎霸的真实面目。虽然齐君元现在能做的只是思考各种疑问：王炎霸到底是什么人？他的各种做法是出于什么企图？现在秦笙笙独自前往呼壶里，他又主动相随，又是怀有什么目的？奇怪的是那范啸天竟然对王炎霸的决定不持任何态度，这两人真是师徒关系吗？

"齐大哥……"

"行，我送你！"齐君元打断了秦笙笙的话，他知道自己必须走这一趟。虽然面对的是离恨谷所有刺活儿中从未出现的状况，也是他根本没有责任的事情，但秦笙笙可以断定是离恨谷的人，冲险闯难是为离恨谷办事。而王炎霸却只是一个谷生在外面私收的编外弟子，他跟大家在一起的理由只有是范啸天徒弟这层关系。作为一个离恨谷的高手，他应该维护谷里的利益和荣誉。秦笙笙缺少江湖经验，更不懂诡异江湖的尔虞我诈，肯定不能让她和一个极为危险的人单独同行。自己应该在保证秦笙笙安全和她所做事情成功的同时，找到证据，把谜底揭开。

第六章　身陷杀机

两路人没说太多废话就分道而行了，刺客就不应该带有太多情感，哪怕他们刚刚一起出生入死。但到了分手之时，就该毫无留恋、义无反顾。

离恨谷中刺客一般情况下不会搭伴组合做刺活儿，就是怕在无形之中滋生感情，有了牵绊。刺行里最忌讳的就是出现情感纠葛，刺客应该是无情的，是在需要的时候可以朝自己同伴的身体里插入刀子的。所以秦笙笙刚才对齐君元的那种表现其实已经犯了刺行大忌。

临分手之前，范啸天找齐君元商量了下自己的下一步该怎么做。齐君元多次的表现已经完全显示出他作为刺客的杰出天赋和丰富经验，而范啸天则是一个虚心的、好学的人，一个不断犯着错误却不想再犯错误的人。

最终两人意见很统一，都觉得应该朝着盘茶山方向追赶唐德。他们大队人马目标显著，然后又押解着上德塬的人，行进速度不会太快。如果过了盘茶山未曾发现到他们，那就应该朝着潭州（今长沙）追赶。昨夜大周、西蜀、南唐三国的秘行组织在东贤山庄一闹，唐德应该会联想到上德塬那些人的重要性，觉出他们中间肯定隐藏着什么重要秘密。所以唐德要么就是自己亲自将这些人带至什么秘密场所仔细盘查审问，要么就是将他们带往潭州。把上德塬的这些人交给现在的楚主，也就是他的老丈人武清军节度使周行逢来处置。

不过前往盘茶山一定要小心，齐君元用推测的信息做交易，告诉三国秘行力量盘茶山是宝藏所在。现在那些人肯定全都盯上了那里，千万不能撞上了。

齐君元和秦笙笙、王炎霸再次上路，就像刚离开临荆县一样。所不同的是现在这三个人都有了明显变化。

齐君元的变化很难看出，他只是暗暗将思维和身体的戒备状态提升到更高点。因为此时他知道需要提防的不只是来自外界的危险，还有身边存在的危险。

秦笙笙则明显没有那么聒噪了，也不知道是因为连续几次的打击让她变得沮丧，还是江湖上真正的经历和磨难让她开始变得成熟。很多时候，她都会独自思考着什么，眉目间不经意地流露出羞涩和甜蜜，有时又会显得很是失落和惆怅，这正是小女子怀春的复杂状态。

王炎霸还是该说就说、该笑就笑，但很多时候他的说笑都会显得尴尬。因为秦笙笙不再接他话头打口战，齐君元对他的某些奇怪说法也不表现出好奇深究，就像没听见一样。以至于到最后，王炎霸已经是将维持自己原有状态的做法演变成了一种坚持，但尴尬的坚持反会在已经怪异复杂的气氛中显得更加特别。

一路还算顺利，东贤山庄的人没有追踪而来，大周、南唐、西蜀这三国的秘行组织也未碰到。眼见着离呼壶里已经不远，再走个几百里就能到了。

这一天傍晚，他们三人到达一个还算热闹的小镇，镇口石牌坊上刻着"乌坪"二字，不知道是不是镇名。这座山清水秀的小镇紧靠着一条大河，在镇尾处还有一个用原木半搭半浮建成的简易码头。码头虽然简陋，停的船却不少。不过都是些窄小瘦长的船只，船型和养放鸬鹚的船很像，但体积上要比鸬鹚船大一些。宋代女词人李清照所写《武陵春》中有"只恐双溪舴艋舟、载不动许多愁"，这"舴艋舟"的原型或许就是这种窄小的船只。

虽然天色尚早，但为了避免错过宿头，就没再往前赶。三人像正常过路客一样找了家干净、便宜的客店投宿，然后齐君元让王炎霸到镇子里转转，看看这里有没有什么怪异之处。另外也了解下有没有其他什么谷生谷客在此地等待行芒，这些天接到的意外指令太多，说不定谷里随时都有新的指示传来。

王炎霸出去后，秦笙笙也在旅店门口的小摊子上转了转，买了一点油炸面果子，用新鲜荷叶捧着，直接进了齐君元的房间。

蓦然困

齐君元正坐在房间里，倒了杯茶水慢慢啜品，而其实思绪早已飞驰。这几天虽然一路顺风顺水，但他总觉得事情不会这么简单。内鬼外强都不会就此罢手，只是有了前面的几番兜刺相对，他们肯定会转变观念采取新的方式行动。

第六章　身陷杀机

让王炎霸出去点漪是需要也是试探，只有可疑的人有所行动才能知道他下一步的企图，这样也才能够避免被其引入不复之地，并且从行动特征和最终企图上辨出可疑之人的真实身份。另外，齐君元也想利用内鬼外强各方面的威胁来逼一逼，让秦笙笙或者其他什么人来告诉自己一些真相，前面混乱的原因以及下一步的目的都是为了什么。

所以前些天每到一处，他都是让王炎霸独自出去点漪，看他会玩什么幺蛾子。但是非常奇怪，王炎霸没再有过一点异常表现，反馈回来的所有信息都是真实无误的。这反而让齐君元摸不到他的底了。即便如此，齐君元却丝毫没有对他放松戒备。刚刚他吩咐王炎霸出去后，自己立刻就将整个客店查看了一番。确定好造成混乱的各种条件，找到出乎别人意料的逃遁路径，这才回到房间坐下喝茶。

"齐大哥，吃点果子，又香又甜，好吃极了，而且便宜，一大堆才两文钱。你要觉得好吃，我等会下去再买些，明天带到路上吃。"秦笙笙将荷叶捧着的油炸面果子放在齐君元的面前，并且拣起一个就往齐君元嘴巴里塞。

齐君元赶紧伸手接过来，虽然现在和秦笙笙很是熟络，都是不拘俗节的江湖儿女，孤男寡女单处一室也就罢了，再让一个女子喂自己吃东西，这可就有些过了。

齐君元两指捏住果子，看了秦笙笙一眼，面无表情地问一句："你不会在这里面给我下点毒药吧。就像我在给你吃的肉夹馍里下同尸腐。"齐君元这是开玩笑，他知道现在任何人都可能给自己下药，唯独秦笙笙不会。因为她需要自己的保护，而且自己是她好不容易求着才来的。

"会呀，而且已经下了，比同尸腐还要厉害一百倍，入口即死。你给我下药的肉夹馍我吃了，现在我给你下了药的果子你敢吃吗？"秦笙笙的目光有点奇怪，语气也有些飘忽。

齐君元微微一笑，把果子放到嘴里嚼起来："你这勾魂楼的功力太厉害，一句话、一个眼神就骗得我心甘情愿将这剧毒的果子吃下去了。"

秦笙笙没有说话，此时她心中气息翻腾，说不出话来。齐君元不加考虑地将果子吃下去，给她的是一种从未有过的激荡情感。这种情感很奇妙，像是很久之前就蕴藏在心底，只是到现在才被彻底开启。这情感也很丰富，里面包含着信任、温馨、亲昵、惬意，等等。之所以会出现这种感觉，是因为刚才她根本没有使用勾魂楼的技法，而是一般小女子真情流露的言语。

"怎么了，你也没有解药吗？"齐君元看秦笙笙表情奇怪，便继续以玩笑的口气调节气氛。

"你少来了！"秦笙笙终于将一口堵在咽喉处的气息喷出，"有件事情我正要问你，你那次到底给我吃的什么？味道怪怪的。"

"同尸腐呀。"齐君元面无表情地说道。

"中了同尸腐，十天之后皮肤起白斑，十五天开始有皮屑掉落。二十天全身皮肤起皱，手足开始起水泡。还要我继续说吗？现在几十天过去了，我身上一点变化都没有。"

"你是怎么知道这些特性现象的？"齐君元其实已经有所预料，自己谎称秦笙笙中同尸腐的事情早就被她识破。

"你忘记了，唐三娘那是毒隐轩的高手，你这谷生常用的同尸腐她怎么可能辨别不出。说实话，那怪味道的肉夹馍到底是怎么回事？"秦笙笙一副小女儿撒娇发作状。

"我随手从点心铺里拿来的，可能真是馊了。"

"你这个坏东西，那我用这油果子塞满了你还是宽待你的。"秦笙笙说着话抓一把油炸面果就往齐君元嘴巴里塞。

"等等！"齐君元突然表情紧张地轻喝一声。秦笙笙抓着果子的手一下凝固在那里，只是眼珠四转，谨慎地观察着周围。由此可见秦笙笙这段日子在心理素质和应对经验上已经有了很大进步。要是以前，她的反应肯定是一把把果子扔下，然后全身蓄势待发。

"你刚才说两文钱就买了一大堆果子是真的吗？"齐君元的紧张并非因为觉察周围有什么异常，而是发现到秦笙笙刚才所说话语里的奇怪现象。

"真的，是两文钱。"

"那不对，南唐提高税率之后，楚地粮价水涨船高。现在两文钱也就能买到一个炊饼，怎么可能买到这么一大捧油果子？还有，这果子口味不是楚

第六章　身陷杀机

地的，应该是北方独特的口味。"

齐君元的话提醒到秦笙笙，她也想到了些异常来："那个卖果子的是个年轻男子，蜂腰乍背的，看着不像是做这种小营生的。对了，还有卖莲蓬的和卖面疙瘩的，也和这卖油果子的一样。体型步伐、举手投足间有很多相同之处。"

"北方来的，动作一致，只有可能是大周鹰狼队。前几天夜间在东贤山庄里我和几国秘行组织做了交易，骗取他们出力相助，这才使得我们顺利突围。但最后一笔交易我其实没有筹码，但是他们却可能认定我是那件秘密的知情者，所以暗中盯上我了。"

"那他们应该是之后无意中发现到我们行踪的？否则我们夜间顺激流而下，白天再重回东贤山庄，是个人都不会想到我们这样的行动轨迹，根本无法从开始就坠上尾儿。"

"分析得没错，而且很多可能是我们的行踪被人泄露出去了。"齐君元马上把怀疑对象锁定在王炎霸身上。回想当初在上德塬，大周鹰狼队也是事先就埋伏于火场南侧，那时自己就应该怀疑有人泄露他们一行行踪的。而且当时范啸天是独自前往，连他都不知道自己这几人到达的具体时间。所以那一次如果鹰狼队是针对他们的话，泄露者只可能在他们四个人中，其中包括王炎霸。

"那他们为何不寻机动手拿住我们？"

"因为他们已经完全掌握了我们的行动，不怕我们从他们的视线中逃脱。所以根本没有必要将我们拿下，拿下也不一定能从我们嘴里掏出些什么。还不如暗中跟着我们，等我们找到他们需要的东西时，他们再出来争夺。"齐君元只是按照常理推断，却没有向秦笙笙说明王炎霸有可能就是潜伏在身边的暗鬼。

"但是他们的做法好像太不谨慎了，连我都看出蹊跷，如果换做齐大哥你，不是一眼就将他们完全识破了吗。既然已经完全掌握我们的行动，又何必乔装改扮潜到离我们这么近的地方。"秦笙笙说出自己想法。

齐君元略微沉思了下，他觉得秦笙笙的想法非常有道理。薛康是个刁钻的人物，江湖经验极为老道，和自己接触两次，对自己应该已经有很深程度的了解。所以他绝不会使用这种极为低劣的手段进行跟踪，难道是自己误会了？这些人不是薛康的人，也不是针对自己而来？

就在此时，房间外传来一阵急促的脚步声，而且是直奔他们所在的房间而来。

齐君元朝秦笙笙一使眼色，两个人立刻一左一右掩身在房门背后，各取武器严阵以待。

门没有上闩，只是虚掩着。这一点齐君元很注意，孤男寡女共处一室再要把房门闩上会让别人往歪处想。

"齐大哥，是我。"外面的人也没有马上推门进来，而是谨慎地呼叫两声表明自己身份才伸手推门。

听声音是王炎霸，所以秦笙笙松口气把缠满五色丝的十指垂下。而齐君元听出是王炎霸后，非但没有放松，反而将隐于袖中的钓鲲钩直接亮了出来。

房门推开，齐君元两只钩子虽然是以攻守兼备的架势封住王炎霸的身形，目光却是飞快地在他身后瞟一眼，确定没有异常后才将王炎霸放了进来。

"齐大哥，我刚才在镇子里的大小街巷中转了一圈，没有发现到什么异常。但是就在回我们这家客栈时，却在后街上的一面粉墙上发现了两个奇怪的标记，看着像是哪个江湖帮派留下的。两个标记都是意会画，一个是驴蹄，还有一个是条瘦鱼。墨炭很新鲜，是刚画上不久的。所以我特别留意了下附近的情况，发现周围的人色很是规整，而小码头处的船只也看着怪异。"王炎霸见到齐君元后，将自己所收集的信息一股脑都说了出来。

但这次没等王炎霸说完，齐君元就抢着接上了话头："是不是周围行者、业者很多，而且都是动作相近的健硕青壮男子。而码头的船只虽多，但所有渔夫都只掌船漂浮，却不去捕鱼。"

"你怎么知道的？"

"你且不管我是怎么知道的，也不用管他们是干什么的。从现在起，不管外面发生了什么事情，都只需躲在房中，但必须全身装备不得离身，等我

第六章　身陷杀机

通知便立刻行动。虽说此处危机四伏、兜子重重，不过倒有可能是我们摆脱尾坠儿的最好机会。"

"摆脱坠尾儿，我们什么时候被坠上的？我怎么一直都没有发现？"秦笙笙感到奇怪，她一路过来根本没有发现自己被别人跟踪。

"我也没有发现，因为坠我们后面的人非常清楚，离我们太近了肯定会被发现。所以他们只是抓住我们行走痕迹坠住不落，实际距离和我们拉得很远。"这只是齐君元的推断，但他有足够的信心来保证这推断的正确性。

"那这镇子上的人是怎么回事？"王炎霸也越听越糊涂，怎么镇上的异常一下又牵涉到坠自己尾儿的事情上。

"这还看不出吗？一个僻静处的镇子，没有大集大市，却如此的热闹。这是因为有好多人是临时急速赶到此地的，然后乔装成行者、业者，他们是要将整个镇子布设成个大的人兜子。驴蹄子和瘦鱼的标志都是南平境内'千里足舟'一派独有的，此派的门长为师兄弟两人，一个姓戴一个姓张。戴姓师兄这一脉擅长陆地飞腾术，是以黑驴蹄子祭请周围阴魂借驾阴风而行，可日行八百里。张姓师弟这一脉擅长水上遁行舟，他们所驾小船的结构是从一种瘦长怪鱼悟出。这种船的船底有特别花纹，据说就是按怪鱼身上鱼鳞的排布规律雕刻的，但也有人说这种花纹其实是水遁符形。奇怪的船配合上他们独特的划桨技法，逆水可日行三百里，顺水可日行六百里。'千里足舟'陆路、水路合作行事，完成的一方会在约定位置将自己的符号画上，告知另一方自己这边已经准备就绪。当驴蹄与瘦鱼画在一起了，那是水陆任务都已经完成到位。此处动用这么多人布下个大兜子，肯定不是来对付我们的，我们就三个人，根本犯不上。墙上画的黑驴蹄子，这应该是戴姓下的弟子发现对手行踪轨迹后快奔到此处，发暗号让赶紧布兜。而布兜所用的人数众多，这么多人肯定是码头那些遁行舟快速运送过来的，画出了瘦鱼标志就是告知戴姓弟子这一点。"①

难全事

"那么这些人布下的兜子和我们背后坠的尾儿又有什么关系？"秦笙笙越听越糊涂。

"这个兜儿正好布在我们行进的路线上，如果针对的目标不是我们，那就只可能是对付坠在我们背后尾儿的，而且是个人数众多的尾儿。"

"哦！"这下秦笙笙和王炎霸都明白了。

"只是这样一来，我们也都身陷兜子之中了。而且刚刚住进店里，再要匆匆离去，肯定会引起布兜人的注意。一旦以为我们是后面尾儿的前哨，怎么都不会给我们离开的机会的。"齐君元索性将自己明知道此处有布设却不马上带他们离开的原因也告诉了两人。

"可谁会坠上我们三个呢？我们又不是什么重要人物，身上也没带有秘密和宝贝。"王炎霸听明白怎么回事的同时，也开始怀疑齐君元推断的正确性。但他说这话时却是将眼角余光悄悄地瞟向秦笙笙，却不知是出于何种目的。

王炎霸的话让秦笙笙的脸色不由地微微一变，她除了拂了一下耳边并不乱的发梢，还立刻用有些不着边际的言辞掩饰自己："是呀，人还很多，这么多人跟在我们后面，他们怎么吃住休息的。"

所有细节变化没能逃过齐君元的眼睛。他心中非常肯定地告诉自己，秦笙笙是个带有秘密的人，或者是个极为重要的人物。而王炎霸有可能就是前来获取秘密的人，或者是企图控制这个重要人物的。

---

① 查阅的民间杂说中称，"千里足舟"的戴姓为水浒好汉戴宗祖上，张姓为张顺祖上。但戴宗虽然也是采用道家法术，却是祭甲马缚腿上飞奔，与祭黑驴蹄子借阴风相差很大。而水浒中的张顺主要是水下功夫了得，另外也未提到过鳞底遁行舟。所以这种说法值得商榷。

第六章　身陷杀机

"是大周的鹰狼队！上德堙那次你们就应该可以看出，他们的信息远不如南唐夜宴队和西蜀不问源馆他们来得快，甚至到了某一个节点就全无下一步该如何行动的信息了。所以他们只能坠在别人后面见机行事。而东贤山庄我为了脱身与他们做交易，假称自己已经掌握了关键信息。其他那两路稍加印证之后就都能及时发现被我欺诈，但大周鹰狼队却不行，他们肯定认准我是知情者，也料算我们有可能再入东贤山庄。所以我们二入东贤山庄时，他们一定躲在什么地方看着。等到我们脱出后，他们便死死咬在背后了，而且是咬准我所在的这一路。"

"可是谁会调动大量人马对付鹰狼队呢？难道是唐德？这是在楚地范围内，能调动大批人马把整个镇子都设成兜子的只有唐德。"秦笙笙很为自己的判断得意。

"不会是唐德，他现在掌握着上德堙那些人，目前最需要做的事情是选择合适的方法从那些人中找出关键人物，掏出大家都想获取的秘密。我估计梁铁桥和丰知通现在的行动可能也是围绕着他，再加上范啸天那一路，唐德恐怕根本没有闲暇腾出手来设兜反绞了谁。而且他要真想绞了谁，也不用做得如此隐秘细致。瞄准点儿位，用大批军队直接设伏就行了。"齐君元的分析很到位。

"那会是谁？除了南唐、西蜀，就近能调来秘行力量的只有南平和南汉，可他们就算也想来分一杯羹，也不该找上大周鹰狼队呀？对了，与大周最为敌视的是北汉和大辽，难道这些人是这两国派来的？……"

"不要猜了，管他哪里的，只要对我们有利就行了。"王炎霸打断秦笙笙的自言自语，因为他不想被这絮叨搞得神经衰弱。

"阎王说的没错，我们只管在他们动手落兜之时悄然离开这里就是了。"齐君元知道落兜之时肯定会有一场大战，借助那时出现的混乱，自己这三人应该可以顺利逃离镇子。

但是这一次齐君元想错了。很快他就会发现不管追踪者还是设兜者，最终都会将他们三人作为猎捕的目标，要想利用混乱的机会逃脱完全是不可能的事情。

大周汴京城中，周世宗柴荣坐在龙案后面，皱着眉看着一大堆各地呈来的奏折。

这些奏折大部分都是由户部转来，所呈之事无非与粮价飞涨、缺粮有关。但是这几天情况更加糟糕，情势愈显危机。由于粮食短缺、粮价飞涨，从而引起了其他物资的相继暴涨和短缺——特别是盐和铜铁。这类物资虽然是由三司专管，价格严格控制，但是现在整个周国已经成了有价无货的局面。这也难怪，有钱人可以囤积粮食，也可以储备尽量多的金银以抵御市场的混乱和冲击，而没钱的老百姓在想方设法糊口果腹之余也在储藏盐和铜、铁、锡这类低价金属。这是一种生存经验，因为当时是一个群强四据、动辄战争的世道，当粮食极为宝贵时，争夺粮食的战争在所难免。而只要战争爆发，最稀缺的除了粮食就是各种可以制造杀人武器的金属和保证体力的食盐。平常老百姓要想在战争时换粮、抵税、保命，可利用的东西就只有盐和各种金属了。

除了户部，还有一部分奏折是兵部转来的。这些奏折主要集中在两件事上，一个是军营中开始出现骚乱，这是因为粮食的配给量越来越少，粮食的标准也越来越差。从一天两斤半的细粮到一天一斤半的粗面，现在就连粗面中都被掺入了大量的糠麸。而连续几个月的饷银迟迟不能发放到位也是问题所在。还有一件事就是此番北征归来，损耗了大量兵刃箭矢、车马营帐，而现在根本没有银两和人力、物力来做补充。

民无粮，军起乱，这是自古以来帝王家最忌讳的两件事情。如果不能妥善处理，国将如山倒，倾势难挽。而且就眼下的情形看来，这两件事情必须马上处理，想以隐忍缓拖之法坚持到明年冬麦收割时节已绝不可能。

柴荣深深吐出一口气，年轻的嘴角边显出老苦的皱纹。他已经连续在"阅真殿"住了好几天，也连续召见了各司大臣和外派重要官员。但不管是群议还是独谈，这些国之栋梁却无一人能将眼前颓势撑起。此时他只有再次想到赵匡胤，想到赵匡胤留给他的密折。

金龙御牌已经发出去好多天了，从路程时间上推算，赵匡胤此时应该是在回京的路上。现在只希望他能尽快赶回，然后针对他所留的密折给个具体实施的方法。不，不是要办法，而是让他尽快予以实施。

赵匡胤密折上所提"灭佛取财"确实是一个最为实际有效的办法，而且也可能是眼下解决困境、扭转局面的唯一办法。但怎样去操作这个办法却是个问题，真要以"灭佛"之策强行取财吗？感觉如此强行终归是不够妥善的举措。

后周时，佛教盛行，信徒众多，从尊至卑，从民间到皇家，都有大量佛教徒。如果真的是行灭佛之举，就算解了眼前危困，日后的民心却是需要很长时间的安抚和稳定。但也正是因为信佛者众，且信佛者尊，如果不采取霹雳手段，要想平心静气地从佛家寺庙中征收到庙产，也几乎是不可能的事情。灭佛之举就相当于灭民心，会让众多民众阻挠抵触甚至会有延续多年的愤恨和怨怼。另外，柴荣不敢轻易下手灭佛取财，也是想给后宫符皇后一个妥善交代。

世宗柴荣专爱不淫，他后宫之中只立一主符皇后，乃是后晋节度使、魏王符彦卿之女。符皇后出身名门，是个有学识、有胸襟的女人。她心地慈悲，爱惜生灵，只是身娇体弱。与柴荣成婚后恩爱非常，心中只愿求得佛祖保佑柴荣福康荣耀，保佑大周基业永固，所以笃信佛法。

之前世宗的几次征战大计，符皇后都是勉力劝阻，以天下生灵少遭涂炭为福。但毕竟后宫不能涉问政事，世宗所谋终究不是她有权有理可以强阻的。但如果是关于灭佛法取佛财的事情，那就真是触及符皇后的心理底线了。其实古代后宫内廷之人地位再高也不免心境孤苦，有所信仰其实也是为了排解心中郁困。如若将这点念信都给她灭了，那就相当于要她的心先于身而死去。

这也是赵匡胤为何将灭佛取财的方法要以密折方式留呈周世宗的原因。就是不想让其他人知道这个办法是他赵匡胤想出来的，免得传到符皇后耳朵里，以后对他心存敌意。

柴荣心中非常清楚，符皇后身虚体弱，心思敏感。灭佛取财这件事情如若办得不好，对她的打击肯定极大，所以定要有合适的理由，或者采用不显山露水的手段，然后再提前做好安抚事宜那才能够无事。而现在朝里那群大臣非但想不出力挽国之颓势的办法，就如何将灭佛征庙产之事操作好，也是毫无建设性的意见。看来还得指望赵匡胤了，他赵九重能给自己提供这样的办法，那么具体怎么实施也应该考虑得八九不离十了。

不过柴荣也不是个想当然的人，他也预料到赵匡胤面对灭佛取财的事情会犯难，不知该如何具体实施。因为这件事情需要兼顾方方面面，还触及形形色色的人。不说其他，符皇后就不是赵匡胤敢得罪的，然后朝廷中还有许多资重大臣也是信奉佛教的。其过程中涉及的所有问题可能只有他柴荣一个人能够去解决，可是他却不能也不愿出面解决。一个英雄盖世的男人，可以狂傲不羁，敢作敢为，不惧怕天下人对自己的责难。但是这样的男人却不会去伤害自己心爱的女人，不会让自己心爱的女人怨恨自己一辈子。所以柴荣觉得为难的还是符皇后这一关。

而目前局势已经到了最为窘迫的地步，就连冬麦播种的时节都拖不到，更不要说明年冬麦春收的时候。唯一有效的办法就是取佛财，所以赵匡胤必须马上回来。而且不管他有没有合适的理由、妥当的方法，他在回来之后还必须马上将灭佛取财的事情付诸实施。带着他所统辖的禁军去做，并且只以他所辖禁军的名义去做。而这一阶段中，各方面会封锁灭佛取财的消息进入宫中，自己也会尽量避开符皇后和朝中大臣。等到事情办成之后，只需推说禁军不归自己辖领，所做事情自己并不知道。所以赵匡胤身为禁军统领，这个黑锅只好由他来背了。至于实际过程中好多不是他赵匡胤能处理的问题，自己可以给他一些特权，让他能够采用最简单的武力方式来解决。反正不管怎么样，就是要在最短时间内把需要的财富得到，及时稳定已经动荡的民心，平息可能出现的兵乱。

近霸关

站在草料场门口的赵匡胤已经见到逃税偷运至大周境内的第三批粮食了。这全是由一江三山十八山帮众历尽艰辛由江湖暗道运送过来的，沿途躲避开十一个官府征税、查税的关口。虽然一江三湖十八山的帮众连开几条暗

第六章　身陷杀机

道，并且在大周和南唐边境设三个点来交接存储粮食。但这些偷运进来的粮食数量却远不能让赵匡胤感到满意。眼前这个草料场上就只有不大的十几个垛堆，最多也就够一个小县城三四天的应用。估计另外两个点上的粮草场情况也不会比这里好多少。

"看来自己当初对一江三湖十八山暗道运输的能力高估了，这偷偷摸摸做的事情在规模上怎么都无法与光明正大做的事情相比。早知道他们只有这样大的能力，当初又何必大动干戈断他们的食路。由此可见，州衙县府上报奏折也是带有大量虚假成分的，定是将众多因自己的原因造成的损失和亏缺都推到了一江三湖十八山身上。如果以后自己有机会批复处理各处地方官府的奏文，一定不能只看表面，而是要查清根本，撇去虚浮。立国之本首在民生，民富则国盛。"赵匡胤此时心中感慨后来都成为他治国的决策方法，并且影响到宋代的好多皇帝。所以哪怕是到了极为弱势混乱的南宋时期，皇家对各级官员的管理都是极为严格的，而对百姓则是尽量给予宽裕政策。史料记载，即便是在弱势的南宋时，一个熟练雇工的工资都高过了知府的工资。

就在赵匡胤遐思飞驰之时，有快马直奔进粮草场，勒住时喷沫嘶鸣，看得出奔跑得极为疲惫。驰马而来的是殿前传令使，如此千里疾奔是因为有周世宗的金龙御牌给赵匡胤。金龙御牌是唐代后期出现的一种独特令牌，它只代表一个意思——"速回"。这令牌一般时候是不用的，只有京城发生危机或国家出现重大变故时，皇帝急招驻外的将领军队才会使用。

赵匡胤拿到金龙御牌后并没有慌乱，而是先向传递令牌的殿前传令使询问，在他传令离开京城时，朝廷中可有什么大事发生？内宫有无什么异常？

在得知京城中没有发生什么异常情况后，赵匡胤估计周世宗让自己急速赶回还是为了目前国内粮食短缺、粮价暴涨的事情，而且可能是和自己留给周世宗的那份密折有关。因为就周世宗的脾气性格而言，他习惯以最直接、简便的方法解决问题，而眼下的情形也真的需要采取这样的雷霆手段。

南唐突然提税，虽未动刀兵，却已是攻袭之实。西蜀调兵囤粮于周蜀边界，是有北侵迹象。北汉虽然弱势，但此次大周北征，北汉未受重创，实力依旧，很有可能趁此机会反攻。而辽国虽然连续新败，如果知道了大周此时的危况，也是会重聚兵力报复大周的。

综上种种情况，以最快速度恢复市场状态，保障粮食的供应和稳定才是缓解局势的根本。与此同时增加军用储备，强化各方边界军防力量，这才可以灭了环伺各强的狼子野心。可问题是这一切都需要钱，一笔倾国库所有都无法满足的资金。而赵匡胤密折中所提的办法不但可以筹措到这笔资金，而且还可以收集到不少军队可用物资，比如说铜、锡、铁等金属。唯一的问题是看周世宗有没有魄力这样去做，怎样去做。

"继续督促一江三湖十八山运送粮食，该给他们的酬劳一分都不要少。运到此处的粮食在没有我指令前不得投入市场。粮草场从今日起由禁军接管，以最高军戒等级严密看护，不要出一点差错。"赵匡胤急匆匆地吩咐了手下将领几句，随后便带一队贴身亲信护卫和殿前传令使一同上路了。

赵匡胤知道世宗柴荣这次召自己回去，肯定是为了商议取佛财这件事情的具体操作。而这个办法的始作俑者其实是赵普，他在托赵匡义转交给自己的信件里提到了这个法子。但不管赵普，还是他赵匡胤，都知道这个方法虽然有效快捷，但操作起来却十分困难，肯定会遇到多方面的阻挠和抵制。做得成做不成两说，真做成了只会得罪很多人，被某些人仇视痛恨。所以当时赵普只是在信中玩笑般地顺带提了一下，而赵匡胤当时也只是作为一个小手段在柴荣面前显示自己的智慧和才能，这才留下那份密折。

但是后来的情形不对了，国家大势已经到了岌岌可危的地步，而其他各方面的举措都不能及时见到实效。所以取佛财这件原以为不可能的事情现在变成了唯一可行的办法。周世宗是个果敢而为的人，他到现在都没有实施此事，而是发金龙御牌召唤自己回去，很大可能是要将这个天大的为难事情压在自己身上。

不过赵匡胤非常坦然，他在留下密折之后便想到这个建议可能会在某一天真的需要实施，所以早就已经反复考虑过征用佛财的具体操作方法。还好，这趟外出他在江湖帮派、地方官府转了一圈，见识、经历了颇多，受益匪浅，最终想出一个大力施压、慢慢挤榨的办法。

这办法就是：趁着柴荣此番刚刚征战而归，以战死的兵将需要超度，而

第六章　身陷杀机

征战归来的兵将也需要地方疗伤、休养为名，让各部派遣兵卒入驻全国各处寺庙中，让他们在疗伤、休养的同时为战死的兵将守灵，另外，也是监督寺庙僧人是否为亡士尽心尽意超度。

皇家这样做是为了让精忠报国的逝者能够安息，也为了拉拢人心，让后来者更加英勇杀敌。所以这个举措是无可厚非的，就算是符皇后都无法提出任何异议。

但是，寺庙乃是清净之地，一下入驻许多杀戮之人，既搅乱僧人清修，又妨碍信徒进香参拜，甚至还会破坏佛规戒律、冒犯佛祖。那样一来寺庙就会不像寺庙、僧人不像僧人，而平常香客信徒的供奉、香金也都会断了。一般在这种情况下，识时务些的寺庙主持为了寺庙能够维持下去，肯定会主动谈条件，那样的话不用兴师动众就能征用到大量庙产佛财。即便有些寺庙主持冥顽不化，也可让兵将在入驻期间暗中逼迫，悄然榨出钱财。

大周目前的局势摆在这里，只要是可行的法子柴荣肯定是势在必行。而且他不管赵匡胤能否有妥善的方法，最终都会将黑锅架在他的背上，而自己只求事情得成、大势能转。但赵匡胤已然成竹在胸，明策待施，只盼望尽早赶回京师，为主上分忧。所以这一君一主之间既可以说是非常默契，又可以说是旗鼓相当。

但是此时有一件正在进行着的事情却是柴荣和赵匡胤都无法预料到的，那就是已经有数个大的兜子下在了赵匡胤回京的必经道路上。兜子的刺标是赵匡胤，标的是五百两黄金。

人为财死，这话用在刺行中最为合适，不管最终死的到底是刺标还是刺客。沿途那些兜子来自江湖上不同的刺杀门派，汇集了数量众多的刺客高手。虽然他们各自选择不同的设兜地点，设置自己最为有效的刺杀方式，但最终的目的却是一样的，拿到主家出的暗金五百两黄金。

如此之高的暗金价格在江湖上极为少有，这足以让某些帮派从此脱离刺行改作正经营生。所以仅仅几天工夫，这个挣大钱的消息就已经在刺行中流传得沸沸扬扬。当然，也只有这么高的暗金才能驱动这么多刺客来对付大周禁军的统帅；也只有这么高的暗金，才能让众多刺客倾尽所能摆下绝杀的兜子。沿途数个兜子不管是从规模上看还是从形式上看，都可以看出刺家们个个存着全力以赴、不杀不休之心。

赵匡胤并不知道自己面临的危险，他带着手下离开淮北界粮草场后便直奔京师方向。为了路上顺利少遇周折，他们走的都是官道大路，再加上走得匆忙，他们随身并没有携带太多应用物品，所以也只能是沿官道大路行走。这样可以停靠官府驿站休息，补充应用，更换马匹。

路上急赶一天，错过了正常走官道应该歇息的第一站高泽县。眼见着红日西坠、夜幕降临，幸好前面距离霸关驿已经不远，再有一顿饭的时间应该就能赶到了。

霸关无关，只有一段狭长的谷道。因为隋末之时，天下第一好汉李元霸单骑于此阻敌三千，便将这里叫做霸关。此处的官家小驿站偏僻简陋，平时只有零星的信使、押解在那里歇脚。但对于经常风餐露宿的行伍之人来说，这已经是难得的奢侈之所。

霸关驿就在谷道中一处宽绰之处，面山背山，常年难得晒到太阳。而且周围的山光秃嶙峋，草木不生，缺水无产。这也就是官家常年有粮物供给定时送到，这才在此处建下驿站，一般老百姓是绝不会在这种地方建宅居住的。

赵匡胤一群人刚刚纵马进入谷道，他马鞍一侧斜插着的鎏金盘龙棍便发出沉闷的一声"嗡"响，龙吟一般。盘龙示警，这里有危险！赵匡胤立刻将马匹勒住，然后警惕地朝着四周查看。

而紧跟在他旁边的张锦岱一见赵匡胤这状态，立刻挥手断喝，发出指令。于是一队禁军近卫立刻组成四重不同形式的保护圈，将赵匡胤围护在中间。

谷道中很寂静，只有黑暗处偶尔传来蛤蟆的鸣叫声。一缕微风从谷道深处吹来，带来些许的凉爽，让一路暑热、满脸汗水的赶路人感觉很是惬意。

但是赵匡胤没有这种感觉，微风从他脸上拂过时，反是有更多的汗水从身体里沁出。这汗水是因为紧张，更是因为蓄力所致。微风吹来时带有一股淡淡的血腥味道，这表明谷道中不但有危险存在，而且已经发生了杀戮。只

第六章　身陷杀机

是不知这杀戮因何而起，更不知道这杀戮和自己有没有关系。

就在此时，远远有一匹马儿颠着小碎步跑过来。马上之人浑身血迹摇摇欲坠，看起来受伤不轻。从衣着上看，这人一身驿丞装束，应该是从前面霸关驿逃出的。难道是有盗匪夺取在驿站停歇的货品财物，血洗了霸关驿？不会呀，能在这偏僻险要的地方建驿，肯定会配备足够的力量保护驿站。而且像霸关驿这种驿站，主要是用作信使换马、行官暂歇，贵重物资是不会在此驻歇存放的。远远近近的盗匪也都知道这样的驿站是没有盗抢价值的。

"站住，什么人？！再靠近就要放箭了。"有亲兵护卫大声喝问，制止那马匹继续往前。

马上之人似乎被惊醒了，赶紧坐直摇手："不要放箭，不要放箭，我是霸关驿驿丞。你们是京师禁军护卫吧，赵将军在不在这里？我有要事禀报。"

"你问的是哪位赵将军？"赵匡胤手下的护卫很谨慎。

"当然是殿前都点检禁军统领赵将军。"驿丞答道。

赵匡胤和张锦岱对视一眼，他们都感觉有些蹊跷，这个驿丞怎么会满身是血，又怎么知道他赵匡胤会在此时从此路过？

第七章　话兜防不胜防

第一杀

张锦岱准备提马要从护卫圈里出去，正面询问下那驿丞，然后再将情况转达给赵匡胤。但赵匡胤却很果断地一把拦住他，不过他自己也没有出护卫圈，而是示意旁边一个云骑副尉出去应对那个驿丞。

云骑副尉挎腰刀、提长枪出了护卫圈，来到驿丞的面前。

那驿丞一见云骑副尉，立刻翻身下马，"扑通"一声跪在云骑副尉马前，高声哭喊道："赵将军啊！你可不能往前面去呀。霸关驿已经被贼人占据，设下了杀兜等着你呢。不但是霸关驿，从此处到京师，沿途刺杀你的兜子不下十个，而且个个都是最为精妙凶险的设置。"

云骑副尉喝问一句："你不是霸关驿的驿丞吗？如何对刺行中的兜爪之道如此熟稔，又是如何知道沿途设有那么多刺杀设置的？"赵匡胤的手下个个都是精干之人，就驿丞的几句话，那云骑副尉便连续找到几个关键的疑点。

那驿丞脸色发沉、眼角微抖，轻哼一声说道："我怎么会不知道，他们

第七章　话兜防不胜防

拿下霸关驿布下了的是第二杀,而我是第一杀!"说完此话,头颈埋下,手拉后袍襟,顿时从其后背上射出一排十六支无羽棱杆。这棱杆由水磨生铁制成,头子尖削旁带利刃,尾直如截,杆身沉重,直进直入,劲大速快,射出时没有丝毫挂带。但这种棱杆也只有在近距离射杀中才能发挥最大的杀伤效率。一旦距离远了,由于没有尾羽导向,便会失去准头。

"当心!"张锦岱善打飞蝗石,目光可及远,辨查也仔细。所以那驿丞脸色表情才一变,他就已经觉察出不对,立刻发声示警。

云骑副尉一直全神贯注防备着,再加上张锦岱提前发声示警。所以这一排无羽棱杆射出后,他立刻仰身躲避,无一支棱杆射中到他。不过座下马匹的脖颈上却是中了两支,尺把长的棱杆全部没入肉中。那马疼痛着盘旋半圈便侧身掼倒在地,压住云骑副尉的一条腿,让他一时间无法抽出站起。

后面护卫圈有两个护卫被射中,大概是因为他们所在的位置正好被云骑副尉挡住视线,所以无法看到前面是怎么回事,这才中了招儿。不过好在距离较远,身上又内衬着软甲,所以杆尖入肉不深,只算得上皮外伤。

那驿丞射出棱杆之后,立刻纵身而起,同时由袖中抛出两只圆球。圆球着地破裂,闪过两道刺眼的红光,然后升腾起粉色、黄色两股浓烟。烟带刺鼻的臭味,嗅者欲呕。

赵匡胤的手下都经过严格训练,所以在遇到烟雾的情况下,都是统一地以袖掩鼻口,屏息后退,收缩阵形。没一个开口说话,这是怕烟里有毒。

但这次的烟雾除了十分恶臭外,并没有用毒料,而且消散得也很快。等完全可以看清周围情景后大家发现,那驿丞已经骑马逃出三箭远的距离。

张锦岱反应很快,他立刻喝一声"闪让",随即催动马匹就要往前追赶。

"算了,让他去吧。"赵匡胤制止了张锦岱,"你有没有发现,这刺客太怪异。"

张锦岱勒住马匹,眉头紧皱欲言又止。

而赵匡胤似乎知道张锦岱想说些什么,于是主动替他说了:"对一个刺客而言,行刺活儿首要的是要认准目标。这刺客只问一声是不是赵将军,也不管是哪个赵将军就动手了。这似乎是在告诉我们，他早已经知道我们是什么来路，清楚是我赵匡胤带队前来。你们有没有觉得这刺客是在故意暴露自己？然后作为刺客应该知道目标特征，其实就算不是刺客，天下知道我使用盘龙棍、腰配秀龙长剑的人也不在少数，那刺客再糊涂也不会将使长枪配腰刀的副尉当成我吧。再有，如果真把副尉当成我，最佳的刺杀时机也应该是他在翻身落下马的那个瞬间，又何必絮絮叨叨说出有许多下兜候我的事情来。而且在马匹中棱杆倒地后，他如果真认为副尉是我，应该借助烟幕迷目再杀，为何却就此放弃逃走呢？而那烟雾球只有恶臭不含毒料，很显然这只是用来掩形遁迹而逃的器物，真要是行刺局的话，为何不用更加犀利歹毒的暗器？"

赵匡胤侃侃而谈，提出诸多疑问。他能知道这么多关于刺客的常识，是因为赵匡义曾在雪地中救助过一个老者。这老者曾教给赵匡义一斧即杀的功法和许多关于刺客的常识。而赵匡胤则是后来再从赵匡义那里获知这些的。

"会不会因为这是个很蹩脚的刺客？"张锦岱其实对自己的这个想法很是怀疑。

"他背上发射暗器的装置是'天玑子簧星管'，可根据需要和操作能力设置数量。那刺客能射十六管，说明他至少已经是十年功力以上的高手。十六管的设置体积很大，那刺客将其藏于背上应该很容易看出。但他装作伤势严重，在马上摇摆不定，其实是用这样的动作来掩盖背上所藏机栝。能做到这一点更说明他已经是这一行少有的高手。"

"如果是这样的话，那这刺客的到来像是在对我们叫阵，看我们有没有胆量和能耐闯过这一路。"张锦岱觉得如果赵匡胤分析的都是正确的话，那就只有这样一种可能。

"为什么不是警示呢？你没觉得他的做法是完全违背刺行惯例的吗？一个刺客刻意地这样做，是想让我提前知道存在危险避免受到伤害，但同时又不想让我知道他们的来历，推测出他们的真实意图。"

"对，也可能是欲擒故纵的招法，而最终的危险还是来自他们。"

"或许吧，总而言之，以不合理的意图行匪夷之事，必定有着极为险恶的用心。"赵匡胤并不是非常了解江湖上尔虞我诈的一套,但他却知道官场中的种种卑劣手段和江湖险恶如出一辙。

"那我们下一步怎么办?"不止是张锦岱,随行的兵将护卫都想知道这一点。

"入住霸关驿,见机行事,查明事情是否属实!"

南唐都城金陵处处繁华,大街之上行人熙熙攘攘,两边的店铺招幌随风飘扬,此起彼伏的叫卖声、迎送客人声不绝于耳。信步其中,观民间百态,倒也闲暇惬意。难怪很早就有大隐隐于市之说。

顾闳中此时却难以信步而走,慌乱不堪的他在人群中跌撞奔行,把平静的人流带起一路波澜惊扰。而在他身后不远,更有一片范围更大的骚乱在紧紧追赶。

追赶的那几个人速度明显要比顾闳中快,而且他们并不在意路上行人的指责和谩骂,毫不客气地将挡路的人推搡开去,也不管别人摔倒与否,摊铺撞翻没有,显得很是嚣张跋扈。

眼见着顾闳中就要被追上了,此时前面街头拐进来一乘油木顶的轿子。轿子不大,四人架抬。速度很快,但很平稳。那几个轿夫不管身形还是步伐都与一般轿夫很不一样,而轿子前后跟随的一些人则更加与常人不同。不管是骑马的还是步行的,速度节奏始终控制得和轿子一样。最难得的是这一乘轿子、一群人,不鸣锣开道也无人驱赶行人,却能够在人流熙攘的大街上以很快的速度前行,而且一点都不碰撞、惊扰到什么人。

顾闳中看到了那轿子,就像抓住了根救命稻草一样,远远地就高声喊道:"韩大人,救我!快救我!"

韩熙载在轿子里听到了顾闳中的喊声,脚下轻轻一跺,轿子立刻停下,随即跟随的人中有几个闪身形分几角护住轿子。另外,有几个人则根本不用韩熙载吩咐什么,他们继续加快已经很快速的脚步,朝着顾闳中疾奔而去。

大街上很快变得更加混乱,是因为追赶顾闳中的那几个人立刻回头逃走。速度比追赶时更快,直接就撞翻了一溜摊子、几溜人。

韩熙载的手下见那些人跑了，也不追赶，只是将顾闳中撑扶过来。

"追赶顾先生的那些人好像是吴王府的。"没等顾闳中来到韩熙载轿子前，已经有人在轿帘边向韩熙载汇报。

"这里人多眼杂，先回府。"韩熙载简短地说一句。

于是轿子继续快行，周围护卫态势未变。只是在轿子后面多了个顾闳中，由两个健硕的汉子架带着，一步不差地跟着。

追赶顾闳中的几个汉子逃出好长一段，回头看没人追赶，轿队走远，这才停下来不停喘气。

有一人最先缓过喘息："这顾闳中还是个画院里有学问的先生呢，怎么输了钱就逃，比下街的泼皮还无赖。"

另一人则对领头的汉子说："其实我们不用逃的，就算他有韩熙载大人撑腰，我们讨要他赌输的钱也是天经地义的，到哪儿都说得过去。"

领头的汉子叹口气："唉，要是换作其他哪位大人，我们都可以去理论。唯独这韩大人，大皇子吩咐过多次了，尽量离他远一些。免得被他叮住不放，再牵扯出些什么来坏了大皇子的大事。还有不是我吓唬你们，这韩大人是下黑手的头子，你们要去跟他讲理讨要钱，他就能半夜里让人讨要了你们的脑袋。"

其他几个人听了这话不由地暗吸冷气，自认倒霉的同时暗自发狠从此不再和那顾闳中耍钱了。

去为何

韩熙载带着顾闳中回到府里后，先让他在客堂用茶，自己进去换了官服这才出来见他。

"顾先生，那几个吴王府的人追你做什么？"韩熙载这样问其实是先看看顾闳中是否会对自己说实话。他早就知道顾闳中有个耍钱的嗜好，而且经常和吴王府的人混在一起玩儿。刚才那副情形很大可能是因为赌桌上的矛盾引起的，估计造成矛盾的数额不小。因为吴王府的约束还是很严的，下面

第七章　话兜防不胜防

的人平时很是规矩、低调。如若不是自己完全占理并且关系到的利益额度很大，他们绝不会这么失态地在街上引起骚乱。

"那帮奴才是想夺我的玉佛珠。对了，就是上次韩大人你赏我的那串珠子。前些天一时高兴，给他们开了开眼。于是几个奴才时刻觊觎，三番五次想从我手里把珠子得了去。这趟终于让他们设局算计到我，想从桌面上把这玉佛珠赢了去。"顾闳中惊魂未定，言辞表达间显得还是有些混乱。

韩熙载微微点着头，心中暗说："果然是为了赌桌上的事情，看来这顾闳中没有说谎，他定是输了玉佛珠不愿认账这才惹起纷争。"

"既然输了便给了他们嘛，以后不再与他们耍了就是。何必起这样个纷争，最后自己反落得无信无品的名声。"韩熙载解劝道。

"是这样的，我早就告诉他们此珠是我为韩大人出谋划策推荐高人鉴画才赠予我的，要留以为念。输欠的钱我以后会还给他们的。可他们几个怎么都不肯干休，咬定了要我以玉佛珠相抵。"

韩熙载眸光一闪，他忽然觉得顾闳中的话里有什么不妥。

"这帮奴才，以往还算爽气，这才经常与他们玩耍。但这次却是很明显地设局算计我，赢了还咬死不放，誓要得了我的玉佛珠才算。我估计是因为他们德总管赶去蜀国办事才会这样的，要是德总管还在金陵，有他主持公道，那几个奴才绝不敢这样。"

"等等，你刚说吴王府的德总管去哪里了？"韩熙载心中猛然一颤。

"去了蜀国，就在萧俨萧大人出使之后十来天的样子走的。"

韩熙载眼珠转了转，又想到了什么，赶紧接着问道："你刚才还说过曾告诉他们为我出谋划策推荐高人鉴画，这大概是在什么时候？"

"嗯，让我想想，当时好像德总管也在的。对了，就在德总管去蜀国前的一天还是两天的样子。"顾闳中略加思考，随即给出一个还算准确的回答。

"啊，原来是这样。"韩熙载轻轻一拍面前的桌案。他的脑子在飞快转动，将各种情况有因有果地联系上了。

韩熙载其实早就预感到自己详查那三幅字画与皇家传承有着极大关系的。

李璟虽立李弘冀为太子，但又下诏将皇位传给他的弟弟李景遂。也就是说，现在南唐合法的皇位继承人其实有两个。这个做法说矛盾其实也不矛盾，李璟之后，李景遂当皇帝，但年岁已大，用不了几年还得李弘冀来坐这个位置。但是太子李弘冀却不这么想，因为皇位一旦到了他叔父手中，最后还能不能再传给他就难说了。所以一直以来，李弘冀明着与李景遂同心共辅，暗地里却是处处作对。

前段时间，李璟身体出现状况，渐渐地变得思绪昏沉、周身难适。每天都朝政不理、茶饭不思、美人不近，心力、体力迅速衰弱，感觉就像被阴魂缠了身一样。宫中御医各种调治都无效果，就连李璟自己都觉得可能是大限将至。

就在此时，有一份无名的折子传到了内务密参澈明间，也就是鬼党的办事处。写这折子之人自称是皇上的忠实臣子，获知有人暗中对皇上不利，这才呈上此折密报澈明间。但由于暗行不利的主使人也是位崇权重，自己又无确凿证据，只能是匿名密报，也不敢将主使人说出。折子里所提对皇上不利的方法很奇怪，说是通过字画进行实施的，可以在毫无觉察的状态下发挥效用。这说法让人感觉很是诡异难信。

最开始这个折子并没有引起鬼党重视，但是当李璟的状况越来越严重，却又查不出任何病因，这时他们才想到了这份匿名密报的折子。不过鬼党的能力不足以来查办这种江湖的诡秘伎俩。另外，查办这种事情必然会涉及皇家子弟和朝中重臣，万一过程中接洽不当甚至发生冲突，那可不是他们鬼党的实力能承担和应付的。于是在奏报元宗李璟详情之后，由李璟下旨将此事转交给韩熙载来办理。

韩熙载首先排查了新入宫的字画，特别是在元宗起居范围内张挂的字画。排查结果很快出来，近期宫中未曾更换字画，只御书房中挂了新近进献入宫的三幅字画。韩熙载让人将这字画摘下，那李璟的身子真就渐渐好转起来。

看来问题的确是在这三张字画上，或者是三张字画中的某一张。这三张字画差距很大，但也不乏共同点。一是它们都由驻外州道大臣进献的，二是这三幅字画都由鬼党带回献给皇上的，三是三幅字画都曾在皇家画院修补过或装裱过。

这三个共同点上，第二点不用深查，鬼党中应该不会出现问题。第一点可以细查，但需要较长时间，而且惊动牵扯的范围会比较广。只有第三点可以直切关键，先查出字画上到底有没有鬼魅伎俩，有的话又是采用的什么技法；然后针对技法特点，查出画院中是否有人参与，或者就是画院中的哪位画师在字画上动的手脚；最后再从这人身上找出主谋。

韩熙载不动声色，大摆夜宴邀名士大师鉴赏字画，顾闳中看出了字画中的蹊跷，虽然没能彻底将谜底揭开，但也提供了不少线索。接着再拜请慧悯大师鉴画，结果慧悯大师未曾见画人已亡，王屋山辨查后确认是被妙兜刺杀。而随后的盘问发现太子的手下汪伯定一直在慧悯大师和画院之间活动着，就在慧悯大师出事的前一天，他还去过卧佛寺。

之前的诸多线索中，李弘冀已经牵涉其中，而今天所得到的各种信息联系起来，就更加说明了吴王府与这事情有微妙的关系。

顾闳中炫耀玉佛珠，说出替自己出谋划策推荐高人鉴画之事。如果这话入了以字画对皇上不利的主谋人的耳朵，应该立刻可以联想到此时自己奏请皇上委派萧俨出使蜀国是另有企图的。蜀国和南唐目前没有太多利益关系，所以最有可能是要去请无脸神仙辨看字画破解秘密。而李弘冀个人向来与蜀国孟昶交好，如果他就是那个主谋人，那么派德总管赶往蜀国，很有可能就是要阻止此事得成。如若阻止晚了，字画已然破解，那也可以将那字画扣下来。这样即便有了字画中所藏秘密的解语，也失去了实证。

韩熙载眉头紧皱，虽然前面已经有迹象显露李弘冀可能与此事有关，但他心中却着实不愿这是事实。皇家传承之事，他虽然说不上话，但从南唐基业的稳固上来讲，李弘冀应该是继承皇位的最佳人选。李家人丁不旺，而且几位皇子都性格柔弱，崇文附雅，国事难当。唯独这大皇子，性格强悍、运筹有度，纵马横戈，挥兵杀伐，颇有王者风范。元宗李璟下诏将皇位传给李景遂，这其中定是有皇帝家自己的隐情。问题是此时的李弘冀已经有相当稳固的基础了，让他就此放弃皇位，奉他人为尊心中定是不甘。所以他暗中采取手段，然后趁乱以自己的实力占住皇位，也不失为一种

上策。

作为韩熙载来说,他的职责就是要对元宗负责,对南唐基业负责。所以不管是哪一个,不管具备怎样的能力,他都不能让其对元宗不利,更不能将南唐的基业作为某人私己的赌注。

但是现在看来,有些事情已经发现得晚了,而且对某些人的能量也估计低了。就眼下这情况,只能是即刻以最快的速度派人通知萧俨,让他立刻采取相应措施,将得到的结果和字画派人先偷偷潜送回来。

急速通知萧俨,这件事情对于韩熙载并非难事。他的属下在南唐以及其他国家遍设秘密信点,也就是俗称的密探道。而且这次出使队伍中他也安排了自己的手下,利用密探道各信点的鸽信传讯,不用几天就能通知到萧俨。只希望吴王府的德总管路上有所耽搁,自己的鸽信能赶上他。

想到这里,韩熙载赶紧吩咐手下,选最为健硕善翔的翠翎信鸽三只,发同样的信件三份。这是生怕途中万一出现意外,有鸽子不能将信件及时送到。

但是韩熙载怎么都不可能想到,这三份鸽信刚刚飞出金陵城,就有两只被"絮云飞"(一种丝网,整齐叠束后以硬簧装置弹射而出,可以网住远距离的或正在飞行、移动的目标)给网住,剩下的那只信鸽则被一只长白花喙猎鹰生生给捉住。三只信鸽丝毫未受损伤,落地之后也未被当做美食。抓捕它们的人只做了一件小事,就是将它们携带的信件取下,又模仿了笔迹、印鉴,另写了三份信件予以替换了,最后将三只信鸽再次放飞。

唇舌战

成都蜀皇宫中,萧俨终于见到了蜀王孟昶。孟昶接见萧俨的规格很不正式,只是安排在正崇偏殿,在场的也没几个大臣。

没等萧俨奉上使文礼物、说明此行目的,以及做完官套文章,那孟昶就已然面色凝重地问了他三个问题。

"你此来是元宗所遣还是另有他人建议?"这是第一个问题。

第七章　话兜防不胜防

萧俨心中微微一愣，因为的确是韩熙载韩大人建议元宗皇上遣他前来西蜀交好的，然后顺便询问无脸神仙三张字画中所含奥秘的。可这事情蜀王是如何知道的？难道南唐皇殿之上竟有蜀国的耳目？但即便是有耳目，萧俨都不能承认此事属实。于是先来一通豪言妙语，全是拍的孟昶马屁，最后说明元宗正是欣赏孟昶胸略才智，这才遣自己前来出使西蜀拜会蜀皇。

孟昶听着萧俨的一番说辞，脸上显出些许烦躁之色。

"此来可有私事？"孟昶的第二个问题依旧是直逼要害，感觉似乎是知道了字画的事情。

萧俨则立刻表白澄清。他觉得自己携带字画求解之事是韩熙载暗遣，这件事情交接得比在皇帝宫殿之上还要隐秘，不会有外人知道。所以孟昶这个问题肯定是针对自己去找道士和顾子敬到处拜访的情况而问的。但他所有说明、辩解的话只是让孟昶皱起了眉头。

"来时可有人另带信件或口信？"

萧俨想都没想，斩钉截铁地回说："没有"。

从孟昶的脸色可知，他已经彻底对萧俨此行失去了兴趣。因为孟昶完全是另外一种意思，他希望萧俨的到来是与自己的好朋友李弘冀有些联系的。

于是接下来就全是由毋昭裔和赵崇祚与萧俨进行询问、交流。但是随着这两个蜀国的左擎右柱越来越追求细节的问话，萧俨开始觉得这种交流不像是对外国使臣的，倒像是在公堂上审问犯人似的。

萧俨是个精明的人，他在元宗面前为官这么多年，深谙官场外交的窍要。但是即便他这样一个官场老手，竟然也无法从毋昭裔和赵崇祚的问话里听出具体意图来。所以目前为止只能表现得唯唯诺诺、有问即答，顺着两个蜀国重臣的话头见机行事。

最初时萧俨有这样一种感觉，他认为自己和顾子敬这几天在成都城里一通忙碌：不是拜访各种官员，就是在市场上乱逛，然后还通过各种渠道攀上申道人。这种种做法或许会引起蜀皇孟昶和蜀国官员的误会和怀疑，觉得他们此行其实是有叵测意图的。但现在看来孟昶和毋昭裔他们对自己到达成都后的事情并不关心，而是将询问的重点放在自己出使队伍进入蜀境之后的动向。

而南唐使队进入蜀境后一直整体行动，并且有蜀国军队引领。所以萧俨对毋昭裔和赵崇祚这方面的问话很有底气，言辞间矛来盾挡不露丝毫破绽。

毋昭裔是个更精明的人，他已经看出萧俨是个官场老手，言语措词滴水不漏。就这样问下去肯定一无所获，所以必须改换一种问法。先直点要害，然后层层剥露。这在官府堂审和出使谈判的场合叫"放话套"。其实这个"套"和机关暗器中的"坎"、刺客行当的"兜"、行伍兵家的"阵"、江湖诡术的"局"是同样的意思。手段就是设置陷阱，目的就是让对手大意中招。就好比离恨谷色诱属中"掩字诱语"的技法，所不同的是"掩字诱语"还有声音、节奏、气息的辅助，而官家放话套则纯粹是在言语上耍招。

毋昭裔打好主意后，朝赵崇祚使个眼色。那赵崇祚立刻领会，突然间转换话头，问出一个很直接的问题："萧大人，你出使我蜀国，为何要携带许多江湖高手？"

没等萧俨回答，赵崇祚紧接着又问道："而且据我们这几天观察，那些江湖高手的职责好像不是为了保护萧大人。看来他们有着比保护皇家亲遣特使更重要的任务，这任务会是什么呢？"

萧俨有些发愣，他根本没想到对方会提到这个问题，而且抓住的现象和关键点非常准确。萧俨脑筋飞转，他在考虑该如何回答。

考虑的时间很短，大家全都盯视着萧俨等回话呢。

虽然时间很短，但萧俨却做出了果断的决定，说实话！现在不知道蜀国对自己使队的情况了解多少，所以最正确的应对做法是说实话。说实话，才不会被对方点破谎言或误会谎言，最终弄巧成拙。但实话归实话，却没有必要全说，一个真实情况往往可以掩盖很多更为真实的目的，而且有些实话甚至可以将责任和矛盾转嫁给对方或他人。即便接下来对方继续提出什么已经掌握的情况来，自己也都可以借口没想到或者以为没必要这些无法查证的虚言来搪塞。

"我此趟出使蜀国，我皇格外重视，所以为我配备的副手为内务参事顾子敬顾大人。顾大人先前是在濉州任户部监察使，曾遭遇刺客行凶。幸亏预

第七章　话兜防不胜防

先得到消息，才逃过一劫。当时刺客虽然逃遁，但所有行动迹象和所遗器物都表明，此刺客应该是来自蜀国。听说江湖刺行之中一刺不成还会有二刺三刺，直至目标丧命。所以顾大人被遣至蜀境心有畏悸，这才出钱私聘江湖高手进行保护，否则不敢冒险出这趟差事。"萧俨说的基本是实情，并且还借此机会以盾易矛，反击赵崇祚，暗指蜀国遣刺客行刺顾子敬。

"你说的是贵国皇上元宗身边的内参顾子敬？也就是在灌州试行提税并促成南唐出入货物提税的那位？"毋昭裔立刻抓住重点追问一句。这是他没有想到的情况，在南唐使节队伍中竟然还有这样一个重要的人物。但是使节进见行文中却没有提到他，进蜀宫拜见蜀皇的也没有他。这算什么副手，根本是混在使队中另谋他事的。看来"放话套"的做法见效了，南唐使队此行，意图绝非像他们自己说的那么简单。

萧俨此时却是另一番思量，自己刚提到顾子敬，毋昭裔就出现这么大的反应。而且从他话里可以听出，他们对顾子敬的情况非常地了解。世宗安排顾子敬顶补户部监察前往灌州确定提税事宜的事情，其实属于一个南唐上层才知道的决策，但是现在看来西蜀方面完全掌握其细节原委。而顾子敬是元宗李璟的内参，平时不以任何官职出现在公共场合，所行之事也都是隐秘不宜之事。但是蜀国官员却能对他如此了解，很明显他们在南唐有着很可靠的消息来源。而且从了解的程度来看，他们的内线很有可能已经深入到南唐较高层次的官员中。所以综合这种种现象，再加以细细推敲，可以看出顾子敬在灌州被刺之事真就有可能像顾子敬自己推测的那样，是蜀国官家所为。

"毋大人所言不错，此顾子敬正是彼顾子敬。不过他只是一个内务闲职官员，安排做我副手只为提醒在下此行在细节上不要失去礼仪。却不知毋大人又是从何处知道他的？"思量一番后的萧俨及时反问一句抓住先机。

毋昭裔眉头微皱，因为萧俨这个问题真的不好回答。不管是从顾子敬内务参事的角度去解释，还是从他在灌州顶户部监行使促成提税的角度去解释，都有欲盖弥彰之嫌。会让对方觉得蜀国朝廷正密切关注着南唐朝廷的细节情况，甚至会让对方误会刺杀顾子敬之事是蜀国官家谋划。

话说到这里，蜀国朝堂上的众多官员都已经觉出，这个萧俨不是善与之辈。他虽然外表看着唯唯诺诺、有问必答，但是每句话都是沉稳中带着反击。虽不像大周使臣那样嚣张，却是步步为营，毫不退让。

"内务官员却行外使之务，恐怕不只是督促礼仪那么简单吧。而且萧大人和顾大人到我蜀都之后，交际、访查繁忙，拜会之人也有许多是内臣、偏务，却不知道两位大人又是如何知道这些人的？"毋昭裔从容以对。这是一种外交手段，当遇到不便回答的问题时，那就直接跳过，反以问题让对方疲于应付。

终于问到在成都这几天的情况了，不过此时萧俨已经想好措词，不慌不忙从容应对："出使之务，官家有三事，敬蜀皇之尊，传我皇善意，交两国盟好。趁出使之便，私下也三事，访故亲好友，品风土人情，游大好山水。此常情惯例各位大人都应该知道，有出使经历的更有亲身体会。我南唐使队到达蜀国后的所为所行都是符合此惯例常情的，却遭遇两位大人的繁细盘问。而与我同住一驿的大周使臣却完全违背惯例，深居不出，却不知几位大人可曾详析其动机原委？"萧俨不但将话说得和球一样圆，在最后还顺势将球踢了回来，同时将大周使节也一起挂带上，这就仿佛连续给毋昭裔砸去了三重波浪。

"呵呵，各国各习，别人深居不出自有他的道理，你我似乎都无资格追其究竟吧。"毋昭裔断然回道。

"各国各习不错，但对于不同国家的使臣采取不同的态度就不对了。贤者无厚薄，正者无左右。请问毋大人，前两日周国使臣在此朝堂上，是否也和在下一样遭遇如此质问？"

"周国使臣入蜀境后便遭遇不明人物刺杀，意图似乎是要阻止他们见到蜀皇。事情发生在我蜀国境内，所以我们是想调查清楚，何人该对此事负责，给周国使臣一个交代。"赵崇祚沉声说道，又将矛盾转在了南唐和大周之间。

"赵大人果然是尽职之人，辖下之事绝不苟以形式，在下佩服佩服。正好，与我同来的顾子敬大人在灌州遭遇刺杀，刺客所遗物件显示其与蜀国也是有关的。赵大人是否能顺便也将此事查个究竟，也给我们一个说得过去的交代?"萧俨根本不随着赵崇柞改转方向,而是直盯住蜀国不放。

就在两边言语交加针锋相对之时,突然外面有传报太监高喊:"南唐有信使求见,吾皇允见否?"

孟昶任由萧俨与毋昭裔、赵崇柞一番舌战,是因为心中有事、思绪旁走。突然听外面传报有南唐信使求见,一下醒悟过来。

他先是赶紧侧身对身边大太监悄声说句:"带信使至御书房候见。"然后站起身来,朝下面众大臣说道:"今日与唐使萧大人一见甚是欢愉,得知唐皇元宗不吝盛情与我交好,是我蜀国大幸。本该亲自与萧大人把酒言欢再议长久利益,只是朕身有不适,不能勉力。就委托毋大人替我了,宴设鹤翔殿,你们一定要将萧大人招待好。"说完之后,挥袖示意退朝,然后转身便往殿后走去。

萧俨并没有在意孟昶说了些什么,从刚才外面传报"有南唐信使求见"起,他的脑筋便纠结如胶释解不开。自己明明就是元宗亲派使臣,而且就在蜀国都城,有何关要行文应该先交自己,再由自己转交蜀皇才对。怎么会有信件绕开自己直传蜀皇的?这要么是发生了什么紧急大事,才会以最直接的方式径入蜀宫递交。但就算这样的话,那蜀皇也该当着自己面接见信使,为何要避开自己?还有一种可能就是这封信件并非南唐官方行文,而是某个人的私下密信。能让蜀皇立刻退朝私下接见的信使,遣他而来的人绝非一般人,送至的信件也绝非一般信件。对了,这是否和自己此行兼带办的事情有关?想到这里,萧俨的心中微微一颤。

正在思量中,那毋昭裔和一众大臣已经过来,客气地请萧俨移步鹤翔殿同欢共饮。可此时的萧俨又哪有此心情,但碍于礼节只能强颜敷衍。待那酒宴刚一结束,他便立刻离开蜀宫。

招无测

萧俨出了蜀宫大门,本来是想亲自赶到申道人处,询问解密字画的结果。但稍一转念立刻觉得不妥,现在突然有南唐来路不明的信使求见蜀皇,传递的信件也不知道是否和自己这趟所要办的事情有关。如果正好也是因为字画的事情，那么先前自己亲自去找申道人便已经不妥，如果现在再被撞上，那就更加干系纠缠了。

萧俨改了主意，招手叫来一个贴身的手下心腹，让其拿着有自己私人印鉴的拜帖赶去申道人的解玄馆，询问所求事情有没有办妥。这样就算被别人知晓，也可以说是自己仰慕大德天师声名，让手下送拜帖以示敬意。而且可以借此一招，推说上一次亲自拜访并未见到大德天师。当然，他手下过去除了字画的事情，也是要将他的意图和申道人对上口径。

但还没等那心腹上马，一群白衣书生护着两架无篷滑轿从蜀宫大门奔出。前面轿子上是一个蜀宫的大太监，后面轿上的人满身风尘，显得疲劳又虚弱。抬轿的、护轿的虽是步行，却脚下如风，直奔解玄馆方向绝尘而去。

"那些白衣人应该是大内高手，他们急急忙忙抬着的那两人是要往哪里去？不知道会不会是和刚刚到来的南唐信使有关？还有，会不会和自己求申道人所办的事情有关？"萧俨心中很是紧张，他从接到韩熙载委托之事时就已经心中打鼓，因为总感觉此事存有怪异。现在又有南唐信使密会孟昶，可见自己此行所要达成的几个意图中，总有一个牵涉十分重大。

"大人，后面轿子上的人看着眼熟，像是我们金陵吴王府里当差的。他们这也是往解玄馆方向去的，难不成也是和我们一样的事情？我快马加鞭，赶在他们前头见申道人一面就是了。"那心腹说完提马就要走。

"啊，吴王府，太子的手下？"萧俨心中一惊，不由心中暗自问道："太子的手下被蜀王的近卫高手用轿子抬着急行，这其中到底有着什么关联？"

"算了，街市之中马匹跑不起来，反不见得比他们奔跑得快。而且就算赶到前面见到申道人，话还未曾说清可能就会被他们堵到，这样反而让人想法混乱。"萧俨阻止了心腹，满怀忐忑往驿站而去。

但萧俨未曾顺利回到驿站，才过宫门大街，他便被小巷中冲出的一个人截了下来。

小镇的夜并不像人们想象的那么寂静。首先是旁边的那条河流，河水是

第七章　话兜防不胜防

由山上的溪水汇集而来的。白天还不觉得，到夜间周围全寂静下来后，那些纵横如织的溪水流入河的声响，以及河水往下游流动的声响，全汇作一片轻柔且连续不断的"哗哗"声，将整个小镇都笼罩住了。

而今夜又显得有些特别，旁边的山林之间也不安静。这种不安静和平常时风起林动的响声完全不同，而是由时不时地夜枭惊飞、孤兽恐嚎和枯枝断裂声共同造成的。这些声响在持续单调的流水声中显得极为突兀。

秦笙笙很随意地坐在客栈房间里，很舒适的姿势往往可以更好地调节一个人的状态，让她可以更好地集中思想，运用自己的特长，捕获到更多需要的信息。秦笙笙的特长是杰出的听力，而在这个静夜之中，在一个别人已经布下的兜子中，在这个无法出去的小镇客栈中，能够安全获取到有用信息的最好途径就是听取。

齐君元也在房间里，而且更加随意地坐着。他双目半开半闭，那样子像是处于一种冥思的状态。

但实际上齐君元不是冥思，而是构思。秦笙笙听觉获取到的细微信息全部都转告给他，然后他用获取的这些条件构思画面，就像他在烧制瓷器胚件上描绘一幅颇具意境的图画一样。但此时构思的画面比瓷器胚件上画画更难，胚件上画画只需似是而非，寻求意境。而他此时却是在写实，尽量构思出与实际最相合的场景，然后再从这场景中悟出别人的意图，找出自己可利用的机会。

"响动由远而近，是在南面山林中，分布从东西侧横贯而来，两边呈直线对走。"秦笙笙悄声描述听到的情况。

"来了，该来的到底是来了。不断的夜枭惊飞和孤兽恐嚎，一般是被经过的什么东西惊动了。而且那经过的东西要么很巨大，要么数量众多。否则夜间林子里的孤兽不会发出惊恐的嚎叫，反而该非常安静地守候，将其当做捕食目标。"齐君元心中已经开始想象构思。

"不是巨大，而是数量众多。东西两部分布形不同，东边的一部分是以鸟儿张翅的队形移动，西边一部分的分布形态很是奇怪，有点像是狗头竖着耳朵。"秦笙笙所有的信息都是凭借的耳朵，所以在队形分辨上还是和亲眼看到的有很大差距。

"从队形的描述上看，来的果然是大周的鹰狼两队特遣卫。这两种采取的组合队形应该是鹰狼队潜行常用的'惊鹰翅'和'夜狼聆'。"

齐君元口中喃喃，意念中却仿佛已经看到了所发生的一切。一大群全副装备的鹰狼队特遣卫，在山林中悄然潜行。他们在移动中组成了严谨的队形，可攻可守，可进可退。但是由于人数众多、队形范围大，同时又必须保持队形的严谨，所以不可避免地会踩断树枝荆棘，碰动滚石树干，惊动夜间极为警觉的鸟兽。

此时最安静的应该是镇子里面，也不知道平时这小镇是否也是如此。天色刚擦黑，那些酒楼、茶馆就都歇业了。小镇的居民似乎都有早睡的习惯，未打二更，整个镇子里便漆黑一片。唯一的一盏灯火就是打更人的灯笼，像鬼火一样颤巍巍地在镇子中巡游。

山林里的声响持续的时间不长，很快便平复下来，这说明鹰狼队的行动是快速的。

"没了声响，像是停在南边三道屋子后的竹林里。"秦笙笙又说。

"很近了，这是到了镇子边沿，正在观察镇子里的动静。"齐君元意念中依旧可以看到，鹰狼两队的特遣卫全静止在镇外竹林的边缘，他们排成了横列。这些人形态各异，有蹲、有站、有伏。总之，他们是要从各自所在位置利用最佳角度察看镇子里的情况。

镇子里的沉寂依旧，就连打更声也变得弱不可闻。

林子里的鹰狼队也丝毫未动，长久保持着现有状态，不发出一点声响。

这一静下来就是很长的时间。两边的势头就像一张拉开的弓，宁静、稳定，但是却绷紧了力道，蓄势待发。

"两边都是高手，现在已经进入谁更沉得住气的比试。但是两边又都有破绽，仔细辨别都能觉察出不寻常的迹象。"齐君元不但在构思，而且在分析。"鹰狼队的行踪本就在别人的掌握之中，这才会在此布下兜子等他们。而选择夜间过林，惊动夜枭、野兽、踩断枯枝更是会让对方发现到他们的行动细节。不过镇子里布兜的一方也不严谨，看似将兜子布得无声无息，但一

第七章　话兜防不胜防

个不算小的镇子就算在夜间也不可能静得像个死镇，就连婴啼、犬吠都没有一声。"

周围显得更静了，山林里的声响全没有了。这样一来那河水的流动声似乎变得急促，"哗哗"的水声一下增加了许多。

"不对，两边如果都是高手的话是不应该出现这种状况的。首先薛康就不是个善与之辈，他不但熟知兵家行军的一套，而且也懂得江湖秘行的特点。按照他的道行本领，是绝不会如此冒失地排布队形集体穿越山林来逼近小镇。而能带着'千里足舟'门人一起行动的人不但要有很高的本领，还必须有不小的江湖地位或者某种权势。具有这样本领的人肯定也不是一般的高手，也绝不应该在布兜中出现如此低级的破绽。所以，目前可知的状态可能都不是双方的最终形态，他们双方或者还有更深层次的设置和目的存在。"齐君元对自己的分析很自信。

"竹林里的鹰狼队有人动了，只有一个，是他们队列左侧最边上的一个。"秦笙笙听到了状态的变化，夜行人轻盈的身形动作被河水声掩盖，也就只有秦笙笙这种专门从琴音中寻听瑕疵的听力可以捕捉到。

"这是'搅棒'，看兜子反应。竹林里的夜行人已经看出镇子里有蹊跷。"齐君元说的"搅棒"是刺行用语，是指发现兜子后先行用少量的人或物让兜子启动的做法，同时也是那少量的人或物的代称。

"我们什么时候顺流（即逃走）？"一直在旁边没有说话的王炎霸终于问了一句。

"不急，此处兜子应该有多重变化，等双方将势头都卸了，我们再找隙儿顺流。"齐君元现在可以断定那两方至少应该有"搅棒、定棒，冲兜边、大张兜"这两重变化。从各种迹象上推断，双方来往的这两重变化有可能都只是在诱惑对方显形。落兜（布设杀局的一方）的和扯兜（破解刺局的一方）的在这之后还会有更加意想不到的狠爪。看来只有当双方将全部力量都付诸对决中后，自己才有可能找到机会脱出；否则只要一动，就会被随便哪一方布控的人爪（以人作为兜子中实施具体攻击的部分）发现到。

那支从竹林中出来的"搅棒"目标很明确，是直奔打更人微弱的灯笼光而去的。这是最常规的做法，对整个镇子最熟悉的莫过于打更人，而黑夜中最清楚哪里与平常不一样的也只有打更人。

"搅棒"在快速地接近打更人，始终不曾有人出现阻挡他的行动，更不曾有什么爪子启动对其进行攻击。这一点应该是在一些人的预料中，包括"搅棒"自己和他的同伴，另外还有齐君元。

齐君元凭借秦笙笙的听力掌握着事态，但这种掌握很快就变得似有似无了。因为随即出现的一个奇怪现象让他所有的构思都变得不再确定，而设兜、扯兜的两方后续的行动也无法判断是出于什么目的。

那的确是一个奇怪的现象：竹林中出来后直奔打更人的"搅棒"突然之间没了声音，就像凭空从秦笙笙的听觉范围中消失了一样。而就在"搅棒"消失的同时，那个更夫也消失了。打更声没了，就连更夫的脚步声也都没了。

秦笙笙不死心，她悄然走到窗口，将窗户打开一些。黑暗中可以看到在镇子的最西头，昏淡的打更灯笼鬼火般地凝固在那里，但这灯笼的周围幽深的黑暗中有些什么却一点都看不出。侧耳再细听，灯笼的周边真的没有声音。就像是那灯笼被挂在了什么固定的死物上了，抑或更夫已经是个站着未倒的死人。

就在秦笙笙迷茫之际，周围的声音开始杂乱起来。竹林里鹰狼队的特遣卫首先行动，分四路进入镇子。他们就像四条游动的乌梢蛇，悄然快速，全是寻着巷道、小径，以及房屋间狭窄的缝隙通过，以最为直接的线路和最不可能的位置钻进镇子里。这种做法意图很明显，即便整个镇子都被设成兜子，但是他们从别人觉得不可能进入的位置钻进去，其实已经是将兜子钻破。而兜子中原来设置的针对性爪子，其攻击力一般难以作用到这些意外突破的位置。

当四队人完全进入到镇子里，立刻选择合适位置组成了四个全防守的阵型。这又是一个很奇怪的现象。按道理说他们突入兜子之中后应该是组成攻多守少或全攻型阵势才对，只有这样才能彻底扯破兜子的战法。可他们却偏偏组成了全防守的阵型，这是出于什么意图？

叠后手

其实只有那些阵型中的鹰狼队成员自己才最清楚为什么要采取这样的阵型，因为就在他们完全进入之后，刚刚经过的路径都已经被杀器和杀气堵住，再难退回。而当他们的视线适应了新环境，隐约可以看到些东西时，最先发现的是檐廊下、屋脊上轻晃的惨白刃光。这里的兜子摆得很直白，是将小镇做成无光的死镇一样。而这样就是为了掩盖躲藏得并不隐秘的人爪。

两下里的行动，一个是冲兜边，一个是大张兜。真就像齐君元预料的那样，虽然还未曾有实际的斗杀，但兜爪的排布对决已经进行到了第二阶段。

从局势上看，鹰狼队钻兜、扯兜的四路人很被动，只能组成阵型完全防守。但分作四处摆成四种不同的防守阵型，这样的做法绝不简单，其中肯定有着某种用意。

下兜者似乎也觉察到了这一点，所以迟迟没有人下令收兜。这样一来，冲兜边的和大张兜的成了僵持之局。

于是在一番杂乱之后，周围再次恢复为寂静。而这一次的寂静意味着还有下一步的变化，双方真正的后手兜爪都还没有出呢。

齐君元此时已经不用构思，因为他也来到一扇窗户旁，从窗页打开不大的缝隙中察看外面的情形。

镇子真的不大，所以秦笙笙才能将镇头和镇尾的异常响动听得清清楚楚。也正因为镇子不大，所以齐君元也才能够将落兜和扯兜的两方看得清楚。

齐君元目光所及和别人并没有不同，他能看到的仍是一片黑暗。但是和别人不同的是他却能从这黑暗中体味到两种危险的意境，并从意境上确定出具体的形态。这不是构思，这接近于冥想。

"两边对住了，我们趁着这机会走吧。"秦笙笙说道。

"你怎么知道他们对住了的？"齐君元悄声问一句。

"我听他们两边都不动了，这肯定就是对住了。"秦笙笙回道。

"他们就这么些人吗？"齐君元再问。

"你是说他们都未尽出，还有后手布置？"秦笙笙真的冰雪聪明，齐君元一点她便领会到了。

"你再仔细搜搜,看有没有什么奇怪的声音。这个时候他们应该有第二步的行动了。"

于是秦笙笙将面前窗户又推开了一些,将脑袋探出去半个,屏息凝神仔细听着。但此时周围除了"哗哗"的水声,再没有一点声响。就连镇子里对住的双方,也都如同草胎泥塑一般。

"没什么异常,除了水声,再听不到其他声音。"秦笙笙确定后回道。

"这真的有些奇怪,那些布兜的是如何做到的?整个镇子的人竟然都像死过去一样。就是这客栈中,也不该只有我们三个。就算都睡熟了,怎么连个打鼾的声响都没有。"王炎霸又一次很难得地开口。他最纯熟的技艺都是在夜间运用的,所以对夜间的各种环境的特点都极为了解。

"可能是被用药迷住了,也或者真就全被杀死了。"秦笙笙经过了几场大杀戮,特别是见过上德塬的悲惨情形,所以在推断时并不避讳可能发生的惨烈结果。

"阎王所指不是这个,他的意思是不管全镇的人被迷、被杀,为何会漏掉我们三个?"齐君元点出关键,这是一个让他也感到十分震惊的现象。"我之前的设想出错了,此处设兜者可能已经锁定我们了。是的,肯定是这样。他们利用'千里足舟'查探到坠在我们后面的尾儿,那就没有可能不发现到尾儿坠住的目标是我们三个。之所以暂时没有惊动我们,是因为设兜的还不知道坠住我们的尾儿到底是什么意图,我们三个到底有什么用处。"

"那为何我没发现周边附近有监视我们的人?"秦笙笙仍是觉得难以相信。

"他们根本不需要贴近了监视我们,因为他们有足够的信心确定,我们不管怎么做都无法利用任何机会脱出他们的设置。而且即便设置出现纰漏,让我们脱了身,但只要走的时间不超过一天一夜,凭'千里足舟'的能力还是可以追踪到我们。"齐君元此时虽然依旧镇定,但其实心中已然有种鱼入鱼篓的感觉。

"他们真的有那么多人吗?可以将整个小镇围堵得水泄不通,让我们三个连脱出的缝隙都没有?"王炎霸也有疑问。

第七章 话兜防不胜防

"不知道,这要等到他们实施下一步的行动之后才能证实。但我相信他们有,否则不会是这样的一种兜子相。"

"你们止声!"秦笙笙突然用一种低沉但极为紧张的语气制止两人。

很长一段时间的寂静,房间里、客栈外都一样。只听到水声,依旧执着、反复着的"哗哗"的响声。

"水声有变化,有人在水中移动。"秦笙笙很确定地说。

"是码头那边'千里足舟'的飞渡舟动了吗?"齐君元问道。

"是的,但不止于此。流入河中的多条溪水中好像有人在行走。"

听到这话,齐君元顿时明白了。山林中以队形穿行的鹰狼特遣卫果然是诱人耳目的,真正接近镇子的人是踩着溪流而行的。这样的行动速度虽慢,但声响就完全被水声掩盖。此处周围山势起伏,溪流纵横。所以踩着溪流而行,一则表明了接近者人数众多,再则这些人是从各个方位和方向迂回而行逐渐接近小镇的。从外围的整个布局上看,他们是准备将小镇的各种进出路封死。

很显然的事情是,踩溪而行的逼近者们虽然隐蔽,但还是被布兜者发现。而不管多少溪流,他们终究是要汇流到河流中去的。所以码头上的蚱蜢舟动了,而且肯定动的不是空船,船上是带有兜子中早就预备好的一部分人爪。这些人爪是要在遁行舟的运送下到达溪流的入河口,在那里二次设兜对付踩溪而下的进犯者。

真实的结果和预料的没有太大区别,沿溪水而下的鹰狼队到入河口便再无法继续行动。他们本来企图到河边再沿河水迂回包抄半边镇子的计划被制止了。但遁行舟上的人也被已经据守住河岸的鹰狼队逼住,遁行舟无法靠上岸边。

但是因为河水是流动的,遁行舟上的爪子要想占住位置逼住对方不让其按意图移动,就必须不断调整船只与水流抗衡。河水是会一直流下去的,而操船的人在一定时候却是会疲劳不支的。设兜者原本是想将兜边扩大到河中,将对方整个包住。但由于没有考虑到河水流动的特殊性,结果反陷入尴尬的地步,在此处落了下风。所以现在只要鹰狼队沉得住气,和对方僵持下去,那么最后占住沿河一边的终究会是他们。

这样一来,总的局面上双方再次平手。镇中鹰狼队四队特遣卫被围,而河边上遁行舟被逼难以占住实地。

所以要决胜负,还得看接下来双方能不能再有后续变招。

"秦姑娘,刚才水声变化之前你听到哪里有什么异常声响没有?这样大的行动不会是自作主张,应该有指挥者的命令。"齐君元低声问秦笙笙。

"没有,真没有听到什么。"秦笙笙很肯定。

"这就奇怪了,就算踩溪而行的鹰狼队是早就设定好时间的,但发现到他们的设兜者却是随机而变,应该有某种指令出现才对呀。"

"刚才你们说话时,我见那打更人的灯笼晃动了两下。但是要说这就是指令好像不大可能呀。"王炎霸再次显示出他夜间技艺的过人之处。夜间远景中微弱灯笼的两下晃动是极为寻常的事情,但是他却发现了。

"啊!我知道了,他们竟然是这样的安排。"齐君元恍然大悟。

"怎么回事?"秦笙笙赶紧问道。

"你回想下,从天黑之后镇子完全安静的时候开始想,有没有什么人的行动特点是和别人不一样的。"齐君元在引导秦笙笙进行正确的判断,同时也是对自己判断的验证。

"我知道了,只有两个人的步法身形和别人不一样,他们好像都是上身沉稳下身灵动的。"秦笙笙想到了。

"对,就是这种特点。一般而言,这种特点是练习过马上技击功法形成的。这是为了保证上身尽量保持稳定,从容应对对手攻杀。而马上的双腿踏蹬却是灵动的,对战时驱动马匹全是靠的双脚。所以这两人应该是武官将军一类的人物,他们不仅行动上和其他人不一样,而且与现在所显示的身份也极不合适。"齐君元分析得很详尽。

"两人中有一个肯定是薛康,另一个会是谁?而且按你的说法这人也是武将教头一类的任务,看样子是又有一国获悉消息,遣人马参与夺取藏宝图?"秦笙笙分析得也有几分道理。

"你们说的两个人现在到底在镇子的什么位置啊?"王炎霸再也捺不住

第七章　话兜防不胜防

好奇心了。

秦笙笙为了显摆自己，抢在齐君元前面回道："你脖子往上是装饰呀，想不明白还看不明白。我们说的是那个打更人和最早从竹林出来采取行动的'搅棒'。从各种迹象来看，这两个人应该就是两边的首领。只是他们都故意把自己装扮成最不起眼的角色。你刚才不也看到打更人的灯笼莫名地晃动了吗，那其实应该是在发号施令。"

"虽然外相上看是不起眼的角色，但是从他们行动的路线和位置上看，能在兜子中纵观到全局的也就这两个人。刚才双方连续的三次变化，都是他们两个对手之间相互抗衡的实际表现。三次变化都暗藏玄机、门道精妙，其中融合了兵家和江湖道的各种虞诈之术。可让人奇怪的是，如此意外的设置和变化都未能让他们分出高下来，而且反应迅速流畅。似乎全在相互间的料算之中，出招应招就像在演练一般。"齐君元是补充也是证实了秦笙笙的说法。

"你们说这两人都是官家人，其中一个基本可以确定是薛康，那另一个为什么就一定是其他什么国家的？为什么就不会是大周的什么教头、将军？他们所带人手平时都是统一训练的，娴熟的套路变化不多，这样才会出招应招全都对上，谁都无法占住上风。"王炎霸只是为了显示自己也是有想法的，但对自己的这种说法极不自信，自我感觉可能性极小、极小。

但王炎霸的话却犹如在齐君元耳边打了个炸雷，顿时怔呆在那里，心中暗暗自问："是一起的？为什么就不会是一起的？"

齐君元快速将前后的所有信息和现象梳理一遍，琢磨得越细越觉得王炎霸所说是完全有可能的。

薛康江湖信息稍少，所以只能采取继续追踪自己的方法来达到夺取宝藏秘密的目的。另一边如果也是大周官家在薛康之后派遣，他们能获取的信息就会更少，那么采取追踪薛康这一路也就理所当然了。另外，从秦笙笙买回的油果子看，下兜的一方人马是北方人；从双方的布设和破解形式看，他们的操练都是出于同一规范和方法；而双方对峙到现在已经很长时间，却始终不曾真刀实枪地动手，这应该是在相互交涉，说明情况。一切的一切深究下来，都似乎是在证明两方人马是来自同一处的。

齐君元如此震惊的不是因为这两方人马是出于同一处的，而是在担心自己的处境。薛康那一方将自己当做追踪目标，而镇子中下兜的一方则已经将自己这三人定位控制。那么当那双方交涉说明清楚后，自己还有趁着混乱逃出的机会吗？没了，因为不再会有混乱出现，所有的设置变化以及镇里和镇外的所有人马都会将自己这三人当做最终目标。

　　王炎霸的猜想没有错，齐君元的担心也没有错。此时在西面镇口的位置，隔着一条石道站着两个人：一个是薛康，一个是赵匡义。

第八章　回剖钩

直取首

薛康和大家一样，在东贤山庄得到了两个讯息，但他却没就此离开。因为他静心分析了一下，齐君元第一个讯息说他们要寻找的重要东西在一个倪家人手里，虽然到现在自己仍不确定这是个什么东西，但可以肯定对寻找到宝藏、启开宝藏有着至关重要的作用。而齐君元所说的第二个讯息他其实早有所闻，知道唐德是在挖掘一些值钱的东西。不过他认为此宝藏非彼宝藏。即便盘茶山里藏的宝藏就是传说中的宝藏，那么唐德花了那么长的时间和精力都没能挖出，自己带人赶去也肯定徒劳无功，只能是毫无意义地和守山的秘行组织斗一场，而最后的结果肯定还是被楚地大军驱出。再说如果盘茶山宝藏真是传说中的巨大宝藏，唐德至今没有能挖出，可能就是因为缺少那件关键的东西。所以相比之下，第一条讯息更为重要。

薛康还注意到一个细节：齐君元他们虽然脱出，却没有多带出任何一个人。也就是说，齐君元虽然知道东西在倪家人手里，但他却没能将那个人救出来。薛康只在上德塬见过齐君元一面，而且完全没有摸清他的底细。但是通过齐君元的种种表现来看，他推测这是一个刺客高手。像这种档次的刺客不管从职业道德还是个人意志上来讲，不达目的是不会罢休的。而且就从人的天性而言，齐君元说"置身事外、不要宝藏"的话也是不可信的。人为财死，鸟为食亡，没人明知道大笔财富在眼前还会拍拍手离去。

薛康这样一番分析下来，确定齐君元仍是关键人物。所以他觉得只要跟踪在齐君元的背后，不管是人还是东西，肯定是会有所收获。所以那天凌晨之时，薛康带人重回东贤山庄，等待着齐君元的再次出现。

而齐君元那天在东贤山庄刺死假唐德、吓退三高手的表现，再次证实了薛康的判断是正确的，所以齐君元清楚宝藏秘密的可能性是极大的。就算是齐君元不完全了解，那他头天夜间用来交换的三条讯息还有一条没说。这一条讯息应该是至关重要的一条，将这条讯息抠出来，肯定对抢得宝藏有极大的帮助。

薛康是个喜欢确定好目标后才做事情的人，这也是他为何不去盘茶山、不追着唐德跑、不追着范啸天的原因。因为追着那些人根本不知道有没有希望，而盯死了齐君元，至少可以有一个已经明确的希望。

赵匡义带虎豹两队特遣卫离开大周先入南平，在南平找到"千里足舟"的门人后，在他们的协助下秘密进入楚地，并很快锁定了薛康的踪迹。但他没有马上惊动薛康，而是将其行动的目的全摸清楚了，这才在此设下一兜。当然，正因为掌握了薛康的目的，所以这兜子摆下时是将齐君元他们三个一同罩下的。

薛康怎么都没想到在此地摆兜子罩扣自己的是赵匡义。不过他已经觉察到了镇子的异常，也发现到"千里足舟"的踪迹。虽然薛康从没和"千里足舟"打过交道，但是江湖传闻却听过不少。当几次警觉地发现到有人偷窥自己的行踪时，他都想拿下却未得手，稍有动作偷窥之人就已经跑得踪影全无。然后每经过水道时，总能远远看到几艘遁行舟，于是他一下就联想到了"千里足舟"。

但那个时候他认为是"千里足舟"要和自己争抢齐君元。所以当齐君元三人住进镇子后，他立刻安排布置，准备在这个夜间突入镇中，直接拿住齐

第八章　回剖钩

君元他们。然后扯兜而行,以免突生旁枝。

当他身先士卒,以平常鹰卫的服饰装备充当"搅棒"去拿打更人时,却惊讶地发现那打更人竟然是赵匡义。

两人面对面没有说话,显得非常平静,但此刻心中却是翻腾不息。他们两个早有闲隙,互不服气,以往公事中争端不少。今日这一见面,薛康立刻想到赵匡义是为了争夺自己的功劳而来。平时在禁军营中,由于赵匡义有老哥和老爹撑腰,自己总要吃些亏。但是此地此时不同以往,再不能让他赵匡义占了便宜。而赵匡义不但早就有除薛康而后快的心思,这次又是身负军命,以怀疑薛康背叛大周私自追踪秘密、夺取宝藏的罪名追捕于他。所以两人话没说就先动了手,而且毫不迟疑。

这动手不是他们两人刀剑对决、你死我活,而是以各自的手势手法发出指令,让后手的布置马上行动。他们都清楚杀死对方是极不容易的事情,而且也根本没有理由杀死对方,即便心中的恨意让自己非常有杀死对方的冲动。所以现在只有以整套的设置布局来较量,谁胜了,谁才是此处的主人。

薛康想胜,胜了他才能向赵匡义提要求。他不想得罪更多的人,只想让赵匡义乖乖退出,不要为了个人的争功夺利把计划搞砸了。

赵匡义更想胜,如果输了,自己的面子尽丧,大哥和父亲的面子也都会有损。而薛康不仅此次会将自己撇在寻找宝藏的大事之外,在今后的共事中也会更加肆无忌惮地与自己争上风。

但是鹰狼虎豹四队平时训练的项目以及操演的各种兜子形式都是同一类型,即便有少许差异也是相互了解。所以不管双方怎么布设怎么变化,最后都是处于对峙状态,谁都占不到上风。

赵匡义急了,他再次动手。这次不是发出指令,也不是攻击薛康,而是向薛康打出先遣卫的专用手语。

薛康慌了,因为他从赵匡义的手语中知道,自己仓促的行动让大周上层对自己产生了怀疑。而赵匡义前来并非要私自抢功,他是奉禁军令前来查实自己的行动和意图的。

薛康可以不服赵匡义,但是他却不敢对抗军令皇命。因为他的的确确是个忠君之士，只想着为国家和皇家效力，对宝藏财富没有丝毫的非分之想。所以没有必要为了和赵匡义赌气，将自己陷入不忠不义的地步。

薛康也再次动手，用手语将事情的原委都告诉了赵匡义，并且为了证实自己所说不虚，他还把追踪齐君元三个人的原因说了出来。因为他确定齐君元现在肯定被困在兜子之中无法脱出，只要找到并拿住他们，不管最终能从齐君元口中得到什么、得到多少，都可以证明自己的忠心和清白。

赵匡义已经开始相信薛康了，因为他早就掌握到薛康追踪那三个人的事实，而且现在那三个人正在他的控制之下。在全镇下迷药设兜时，他刻意没有打扰那三个人，因为当时还不知道薛康追踪他们是因为什么事情。另外，他觉得最迫切需要解决的敌人是薛康。即便那三人有能力、有机会脱出，自己带着虎豹队和"千里足舟"，要找到并捕获这三个人那是轻而易举的事情。

现在薛康说清楚那三个人的重要性了，所以原有的冲突双方有了共识，事情发生转变。

赵匡义觉得现在最重要的事情就是赶紧抓住齐君元他们三个，然后从他们嘴里抠出自己想要的信息。

一番手语交流之后，薛康无奈地同意了赵匡义的做法。他本来是要暗中跟随，暗中发现，等藏宝图出现了再出手夺取。当然，最好是让齐君元他们将自己直接带到宝藏那里。但是现在自己的计划行不通了，为了证实自己的清白，他必须同意按赵匡义的想法去做。另外，赵匡义在这里大张旗鼓地设下一个大兜，肯定已经惊动了齐君元他们，再要想暗中跟随已经不可能了，也只能是先将那三人控制住。但是能否从这三个人嘴里抠出有用的信息却是个未知数。

但其实薛康更加担心的是赵匡义的态度和心理，他知道这个人一向心狠手辣，为一己之利可以不择手段。自己在特遣卫中占据高位，这让想一统管辖特遣卫的赵匡义一直耿耿于怀，总在寻找机会将自己踢出特遣卫，或者直接给自己安上什么罪名，让自己再难有翻身的机会。估计这一趟自己未曾及时向朝廷报告情况便先行入楚夺宝的事情，已经被他看成一个绝佳的机会。

所以不管结果怎样，他都不会客观地向朝廷陈述自己所为是出于忠心报国。因此，如果接下来夺取宝藏的事情有可能继续下去的话，自己一定要万分提防赵匡义。为独得功劳、独辖特遣四卫，他甚至有可能会暗中对自己下毒手。

就在薛康和赵匡义各怀心思、暂时达成合作协议的时候，齐君元也开始行动了。种种迹象都表明，自己原来想借助双方对决时的混乱脱出生天的可能性已经不存在了。因为期待的混乱不会再出现，对决的双方很快会合成一路力量来对付自己。

"齐大哥，我们不能束手待毙，怎么都该冲杀一下试试。"

秦笙笙这说法是正确的，但如果明明知道完全没有希望，还要去强行一试，那就完全是在浪费精力和体力。

"是呀，他们已经将对峙的阵势撤了，接下来就该往我们这边过来了。齐大哥，我看他们的布设好像忘了东边镇口，也许是料算好我们不会往回走的。要不我们从那边突围试试。"

王炎霸也说试试，但他并不知道东边的镇口就是整个兜子的兜子口。如果连那里也不敞开，怎么让目标进到兜子里？只是薛康已经看出了这种布局，才从他路渗入，想一举扯开兜子。所以兜子口不会没有布置，只是这部分的布置是最后才有动作的，江湖上管这口子叫"缄口"，"缄口"处各种布置一旦动作，也就意味着收兜。

齐君元摇头："不，都不行。我们现在要想逃出，只有一个办法——刺杀薛康！"

瓜做兜

可供齐君元思考的时间不长，但他这个办法已经是短时间内思考得最为成熟的。因为身在双方布设的两重兜爪锁困下，已经很难从兜相上寻隙下手。唯一可行的就是对布兜的人下手，让整个兜子无人操控而不能随着意图变化、实施，主动造成混乱给自己创造机会。

但齐君元的这个办法在别人听来却像在说疯话：一个身边带着数百特遣卫的高手，现在又和另外一股人数更多的同伴汇集在一起，就凭自己这三个人去刺杀他，感觉很像飞蛾扑火、蚁入滚水。

"现在已经不会出现混乱的场面了，所以要想借助混乱逃走，就只能自己制造混乱。刺杀薛康，我们要的是现象而不是结果。只需薛康知道有人要刺杀他，我们杀不杀得了他都没有关系。"

齐君元抓住了很重要的一点，虽然他到现在都不知道设兜的是什么人。但从种种迹象以及薛康和他们对峙后的结局可以看出：他们是一路的。设兜者有"千里足舟"探查情况，所以他在这之前应该已经确定目标就是薛康。问题是明知是同道的薛康，却没有直接与之交流，而是试图先将他困住。这意味着其中要么有什么误会，要么就是设兜者想利用这机会公报私仇。但不管是什么情况，这一点都是自己可以大加利用的。

"他们已经会合在一起朝我们这边移动，没有时间了，你就直接说怎么办吧。"秦笙笙知道现在已经来不及要求齐君元详细解释了。

"阎王，你到白天看到画有瘦鱼和驴蹄标志的地方，在这两个标志下再加一把菜刀的图案，并且在这附近燃起一堆火来，要让别人能一眼看到这三个标志。这事情一定要做成，谁阻挡你就杀了谁，丝毫不要留情。这事情要在打更灯笼到达小十字路口前做完，完事你看有机会脱出就自行脱出，没有机会的话，就先找个隐秘的地方躲起来。"

"你们干什么去？不会是拿我当'搅棒'，然后丢下我自己跑了吧。"王炎霸这种担心显得他已经开始成熟，或者他早就非常成熟，只是隐藏到现在才表露出一些来。

"我们去布杀局刺薛康。"齐君元说完这一句，立刻拿起随身物件往门外走去。秦笙笙见此情形赶紧跟在后面。

"事后我们怎么会合？"王炎霸追上几步问道。

"但愿逃出之后我们就能立刻见面。如果分散了，那就分头赶到呼壶里会合。"说完这话，齐君元和秦笙笙已经打开客栈大门，悄然溜了出去。

王炎霸站在原地琢磨了下齐君元的话，然后咂吧了几下嘴。齐君元的话

第八章　回剖钩

回答得很果断，但是却没有完全回答王炎霸的问题。他并没有说逃出此地之后三个人具体在什么地方、采取什么方式会合，而是直接将会合地点推到了呼壶里。这意图其实很明显，就是不想和王炎霸同行前往呼壶里。

但是目前的境地中，是由齐君元主着局，所以他说出什么来王炎霸也就只能听什么了。有些无奈的王炎霸只好独自往客栈后院走去，因为他要从厨房里拿点可以画标志的木炭。"千里足舟"标记的位置就是客栈后面小街的一面墙上，从后院牲口厩那里翻墙过去，没几步就能赶到那个位置。

齐君元带着秦笙笙走出客栈大门后，随手将挑店幌子的竹竿摘下来，腰间掏出一把小刀，截一段下来，然后三下五除二就做出一个竹哨。

"在上德塬时，梁铁桥离开前用横江哨语和别人传递信息，你还记得那些哨音的长短声吗？只要吹出来大概有些相像就行。"齐君元问的同时已经将手中的竹哨递给了秦笙笙。他觉得自己能根据记忆中的哨音制作出一个竹哨来，那秦笙笙肯定也能记得当时的哨音。

秦笙笙没有说话也没有点头，只默默地接过竹哨。

"你就在前面转弯处的巷子里等着，我去小十字路口布设。杀声一起你就吹哨，只需吹几声，让那边的人听到后就停。然后我会将他们引到后街，到了那里后肯定会有些骚乱。能乱到什么程度我并不知道，但不管什么程度这都是你唯一的逃跑机会，这个时候你一定要从南边上山，再找个小溪逆流而行，逃得越远越好。因为刚才薛康的手下是顺着溪流缓缓接近镇子的，他们绝不可能再逆着溪流往上走。而且镇子里真要乱起来，除了比拼实力外，再就是比速度——攻击的速度或者逃跑的速度。所以除了你之外，不会有第二个人选择在又滑又硌脚的溪水里逆流而行。"

齐君元说着话，又随手从客栈窗台上拿起两只小南瓜，一手托一个快步蹑行，往镇子的小十字路口走去。

秦笙笙紧赶几步，想把齐君元拦下来。但就在她的手指快触到齐君元背心的衣服时，她停住了脚步。而替代脚步继续行动的是两行泪水，从她的眼眶中滚滚落下。

秦笙笙想到齐君元也许会放弃王炎霸，让他作为"搅棒"吸引薛康那些人，然后趁机带自己逃走。但她却根本没有想到齐君元会将自己也牺牲了，把逃出生天的机会留给她一个人。这时她的心中蓦然升起一种感觉，这感觉这些日子好多次在她心中隐隐出现，但从没有现在这样强烈和不可阻挡。这是一种陌生的感觉，因为从训练成为刺客的第一天起，她就被灌输着绝情绝义的概念。只有灭绝自己所有的性情，才能成为一个顶尖刺客。但是人的天性是很难被外在规则泯灭的，长时间的克制和压抑只会让它在某个时候更加强烈地爆发。

  秦笙笙是在将要碰触到齐君元的背心时突然领悟到一件事情。齐君元就是一个顶尖的刺客，造诣远远超过自己的刺客。他被灌输的也是绝情绝义的情感规则，但他为何愿意为自己做出这样的牺牲，而且如此义无反顾。这说明早在自己之前，他的心中已经存在了那种感觉。不管他知道不知道，不管他承认不承认，这感觉应该在他每次都不顾一切将自己从险境中救出时就已经开始了。

  齐君元消失在拐角，就像夜幕中的一个游魂。而在秦笙笙满是泪水的眼中，就如同一抹快速消散的水雾。她最终没有将齐君元拦下来，是因为她知道这样的阻止没有任何意义，反而会影响到齐君元实施计划的时机。而他情愿牺牲自身，将逃脱机会留给自己，自己千万不能辜负了这份付出。如果自己不能顺利脱出，那么齐君元就白白牺牲了。所以她坚定地拿起竹哨，掩身在拐角处的阴影里。

  齐君元快速跑到小十字路口，这位置他只是白天远远地看了一眼，对周围环境并不十分了解。但是他不会平白无故跑到这里来，因为这个小小的镇子，要从镇西口走到镇东口必须经过这个十字路口。也就是说，薛康以及和他联手而来的高手要想前往自己所在的客栈，也必须经过这个路口，除此之外那就得翻墙越脊而行。

  齐君元知道自己没有时间仔细观察这个路口的情况。另外，被做成兜子的小镇也真的太黑暗了，没有一丝灯光，只能借助微弱的天色行走。所以要想发挥他的"随意"特点，借助周围的各种物体和构局布设刺局是不可能的。不过他早就预料到了会有这样的情况，这才会随手拿来两只南瓜。

第八章　回剖钩

两只南瓜放在路口的两个九十度的角上，这样可以兼顾到三个路口。然后齐君元掏出了钩子，很多的钩子，每只钩子后面都穿上了单根无色犀筋。这次的钩子和以往采用的钩子又有不同，全是直角形的"回剖钩"。钩尾是竖直的圆柱形，钩头横平，只微微内弯。钩头的内侧是锋利刃边，其大体形状和用法其实和大周鹰队特遣卫使用的挂链鹰嘴镰有些像，只是小了许多。如果不论用法，单看形状，那么和大周虎队特遣卫使用的虎爪钉也极为相似。

钩子都插在了南瓜上，只是插的方向、角度各不相同。钩尾的单根无色犀筋都在齐君元手中，虽然有很多根，虽然有些直接牵拉在齐君元的手里，虽然有些是绕过路边的小树、廊檐柱子、临街房大门门环等现成物体改变了方向之后牵拉在齐君元的手里，但是却没人能看出这些无色犀筋的存在。因为单根的犀筋本就细不可见，再加上无色透明，不要说是在这如墨的夜色里，就是大白天不仔细辨别都很难看出来。

齐君元背靠一面墙，将自己缩在暗影之中，然后一手托着大把的无色犀筋，另一只手则将它们各自牵拉哪只钩子排列得清清楚楚。他现在只需等待薛康的到来，等待他走入十字路口的范围。到了那一刻，他会用血光撕裂这如墨的夜幕。

王炎霸其实比齐君元更早到达指定位置，但是他却没能及时在驴蹄和瘦鱼的旁边再画上一个菜刀的图案。

拿着木炭的手刚刚举到墙上，王炎霸就一下僵硬在了那里。冷汗从背心渗出，寒意在后脑发梢撩拨。什么叫不寒而栗，就是像他现在这样，浑身上下、由内而外都被无法抑制的寒意笼罩。

所有的感觉是因为身后的黑暗，黑暗中的黑影，黑影身上携带的锐利刃气。虽然刃气还未曾化作杀气，突然出现在他身后，肯定会让他从心理到肉体都受到极大刺激。

黑暗中有三个黑影，他们也都僵硬在那里。从表现上看，王炎霸的出现也让他们同样受到极大的刺激。的确，整个镇子都已经被他们控制，无关的人在天明之前不会有一个醒来。外围的控制可以保障不会有什么人可以在黑夜之中进入镇子，除非是那些预定的目标。

这三个黑影刚刚收到的指令是与预定目标的对抗已经结束，各部位设置的人爪可出兜位聚集，听候下一步的安排。但就在他们走出暗伏的兜位时，却偏偏出现了一个明显和他们不是一路的奇怪黑影，而且还很奇怪地趴在墙上。这东西像人又像鬼，如果是鬼，当然会让活人害怕，但如果是人，那就更加会让这三个大周虎豹先遣卫感到惊异和恐惧。

王炎霸慢慢转过身来，他的目的是要让对方看清自己是个人，而且是个双手高举、门户大开、毫无威胁的人。

三个特遣卫也终于模糊地看出对面是个人，而且从外表看是个书生。他高举的双手有一只手拿着一本书册，还有一只手拿着根巴掌长的东西，粗细看着像笔。

王炎霸转身的同时往街西头看了下，那原本固定不动的打更灯笼现在又开始摇晃起来，并且是缓缓地在往镇中的小十字路口移动。很明显，对家已经行动，时间已经不多，而画标记、燃火这两件事情他一件都还没能做成。

册飞页

三个特遣卫各提虎爪杖和豹尾鞭往前逼近，即便是一个看着没有威胁的目标，都不会让他们放松警惕。而且这三个特遣卫并非一般的逼近，脚步移动的同时，三人很自然就组成了一个攻守兼备的阵型。一个豹卫在斜前方，两个虎卫并排在正中靠后。这叫"单豹前溜边，双虎同出林"，是从兵家一盾刀、双长矛的"双奉花"格杀组合演化而来。

王炎霸从自己现在的位置以及和三个特遣卫的距离推算，自己能做的事情只有一个，就是跑。至于画画、燃火，那都是无法完成的事情。而且如果再稍有迟疑，三个特遣卫再多逼近两步，自己连跑的机会都没有了。

打更灯笼轻轻晃动，已经距离小十字路口很近了。

一步，两步……特遣卫继续往前，离王炎霸已经很近了。

王炎霸没有跑，不但没跑，他反而是转过身去，准备往墙上画些什么。

第八章　回剖钩

对于三个特遣卫来说这是一个机会,当无法揣测的目标转身背对了自己时,那么最应该做的就是在这个瞬间突然出击。制服目标也好,杀死目标也好,总之不能再让他有重新转身面对自己的机会。

事实上王炎霸在面向墙体之后,突然又肩膀微摆、头颈侧转,这是又要回转身来的迹象。三个特遣卫及时发现他这个意图,所以肯定不会在让他实现这个意图。于是三个人同时扑出,如虎纵豹蹿。

但是有的时候做出一些动作是为了改变自己的状态,而有的时候做出一些动作是为了让别人改变状态。就在三个特遣卫身形扑出一半,手中武器也堪堪要触到王炎霸的时候,他们突然发现目标不见了。

其实不是不见了,而是从某个时刻开始他们见到的目标已经变成了一个虚影。王炎霸变成虚影的那个时刻,是在高举双手缓缓朝向三个特遣卫转身的过程中。他之所以要高举双手,就是要让左手中拿着的书册翻开一页,并且照住自己的身形。他之所以转身,就是要让自己在别人无法觉察的身形转换过程中留下一个虚影,而真实的他其实已经斜向移到两步之外。

这一招叫"无常换梁",对于离恨谷诡惊亭的谷生、谷客来说这并非非常绝妙的技艺。据说曾经有诡惊亭一属中的杰出者,最多时可以连放十八个虚影,让人根本无法辨别出他的真身所在。

而要使出"无常换梁"技法有个必须的条件,就是要有微弱的冷光,这样才可以幻化出虚影掩盖掉真身。王炎霸的冷光来自于他手中的书册,这书册就是当初在临荆县外用以化解秦笙笙五色丝攻击的书册。

能化解五色丝的攻击,这书册肯定不是一般的书册。江湖上有人叫这种书册为"阎王册",也有叫"生死簿"的,是属于一种奇门兵器。这兵器在唐代的时候使用较多,一般是与判官笔配合运用的。但唐代以后江湖中善使者便不多了,而且其技击招法逐渐失传。有人说是因为此种兵器招法极为难练,而如果不练至极致,便无法显现出威力,所以人们逐渐弃了"阎王册"而独练判官笔。元代时,有个余杭人,号江南游士,他曾著有《奇兵谱》一书,其中有过关于"阎王册"的记载。这书册全部册页都是用精钢打造磨制而成,一般都有六十四页,页页都比刀刃还要轻薄锋利。

而王炎霸的这本"阎王册"又和江湖上的易门兵器不一样，它真的是一本书册，每一页都有文字或者图画。因为这"阎王册"除了可以作为兵器来杀人，还有另外一个作用，就是用来布设诡异的环境。他这"阎王册"的册页打造磨制时，材料中加入了南海出的深海贝荧粉，可发自然冷光，然后在其他光线的照射下，又可将册页上的画面、文字放大投射出来。

所以刚才王炎霸将书册高举，册页微开，那深海贝荧粉发出的自然冷光便投射下来，让他幻化出一个虚影。而真实的他则躲在了一边。

王炎霸后来表现出转身的意图其实是要诱惑那三个特遣卫动手，自己已经没有时间了，不能及时解决这三个爪子，将会错过齐君元需要的时机。

那三个特遣卫果然上当，抓住了自以为最佳的机会出击。但当他们猛然扑入了虚影，而且处于扑出之势已然不可收的状态时。王炎霸手中的"阎王册"立刻显现出它最基本的功能：杀人。而要想一举将三个特遣卫都杀死，那么这项基本功能应该还具备不同于一般"阎王册"的奇特之处。而事实也的确如此，离恨谷出来的武器，无不在功能上、设计上巧妙到极致。

寒光飞闪，就像夜蝠飞过，而且悄无声息。三个特遣卫终于收住冲势稳住身形，但他们从此再没有纵蹿的可能了。

"阎王册"还在王炎霸的手中，但此时的书册已经少了三片册页。而那三个特遣卫的脖子上都嵌上了一片微闪荧光的册页，册页切入得很深，隔断了包括动脉、声带、气管在内的大半边脖颈。

如此之薄的册页，竟然能如此大力地射出，无声地切断别人大半的脖颈。这力道并非来自王炎霸，而是来自于"阎王册"中的机栝力量。那"阎王册"杀人的基本功能不同一般就是在此，它不仅是个册页，还是个活册页。在暗藏机栝的控制下，可以按照使用者的意图，连续射出六十四片比刀刃还轻薄锋利的册页。

三个特遣卫僵立不动，鲜血正沿着册页切出的缝隙往外少量喷射。终于，在一个大血压的冲击下，血液狂喷而起，将半边的脖颈折落下来。随后，身体也倒了下来，发出了些许沉闷的声响。

第八章　回剖钩

这个过程中王炎霸根本没有去看那三个特遣卫，因为他对自己的出手很自信，也知道最终的结果会是怎样的。所以当三个特遣卫倒下时，墙上已经多出了一个菜刀模样的标志。然后他用身上带的千里明火筒点燃了一家店铺的招幌，并将燃着的招幌裹在一根刚用桐油刷过的廊柱上。那火苗便一下子窜到了廊檐顶上。

做完了这一切，王炎霸抬头看看打更灯笼。发现那灯笼不知在什么时候掉落在地了，燃成了一个火团。不过从火团位置上判断，应该刚好是在小十字路口的范围里。看来齐君元他们那边也动手了，从时间上和火团燃烧的程度上判断，自己应该没有误事。

王炎霸知道自己这边火光一窜，马上就会有人朝这边聚拢过来。所以不敢有丝毫迟疑，赶紧取回"阎王册"的册页。同时脚下顺便一挑，将尸体踢进了火里。做完这些，他才转身，狸猫般悄然滑溜进了一条只够一人进出的小巷。

薛康和赵匡义并排往客栈方向走来，这应该是最合适的方式，既可以在表面上显示相互信任又未完全放弃提防。在他们移动的过程中，一直对峙的鹰狼队和虎豹队两群人撤出了剑拔弩张的状态，而在各处隐伏的人爪也都开始陆续现身。所有人都在朝着薛康和赵匡义行走的方向聚拢过来，然后跟随在两人背后一起朝着客栈过去。

齐君元下意识将身体往角落里缩了缩，他已经觉察到了镇子里的变化。在打更灯笼的引导下，许多人正在朝着自己这边过来。同时不断有人加入到人群中，而且后面继续汇入的人很多就出现在自己的附近或退路上，将自己裹入其中。齐君元想到了，如果始终是这样的情形，一旦采取行动之后，自己将再没有机会逃出。

但之前齐君元已经坚定了自己的决策，最终不管自己能否逃出，都必须实施行动，为秦笙笙争取逃脱的机会。所以他唯一担心的是自己的计划能否顺利实施，现在只暗自祈盼在实施之前不被别人发现，以免功亏一篑。

薛康走入小十字路口时，第六感似乎觉察出了些许异样。他虽然没有停住脚步，却在此刻转头看了赵匡义一眼。

赵匡义也在看薛康，他的心中突然间也莫名出现了一种不安。虽然不知这不安来自何处，但最大的嫌疑应该就是薛康。

而就在这两个人对视一眼的同时，齐君元动手了。

这一招叫"月老扯缘"。最初在离恨谷演练此招时，齐君元是将回剖钩挂在树叶上，朝着各个方向伸展的树叶，可以随着他的心意布置不同作用方向的钩子。现有的环境中没有树叶，就算有树叶，要选择辨别可用的叶子是需要很长时间的，更何况是在极为黑暗的环境里。所以齐君元放置了两只南瓜，用南瓜来固定钩子则是一个更为简便、实用的方法。而齐君元能随机应变采用这种方法，也正说明了他"随意"的隐号名副其实。

南瓜可以固定不同作用方向的回剖钩，而更重要的是在运力拉拽下所有钩子都可以顺利脱开，这一点和树叶的作用是一样的。一大把没有区别的透明犀筋，但哪一根带着哪只钩子齐君元心中却是一清二楚。而且自己运力之后，这只钩子会以什么样的方向途径飞回，他的心里也明明白白。难度也有，就是在这整个过程需要以一个快速连续又有次序的节奏去操作，这样才能让目标在根本来不及辨别出所以然的情况下，就已经把所有的步骤实施到位。

齐君元憋着一口气，他的心跳放缓了，意念之中闪过最终会发生的一幅画面。于是，他没有丝毫迟疑，双手配合，将所有回剖钩按顺序运力收回。顷刻间只见他肩臂、腕指起落，如抚乐，如起舞。而在另外一边，回剖钩跳起、回旋，如蝶戏，如蜢跳。

第一只钩子飞回途中就将打更灯笼的挂绳割断，而就在灯笼掉在地上的瞬间，已经又有六只钩子飞回。

薛康身上中了三只钩子，但只割破了外衣，没有伤到皮肉。这倒不是钩子方向不准，也不是薛康发觉得早，避让得快，而是因为他的衣服里面衬了细软甲胄，这才逃过重创。不过第四只本来要划过他脖颈动脉的钩子他倒是自己躲过去的，这是因为大力回收的钩子带起的劲道和风声太靠近他面部的敏感部位了，让他及时觉察到了。但他也只来得及将脖颈的要害处躲过，左下颚处还是被那钩子划出了一道口子，一时间皮翻肉绽、血串儿飞溅。

赵匡义中了两只钩子。由于最早动作的一只钩子割断了他手中灯笼的吊绳，这让赵匡义有了防备。另外，这两只钩子比那四只启动得要晚，灯笼落下燃烧起来的火光又利于视线觉察，所以赵匡义的反应比薛康要从容一些。其中一只钩子只是将他的衣领刮破了，反倒是牵拉钩子的透明犀筋在钩子到来之前将其手背划出一道细细的血口。另外一只钩子是直奔他脚后跟肌腱的，由于灯笼燃烧的光亮让其刃光闪烁，所以赵匡义及时发现，匆忙躲避，钩子险险地从他的斗靴上擦过。

钩子在继续飞起，但这时薛康和赵匡胤已经退后了两步，缩进了身后的人群里。刚刚的突袭只让这两人同时发出一声惊喝，但接下来的回剖钩却是带来一片惨呼。

扯缘剖

能像赵匡胤和薛康两个如此身手、及时反应的毕竟不多，更何况身后那些皇家特遣卫虽然技击功力都不弱，但是对江湖诡异杀招的见识却很少。而那些回剖钩似乎并不追求要攻击到哪个目标，只要能攻击到的就都割筋剖骨毫不留情。特遣卫倒下的有三四个，未倒下但身上血花迸溅的有五六个。不管倒下的还是未倒下的，他们的伤处都是致命或致残的。这些人要么从此再不能站起来，要么就是彻底失去了身体某些部位的功能。而其中最惨的一个是从裆部往上被剖开了二寸左右的口子，血水、尿液连同睾丸全滚淌下来。

有人倒下，也就将躲到后面去的薛康和赵匡义让了出来。而齐君元设置的最后几个钩子已经考虑到这样的状况，所以透明犀筋都是借助了旁边的廊柱、门环等其他物件改变方向，这样可以对比原来设定范围更靠后的目标进行攻击。

最后几个钩子虽然依旧劲道凌厉，却没制造出什么伤害。因为此时的薛康已经抽出他的七星蜈蚣剑，赵匡义也将玄花云头短斧拿在了手中。剑斧一起挥舞，将最后几只钩子都格挡开了。

这种紧急的情况下，发生的一切如同电闪飞光。所以薛康和赵匡胤格挡之前绝不可能具体分工，确定各自对付哪几只钩子，两个人下意识中都将所有的钩子作为自己要解决的问题。

问题是他们两人并肩同行，距离很近。这样在挥舞兵刃的过程中，剑斧不可避免地会发生碰撞。在某些环境下这种情况算不上坏事，比如并肩作战的兄弟朋友之间，争先担当可以将防护面封得更严。但是目前这种环境下出现这种情况却不行，因为薛康和赵匡义两人间是相互提防、相互猜疑的关系，打心底里都把对方当做最危险的敌人。

钩子挡出去只零星几声，而剑斧的碰撞声却是连成一串长久未歇，就像铜瓮中放入了一串鞭炮。碰撞最终在一声大响中分开，薛康和赵匡义的距离也倏地拉开四五步。身形停下时，二人仍是都以攻守兼备的姿态相对。

首领之间的状态突然出现这种变化，身后的那些先遣卫也立刻做出反应，各取兵刃以对，鹰狼虎豹之间再成对峙之势。而有些距离太近的两方特遣卫，已经是兵刃相抵，处于胶着较力的状态。

也就在这个时候，前面一条小街中有火光腾起，而且还带有尸体被烧烤得焦臭。

赵匡义眉头紧皱。整个镇子都在自己的布设控制之中，怎么突然发出这么大的动静却无人爪示警。这说明有人的爪位被毁，自己布下的兜子破了口。而突燃大火、火烧尸体，这种只有大杀场才会出现的现象表明对方根本不在意自己是否会有所觉察和防备。能如此肆无忌惮只有一种可能，就是对方在人数和实力上都远远超过自己，对战胜自己有很大的把握。还有一种可能，就是对方已经布设好反手兜，只等自己顺着出现的情况自然反应，然后里应外合灭了自己。如果真是第二点，那么薛康的角色肯定是里面接应的一方。

还没等赵匡义思虑清楚，确定自己面临的真实状况到底是怎样的，远处突然间又有竹哨的声响响起。虽然赵匡义行走江湖经历并不多，但他的一斧之师除了只教给他一招威力巨大的绝杀招数外，传授给他其他方面的经验和知识其实真的不少，其中包括这种竹哨声是怎么回事。所以根据一斧之师所传授的知识来判断竹哨音，赵匡义觉得这应该是一江三湖十八山特有的哨

第八章　回剖钩

信。难道薛康和一江三湖十八山的人已经联手了？想到这里，他猛然转头盯视了薛康一眼。

而此时的薛康却是一脸慌乱。一江三湖十八山的人马怎么会到来这里？难道赵匡义联合了他们来灭自己？自己和梁铁桥结怨极深，是自己挡了他们的财路、杀了他们的人，甚至还曾亲自攻到其总舵位置，逼迫得梁铁桥扔下总瓢把子的位子投靠南唐官府去了。所以只要给梁铁桥一个机会，他肯定是要杀自己而后快的。

但赵匡义又是如何与一江三湖十八山联手的呢？对了，最近有大周驻楚地的暗点传来消息，说都点检赵匡胤闯一江三湖十八山总舵江心洲，并和他们达成了某种合作关系。这合作会不会就是为了对付自己或者包括了对付自己？自己在赵氏兄弟眼里绝对是个障碍，扫清自己这个障碍，那么大周禁军就全部掌控在他们父子三人手中。还有，当初委派自己去剿除一江三湖十八山的任务，说不定是早就布好的一个兜子？

赵匡义看薛康的眼睛闪烁不定，立刻也联想到许多。难怪薛康带领鹰狼两队特遣卫始终不能将一江三湖十八山灭帮掘根，肯定是他们在相互交手的过程中已经达成了某种利益互惠的关系。所以薛康明明看出此地有兜还大胆来闯，并非他艺高胆大、运筹精准，而是有一江三湖十八山的强援在外围。他故意犯险深入，然后假装服从自己携带而来的军令。其实所做这一切都是要自己所布兜子中暗伏的爪子现身，然后由一江三湖十八山高手突袭而入。这样看来他是给自己布了一个反包兜，其目的就是要赶走自己。然后让他们认为很重要的那三个人继续下一步的行动，而他们也可以继续盯住，直到利用他们找到开启宝藏的关键。

薛康知道自己所带的鹰狼队只够与赵匡义的虎豹队抗衡，现在赵匡义那边不但多出了一江三湖十八山的高手，然后还有"千里足舟"替他们运送布置人手、搜索传递讯息。相比之下自己的实力太过薄弱，虽能勉力一战却绝无取胜的可能。所以最佳的方案是快速逃离，以最快的速度从小镇中撤出，躲进山林之中。

赵匡义还没有死心，因为之前整个镇子都在他的操控之中，"千里足舟"的门人除了薛康他们也没有发现到其他来路的人马，怎么这一江三湖十八山就突然冒了出来？所以他决定先到火光燃起的地方去看一看。

薛康什么都不想了，他只希望尽早离开。所以暗中做了手势，让手下人将受伤的同伴带上，然后朝三道屋外面的竹林缓缓移动过去。

不过赵匡义最终也没有到火光燃起的地方去看一眼，便也急急地命令手下所有人往小码头处聚集，然后借助"千里足舟"的船只迅速离开镇子。而且他做这一切的时候，与他对峙的薛康才刚在暗中做手势，还没有真正开始移动。所以赵匡义是在薛康之前离开的。

赵匡义之所以这样做、这么快地做，是因为有个身穿便服的人在他刚有去火光燃起处看一看这些想法时就已经急速赶到，趴在他耳边悄语了两句。这个着便服的人是"千里足舟"此次行事的戴姓领头人，他告诉赵匡义，在火光燃起的地方有三个虎豹先遣卫被杀死并扔进火里。而他们"千里足舟"的标志的上方又出现了一个刀子形状的标志，那刀型有些像传说中一江三湖十八山的割缆刀。而把这样一个标志悬在"千里足舟"一对标志的上方，其意好像是在表示要灭了他们"千里足舟"。这一个信息正好印证了赵匡义之前的推断，所以他毫不迟疑地下令撤出。

齐君元在所有回剽钩收回后，立刻沿着街道墙壁往回走，速度不急也不慢。这是刺客的走法，实施刺活儿之后，动作太快会让别人直接判断为行凶者，而太慢也会让别人觉得可疑、不合理。所以合适的速度是控制在一步之内突然出现其他人时不会与之相撞，这样可以让别人觉得你是个和他同样找不到凶手的追踪者。

齐君元在这样不急不慢的走回过程中遇到了两个暗伏的爪子，而这两人也都把自己当做同伴了，离得还有几步就主动问他那边到底发生了什么事情。而齐君元的回答只需要三个字就够了："薛将军……"

齐君元只推测薛康会在这里，他并不知道薛康迎对的是谁，所以只能说出"薛将军"。但这三个字已经足够吸引住对方，让对方更确信自己是同伴。而说出这三个字的时间，也足够齐君元走到他们的面前，到达一个对方无法及时做出反应的距离。

第八章　回剖钩

所以当那两人看清齐君元的服饰、认清他不是自己人时，他们的脖子都已经被钓鲲钩割开了，出不了声、出不了气，唯一可以出来的只有狂射的鲜血！

齐君元虽然很顺利地在小十字路口实施了攻击，然后又很顺手地将退路上遇到的人爪都干掉了，但他却并不知道自己所有的设计会带来什么结果，能不能在薛康和他的对手间制造出混乱来。也不知道王炎霸那边火起之后，秦笙笙能否找到机会逃出此镇。对于薛康那样的高手来说，这种机会可能只是一闪即逝。当他们发现到自己所做手脚的迹象后，很快就会重新布置兜子的关键位。

但是不管薛康他们是否发现自己在暗中动手脚，在镇子里出现了这么大的动静后，他们都应该会想到自己三个人不可能还安然睡在客栈里，所以此时那客栈中反倒可能成为一个相对安全的临时避身处。

于是齐君元还是回到了客栈，但是他没有想到的是秦笙笙也在客栈里。她没有走，她在等着齐君元。

此时齐君元突然发现，这么些天来，聒噪的秦笙笙第一次变得很沉默。她只是用一双水汪汪的明眸看着他，并不说一句话。齐君元也没有说话，有些时候，有些事情，使用言语是一种愚蠢的行为。

但是齐君元的心中却是堵闷得厉害，他在担心，担心自己所做的一切全是白费。他的最终目的是要让秦笙笙先突围出去，而现在秦笙笙没有走，他们还是在别人的兜子里。

巧移垫

就在此时，后院中传来异响。齐君元眼色一使，立刻和秦笙笙快速闪身，各占有利位置封住与后院相通的门户。

一场虚惊，从那门口出现的是王炎霸。他的想法竟然和齐君元一样，觉得客栈是现在相对安全的地方。

"我看到了，他们两边都退了。薛康那一路走的山道，另外那一路走的水道。对了，我画标志时遇到三个他们的爪子，从他们用的武器上看，很像是大周先遣卫的虎、豹两队。"王炎霸刚才的格杀很从容，比急急远离小十字路口的齐君元多出些闲暇，所以两人虽然都是和敌手近距离接触，王炎霸却是比齐君元察看得仔细。

齐君元的眉头微皱了下，因为他觉得现在的王炎霸不管是说话语气还是思维判断都比之前自己所了解的王炎霸老练得多。虽然这些日子他确实经历了不少事情，但对一个刺客而言，成熟的速度不会这样快。所以王炎霸要么是个天才，要么就和自己之前的判断一样，他隐瞒着些事情，掩盖了真实的自己。

"你真的看到他们都退了？各处布设的人爪有没有撤？"齐君元突然觉得这个情况很重要。

"都撤了，我亲眼看到许多暗处的人爪显形，位置全符合以镇为兜的合适点位。然后他们都往小码头那边聚过去乘船了。现在我们就是回客房睡大觉都没事情了。"王炎霸很肯定。

"不！快走！马上离开客栈。他们双方只要发现对方和自己一样撤出镇子了，立刻就都会把念头再次集中到我们身上来。赶紧借着这个空当离开，晚了就又会被他们的爪子堵在这里。"

齐君元一边解释一边行动，狸猫般迅捷、悄然地溜出了客栈。那两人也听出情况的危急，紧紧跟在他的后面一步不落。

三人很快消失在黑暗的山林之中。

一部新中国成立前在湖南民间发现的古代文本《乌坪记陈》。这书是当地民间闲人私下记载的异事怪事，也没有注明具体年代。在其中有段记载："周武平使年间，乌坪遇夜盗。民皆睡酣不知，晨起见几尸，有杀有焚。民命未失，火损多铺。无人知其故。"从"周武平使年间"上分析，很有可能就是指周行逢任武平节度使的期间。而齐君元他们此次经过的这个镇子或这一带区域不知道是否叫乌坪，如果是的话，那书中记载的事情极有可能便是这场夜斗。

第八章　回剖钩

再说蜀皇孟昶丢下南唐特使萧俨，转回到平时品文赏器的书房"亦天下"，然后急急地召见了李弘冀派来的密使德总管。

南唐全国上下，孟昶信任的只有李弘冀。他们两个虽然只有过两面之缘，但是脾气相投，野心壮志也近似。所以两人一直保持密切联系，互为利用，期待有朝一日可携手合作图谋更大的志愿。

德总管这次赶来成都见孟昶，确实是有极为重要的事情。南唐提税之后，对周边国家影响很大。南平、南汉、吴越都已经采取一定策略应对，及时减少损失。现在受影响最大的大周未曾有任何举措，这可能是因为周世宗北征在外未曾回还的关系。估计等世宗一回京都，肯定会有大手笔以起狂澜。而楚地周行逢虽占地域却未称帝，尚且领着大周武清军节度使，权潭州事，所以算是大周附属。虽然他也暗中针对南唐提税采取了一定措施，却依旧不断将苦水用数不清的奏折往大周朝廷里送。楚地与南唐前仇未算，他这是想促动大周有所反应，对南唐下手以示惩戒。而周行逢则可以趁机配合大周力行战事，以报前仇。

但是不管是已经采取措施的，或者尚未采取措施的，有好几国都会将危机转嫁到蜀国头上。李弘冀是个帝王之才，那天从冯延巳和韩熙载就是否应该提税这件事情进行争论时就已经推测出最终会有这样的结果。但他没有阻止，一是那两位大臣他谁都不想得罪，因为他们有可能成为自己获取皇位的有力支持。另外，他心中也有自己的计划，想充分利用提税带来的恶性后果，从而确定自己在国内的地位。后来顾子敬联合灌州两位官员上书，提请提税，而且还分析说明提税之后只有隔着地域蜀国最终会承受影响。元宗李璟为眼前之利答应了立刻实行提税，而这做法让李弘冀心中窃喜，因为这正好落入他的企图之中。

南唐提税，最终受影响的是蜀国。但是蜀国肯定不会就此罢休，他们会采用其他手段对邻国采取反制，甚至不惜动兵。蜀国一闹，到时候种种矛头就都会重新转向南唐。南唐难触众怒，更难敌群敌，到时候肯定会出现朝野上下处处恐慌的大乱势。李弘冀已经想好了，真要到了那个地步，他会让西蜀孟昶在群国中提议，说元宗老朽昏庸，不顾民生，无视邻国利益，以不仁手段巧取豪夺，应该以明主代之；然后再提出让李弘冀子替父位，这样也就顺理成章地将李景遂给挤到一边去了。

因为出于这种想法和目的，李弘冀肯定是要阻止南唐和蜀国交好的一切可能。而自己则必须暗中与孟昶保持密切联系，调控好两国的关系，借助蜀国的力量来达到自己的意愿。当他得知韩熙载奏请元宗李璟派萧俨出使蜀国，试图结盟为好并商榷共同应对周围其他国家后，李弘冀立刻采取行动，让手下心腹德总管带自己的密函前往蜀国，说明自己的意图，让孟昶给萧俨一个否定的态度。

另外，为了加快自己计划的进程，他还给孟昶带来一个建议。即便此时南唐提税还未大幅度殃及蜀国，但蜀国可以抢先拿出应对措施并立刻付诸实施。具体操作一个是可以加大对周边国家的交易额度，另一个是加大自己出境货物的交易价格，再一个就是逐渐提高入境、过境的交易税率。这样做对蜀国来说有百利而无一害的：以南唐提税为理由，先赚取到可观利益；同时给周边国家的经济进一步施加压力，从国家实力上先行占据上风位置；这样做也正好可以促使周边其他国家对罪魁祸首的南唐采取非常手段，这样他李弘冀才有机会登上皇位。

其实这个建议的前两点倒是和王昭远边境易货的决策不谋而合，只是李弘冀建议提升的价格比王昭远原来设定的还要高出许多。

西蜀已经在计划进行蜀周边界的易货交易，并且把这作为谋取巨大利益的绝好机会。正好有大周使臣前来出使蜀国，直言大周缺少粮盐，要求向大周出售低价粮盐或以粮盐易货。而南唐的盟友李弘冀此时也要求孟昶增加对周围国家的交易额度和价格。最为重要的一点，前番周国特使王策曾分析过，南唐提税，最终所有邻国所受负担会转嫁到蜀国。而蜀国要想不受其害，反而得利，最好的途径也是这个。

所以结合几方面的共同要求，孟昶立刻拟旨，让王昭远加大以抵券收粮、收盐的力度，然后运至大周边界，进行易货或买卖。但价格必须再度提高，至于提高多少合适，这个由德总管和王昭远商议。因为德总管知道南唐提税之后，出境到大周的粮食会达到什么价格。西蜀只要将交易的价格稍稍

第八章　回剖钩

低于南唐，那么大周就会觉得有利可图。

拟旨之后，孟昶也没让德总管休息，而是让他跟着颁旨的大太监一起，直接去往王昭远的府中。这也就是萧俨在蜀宫门口看到的一幕，只是萧俨和他手下误以为他们是前往解玄馆的。

王昭远这一天未曾陪驾见南唐特使，是因为之前大周特使王策、赵普对西蜀官代民营、边界易货之举发生了误会，质疑他们是在运送粮草兵马要对大周不利。所以这些天王昭远都在衙府之中忙于此事，一个是尽快采取行动消除这种误会，再一个是要让大周觉得蜀国不是趁火打劫。这两件事情要做好，其实很简单也很不简单，就是要选择一个绝佳的易货标准，说白了就是价格问题，要让孟昶满意也要让大周满意。

但王昭远怎么都没想到，自己会在官邸之中莫名其妙地见到一个非正式的南唐密使。看过孟昶的圣旨并理解了其中的真实意图后，他反倒有些害怕了。表面看孟昶下的旨意正好可以解决他的难题，由德总管来和他协议商定易货价格，自己可以将责任推卸给这个德总管。但其实从整个事情上来看，现在已经脱离了自己原先设想的赚得财富、争取地位的出发点，而是关联上其他国家的内部之争以及几个国家间的利益之争。这回自己真的盘算错了，事情要办好了，自己只是个赚钱出力的功劳。办不好，那罪过可就大了去了，满朝反对自己此举的官员可以翻着花儿给自己戴罪状。更何况自己的赚钱计划本身就有风险，要是既没达到皇上的目的，钱也没赚到，那皇上还不得剐了自己？到那时什么得宠幸啊、居高位啊，都会变成很不幸、居牌位了。

王昭远拿着圣旨，半天紧锁着眉头。思绪旁飞，神游天际，也不管是否失礼，全不理会站在那里的大太监和德总管。就在那大太监要气愤地甩袖而去时，王昭远才突然灵光一闪，想到师父智諲授给他的一个计策：拉个垫背的。

王昭远此刻才开了笑颜，恢复了官场上惯用的虚伪态度。他一边吩咐人安排酒宴招待大太监和德总管，一边心中暗自酝酿呈给孟昶的奏折。智諲曾让他拉上太子玄喆一起办官营易货之事，借口就说是为了让太子建功立业，早日取得臣民的信服，将来好坐稳江山。而王昭远一直都没有找到合适的机会提出此事，这次孟昶为了帮助李弘冀，再次重视易货之事，他正好可以借这机会将太子玄喆拖进来。

第九章　太极蕴八卦

画中诡

萧俨的车轿刚过宫门大街，突然有一人急匆匆从旁边的巷中冲出，惊得拉车的马匹打蹄退步，一阵嘶鸣。

马被惊得慌乱，而惊马的人则显得更加慌乱。他全不顾马的反应和马车上人的反应，依旧直冲着车头而来。

等车夫终于将辕马勒住、车子刹稳，那人已经是伸手要掀车棚的帘布。萧俨的护卫、亲信中也不乏高手，但他们直到现在还没完全反应过来该将那人拦住。

帘布掀开了，是萧俨自己掀开的。护卫们反应晚了些，他们未曾来得及拦住突然出现的人。那人虽然出现得突然，但他的动作速度也不够快，未曾来得及将帘布掀开。

萧俨并非因为辕马被惊才掀的帘布，而是冥冥之中感觉有什么事情发生，已经在车里伸手准备掀帘看看外面的情形。所以他就在这样一个很凑巧、很玄妙的时机中显现了自己，惊骇了别人。

车前想要掀帘的是个小道童，他伸出一半的手臂因为萧俨的突然现身而怔在那里。

"是申道人找我？"萧俨依稀记得这个道童是解玄馆的。

"是，请大人跟我来。"道童说完话转身就走。

萧俨急急下车。很显然，那道童走进的巷子马车进不去，只能是步行相随。其他随从护卫也纷纷下马，跟在萧俨身后。但那道童在巷口处又停了下脚步，转身说一句："只大人一人随我而行。"

萧俨心中一颤，这里毕竟不是在南唐金陵，自己人生地不熟，再跟随一个并不熟悉的道童往深巷曲弄中而行，心中未免会有些担忧。但是那道童根本不给他权衡的机会，说完又走。萧俨只能是下意识地朝随从们挥了下手，然后自己独自跟在道童背后。

巷子中七拐八绕，萧俨越走越是心惊。就在他觉得不妙，想要止步转而回去时，他发觉前面豁然开阔，已经是出了小巷。小巷之外是一座规模颇为宏大的庙观，萧俨随道童来到观门前看到观名，这才知道此处为川西第一道观"青羊观"。

道童带萧俨入山门，过混元殿，来到八卦亭处那童儿站住了。童儿不说话，只是朝东边的方向指了一指，示意萧俨自己一个人去到那边。八卦亭的东边是一片葱绿的林木，只有一条被草色掩盖得快辨看不出的蜿蜒小道可以走过去。

萧俨稍稍迟疑了下，随即很坚定地走入那片绿色。等转过小道的第一个拐弯处后他发现，此处林木虽然看着很茂密，占地的范围却并不大，才转过一个弯便已经可以看到道观的东围墙了。

看到了围墙也就看到了申道人，他此时全无平常时的沉逸、笃然，正在围墙前的四角小草亭里来回走着，显得很是不安、焦躁。

萧俨赶紧走了过去，还未曾来得及寒暄，那申道人便一把将装有三幅字画的锦盒塞到他手中，口中还连声说道："你这是要害我，你这是要害我呀！"

萧俨从申道人的神情语气已然知道，这三幅画中暗藏的真相确实关联重大。而自己此行的一个重要目的就是要知道这真相，所以不管其关联到什

第九章　太极蕴八卦

么，自己都必须从申道人嘴里掏出来。

"申道长，萧某绝不敢有害道长之心。只是朋友所托之事，我也不知其中危害，还望道长赐教，以绝之后再有同类错误。"萧俨的话说得很诚恳，从情理上讲他确实没有说谎。这是韩熙载委托的事情，可以算是官家、皇家之事，也可算是朋友代劳之事。而其中危害他也确实不知，来求申道人和无脸神仙，就是想知道其中有无危害、有何危害。

申道人扭头沉默了好一会儿，然后才重重叹口气说道："你这事情，莫名其妙间将我与无脸神仙裹挟入皇家和官家的俗世纷争之中。我还在其次，早就与俗世有了融汇。但那无脸神仙信了我所说，只以为是萧大人的友人求解。但第一幅画才解，便已被其中诡道杀戮的血腥所污，大损修为。"

"啊！此画中竟然是有诡道杀戮之法？"萧俨曾细看过这三张字画，如果说有其他什么伎俩他倒也能理解。但说其中有杀人的招数手法在，至少他是很难相信的。

申道人看出萧俨不信，所以他必须将从无脸神仙那里得到的信息全部说出来。否则萧俨会觉得是自己在故弄玄虚，是以此说法让他觉得自己是做了事情的，对得起他送给自己的那些珍奇礼物。

此时申道人在暗自感叹皇家事、官场事变化无常、危机处处，同时也庆幸自己早早做了各种安排，此事之后自己可以尽量脱开干系。也正因为有了安排和保障，他可以将无脸神仙对第一幅画的破解告诉给萧俨。

"无脸神仙只解了一幅画，随即便通彻此事与皇家、官家有关，与他的推算规则有悖。因为这一幅画的辨语已书录，危害既成事实。神仙慈悲，在三幅字画退还给我时将那辨语一同给了。"

"那是怎样的辨语？"萧俨赶紧问道。

申道人眉头微微一皱，心说：这大人很不更事，也不关心询问下无脸神仙受损程度如何，也不问自己为了此事是否被无脸神仙责怪，就只知道追问他要的真相。但申道人觉得此时和萧俨太过计较已经没什么意思，还是赶紧将结果告诉给他，让他按自己的安排行事，这样自己才能早点摆脱此事，不遗后患。

"那辨语是针对'神龙绵九岭'一画而言的。辨语全文为'龙形眠卧身落甲，九岭乱星阴世场。害意已然随魂入，更以外气促神散。'。此辨语前面两句的意思可从画形上直接看出。画中龙形为衰卧态，细辨可见龙身下有鳞甲掉落。而且这落甲是人为后添的，其意就是要将这幅龙行风水局的画作改成一个衰龙沉落的局相。而那九岭看着平常，其实却是在位置上乱了。顺应龙行局，九岭应该按高低山形，以廉贞、左辅、文曲、贪狼、巨门、武曲、右弼、破军、禄存八宅九星位的顺序排布，但此画中的排布却是吉凶相夹，是按阴宅乱坟的布局设定的。"

"只是一幅画作中的山形错误，就算有些人为手段在，但说到对人有什么杀戮伤害的，恐怕是没什么实际意义的吧？"萧俨觉得申道人有些危言耸听。

"此画如若挂于常居之处，会在无形中乱了主人的局相和气场，内境、外体不知不觉中快速衰弱，思乱、体乏、多病。但也不是所有人都会出现这种情况，而是具有一定针对性的。"

"针对的是什么人？"萧俨脑中灵光急闪，申道人提到的针对性让他立刻想到了画中的龙形。只有皇帝才可以龙代称，莫非这带有诡道杀戮之法的画作是针对南唐皇帝李璟的？

虽然申道人没有及时回答萧俨的提问，但萧俨自己此时已经意识到问题的严重性。难怪无脸神仙和申道人一口咬定自己求解这事情是与皇家、官家有关的。难怪自己此次出使并无急重之务，反倒是临行时韩熙载将这字画求解之事一再重托。

"此画作者为唐中期的骆巽丞，但据世人传言，此骆巽丞非但擅长画作，他更是天师袁天罡的再传弟子。袁天罡被武则天杀害之后，其门人弟子虽然明着没有什么作为，暗中却采用各种手段报复唐皇李家。这也就是为何李唐后期宫中鬼魅之事不断，皇家子孙多病多灾的缘由。我无从可知骆巽丞当时画这'神龙绵九岭'的初衷是什么，但作为袁天罡的再传弟子，凭他的修为道行是绝不会将龙形、九岭组合而成的风水画作如此设计的。除非是刻意用来害人的，而且害的是尊崇为龙的李唐皇帝。"申道人全面地分析解释了一下此画的由来，同时也是回答了萧俨的提问。

第九章 太极蕴八卦

"如果只是针对李唐皇帝,那托我的友人应该无碍。"萧俨说这话的意思其实是想确定一些事情。

"萧大人在说笑吧,你是个聪明人,话说到这里应该清楚很多事情了,也明白有些动作是要看对什么人的。"申道人语气带了些嗔怒。"我可以断定,此画是被什么人利用来加害你主上南唐元宗。而南唐虽有高人觉出其中蹊跷,却不能辨出其中的真实手段,无法推断判定施以此毒招的真凶。这才让你谎称替友人求解来到蜀国找我和无脸神仙破解字画。"

"下官着实是不知此事,携画求解乃是受我南唐韩熙载韩大人委托。刚才道长解说此画是如何实现害人功用的,竟然是有如此深奥玄妙的技法藏于其中。当初李唐皇家无人能识破,如今南唐众多高士亦无人能识破。也是无脸神仙天慧慈悲,我等才得以窥知其中的玄妙。但也正是因为太过玄妙常人难悉,所以我觉得那献画者自己也未必知道其中的凶险。只以为是前朝的大好画作便奉于了帝王,无心成害,无心之罪。我回去后只需将此实情告知韩熙载大人,然后随便是他自己的藏画也好,是替皇上出面鉴画也好,将这画毁了不再追究也就是了。"萧俨说的都是实话,他不想因为一幅画而导致南唐皇家、朝廷一片纷乱。

"大人大错,你忘了无脸神仙给的辨语还有两句。说实话后面这两句开始我也只能是含糊理解,但就刚才在此等你的时候却意外发现另有极深的含义。'害意已然随魂入,更以外气促神散。'前一句很明显,是讲此画作暗含害人设置。但后一句却有些难明就里,这'外气'指的是何物?于是趁你还未曾到来,我又展画看了下,终于发现了问题。"申道人说到此处停了下来,这是做派,是要让追求其中真相的人重视到,即便是无脸神仙说出的玄机,要没有自己的解释也是无法完全洞悉内情的。

"这'外气'是何物?"萧俨急切地问,看来问题并非他想的那么简单。

"此处是在林木的遮掩之下,阴暗潮冷犹如黑夜。在此细观此画,画面上犹如有气流反旋。待我再将画拿到林木之外阳光之下,画面上又犹如有气流正旋。两种旋转围绕着画面上两处微微凸起点,就像围绕着一对阴阳眼。而不管正旋还是反旋,都能带动整个画意设置。这就是外气,行中术语

叫'假注阴阳，外加气场'。阳为杀，阴为陷，其意是要将画作原有害人的厄处十数倍地放大、数十倍地加速，以达到所期望的效果。就说这幅画，按画意布设，其中厄煞之力原本要在数年中才会慢慢导致实际伤害，但现在加入'外气'后，只需几个月内就可能让主人势颓气衰而亡。加入'外气'的方法有很多种，我仔细辨别了下，这幅画原来是在整个画作上涂抹了一层琼水。"

"什么琼水？与毁了隋朝基业的琼花有无关系？"萧俨插一句。

"有关系。这琼水乃是用琼蛾腹液化水而成。有的琼蛾吸食琼花树朝阳侧的琼花，其腹液化水为阳性琼水。有的琼蛾吸食琼花树背阴侧的琼花，其腹液化水为阴性琼水。阴阳琼水可融会，但其阳性、阴性却不相溶。均匀涂抹后，自成阴阳双向场势。所以此画在经过如此加工后，已经不是害人物，而是成了杀人器。"

刺皇技

申道人所说"琼水"，在五代十国后蜀官员毕寅逊的《桃符簿》中有过记载。"琼奇花，琼蛾奇虫，琼水奇水，难得。可促阴阳运行，祈福、破福任由为用者施行……"由此可见琼水的珍奇难得，至于其功效是否也如记载所说，却是无从考证。

后世有人专门研究，类似"神龙绵九岭"这样的画作，被称为"风水破"，又叫"风水杀"。它其实是以一种失衡的画面，从人的视觉感官上施加压力，下意识间在心理上造成障碍。而至于琼水，目前可以肯定的一种功用是能给字画增加光泽亮度，因为琼蛾腹液中含有蛾荧粉。还有一种说法无法确定真伪，是说琼水中含有古人无法鉴别的吸入性毒素，或者是此水可以滋养某种致命病菌，从而快速、直接地伤害主人的身体。

说实话，萧俨对申道人所说一知半解，但他却将所有的话都记在了心里。他知道，有些话自己无法听懂，但有人是可以听懂的。自己只要是将这些话原原本本地带回去，就是大功一件。

"这能说明些什么？"往往就是因为不能完全听懂，才会继续问一些幼稚的问题。

"这说明奉献此画的人并非无心成害、无心之罪，而是已经将这画改造成一件杀人的武器，是决然要杀！"

"以此画刺杀皇上？！"萧俨呆住了。前面申道人说的他虽然不是很理解，但始终都只是认为这画中所谓的诡道杀戮之法可能只是扰乱元宗的心神、气运，让他的身体逐渐衰弱而已，根本想不到是直接的刺杀。

"是刺杀！你我都清楚，能做成这样一个刺局的人绝非一般人，他应该就在你南唐皇上身边。而且刺杀了你南唐皇上之后，他会成为最大的得利者。"

申道人说了这话，萧俨立刻想到了刚刚来到蜀国就被孟昶特别接见的德总管。当然，他也立刻从德总管转而想到了太子李弘冀。

"难怪无脸神仙会修为大损，推辨出这种事情，那是会改变天数、扭转天机的。而我虽说修为无损，但此事一旦摊铺开来，也很可能会成为下手未遂者报复的对象。今天我为何让道童将你引到此处，就是想让外界以为你所知奥义是从青羊观得到。我已经让另一个道童引你的护卫车队来此，等会儿你径自出去，他们会在门口等你。"

申道人这话萧俨立刻听懂了，他这是嫁祸于人，把所有干系都转嫁给了青羊观的道士们。

"临走前你再仔细听我一句，蜀国你已不能久待，应该急速赶回南唐。一旦用画刺杀你家皇上的人获知你已窥破画中的真相，那你很快就会成为必须灭口的目标，危险时时刻刻都会存在。只有当你将真相传达给了元宗皇帝，那么刺杀你的做法才会失去意义。"申道人所说真的是将政道、玄道融为一处了。

萧俨完全明白申道人的意思，也知道他为什么要自己赶紧往回赶。因为用画刺杀元宗之人如果知道自己所知讯息的由来，那他申道人也会成为被灭口的对象。这应该就是申道人焦躁不安的缘故，也是他为何想到要嫁祸给青羊观的真正原因。

呼壶里不是什么重要的重镇大城，也不是什么交通上的关隘要地，所以显得很是安逸宁静。但这个并不出名的呼壶里却有着很多特别之处，这是许多重镇大城都没有的。

首先呼壶里不是一个完整的城池，它只有部分城墙和部分木栅栏，还有它是利用山崖、河水护城。但这个不完整的城池范围却是特别的大，它不单是将一般城镇中的居民、商户围在其中，还将大片农田、树林围在城中，这现象和它利用山崖、河水围城有着很大的关系。

再有一个，地处偏僻的呼壶里虽不热闹，却处处透着雅致和香艳。这一特点从街名、店名就能看出——点凤台、来仪桥、品梅居、聚艳阁等等，让人乍看之下还以为到了一个烟花柳巷聚集之地。但是了解呼壶里的人都知道，这里之所以会有这样的特点，是因为它是一种行业的聚集地。这种行业资料文献上记载的很少，没有准确的名称。但有地方将其叫做"替钗"，宋代无名氏的《僻陋座上轶文》、元代燕京人慕容近的《近黄轩纪事》中都有关于"替钗"的记录。

"替钗"在性质上其实和烟花柳巷有相同之处，也是以养育、训练、出卖女子为手段。但是级别档次却是与烟花柳巷有天壤之别，因为这个行业培育训练出的美女都是为各国皇宫选美、选秀所用。有的被达官贵人买去献进宫里，有的被富人家里买了替代自家女儿入宫，其中最不济的也能被官家富户买回去做妻、做妾。

南宋九江人石乐为所撰《妍堂说花事》中曾有记载："……楚一地家家皆养娇美，习宫礼，修琴棋书画、诗文绣厨，投好。待选，或以等身金银出，或自献，以求富贵显赫……"

呼壶里的这个行业并不张扬，而且暗地里有着很严格的规矩。这是因为此行当是由两种江湖中最低等的门类主持的，这两种门类就是雀户和蛇户。所谓的雀户就是虞诈骗术一行，蛇户则是拐卖人口一行。但不管是上等还是下等，只要是入了江湖的道，那暗地里就肯定有它严格的规矩。这个行当中的秘密又辐射着牵扯到很多国家的官家富户，那就更加需要严格的规矩和厉害的手段才能将这事情做下去。

第九章　太极蕴八卦

虽然这行业是由雀户、蛇户主持，但那些美女的来源大多是些无路可去的民间女子自愿前来。极少是人口买卖、强迫而为的，所以没有官司麻烦。而交易的对象大多集中在官家，他们买回的美女都是冒充自家亲人献入宫中，所以更加不敢将呼壶里的这个行业大加宣扬。

齐君元并不知道呼壶里的这个特点，他只是专心寻找这里有没有一个叫阴阳玄湖的地方。虽然已经在城中转悠了两天，也对各种路名、店名感觉蹊跷，却没有刻意打听。因为作为刺客，随便打听一些本地人认为很平常的事情对己只会有害无利。所以他们始终不知道呼壶里的背景是怎样的，更无法知道那些街名、店名是因为一个另类行业而起的。不过到了一个地方后关注路名及地形特点则是必须做的事情，这是快速熟悉周围环境的一种方法，也是离恨谷刺客的基础技能之一。

当然，只是注意路名和地形特点还算不上一个优秀的刺客，真正优秀的刺客应该将大部分的精力放在新环境中的异常之处。地名、店名不是刚刚起的，不管如何怪异，都不能算在异常的范围内。异常之处应该是临时出现的、偶然的、移动的、难以理解的……比如说那一件孩童的玩器！

孩童的玩器不在孩童手里，而是在一个插满玩器的草把上。这草把是用来沿街叫卖玩器的，上面插着的玩器很多，但只有这一件是特别的，也是唯一的。

玩器的特别之处只有一点，就是这不是一般孩童会玩儿的玩器。不要说孩童，就是大人也很少有人会玩儿。因为这是一件绝妙的智力玩器，以双连环过关的"八俏头"。"八俏头"据说为鬼谷子所创，是以一封闭环巧走八关，对开八处窍口脱出。后来此玩器被三国时的诸葛亮改进，以两个相扣的封闭环走通八关，这在清代司江南私刻木版书《诸葛世家纪》中有过收录。虽然后世还有三连环、四连环的传说，但极少见人玩过，也没有可靠的著作记载。所以这双连环的"八俏头"已经足够挑战一个成人的智力。

一个沿街叫卖玩器的草把上，插着一件很少有人会玩儿的玩器，这只能说是特别而算不上异常。也许这叫卖的人自己会玩儿，所以以此作为招揽顾客的手段；也许他只是希望偶然间遇到一个对此感兴趣的顾客，所以在偌大的草把上只插了一件。如此推敲，反倒是在那草把上插满了"八俏头"才是异常的现象。

但是齐君元真的看那"八俏头"觉得异常，这主要出于两个方面。一个是此时的时节已是入夏季，不年不节，是卖玩器最无生意的淡季。而呼壶里又不同于其他州城，街上冷清，少有嬉玩的游人。所以此时带着很多孩子的玩器沿街叫卖就是一个异常。另一个异常是那"八俏头"，通体是用竹子制成。特别是过关的双连环，竟然是以单竹直接削出，并非破断后再粘连制成。竹脆难塑，器材单薄，用其制作"八俏头"远比金属、木材要难。而双连环能直接削出，更不是一般匠人能为。就算在离恨谷工器属中也并非谁都能有如此好的手段。

行走江湖，发现异常往往意味着发现线索，发现线索也就能找到自己想找的人。但也有例外的情况，那就是有些异常是别人故意摆出来给你发现的，然后让你以为这是线索，其实却是引导着你一步步走入别人设好的杀局凶兜之中。

齐君元跟着那个卖玩器的后面走了很远一段路。离开了街区，离开了宅居区，走过了大片农田，走近了一片长满杂乱细竹的洼地。虽然这位置仍旧在呼壶里的范围内，却已经是迥然而异的一番景象：无人、阴森、死寂。

到了这时候，齐君元已经能够肯定自己发现的异常是别人故意摆给自己看的了。但别人是否要将自己一步步诱入设好的兜子，他还不能完全确定。因为自己接到指令是要将秦笙笙带到呼壶里来，所以呼壶里的范围内肯定是有离恨谷的人，只是不知道自己跟上的人是不是。

齐君元在农田边留下了秦笙笙，在即将进入洼地处留下了王炎霸，然后自己独自随着那卖玩器的进了竹林洼地。这种安排叫"三段锦"，是江湖上留后手的常用方法。但齐君元的这幅"三段锦"并不牢靠，因为中间一段的王炎霸是个不可信的成分。他很有可能会置齐君元于危险而不顾，甚至在关键时刻还会落井下石也未可知。

齐君元正是考虑到一旦自己遇到危险，王炎霸的第一反应应该是逃走，他才安排下"三段锦"的。因为"三段锦"前一段逃走的做法，其作用也是在明确告诉后一段,最前面遇险的已经无法救援。那么后一段的人就可以更加及时、快速地逃离危险。齐君元真正的目的就是这个,这个"三段锦"并非要让王炎霸和秦笙笙给自己以援手和帮助,而是要在出现状况之时,让最后一段的秦笙笙能够及时逃脱。

细竹林虽然茂密杂乱,其间却是有整齐的小径可以出入。沿着蜿蜒小径走进百十步后,顿时可以发现竹林中另有一番天地。

"这里是洼地,所以选择这样的地方是为了引水、蓄水。"齐君元没有走下最后一段斜坡就已经在心里做出了这样的判断,因为在他眼前展现出了大片的水池。真的是大片的水池,但不是一整片,而是由许多不同大小、不同形状的水池组成的。这些水池将三间黑瓦白墙的房子团团围住,平静如镜的水面与清爽雅致的房屋相衬相映,是一道别有滋味的风景。

蒙目闯

也就在走下斜坡的那一刻,前面背着草把玩器的那个人不见了。齐君元这样的刺客高手、久经刺局的老江湖,竟然没有觉察到那人是在什么位置、借助什么景物掩身潜走的。只觉得那个瞬间应该是在自己走下斜坡的第一步刚刚迈出时,因为就是在迈出这一步的过程中,大片的水池有天色阳光反射而来,让自己的视线晃闪了一下。但自己的目光被光线反射时,那个人的踪影已经就此失去。

虽然不见了前面的人,齐君元仍是很坦然地走下斜坡,并且沿坡底的埂径慢慢朝着那房子走过去。因为他觉得发生的事情越是玄妙难解,则越有可能找到自己想找的人。另外,就现在的环境布置来看,此处尚无凶险。虽然这大片的水池看着有些怪异,但凭他的经验和所学来判断,水池的布置应该与周围杂乱茂密的细竹林以及三间房屋的风水有关。

一般宅居的前后,可种高竹增添雅意。但是却不宜种植乱竹、斜竹,特别是正对前后门庭的位置上不能种,在风水上叫"乱箭穿心"。还有各处窗户的位置也不能种,在风水上叫"针扎耳目"。这些都是厄破的局相,会让居住之人体病家衰。而这三间房子完全是建在乱竹林中的，其目的估计是想以竹林掩住屋形，不被外人轻易吵扰。然而又要想房屋有个大好的风水局势，保证主人命数不被周围厄破局相所损，那么用各种形状大小的水池来进行化解算得上是一种很有效果的方法。不同方位、形态的竹丛乱枝，可以用相应形状大小的水池相对，从而达到化解其厄破之势的目的。

齐君元在离恨谷中学习过玄计属天谋殿的技艺，其中便涵盖了不少风水学中布吉做破的技法。所以一见周围布置便心中暗叹，认定此房屋的主人是一位十分精通风水的高人，否则不会布设如此众多形状大小的水池来化解竹林的破败之势，而且同时还要照顾到那些水池之间的影响和牵制。

齐君元虽然承认这里的主人具有高超的风水技艺，心中却认为主人用这么多水池来应对竹林风水厄破并非最为合适之法门，反是显得有些哗众取宠、故意炫耀风水造诣的高深。因为这种局势一般最为简便实用的做法应该是以一内弓水道围屋，再经常修剪竹林竹枝，让其长势顺着好局相伸展就可以了，不必像现在这样繁琐。所以这里的主人这么做肯定是有目的的，或是纯以破解风水厄相为乐，故意不惜心思精力做出这么个繁琐的局相；或是这些水池并非完全为了破解风水，而是兼有着其他的用处。

齐君元很是谨慎，他走到最外圈的水池边后便停住脚步，先隔着那大片的水池询呼了几声。所说无非就是"过路人叨扰"这样的客套话，但三间房中始终都无人回答。于是他又一次仔细察看了几处水池所对应的方向，果然都有针对的竹丛乱枝，确实如他先前所料是风水设置。

确定了自己的判断，也就增加了更多的信心和胆量。齐君元再次迈步，沿水池间的隙道折转而行，缓慢却坚定地向那三间房屋走去。

在某个瞬间，齐君元像下斜坡时那样被水中的反光晃闪了一下，随后齐君元发现不对了。周围所有的一切景物都没有变，只是他的方向迷失了，脚下的道路不见了。

齐君元一下便慌了，再厉害的刺客面临危险时都会慌乱，因为他们对危险的概念比一般的江湖人更加敏感。所不同的是齐君元有着独有的特质，他越慌乱时心跳越慢，越危险时构思意境的能力越强，因此面对危险出现后的辨查能力、反应速度、处置办法都比其他刺客要高出一筹。

心跳声非常沉稳，就像是擂响的寺庙暮鼓，力量均衡，节奏均衡。种种均衡可以让齐君元将身体状态、思维状态调整到一个自如的境界。在这种境界下，他很快发现了自己的错误，对大片水池判断的错误。那些水池的排布的确是有着其他用意的，破解风水只是一个表相，实际却是掩藏着一个绝妙的兜子。

这是锁兜中的一种，叫困行兜。它以水池为锁爪，以池水反射天色阳光为目障，做到瞬变障形、急转兜道。知其路线分布变化者顺进顺出，无碍；不知设置变化者强从歧路行，必杀！

刺行中人都知道，兜子中的爪位大都为死位。看着虽然可以凭借技击功力或其他设施过去，但实际过程中它总会有相对的措施来阻止你的这种行动。这就像设置机关暗器的坎子行一样，坎面之中无路便是死路。所以齐君元面对的各种水池虽然不深，涉水便能过，但那水绝对是不能碰的。池水本身可能就含有侵入肌肤或腐蚀皮肉的毒药，水面之下或许还暗藏各种器械爪子。只要踩下去一脚，整个人可能就再也上不来。还有一些条状的和面积不大的水池，齐君元完全可以凭借自己纵跃的力量跳过去。但在兜子之中这种事情也是绝不能做的。你能跳过，设兜之人也早就想到。所以早在你起脚和落脚之处暗下设置，这种设置也叫爪外爪，它们比兜子中正常设置的爪子更加凶险狠毒，基本都属于血爪、碎爪一类，中者必无生还的机会。

齐君元是个摆兜子、破兜子的高手，否则当年他也不可能从离恨谷的百变杀场中冲出。所以在辨查确定兜形之后，他迅速将思维沉浸到一个构思意境的状态。以无形的觉悟来发现真实的危险，以便从兜相中找到锁困点和杀戮点的分布。然后按布兜者的思路寻出某种规律，最终从各种设置的空隙中理出一条活路来。

水池的排布确实非常怪异，极不规则。整体上看不直、不圆，也不正、不斜，毫无规律可循。但是齐君元不同于一般的人，因为他不只是用眼睛看，而且还在用脑子构思，构思一种眼睛无法看出的意境。这样独特的方式可以将所有水池以比较规则的形状排列组合起来，在他面前以平面状展开。

如此一来他便可以根据已经看到的部分构思出无法看到的那部分，比如说那三间房屋另一侧的水池排列。

正因为有这样的能力，所以齐君元很快就确定自己面对的不是水，而是一条鱼，一条融入了半幅先天八卦的太极鱼。

各种形状的水池在意境中可排布成先天八卦中的四卦，坤、风、水、泽。虽然水池形状与爻形相差很大，卦象也显得有些扭曲和怪异，但从大意上看还是很明显的。虽然爻形不正，但这四卦组成的整体形状算是比较标准的。有圆头，有尖尾，形状上这是偏长偏窄的半边太极鱼，三间房屋的西间房是这部分的鱼眼。而从组成的四卦性质上推断，这半边太极鱼应该是阴鱼。

根据这些，齐君元脑海中将意境推远，于是构思出另一侧自己看不到的部分。那里应该是阳鱼，由乾、兑、雷、火四卦组成，三间房屋的东间房是那部分的鱼眼。

八卦组合成的阴阳鱼，阴阳两条鱼结合起来是一个完整的太极。此处的布置应该是"太极蕴八卦"，又叫"元开世物"。这种布置一般在其中还可以暗藏下两仪、四象的变化，一般而言这在采用固定物进行布设时很难完成，如果是以人或活物布阵的话就可轻易设下变化。但这里的"太极蕴八卦"还是巧妙地将两仪变化加入进去，再结合应对风水破败的表象，可以说已经达到了一个匪夷所思的绝妙境界。

能制作那样精巧的"八俏头"玩器，其技艺与离恨谷妙成阁相近；能布设这样绝妙的兜子，其技艺与离恨谷天谋殿相近。而两者同时具备绝非巧合，此处暗藏着的应该是离恨谷的高手。此时齐君元已经几乎可以断定，这个地方很可能就是黄快嘴带来的指令中说到的"阴阳玄湖"。

兜子的布设虽然玄妙高深，但只要看清了其中窍要，理解他的功用，出入其中就是一件轻松的事情。齐君元看出来了，所以他开始大胆地移动步伐。选择的路线很明确，是要沿水卦入泽卦，再转风卦入坤卦，这样应该可以顺利到达阴鱼的鱼眼。

但是当齐君元按自己看出的窍门刚刚走过水卦，他眼前突然又有水中反光晃闪了一下，随即眼前的兜子局势再次发生变化。齐君元重新陷入了阴四卦的迷相之中，刚才明明已经洞悉了的所有布置结构以及通过步骤，眨眼之中完全变成了重新排列的关系。

这一次齐君元的底气泄光了，他完全没有想到自己走入的困兜竟然可以用实际的水池摆出一个活的兜子来，可以随着闯兜者的移动而不断变化其中的布置和排列。但也就是在齐君元再次被困之后，他发现所遇到的兜相变化绝非因为地上挖出的水池可以移动而实现的，奥妙之处是在那些池子怪异的形状上。比如说其中一些圆形的、椭圆的、曲折的、直角的水池子，如果以它们为爻形的话，从不同的方向看去，它们所代表的含义也各不相同。特别是一些关键位置点上的圆形池，说它代表什么爻形都可以，属于相邻哪一个组合也都行。

这种以固定物设置的活兜子，其中变化可以根据设置者自己的心意。所以要走破这种困行兜不是单凭窥出兜纹（即布置条理规律）就行的，还必须知道设置的变化点在何处，看出设兜者的真实用意在哪里。

齐君元心中暗自感慨："看来今天自己遇到真正的高手了，能以如此方式设兜的高手就算在离恨谷中也没几个。"

不过即便到了这个地步，底气泄光了，他却依旧没有放弃。因为在离恨谷研习玄计属的技艺时，玄计属执掌曾经提到过一种方法，应该可以用来对付这种兜子。这种技法叫"蒙目循沿"。

使用"蒙目循沿"必须有一个前提条件，就是要在周围没有攻击的情况下。因为此技法是索性全不看周围的兜形，蒙目顺着设置物的边沿而行，只要保持住不越死位就可以了。这样虽然花费的时间会是正常闯兜的十几倍甚至数十倍，但最终还是有很大可能走进和走出的。

这个看似简单的方法也可以说是个根本无用的方法，一个用兜子困住你的人，他绝不会听任你在其中蒙眼瞎转，只需下个远杀招或在其中某个位置设下个血爪，蒙眼闯兜的人还是如同在自找鬼门关。

但是齐君元今天遇到的情形比较特别，因为他觉得这里的设置非常像是离恨谷的同门布下的，只是为了用来防止外人闯入，同时也是为了考量入兜者的身份来历,所以其中应该不会设下血爪。另外,那兜中坐镇之人根本未曾询问自己,完全不清楚自己是何许人也,又怎么会轻易以远杀招出手?正是考虑到这两个情况,齐君元决定蒙眼试着走一回。

叶点虚

怀中的一块黑色丝帕,这是刺客随身的必需品之一,俗称"遮羞巾"。主要作用是蒙面时用的,还有就是在烟雾中掩口防呛。而现在它的作用变成了蒙眼,将齐君元变成一个瞎子从兜子中摸索而过。

掏出黑色丝帕的同时,齐君元回头向竹林的来路看了一眼。他这下意识的动作是希望守在路口的王炎霸能看到自己下一步的行动,这种蒙眼而行的做法如果有个人配合可以事半功倍。而且有个明眼人在旁边盯着的话,布兜人真要用什么远杀招和血爪子,旁边的人也可以及时给予提醒和救助。

但是齐君元只是回头看了一眼,并没有呼唤王炎霸进竹林相助自己。王炎霸已经被自己列为怀疑的对象,让他进来非但不能帮忙,反会让自己多一些担心。自己现在已经是身在危险之中,不能在危险之上再增加一份危险。

叠好的"遮羞巾"抖开,并且甩动了两下,这是怕长时间存放后积聚的灰尘进入眼里。但就在抖动"遮羞巾"的这个刹那,齐君元眼中的影像晃动,脑中灵光突闪。他猛然回身再次朝王炎霸所在的方向看了一眼。

是的,就在这个刹那齐君元发现了一些东西,想到了一些东西。朝王炎霸的方向看一眼并非改变主意要让王炎霸来帮忙,而是联想到某些对自己有利的关键点。于是齐君元将"遮羞巾"重新收回怀里,定睛朝四周的竹林巡看一圈,然后双臂伸探而出,果断将袖中暗藏的钓鲲钩飞射出去。

钓鲲钩射出,目标是竹林边一些茂密的竹枝。钓鲲钩刚刚触及那些竹枝,便又猛地收回。力道轻重恰到好处,未割断一根细弱的竹枝,却是带起大片的竹叶。竹叶成团飞扬而起,然后成片飘飘忽忽往兜子中落下。

竹叶飘落在水池中,洒落在水面上。这样的情景看似平常,但在齐君元构思的意境中,每片竹叶与水面碰触的瞬间,都像是一片片刀片在割破缠绕自己的幕布。于是迷茫中出现了清晰，黑暗中出现了亮点。当许多竹叶覆盖住水池水面时，他眼中的情景再次变化，脚下原来消失的路径重新出现。

所有转机都出现在"遮羞巾"甩动的瞬间，在这个瞬间齐君元看到了"遮羞巾"在水中甩摆的倒影。这顿时提醒了他，让他想到兜子局相每次变化时自己眼前都会晃闪过的水面反光。随即他又发现到一个异常现象，这些被竹林围绕住的水池上竟然没有漂浮一片飘落的竹叶。

这些情况让齐君元想到了王炎霸，想到王炎霸修习的诡惊亭技艺，所以他才会内心激动地又一次回头看了王炎霸那边一眼。

以固定物设置活兜子绝对是高深的设置，齐君元并不怀疑此处的设兜者拥有这等能力。但是固定物设置的活兜子应该在很短距离的移动中就可以看出一些变化迹象来，而不是在走过一卦之后才会出现突变。由此齐君元推断，此处的"太极蕴八卦"不是活兜子。它的绝妙之处不是在设置上，而是在正常布设之外另加入了诡秘的辅助设施，比如说诡惊亭神奇的虚境之术，就可以用来惑目乱神。

王炎霸布设阎罗殿道，需要利用光和镜的反射。而此处可利用的光是日光天色，可替代镜面的是水池的水面，这一点可以从局相变化时的光影晃闪得到证明。而周围环境如此复杂的水面竟然不漂浮一点杂物也是一个奇怪之处，虚境之术中的照射源以及反射工具上如果有杂物掺入，便会成为参照点，破坏掉整体的虚境景象。

所以齐君元立刻决定先不用遮目而行的法子，从破开虚境的方面再试下，打破这种构局或许会有突破性的进展。而且之前已经确定兜子中含有妙器阁、天谋殿的技艺，如果此处真的使用了诡惊亭技艺，那么就更加可以肯定在此设兜的高人是离恨谷的同门。

有了这样的判断，齐君元才更加大胆。所以他果断出手，钩削竹叶入池。竹叶飘入池水，就如上德塬唐三娘火球入范啸天所布阴世幻境一样，一下就破开了虚幻景象。所不同的是当初唐三娘的火球烧毁了部分幕景，露出了空景。而竹叶却是给予了真实的参照，点出了实相。

齐君元不需要细看就已经了然了奥妙所在。此处水中的虚像是利用了水的折射，对光照的飞射。还有每个水池刻意设下不同的水面高低，让人无意之中产生错觉。然后水中的虚影、反射的假象与兜子中的真实布置相融合，使得闯兜人在走过一段之后突然发现水中影像突变、周围兜相突变。

这种设置虽然也利用了水池的不同形状，但并非以其形状而成的活兜子。就单以布设的手法精妙程度和兜理的玄奥而言，它比齐君元之前推测并试图"蒙目循沿"的活兜子要简单得多。破解方法也方便，只需撒下可参照物，按最初看出的"太极蕴八卦"路数就能走出来。

但是，如果齐君元不是离恨谷中刺客，不是修习过离恨谷多个技属技艺的谷生，特别是如果对诡惊亭的技艺没有很大程度的了解，他就算采用了"蒙目循沿"的技法，也是走不出来的。因为此兜子根本就是一个不合任何规矩的异形。

到此刻齐君元终于呼出口气，用袖口擦一下额角微微渗出的汗水，然后继续按原来看出的"太极蕴八卦"路数向里走去。他不用再担心会有反光晃目转换虚境的情况出现了。

他是在刚刚走出阴四卦的口子处站定的。前面虽然没多远就是那三间房子，而且接下来是一片平坦的场地，但到了这里他却不敢再往前走了。因为平坦的场地反而看不出任何布置，看不出布置的地方要么就是平地一块，要么就是暗藏着自己从未见识过的、也更加凶险的兜爪。在这样一个布设玄妙的地方此种可能性很大，所以齐君元不敢去赌，而且他觉得没有必要去赌。这不是在做刺活儿，只是在寻找一个身份合适的人。自己之所以想尽办法闯过设定的困行兜，除了给对方有辨别自己来历的依据外，并不存在其他什么意义。

齐君元知道现在自己所做的已经足够多了，走得也足够远了。剩下要做的就是闹出一点动静，让一些以为不会有人能闯进来的人知道自己进来了。

"请问何方高人在此隐修？在下途经此地唐突而入多有惊扰。"

齐君元的呼喝声将自己都吓了一跳。他这才觉察到，竹林包围的这个范围始终一片死寂，没有一点其他声音。竹林密密围绕应该是有隔音作用的，但是怎么会连一点鸟鸣竹摇的声响都未曾出现？根据天计殿技艺所录，平常

第九章　太极蕴八卦

时无乱音的布设，往往在异常时会呈现乱音。也就是说，当风起之时，此处竹林发出的声响会是又一重摄魂乱神的爪子。

"你是谁？"声音从房子里传出，带着某种诧异和惊疑。

"妙成阁，随意。"齐君元不能确定对方的身份，所以将自己的身份也说得很是含糊，报出的是只有离恨谷的门人才能听懂的隐号。

"你怎么会到这里的？"声音里依旧是诧异和惊疑。

"本不该来此，但按字儿（指令、命令的意思）到位后却未曾接到任何回复。只能是会同另一路将人送到这里，却不知寻的点对不对？"

"你是如何寻来的？"

"我已经回你两问，按礼数尊驾应该明告我一些事情，这样我才能无所忌讳地回答尊驾接下来的提问。"齐君元拒绝回答，而是要求对方先来证明一下自己寻的点对不对。这是很好的经验，江湖上说话，十分话里七分是无关紧要，两分打打交道，一分肝胆相照。刚才他回答的这些内容就是用来打交道的，表明一些别人好奇的东西，这样才能要求对方也表明一些自己需要的东西。

"在下江湖上称作'云中仙楼'，俗名楼凤山，离恨谷谷生，位列玄计属，隐号'算盘'。"对方很爽快地报出自己的名号，这给人一种感觉，就是他已经非常了解齐君元了，并且完全能确定齐君元所说信息的真假。

齐君元早就在江湖上听说过"云中仙楼"的名号。多年前此人曾在南平同时挑战九流侯府的门客"望穿八门"史平峰、"坐地仙"马潭和"活罗汉"泉知和尚。史平峰为当时北方一带有名的卜算大师，马潭精通风水堪舆，在吴越、南汉一带极受尊崇。而泉知和尚更是身具异能，能观面知心、观行知思。但是最后楼凤山在四个时辰里算出五个天机、堪出七处风水破，并设话套反制泉知和尚的读心术，完胜三人。一时间楼凤仙在西南一带名声大噪，凡夫俗子都当他神仙一般，求他卜算看风水者无数。但他似乎厌恶尘世嘈杂，很快便不知归隐何处，只是偶尔在江湖上一露痕迹。

不过楼凤山报完名号齐君元还是大吃一惊。他虽然早就知道此人的名头，却怎么都没有想到这么个半仙般的人物竟然也是离恨谷中的谷生。

确实是没有想到，但这不足为怪。成为一个优秀的刺客有个非常重要的先决条件，那就是不能让人知道你是刺客，或者一眼看出你是刺客。否则还刺什么刺？不是被人家先下手为强干掉，就是让刺标早早逃离。而掩藏刺客真实身份的方法有多种，像齐君元那样平常得没有一点特点是一种，但是像楼凤山这样有着很高江湖名头的也是一种，这叫以明虚掩暗真。有谁会想到一个被奉做神仙般的人物会是刺客？这其实是给大家一个最为明显、最为公众的形象特点，以此来掩盖刺客的真实身份。

也是到了这个时候，齐君元才终于明白东贤山庄外黄快嘴带来的讯息中所说"阴阳玄池见仙楼"是什么意思了。这里以水池布设的"太极蕴八卦"不就是阴阳玄池嘛，而所谓仙楼就是指"云中仙楼"楼凤山。

"吱呀"一声，房子的木门被拉开，一个一身素色长服的矮个子走了出来，齐君元又吃了一惊。

楼凤山江湖外号"云中仙楼"，按理本该仙风道骨、挺拔伟岸。但他那样子却是极为丑陋猥琐，怎么都和云中的仙楼对不上，最多只能算荒郊野村之中的一处畜舍厕棚。他从头到脚的一套素色长服看着灰不灰、白不白的。但也就是最初的颜色可以算得上素，实际上这衣物上面已经不知沾了多少荤腥，否则不会这么油渍麻花大放光泽。另外，他除了身材不像仙楼那么挺拔，整个脸面上的物件也不够挺拔：鼻子塌拉，耳朵耷拉，几撮肯定无法理顺的胡须垂贴在唇边、下巴上。唯一高挺一点的是他的额头，主要是因为额头往上的毛发掉得剩不下几根了。再束起扎个小髻子，这才显得额头很高的。

虽然对方的相貌与名号反差极大，但齐君元却并未太过注意这些外形上的差异。反倒是对方所报的隐号让他蓦然生出些想法来，这个"算盘"的含义和自己"随意"的含义似乎存在某种微妙的相同之处。

候女来

离恨谷中所用隐号并非随便取的，其中含义都代表着谷生、谷客的技艺特点。"算盘"这个隐号乍听很是俗气，只是一个用以计算的器具而已，但其实这两字是要分开来看的。"算"，是度算、衡量、评测；"盘"，是盘活、调整、变化。将这两字放在一起，并非代表那个计算的器具，而是说眼前这人的心计与手段都非同一般。先精密度算，再根据结果盘整布局，从这字面意思上讲，与齐君元的"随意"似乎是有着相互抵触的意思。但其实齐君元的"随意"是指他可以随自己的心意利用周围环境中各种器物和设施布设杀局，而这种利用也是需要经过计算和盘整的。所以深入分析，他们两个的隐号在实际含义上其实是非常接近和相似的。

"你怎会来到我这里的？"楼凤山又问一句。

但这个问题是他刚才已经问过的，齐君元也已经回答过了。所以齐君元没有回答，只是用疑惑的目光看着楼凤山。此时他发现，楼凤山不但语气带着诧异和惊疑，表情也是一副百思不得其解的样子。齐君元知道，离恨谷的高手就算在最迷惑的状况下都不会以这种语气和表情出现在外人面前的。楼凤山这样对自己，说明他已经相信自己是离恨谷的人了。另外，齐君元还有一种感觉，楼凤山重复那句"你怎会来到我这里？"并非要问出进来用的具体技法和过程细节，也不是忘记自己刚才已经问过相同的问题。他只是用这样一句问话来表达自己心中的疑惑。

楼凤山的这种表现让齐君元一下子联想到自己反复多次的推测："离恨谷这次接连实施的几个露芒笺和乱明章出现了意外。而这个意外很大可能就是因为自己，否则这个'算盘'见到自己后为何会如此诧异和疑惑。"

"看来我是不该来的人，那么不知可否问一下楼先生要等的是哪一个？"齐君元索性把话挑开了说。虽然他知道离恨谷中规矩严格，就算同门之间有些事情也是不会相告的。

"我在等一个女的，但是过了预定时间好多日子了，她还迟迟未到。"楼凤山竟然是透露出了一些信息，看来他对此事也是烦恼不已，觉得其中出现了什么问题。

"所以楼先生本来是自己在呼壶里街市上放出暗号等人的，如今觉得情况蹊跷，这才退回此处，另外雇请一个不相干的人每天在街市上走一趟。以一只精妙的'八俏头'为诱，看能不能将要等的人带到此处。"

"你果然是被'八俏头'引来，而且还走破我加了惑眼障子的'太极蕴八卦'。这样看来你的功底极为了得，不单妙成阁技艺娴熟，而且还兼通天谋殿、诡惊亭的技艺。"

"楼先生夸奖，其实我所会技艺非但不能与楼先生相比，就连思虑缜密上也与先生差之太远。你雇请一个不相干的人每天从街市上走一圈，然后由此处布置的惊门进，生门出，只是沿竹林边沿绕过'太极蕴八卦'，根本不会触及任何布置。但是如果引来的人是你要等的人，即便窥不破此处兜理，也立刻可以从各种迹象上知道此处是等她的人。就算万一引来的是其他门派路数的行家高手，先生以融风水、玄理、诡虚为一体的兜子为护，进退自如，根本不用露面起冲突。"齐君元夸赞楼凤山的同时，也将他的意图剖析了一番，因为只有这样对方才会更加重视自己的存在，将更多信息透露给他。

"推断虽说有些谬误，但是大理不差。只可惜你仍不是我要等的人。"楼凤山此时已经恢复状态，一副表情与死人相仿。

"你等的人不来，要么是中途出现意外，要么就是她不愿意前来。不知先生等她是为了什么活儿，或许我能替代，以解先生烦忧。"齐君元这话说得有些狡猾，他其实是想探听一下让秦笙笙来到呼壶里有何目的。因为他觉得秦笙笙是知道自己前来呼壶里的目的的，但从她最近表现出的情绪可以发现她并不愿意来到这里。特别是那次甩开齐君元追踪狂尸群，虽然最有这愿望的是倪稻花，可当时倪稻花还在装疯，始作俑者是秦笙笙。明知自己要来呼壶里执行其他指令，却依旧另行他事，可见她很不情愿前来呼壶里，想以意外事件错过这里的任务。

"你无法替代，而且时限已过，就算有人替代也已经来不及完成这趟活儿了。"楼凤山平静地说道。

第九章　太极蕴八卦

"补救呢？有办法补救吗？"齐君元又问。他知道秦笙笙如果真的耽搁了离恨谷布置的重要任务，将要接受的惩处会非常严厉。

楼凤山沉默了一小会儿，然后才淡淡地说道："我也不知道，好在意外不是我这一处的原因，而且目前罪责难定。谷中执掌们应该会有相对办法重新处置，只不过我这里还未曾收到指令。"

齐君元听到"罪责难定"这句话时，终于松了口气，这表明秦笙笙耽搁的事情至少到现在为止还无法确定是由于她的原因。

不过有一个现象其实很奇怪，不知道齐君元自己有没有发现。他作为一个无亲无近的无情刺客，从来只认离恨谷所发指令行事。为了达到完成刺活儿的目的，不惜牺牲任何人，哪怕是经常在一起的同门。但现在不知为什么会下意识地为秦笙笙担心，所有的做法和想法也都是以保护秦笙笙为中心。难道只是为了露芒笺中将秦笙笙送到秀湾集的指令，要只是这个的话，他的任务其实已经完成。现在的他完全是在做分外的事情，而且那么认真和执着，这是否是因为在这些时日中他们之间有些无形的东西正慢慢地发生着变化。

就在此时，楼凤山突然眼眉一挑，嘴角边挤出几个字："又有人来了。"

齐君元没有回头，从楼凤山眉眼闪动的方向判断，那是自己刚刚进入竹林的方向。竹林外始终不曾有示警的信号，所以王炎霸和秦笙笙应该是安全的。而现在从那方向有人进入，只可能是因为自己进入的时间太长，外面那两人担心自己跟了进来。虽然这种心情很让人感动，但这种做法却是很盲目、没有经验的表现。

进入竹林的只有一个人，是秦笙笙。很明显，担心齐君元的人中不包括王炎霸。

秦笙笙远远看到齐君元和楼凤山隔着场地对立而站，并没有自己担心的事情发生，于是也在竹林边站住了。但就在她站住的同时，她背后不远处又出现了一个身影。这身影很明显地堵住了她再次退出竹林的路径，并且站位是在竹林小径的一个拐弯后面。行家只需一眼就知道，这种站位是为了防止他所阻止的秦笙笙会突然发起强势攻击。

齐君元不用回身便知道身后出现的是秦笙笙，这么些日子和她相处在一起，他已经能从感觉和构思的意境中确定她的存在。

但很奇怪的是为何出现的只有秦笙笙却没有王炎霸。三段锦的布局即便移动和收缩，所在位置的顺序是不应该变化的。而且秦笙笙要想擅自行动的话，王炎霸站在她的上位，应该予以制止的。而现在第三位的秦笙笙已经走过竹林，来到兜口处，第二位的王炎霸却踪迹全无。被别人暗算了？不会，因为这里虽然诡道重重，但坐庄的却是离恨谷的同门，不会贸然下手的。是他自己离开了？秦笙笙在他后面的第三位，那他又是从什么途径离开的？又是出于什么原因离开的呢？

还没等到齐君元想通这一点，秦笙笙背后就已经出现了一个预料之外的身影。意外出现的任何人和物都带有危险的成分，这是刺客所遵循的最基本的警示。所以齐君元担心了，担心秦笙笙的处境。他缓缓地转身，完全背对着楼凤山，将所有注意力都放在了那个意外出现的身影上。

无论是身高还是体魄，无论气势还是气质，那都只能算是个非常平常的身影。但往往最平常的也是最具可塑性的，这就和齐君元的特点是没有特点一样。所以这样一个身影在需要的时候，可以按照他的意愿转换成别人都不会怀疑的形象，比如就可以转换成一个卖玩器的。虽然从街市开始，卖玩器的自始至终都只留了个模糊背影给齐君元，但齐君元却根本未曾怀疑他的真实性，包括刚才的推断中也只是将他作为一个被雇请的不相干的角色。

"刚才我的推断有谬误，那卖玩器的并非一个不相干的人。他是个可以偷偷溜到别人背后暗下杀手的厉害角色。"齐君元主动承认自己的错误。

"谬误是难免的，他的确很难辨别，因为不管外相还是气质，他都能做得比真正卖玩器的还像卖玩器的。因为这个谷客虽然位列功劲属，兼修工器属，但除此之外他还将色诱属的一项技艺休习得非常娴熟。"楼凤山似乎很理解齐君元，同时也表现出对那个卖玩器的钦佩。

其实在楼凤山刚才短短的言语中提到了刺客掩藏真实面目的又一个境界。是除了齐君元的无特点、楼凤山的以明虚掩暗真之外的第三种方式，也是最常见的一种方式，那就是假形胜真。也就是说，所有言行可以比你所装扮的角色更加逼真。

"现在都看出来了。他是修习了勾魂楼的'随相随形'，所以才让我们毫无戒心就跟随到此处。如果不修习妙成阁的技艺，做不出那只精巧的双连环八俏头。至于力极堂的技艺虽然到现在尚未展露，不过从他的巧妙择位和沉稳的态势来看，出手便是一杀即成的招数。鉴于这些情况，我会阻止我的同伴在没有把握的情况下冒险攻他。所以根本不用露刃见红，他堵住我同伴退路的目的就已经达到了。"

"哈哈……"楼凤山的笑声很干涩，这让人觉得他只是在清嗓子而不是在笑。"齐兄弟踏破我'太极蕴八卦'已经让在下敬佩，而明目识辨、推敲入点更显大才大智，难怪可以意外出现在我这里。"

齐君元眼神猛然一闪，然后缓缓扭转过头来："刚才我只含糊报了所属和隐号，而楼先生竟然能报出我的姓氏。如若无人事先相告，那定然是先生仙修已成、未卜先知了。"

楼凤山先是微微一愣，随即便淡淡一笑说道："如若我果真仙修已成，你能看出已达几流境界嘛？"虽然语气平淡，但仍是可以从楼凤山这不着调的玩笑话里听出掩饰的味道来。

"九流，不过是下九流，专门用来糊弄愚夫蠢妇、痴儿老朽的。"齐君元还未说话，竹林边的秦笙笙已经高声接上话头。

"你……"

"你什么你，种些竹子围个牲口圈，挖些坑池当食槽，你以为这样就能冒充神仙了，算足了你也就是个猪妖。我就奇怪了，这么多池子怎么就照不清你自己那张厚皮脸。还仙修，你这辈子和仙字搭界的也就只有仙逝了……"

楼凤山突然发现自己捅了一个大马蜂窝，耳边固然嘈杂不断再难安宁，而且脸上还刺烧得难受，痒不痒、痛不痛的感觉直扎到心上。不过他这种修为的人即便心中感觉到不适，神态上却没有丝毫变化，对那些扎人的话如若不闻。

"楼先生要想留下我们也不该是这种做法。"齐君元这话出口字字清晰，秦笙笙嘈杂的咒骂声竟然不能掩盖分毫。

"我未要留你，你若要去，我亲引'太极蕴八卦'阳鱼四卦路径送你出去。"楼凤山显得很是客气，他的实意真是要齐君元离开。

齐君元没有作答，而是站在原地双目半闭。他在思考，思考眼前的状况，思考前前后后的事情，思考对方这种做法的缘由，思考自己该何去何从。

第十章　惊雉立羽

情已窥

此时齐君元的处境很是困窘，面前虽然已经过了阴鱼鱼身，到达平坦的鱼眼附近。但是看不出兜爪布设仍是不敢贸然而动，身后秦笙笙又被人占据有利位置掣肘难动，所以现在留谁走谁都是别人说了算。自己要想摆脱这种困窘，最好的方法就是揭穿对方的意图，化解对方的优势，寻到对方的软肋，然后才能在一个平等的位置上进行对话。但是这方法知道的人有许多，能做到的又有几个？

幸好的是，齐君元抓到了一个关键点，一个到现在为止还未曾在阴阳玄湖间出现的关键点。所以他可以站在原地不动分毫地进行反击。

"楼先生，秦姑娘说的其实没有错。你怎么都搭不上仙修的边子，甚至就连隐号'算盘'二字你都够不上。否则你也不会摆出一副立于制胜之地的姿态，仿佛极为宽容地说要送我走，其实你根本连眼前的形势都没盘算正确。"

齐君元语气中也带着嘲讽，这是楼凤山根本没有想到的。在他看来齐君元应该早就看清形势并做出正确的抉择了,可没想到从齐君元话里听出的味道似乎是自己处于什么不利形势。

"我为什么不过阴鱼身,只站在坤卦的口子上,就是为了可以再从来路快速退出。"齐君元这是违心之说,他不走是不清楚前面是何布设情况而不敢走。不过也正因为没有走,他现在的位置倒的确与他所说相吻合。

"就算你能快速退出,恐怕也是来不及解救秦笙笙的。再说了,你一旦动了,我便会在你身后追逼。"楼凤山可以从齐君元不十分明朗的话语中领会他真实的意图,更能针对这些意图采取相应的措施。

"你知道她叫秦笙笙?就像知道我姓齐一样,看来你不是在等人,而是准备好一切要针对我们做些事情。"齐君元声音淡淡地,就像在问一件自己根本没准备买的货物。但这淡淡的语气却突然发生了转变,接下来连串的话语如同暴风骤雨般向楼凤山砸去。"秦姑娘不攻反退,那卖玩器的只能追逼,那么便失去现有的站位优势。而一旦到达竹林与水池间的宽阔地带,你觉得凭他一项力极堂的技艺能占得上风吗?而我快速退出的同时按'四方二十八宿'①或正或反布下子牙钩,你又如何步步追逼在我之后?"

"我和卖玩器的可以都不动了,只堵住两处扼口,以闲待劳。"

"先生可能忘记了,你这兜子有个由惊门出生门的留隙,(留隙是指设兜人布设兜子时故意留下的活路,一般是给自己人快速顺利通过的,以便调整人手布局。有的情况下也用作诱敌而入后诱敌者的退路。)而你似乎少了一个堵住那扼口的高手。这在我刚进竹林时就已经看出,否则也不会轻易踏入你这兜子。"

楼凤山的表情没有再次出现变化,而且这一次有些沮丧。

"楼先生,虽然你没有细说,不过我多少还是猜出些你的意图。因为预定的时限已过,你原来接到的活儿已经错过做成的机会。虽说意外颇多,罪

---

① 四方二十八宿布局是按正四方位排布,但是四方位相互关联后从不同方向以及仰视、俯视可得出不同的排列顺序,布局自身变化的方式可达一百六十八种,如果再算上相互间的错位排列,可达六百五十四种变化。

第十章 惊雏立羽

责难定。而一旦谷中衡行庐追究责任，你们怕罪责难当，所以极力想要留下秦姑娘，这样你们就能将所有责任推到她的身上。堂堂几个大男人竟然要以一个姑娘来为自己挡责，所以秦姑娘骂你厚脸皮一点儿都没错。"

楼凤山的脸一阵红一阵白："可我们是按令而行，没有一点差错，问题全在秦笙笙身上。离恨谷中只分谷生、谷客，不分男女。惩处原则是有责自当，不累同门。"

齐君元发现这个楼凤山虽然精通天谋殿技艺，风水、兜形、玄理，甚至还精通一些诡惊、虚境之术，但他对江湖、世事却接触甚少。只要话头转到辩驳、争论之上，他便显得愚拙，要么无言以对，要么是以规矩、教条来进行辩论。所以总的来说，这人和范啸天颇有相似之处。虽然是杀技高手，虽然在江湖、民间有着很高的声名，实际上人情世故、江湖诡道的一套接触很少。

"其实楼先生还在其次，最为卑鄙无耻的应该是那王炎霸，为了推卸责任他甚至不惜将同伴推进更大的危险。"

齐君元这句话一出，楼凤山脸色大变，竹林里卖玩器的那人也猛然一震。而当看到这两人的反应后，齐君元的嘴角微微一翘。这句话带来的效果，让他确定了自己的推断是正确的，确定了自己所抓关键点的准确。

之前我们已经提到齐君元对王炎霸的怀疑，但这怀疑并非说他是混入离恨谷的卧底，而是怀疑他在操纵着某件不能告人的事情。

虽然他只是范啸天外收的徒弟，身份还不在谷生、谷客之列，但身份是可以造假的，特别是将一个高级别的身份降到低级别，那是很容易让人相信的。再一个王炎霸虽然表现得自己只会阎罗殿道的技艺，但就这技艺他就使用得比一般的谷生、谷客还要娴熟，这代表着什么？这代表他的技艺其实极高。但是他的任务和身份需要掩盖，而使用过程中却又无法掩盖，所以就说自己只会这一种技法，那么钻研得深一些、施展得妙一些就都在情理之中了。所以一个技艺差的人想冒充高手很难，但一个高手要想隐藏一些技艺，把自己装得很无能，有时候也不是那么容易的。

其实最初时齐君元曾怀疑是范啸天在说谎，以为他怕自己将离恨谷中的技艺过多地传授给不属于离恨谷的徒弟而遭受惩处。但他后来从与范啸天的交流中发现，范啸天长时间都在谷中研究吓诈属的技艺，难得出谷几次也是为了谷里绘制地图等类似繁琐的任务，不可能有太多闲暇和机会出谷传授技艺给这个徒弟。所以王炎霸的技艺应该另有来路，这来路或许连范啸天都不清楚。而确定这一点的证据是齐君元发现王炎霸能直接听懂黄快嘴的话。

综合之前种种现象和刚刚证实的信息，齐君元估计这次离恨谷给范啸天和王炎霸派下的任务其实是两路，只是为了掩盖住王炎霸的真实身份以便派到更大用场，这才将这两个任务在开始时交集了一下。范啸天带着王炎霸寻到秦笙笙，但接下来这两人便分开了。王炎霸的任务是负责带秦笙笙去呼壶里，而范啸天的任务才是去上德塬。

秦笙笙了结完她的私仇之后，未按预先约定的路线行事，这说明她其实知道自己下一步的任务是什么，但她却不愿意去做这件活儿。可能之前谷中的执掌也已经预料到秦笙笙不会很愿意去执行下一步的任务，所以才派王炎霸来主持这一路任务的实施，因为王炎霸是个心计远超一般人的人。

秦笙笙的行动全在王炎霸预料之中，所以他提前在秦笙笙可能遁走的路线上设"阎罗殿道"困住她。可王炎霸怎么都没有料到齐君元会意外地冒出来，然后整个任务的流程都由于齐君元的参与而完全失控。

王炎霸其实努力过，将他们带到上德塬就是想通过范啸天的证明，从而摆脱齐君元，可是没想到在那里撞上了三国的秘行组织。从三国秘行组织的围困中逃脱后，王炎霸以为这下可以顺自己的心意带着秦笙笙去往呼壶里，谁知又很意外地在半路偶遇狂尸群。秦笙笙暗中鼓动倪稻花等其他人在夜间解脱船只缆绳漂走，去追狂尸群救上德塬族人。虽然王炎霸也追上了漂移的船只，但是在有多个外人的情况下他无法透露自己带秦笙笙去往呼壶里的真正意图，也无法强迫秦笙笙随自己而行。因为呼壶里的这件事情关系太过重大，他怕闹翻了之后将内情透露出去自己会被衡行庐施以罪责。

但是等他们寻到狂尸、找到东贤山庄后，此时已经快到预定的时限了，就算再往呼壶里赶也肯定来不及。所以王炎霸在大家第一次逃出东贤山庄后便假发乱明章，让范啸天领头带秦笙笙他们二次入庄刺杀唐德。这其实是因为明知耽搁了谷里非常重要的任务会被衡行庐施以重责，所以索性采用嫁祸于人和送入死地的双效做法来解脱自己。一旦秦笙笙死在了东贤山庄里，本身就是一个不能及时到达呼壶里的大好理由，另外，衡行庐论责之时的具体情况也全由他一个人说了算。即便秦笙笙逃出来了，他也可以将责任推给范啸天，说是他要带着秦笙笙去闯东贤山庄杀唐德才耽搁行程的。

那份假乱章将他和齐君元撇在外面也是有原因的：一个是将自己脱于事外，既无危险又不搭上瓜葛，最后也好说话；另外就是怕齐君元技艺高超，进入后能撞破庄中危机将大家再安全带出，那么自己的计划就泡汤了；还有如果之后离恨谷真的要深究，他还可以说是因为齐君元的参与才导致误遇狂尸群，然后又是随着他潜走东贤山庄的，将罪责都推到齐君元头上，让他成为替罪羊。由此可见，王炎霸此人心地狠毒，为保自己不择手段。

但是就在他们被东贤山庄的高手围住之时，黄快嘴出现，带来的信息仍是要他们分两路继续行事。也就是说，呼壶里的事情虽然时限已过，但仍是可以完成的。所以王炎霸这才求齐君元帮忙，将那几人又解救出来。

"我可以断定，你们呼壶里这一路的任务是用的'流庄法'。楼先生，你虽然江湖名号极大，但此趟活儿你最多是个出面的而不是主事儿的。还有那位卖玩器的兄弟，充其量也就是打杂辅助而已。你们这一路的事儿最终应该是王炎霸说了算，他才是真正做庄的。而且为了事儿做得到位，以流庄形式出现，从头到尾都亲身盯住秦笙笙。如果我估计得不错的话，他现在应该就藏身在我刚才所提的生门处，以防我们辨出兜相从那一位置突围。"齐君元高声说完这话，然后便静心等待。到了这个时候，他觉得有些人应该显形了。

惊雉羽

一个人顺着竹林围绕的弧形缓缓走来。他是从"太极蕴八卦"的生门出来的，行走的路线正是很难被人看破的预留兜隙，这和齐君元料算的完全一样。走出的那人不是别人，正是阎王王炎霸，这更在齐君元的料算之中。

"齐大哥骂得忒狠了！真没觉得，我是什么时候被你瞧破的？"王炎霸说话很客气，还带着些钦佩之意。

"第一次离开东贤山庄，你独自去树林中方便，却莫名其妙带回来一个乱明章。"

"只是凭这一点吗？"王炎霸觉得这不该成为确定自己底细的破绽。

"不，那时候是开始怀疑，确定是在黄快嘴再次出现后。听了黄快嘴的叫声你态度突变，等到哑巴诱鸟吐人言后，你再对应所说内容。顿时明白你是因何而态度突变的，也知道了你能直接凭鸟语听出所传信息。"

王炎霸知道这的确是个破绽，虽然很不明显。但他仍不死心，觉得只是这样一个没有确切证据的现象依旧不能确定自己身份："还有吗？"

"还有，你的'百步流影'使用得太过出神入化。我原先的计划只是要震慑一下唐德，而你却能选择合适的角度、时机直接刺杀了那假唐德，并且是在大白天。范啸天原来说你只学会了夜间布设的技艺，但与你的表现出入太多。再有，逃离东贤山庄后分两路行事，你不随你师父行事而与我们同行，你师父竟然没有一点异议，这一点也是蹊跷。而我们到呼壶里后，能如此轻易就遇到卖玩器的不是运气好，而是你已经知道他每天走一趟的时间和路线。我安排下'三段锦'，秦姑娘进来了，你却不知所踪。而从周围环境局势上来说，你无法单独溜走，只能单独溜进，所以这地方你是轻车熟路的。最明显的是，楼先生和卖玩器的诱我们来此，应该早就知道我们来的是三个人。但他们所有的布设只是针对我和秦姑娘的，根本不包括你。特别是卖玩器的站位，根本没有对第三人进行防御。另外，像楼先生那样的本事和心机是绝不会忘记兜儿留隙这件事的，所以没有外加设置，那应该是为了便于某些人的出入。结合这所有现象，最终归结到一根轴上的答案，就是你和他们是一起的，而且已经溜到兜形的生门处占位，防止秦姑娘再次走脱。"既然王炎霸不死心，一再提问，齐君元索性说出一连串他的漏洞来。

王炎霸的脸色阴沉得真像个阎王，一个刺行中的高手被别人瞧出这么多漏洞就如同一个女人被当众剥掉了衣裳，羞愧、难堪的打击比刀剑给他的伤害更大。但是离恨谷能委派王炎霸主事，带着一路人来做极为重要的活儿，那他便不是能够轻易被伤害的人。事实也证明，他非但不会轻易被伤害，而且还能轻易地伤害别人。否则他也不会做那种嫁祸给自己师父、陷同门于死地的事，只为推脱自己的罪责。

"齐大哥，你要理解。离恨谷中安排下的刺活儿，手段可用至极，必要时不惜任何代价。"

"你错了，离恨谷中离恨二字由何而来？便是手段至极所致。更何况你的一些手段还未到必用之时。"

"有无必要你说了不算，在突发意外却无谷中指令时，主事者应当机立断。"王炎霸的意思是齐君元说了不算他说了算，因为他是主事者。不过这一点倒真是离恨谷的规则。

齐君元虽然也知道这样的规则，但前后揣测王炎霸的种种做法，还是觉得此人太过可怕。其心机还在其次，心地毒狠却是胜过任何一人。

"齐大哥，其实你所接露芒笺指令的活儿到秀湾集已是终结。我们这路的活儿和你已经没有任何关系，其中实情也不便透露与你。你还是就此离去，我不麻烦，你也省心。"

从王炎霸这老练周密的话语里可以听出，此人能做一路主事，绝非偶然。就江湖交道的一套，他肯定是在他师父范啸天之上。之前只是一路掩藏了真面目，若非意外迭出，齐君元还真辨不出他来。

周围一片沉寂，齐君元在犹豫、在考虑。他想找个理由，随便什么理由，只要能让自己留下，或者将秦笙笙带走。他不忍就此离去，留秦笙笙一人在这里他总难以心安。他们这一路的活儿已经过了时限，阴险、狡狯的王炎霸肯定会将所有责任都推在秦笙笙头上。但是这又不是和自己相关的任务，强自参与其中便是故意搅乱他们的刺局，那也是谷中规矩要重责的大忌。

周围其他人也都不说话，但他们的眼睛都看着齐君元，都在等齐君元做出决定。

"也许我真的是时候离开了。"齐君元像是叹出一口长气。

"齐大哥！"秦笙笙听到齐君元说这话，于是远远地呼唤一声，这一声中满含的全是难舍和凄切。

"齐兄弟果然是我谷中俊杰，知进知退。"楼凤山在旁边赞一句，真实意图却是在打圆场，给齐君元一些安慰。

"可是……"齐君元突然间将声音大幅度提高，"可是你们谁给我一个准话？我灌州刺活儿失败，是需要再杀，还是回谷中衡行庐领罪？我将秦姑娘一路艰险送到此处，下一步该何去何从？所接露芒笺上未拓必杀印，黄快嘴传讯中也未后缀结语，这两项活儿到底有没有了结？这都应该由谷里或代主给我一个交代，这个交代你们能给我吗？"

没人说话，于是齐君元继续说话："你王炎霸只是一路主事而非代主，所以无权决定我的去留。虽然我在此会搅了你们的活儿，但我未了的露芒笺要没问清后续你就逼迫我走，那你也是在搅我的刺局。"

长久的沉默，因为没人能解决齐君元的问题。他也是完全遵照离恨谷的规则在行事，所说理由滴水不漏。

终于，王炎霸说话了，又一次显示出他的阴险、狡诈："既然齐大哥不愿走，定要在我这里等谷里执掌或代主的交代。那么为了齐大哥的安全，也为了我们行事顺利，只能委屈齐大哥偏安一隅，我们给你定个圈儿休息。"

这话说完，立刻就有人动作了，而且还不止一个。

第一个动的是王炎霸。他快步纵身往前，是要堵住阴鱼这边四卦的入口。

第二个动的是楼凤山，他动得没有王炎霸突然，速度、幅度的变化也没有那么大，只是利索地从怀中掏出一把卜算用的签子，然后弯腰在阴鱼这边的平坦地上有条不紊地布设起来。

这两个人的做法不同但想法一致，是要利用现有阵形将齐君元锁定在一个不能自由活动的位置上。而一旦齐君元被定位，他们就可以将秦笙笙带到任何地方。这样当离恨谷中衡行庐问罪之时，齐君元便再无法进行干涉和佐证了。

第三个动的是卖玩器的，他动的幅度最小，只是往前迈了半步，将垂下的双手微微抬起些。他的目的很简单，是要加大对秦笙笙的逼迫力度，防止秦笙笙借这机会突然反击或寻隙逃脱。

齐君元是第四个动的。早动是为了抢住先机，但如果还没弄清别人的意

第十章　惊雉立羽

图，又如何知道什么是先机？所以齐君元是最后才采取行动的。

其实早在齐君元走进"太极蕴八卦"时就已经看清并记下了几个点。这几个点有三角水池与圆形水池相交的窄弧形，有折转水池与斜条水池搭接的两个角。齐君元隐号叫"随意"，所以类似这些位置都可以被齐君元随着自己心意加以利用。

每个点上最多七只子牙钩，最少三只子牙钩。再将钩子间连上扣刃网的灰银扁弦，配合几个点位的怪异形状，哪怕你明明看得清清楚楚，但真的要是踩下去，不是碰弦就是碰钩。而不管碰到的是哪一个，一旦子牙钩触发，连钩带弦就会沿着根本无法预测的方向飞出。钩触人，肯定是穿身而过；弦触人，肯定是立断其身。

轻功好的人可能会想着凭自己的纵跃功夫直接越过布设的钩弦，但一旦跃起到空中后，则会发现脚下点位的怪异形状和钩弦的巧妙布设已经将所有可落脚的位置都逼到池水之中。而池水是兜子的死位，踏入其中后果可能更惨。

齐君元布下钩子之后，王炎霸、秦笙笙的心中非常清楚，阴鱼四卦走不过去了。但这情形反是让王炎霸变得很放心，他原来的目的就是要将齐君元困住，布设下这些钩弦只会堵住齐君元的退路，对自己有利而无害。但王炎霸却不知道，此时的齐君元则更加放心。王炎霸进不了阴鱼四卦，就无法形成夹击之势，这样他便可以先专心对付楼凤山一个人。

就在齐君元择位布钩的短暂时间中，楼凤山手若拈花，信手间将一支支签子稳稳地插在地上。当齐君元再次回到四卦出口时，那口子周围已经被一百多根笔直竖立的签子围住。

这些签子显然不是一般的竹签子，否则不可能如此牢固地插入硬土。从签头部位看，其形状是闪着寒光的"三峰刃"。从签子的光泽颜色上辨别，是发暗光的红黑色，所以应该是铁签子，而且是掺了铜料炼造打制的铁签子，这样的合成材料才能兼具足够的硬度和韧度。

但是齐君元现在所处的困境和签子的材质似乎关系不大，重要的还是那些签子布设的兜形。此兜名叫"惊雉立羽"，是从奇门遁甲其中一式"乱枝穿空"演变而来。

这兜子的名字中用个"雉"字，一个含义是暗喻布设完毕之后，在闯兜者的眼中，这些签子都如同受惊的雉鸟那样将羽毛竖起、不停抖动，这就会扰乱闯兜者的视觉和判断。而之所以能够达成这样的目的，除了兜形的奇妙，还因为签子的材质。掺了铜料的铁签子，只要有微风吹过，就会微微颤动。再一个这"雉"字还是个很特定的长度单位，在古代一雉代表着一段三丈宽、一丈宽的城墙。所以兜名中用雉字，其意还暗喻是将对手围困在重重城墙中。《百战奇略》之八"车战"中提到以鹿角车为方阵，后人经研究，发现此法应该就与"惊雉立羽"的兜理相近。

"惊雉立羽"布下之后，打眼看去那些签子间的距离并不算小，只要不是瞎子都应该可以从这些间隙中走过去。但真是到了近前抬脚要走时，那些签子便仿佛都是会移动的。明明看着是个空当儿，踏下去却正好踩在了签子上。技击功底好的在鞋底刚触到时也许还能及时发现而强行收势退回来，功底差的则顿时就是刺穿脚面、跌倒签林，被插成刺猬一样。也有人避免踏步踩签，耍小聪明拖步而行，这样只需沿空隙行走就是了。但那样做的结果肯定是会被插着的签子绊倒，整个摔倒在兜子之中。

"惊雉立羽"的玄妙之处，是利用一百零八支外形完全一样的签子，按天罡地煞倒天位排布，造成闯兜者的视觉误差和动作失误。所以布设"惊雉立羽"的材料不一定是签子，但必须是外形完全一样的材料。当然，对于楼凤山来说，签子是最好的，特别是他专门设计打制的这种铜铁料的"三峰刃"。用此布设，不仅是让人寸步难行的困兜，而且在别人强行冲闯时，还可以变成杀兜。

瓦盖签

齐君元现在的处境真的很艰难，因为他所面临的还不仅仅是"惊雉立羽"的点点玄机、处处凶险。在签林的另一边，还有手握一大把签子的楼凤山坦然站在那里。他这样做可以很明显地看出两个用意来，还算厚道的一个用意是当齐君元窥破兜子路数闯兜而行时，可以继续插签来加设和变化兜形，用后续手段和辅助手段将其困在其中不能脱出。而歹毒些的用意则更加直接，可在齐君元小心缓慢地闯至兜形中央时，用"三峰刃"飞射齐君元。此时齐君元身在兜中，无法腾转挪移进行躲避。如不是被其飞签射中便是为了躲避踏陷在兜子之中。

齐君元久经江湖风险，当然很清楚自己的处境。所以知道他即便窥破兜子也无法脱出，除非能用一招将整个兜子尽数毁了，但这几乎是没有可能的事情。不过楼凤山布下这个兜子的同时也给齐君元提供了一条重要的信息，那就是刚才他面前这一块阴鱼鱼身的平坦地面原来并没有任何兜子设置。楼凤山之所以没有在四卦之内再叠加设置，应该是出于对"太极蕴八卦"的自信，因为他在其中融合了多种高深的技艺。另外，他有随时随手便能布设兜子的本事在，所以也真的不需要预先布下多个兜子，那样反会影响自家行动的方便。

所有事情往往都是有两面性的。一个对自己的技艺过于自信的人，一个在严密布设中寻求自家方便的人，往往会留下些连他本人都会疏忽的漏洞。在这个打不破的定律面前，即便是心机缜密、筹算如仙的楼凤山也不例外。虽然有些漏洞并不是一般人能看出的，更不是一般人能利用的，但他今天偏偏遇到的是不一般的齐君元。

阴鱼鱼身的空旷、平坦的地面上没有兜子设置，这是齐君元抓住的关键。因为没有兜子，也就没有死位，所以在这个位置上他完全有信心与楼凤山针锋相对地斗一把。

楼凤山布设的兜子"惊雉立羽"固然精妙，但并非没有破法。它在设置上是利用了闯兜人的视觉误差和动作失误，那么只要在其中设置参照物和遮掩物，就可以轻易从空隙处快速走出。而且也只有这样，齐君元才能以最快的速度抢到楼凤山面前，阻止他再飞射"三峰刃"的签子，转换兜形或采取直接攻击。

但问题也是有的，"惊雉立羽"中共有一百零八支签子，在其中设置参照物还算容易，选择合适的遮掩物却是个极大的难题。如果选择大的遮掩物将它们全数遮住，那样就连自己都不知道每支签子的所在位置了，危险依旧存在。所以最好的遮掩物应该是逐个的，就算不能将一百零八个都遮住，至少也要能遮住三分之一以上。而且这三分之一的签子，必须是贯穿兜面的一整片区域。另外，这个遮掩物不仅要能乱了兜相，可以让兜中人快速通过，最好还要能起到盖住"三峰刃"的作用，或者能起到垫脚的作用。这样在快速通过时，即便出现兜中套子（兜子之中局部暗藏的另一种设置或变化）或后手爪（兜子中爪子的后续变化），也都能做到有惊无险。

齐君元隐号叫"随意"，除了他所行刺局都能随他心意而成外，还有他能随心所欲利用周围环境中的所有器物来达到自己各种目的的意思。所以就算是在别人的地盘里，就算是一处器物贫寡的地方，他依旧很快就能找到合适的东西。

双手在袖中摸索了下，看到的人都知道这是在做一些有所企图的事情。但到底是什么企图却没人知道，包括技艺超人的楼凤山。

当齐君元袖中的一对钓鲲钩飞出时，楼凤山依旧不知道齐君元的企图是什么。因为这对钩子不是攻向自己的，也不是针对"惊雉立羽"中签子的。

直到钓鲲钩飞到楼凤山身后很远的地方，落在了三间房的屋顶上时，楼凤山才隐隐觉出不对。他虽没见过钓鲲钩这种武器，但他却可以根据各种武器的外形知道它们设计制作的目的和使用规律。一般来说，一件能攻能收的武器是绝不会设置非常长的攻击距离的，而且一般长距离攻出的武器出手时会更加快捷，因为它攻击的距离和时间都要远远超过短小的武器。所以刚才齐君元在袖中慢慢吞吞地摸索，很有可能是在接这件武器后面的索儿。

钓鲲钩盘旋着收回，就像刮起的一小溜儿龙卷风。随钓鲲钩一起盘旋收回的还有两片黑粗的大瓦。两片大瓦在钓鲲钩旋力的带动下，轻巧地落在"惊雉立羽"中，恰到好处地罩住了两支签子。

竟然是用长索钩子钓来大瓦破解"惊雉立羽"。楼凤山此时终于明白齐君元的意图了，而明白了意图接下来当然是出手阻止意图的实现。所以在齐君元第二次抛出钓鲲钩时，他射出了"三峰刃"签，这是要以飞签阻挡钓鲲钩。但是签子飞射出手后，便再无法改变方向。而钓鲲钩则不一样，在无色犀筋编捻的索儿的带动下，可以轻巧地躲开签子，继续往前，落在屋面，带回大瓦。

楼凤山的飞签只阻挡了一次便放弃了，因为只需要这一次他就已经知道自己无法阻挡。楼凤山又不能退，虽然退到三间房里会有更妙、更凶的兜子来对付齐君元，齐君元却根本不会追到三间房去。因为只要自己退开十步左右，就已经是将封堵的道路让了出来，齐君元便可以直接绕到另一侧的阳鱼位从那边的四卦出去。所以这个时候他能做的只有凝神聚气，准备和齐君元来一次实打实的搏杀。

齐君元只用了二十四片大瓦，便已经将"惊雉立羽"的兜子完全豁开。然后他牙齿一合，咬破内唇边，朝"惊雉立羽"中间吐出一口血痰。白土夯实的地面上，血痰的痕迹作为参照标志是很明显的，也是对方很难快速清除的。

两件事完成后，钓鲲钩再次出手。不过这一次不再是取瓦，而是越过水池，钩带回来两大束竹枝，劈头盖脸地朝楼凤山砸下。

楼凤山吃亏在手中的武器太短，从一开始他就没有想过对付齐君元会需要长武器。所以当大片竹枝盖下时，不知道其中会暗藏怎样杀招的楼凤山只能避让。

竹枝中没有后续的杀招，齐君元的目的就是要楼凤山避让，这样他才能借助这个空隙踏瓦而行、冲过兜子。否则楼凤山占住位趁自己踏瓦而行时迎面阻击，大力的对攻之下，脚下的大瓦万一承受不住，自己便会直接落在兜子中间被爪子所伤。

楼凤山一避让，齐君元想都没想便踏瓦而行，径直朝着楼凤山猛冲过去。

一切还算顺利，当楼凤山重新调整好身形时，齐君元已经冲过了"惊雉立羽"，而且离开最后一片瓦有三步之远，已经是置身于可以辗转周旋的平坦之地。

但是就在此时，楼凤山第一对飞签也到了。齐君元的冲势未消，只能撒出钓鲲钩与之对击。

"仓啷啷"一阵响，钓鲲钩被击回，飞签从齐君元身旁飞过。飞签飞过时带起的尖利风声让齐君元心中感到惊恐。一股深深的寒意，如此小小的签子上所含力道之强劲竟然是他从未遇到过的，应该不输于东贤山庄大丽菊的大力绝镖。但那是一种经过特殊加工制作的重镖，有辅助的借力装置，而这只是大半根筷子长的普通铁签。看来楼凤山不止是卜算风水、设局设兜的技艺绝妙高深，他的技击功底更是难有匹敌。

楼凤山没有让齐君元有喘息的机会，又是一对签子飞射而出。齐君元的钓鲲钩再次对击，这一次他少了之前的冲势，所以力道上更逊一筹，被迫退回了一步。

飞签再至，力道一势高过一势。齐君元再接两招，然后又退两步。如此下去，再要有一击，他便要重新被逼退到"惊雉立羽"中去了。

就在齐君元已经踩到最后那片大瓦时他站住了，没有再后退，因为他知道自己已经无处可退了。所以也就在刚刚踩住最后那片大瓦边缘的刹那，他主动出招了，抢先出招了。

抢攻是为了争取时间，反攻是为了夺取空间，但无论抢攻还是反攻，前提是要有实力，要有一下子就压制住对方的攻势。齐君元发了狠，这一次他不仅抛出了钓鲲钩，还有四只子牙钩。

楼凤山依旧是飞射出一对铁签击飞了钓鲲钩，但他之前却没有做好应付剩下四只子牙钩的准备。急切间只能以手中握着的签子直接去格挡。子牙钩弦栝动作，二次发力，让楼凤山连退两步，手中的铁签差点被震落。

从齐君元冲兜到楼凤山被逼退，整个过程的描述虽然繁琐，但其实就是刹那之间。而就在这个刹那之间中，双方重新认识到对方的实力。两人谁都不敢再轻易出手，只能凝神聚气严加戒备，呈对峙状态。

王炎霸看到了整个对决过程，最终的结果让他清楚地知道自己不能完全依赖于楼凤山的实力。所以立刻转而决定采用其他办法来要挟、控制齐君元。这办法其实很简单，就是和卖玩器的两边夹击，先将秦笙笙拿下。

王炎霸此时表现出的果断与之前的他判若两人，刚想到对秦笙笙下手，立刻便快速闪步朝那方向移动了。移动的同时一手将手中阎王簿展开到一幅"无边落木"的册页上，而另一只手则从身边的囊中掏出一把粉末。粉末不是迷粉也不是毒粉，而是闪粉，一种可反射出星星点点闪动光亮的粉末。这种粉末一般是用金银箔碎末制成，也有用琉璃石、晶石做成的。其作用就是要在挥洒间制造出一种迷茫的范围，然后再配合上其他映射的景象构成一种幻境。这次王炎霸选择的是"无边落木"的幻境，因为配合竹林的背景，这种幻境可以更加有真实感。

幻境可以让秦笙笙不知对手在何处，也不知道自己在何处，更不知道自己应该采用什么办法来应对对手的突袭。所以王炎霸很自信，用"无边落木"的幻境加上两边的夹击，须臾之间便可以将秦笙笙拿下。

攻击确实也是按照王炎霸的想法进行着。王炎霸才一动，那边卖玩器的也就动了，弓腰抬臂，斜步突进。

秦笙笙却一动未动，看样子似乎是对自己所面对的状况还未曾完全反应过来。而到了这程度还未能有所反应和动作，也就意味着再也来不及做出任何反应和动作了。因为王炎霸握着闪粉的手已经挥出，"无边落木"的册页映像也对准了光向和位置。

须臾之间，所有一切都发生在须臾之间。秦笙笙没有被拿下，她依旧站立原处没有任何反应。但是王炎霸和卖玩器的却是猛然间强自定住了身形，就仿佛他们的行动突然撞上一个无形的障碍。

驿多异

事实上没有障碍，只有威胁。

王炎霸发现的威胁是在他自己刚刚过来的生门处，这威胁虽然距离较远，但王炎霸却能感觉出此威胁蕴含的力量足以赶在自己出手之前制止自己。

卖玩器的也发现了威胁。和王炎霸不同的是，这威胁离他很近，就在身后几步的样子。那感觉柔柔暖暖的很舒服，就像一块擦拭自己敏感处的暖巾。但他知道这感觉是绝不能以享受的态度去对待的，否则柔柔暖暖的就会是离开自己身体的最后气息。

当两处的威胁露面后，王炎霸心中暗自庆幸自己及时停止了行动。生门那边出现的是裴盛，虽然他离得较远，但是凭他手中"石破天惊"无可阻挡的狂暴劲道和疾飞速度，要阻挡住王炎霸的出手的确没有问题。而卖玩器的背后出现的是唐三娘，她手中真的提着一块柔柔暖暖的布巾，而且是一块可以让人舒服得再不会醒来的布巾。

疑问在好几个人心中一同涌起。裴盛和唐三娘他们两个人为何会突然出现在这里？出现的目的是什么？他们真的会出手救助秦笙笙吗？没人回答这些疑问，这些问题的答案他们两个肯定知道，或许还有其他人知道，但这人是谁或许就连裴盛和唐三娘自己都不清楚。

齐君元和楼凤山全神戒备地对峙着，但他们两个还是凭借经验和功底发现了裴盛和唐三娘。

两人的出现让楼凤山主动退了三步，这样可以离得他身后的三间房更近些。从这一点可以看出：楼凤山不认识裴盛和唐三娘，不管那两人的目的是什么，至少可以肯定他们不是一伙的。

王炎霸也退后了些，但是在退后的过程中他将手中的阎王簿另翻了一个册页，这一页"百洞暗贯"的图案更适合躲藏和避让。卖玩器的虽然没有退回，却是顺势将自己缩入转弯处另一侧的凹形中，这个位置是他眼下应对两边同时攻击的最好位置。

秦笙笙的困境解除了，齐君元面对的敌手退却了，但这一切并没有让齐君元心中的压力减轻：裴盛和唐三娘为何会在此时出现于此地？他们不是走另一路追踪唐德寻找倪大丫去了吗？他们两个是要杀人还是要救人，或者只是为了解局打圆场？而且这两人如此突兀的出现于困局之中已经不是第一次了，太多的偶然往往隐藏着必然。

江湖人常道：人算不如天算，天算不如暗算。从最初濉州刺杀失手，直到眼下王炎霸露真相同门相逼，所有发生的一切将齐君元卷入了一个漩涡之中，让他根本分不清哪件事是人算、哪件事是天算、哪件事是暗算。就在此刻，他的心中暗下决心：不管接下来发生什么事情，他都不能再与这些人混在一起，哪怕是暗中跟随、旁观，自己都不能置身在他们中间。

第十章　惊雉立羽

两处胶着之势，仿佛时间、空间在这一刻凝固了。始终没有人说话，但是他们都在心中打着各自的主意，想着各自的方法和对策，并暗中调整着各自的状态和位置。所以危险并没有因此消彼长的势头而消除，反是在更加微妙、细致地酝酿和增长，而且一旦到了某个阶段，肯定会以更加狂飙的方式爆发。

好像起风了，竹林发出一阵"簌簌"的声响，让人心中涌上一阵难以疏解的寒意。因为这声响仿佛是一种信号，一种预示，一个催促危险爆发的咒语。

所有人都在等待着"簌簌"声的停止，他们不约而同地将静止下来的那个时刻作为自己出手攻击的起始。

"簌簌"声越来越轻，即将消失。所有人都蓄势待发，一场风云莫测的凶斗已经酝酿到了极限。就在竹林的声响即将完全消失时，又一阵单调的"簌簌"由远而近、由弱变强。那不是竹林被风吹动的声响，而是鸟雀拍打翅膀的声响。

一只灰鹞紧贴着竹林顶梢飞过，然后划一条弧线从王炎霸的头顶落下。王炎霸终于喘出口气，虽然他在身体和武器上的所有准备都做好了，但他心中清楚这一场搏杀他并不占上风。不占上风的坚持是愚蠢的行为，所以他早就希望有什么意外情况出现，可以将此时此地的僵局化解。

灰鹞来得正是时候，在场所有人都能认出这是离恨谷专门发飞信的鹞子。于是这只灰鹞成了大家关注的中心，因为他们这些人都是职责在身却活儿未能做成，一个个都急需离恨谷下一步的指示。哪怕那指示是让他们回衡行庐领罪受罚，都比将他们在这儿干耗的好。而且只要是离恨谷的指令下出，他们之间也完全没有必要再为了推卸自己的罪责而发生争斗，孰是孰非、孰重孰轻谷中自有定论。

王炎霸是带些惊喜地架住那只灰鹞，又是带些忐忑地捻开"顺风飞云"。轻巧地将素帛展开，王炎霸定睛看素帛上的内容。而其他人都在看着王炎霸，想从他的表情提前获知这份指令上的内容是吉是凶。

王炎霸的脸色没有丝毫变化，但是语气却有所波动："是露芒笺，令随意主事、带算盘、妙音、阎王、锐凿、氤氲、六指急赴烟重津截杀南唐特使萧俨、顾子敬。"飞信上根本没有提及他们之前活儿未能做成的罪责，依旧是以正常格式和口吻布置了一件刺活儿。

"顾子敬！"齐君元心中一震，这不就是自己在濯州失手未能刺成的刺标吗？

赵匡胤带着几个贴身护卫进了霸关驿。有驿站小吏将他们引进迎客厅中。整个驿站很是安静，特别是在这迎客的厅房，因为太过空荡就连说句话都隐隐有嗡响回音。

整个驿站不算大，里里外外总共就四五个小吏。虽然赵匡胤带了好几个人进来，也就只有一个小吏给照应着。可见平时此处很少有过差，这帮子驿丞、驿吏都懒散惯了。

刚到驿站门口时，赵匡胤便看了一眼旁边的马栏。马栏里有几匹马匹，但都皮干鬃松，是长时间没有奔跑的马匹。这应该是驿站养着给急件快报信使更换用的，而不是过客马匹，所以此时驿站里没有其他过往官客。但是赵匡胤却发现马栏内外有许多新鲜的马粪，驿站前沙石地上的杂草被断折，苔青被踏破，这些现象却表明不久前刚有许多马匹来过。

进门后，赵匡胤站住，目光在乌砖地上扫看了一下。乌砖地的乌砖没有特别，也没有异常。但是赵匡胤看的不是乌砖，而是砖缝。铺地的乌砖由于位置不同，角落里的砖块和常有人走的砖块在色泽和磨损度上会有所区别。但是砖缝中嵌入的灰尘区别却不大，色泽基本一致。因为砖缝凹陷，污物填入便再难清除，都是常年形成的状态。但是赵匡胤却发现有几处砖地上纵横几道砖缝的颜色和其他砖缝的颜色不同，是新鲜的灰白色。这种情况赵匡胤过去在行走江湖时见得多了，这种特征是用炉灰吸去地面的血迹才会留下的。这就说明不久之前这里刚刚有杀人流血的事情发生，而且被杀死的人还不止一个。

除了看马匹和砖缝，进来的过程中赵匡胤还特别注意了下前面带领的驿站小吏。这小吏双臂横摆，背直腰挺，下颌斜扬，站定双脚分开较大。

第十章 惊雉立羽

驿站小吏虽名属官家，但其实就是官家客栈的小二，最为下等的杂役。平常来往的行差、信使都比他的级别要高，更不用说还有些调动、上任的官员。所以一般的小吏见到官客后都是恭敬、谦卑状，低首含胸，腰围微倾。而眼前这个小吏的各种动作却显得有些张狂，脸上虽是谦恭卑微的，骨子里却透着江湖人的气质。另外，只有练过站桩且经常骑马的人，在站定时双脚才会分得那么开。

迎客厅与驿站客房相连，这是唐至明最为典型的官家驿站格局。一边高大的厅堂迎客、安排酒饭；另一边分做两层隔做客房。客房朝外的一面有掀板窗，朝迎客厅的一面有糊了窗纸的格窗。

夜幕降临，迎客厅中点起八挂大油盏。这大油盏都是面盆大的盏子、拇指粗的油芯，挂在两丈高的位置。八盏齐点，将整个厅堂照得极为明亮。

这是个地处偏僻的小官驿，驿站中的丞吏收入微薄，为了养家糊口一般会从驿站规定支出的财物中尽量省点下来自己分了。像现在就只有他们这几个人，就算是比较大的驿站，这样的大油盏最多也只会点亮靠近有人桌席上方的两三盏。而此处却是将整个厅里都点了，看来这并非没有必要，而是另有所用。因为这应该不是为了给赵匡胤他们几人照明的，而是为了让更多的人看清赵匡胤他们几个。

还有，像现在赵匡胤已经进了迎客厅并且坐下了，这时早就应该有驿站主管的驿丞出来相见。询问官客官职、验看官证，确定身份后才好按不同级别予以招待。但是这驿站中却没有，看来他们要么是不懂规矩，要么就是不负责的驿丞。什么都没问，也不需要任何证明，那边酒菜就已经安排上来了。酒菜倒是很丰盛，属于招待赵匡胤这样一级官员的规格。问题是像霸关驿这种小官驿就算提前专门准备，也是拿不出这样的招待规格的。

酒菜上来，赵匡胤反而站起来离开了桌子，借助大油盏子光亮的映照扫视了一下客房。他很快便发现两处不对，在一层最靠厅门的房间和二层最靠楼梯的房间里有好些人，而且这些人正凑近窗缝窥探着自己。

被赵匡胤看出完全是躲在房间里的人的失误，他们凑在窗缝上窥探别人虽然小心谨慎，却还是因为经验不够没有注意到自己的呼吸。不正确的呼吸方向和不恰当的口鼻位置将呼出的湿气反复喷在了窗纸上。而窗纸上一旦有了湿痕，在灯光的映照下会出现很明显的暗影。

赵匡胤就是借助光亮映照发现窗纸上多个暗影的，并由此确定那两间客房中藏着很多人，而且都是彪悍的男性。

到了这一步，赵匡胤知道自己该做些什么了。他对随身的一个侍卫挥了挥手，那侍卫想都没想，朝迎客厅窗外甩了下手。于是一支响铃袖箭从窗口飞出，发出的声音不高，持续的时间也很短暂。但这已经足够了，因为等待这响箭声的人已经离官驿很近很近了。

张锦岱没有随赵匡胤进霸关驿，但他带着余下大部分侍卫悄然围住了驿站，并且派得力的好手潜入到驿站的各个重要位置。所以响箭刚刚飞出，赵匡胤的手下便已经从墙头、屋顶等途径冲入了驿站。几个驿吏根本不曾有任何反应便被擒住，而那两间客房里的人刚有所反应时门窗就都已经被别人堵死。不过这些人倒真是不怕死的亡命之徒，非但不降，反是几次三番想从里面冲出，最后眼见着死伤殆尽，根本没有逃出的希望了，便在房中引火自焚，要与赵匡胤他们在霸关驿中同归于尽。

刺重出

遇到这样的亡命之徒赵匡胤也是没有办法，只能带人及时退出霸关驿。此处山道缺水，火势燃起后便再无法控制，只能眼睁睁地看着霸关驿连同那些试图刺杀自己的凶徒付之一炬。

到此为止将前后的情况联系起来分析，基本可以推断出这是一个以真掩真的双重刺局。设局之人最初用一个假冒的驿丞拦路，求见赵匡胤，告知歹人占住霸关驿欲设局刺杀于他，以此博得信任也好，引起疑惑详加盘查也好，总之是要竭尽一切可能接近赵匡胤找到突下杀手的机会。而一旦假冒驿丞的行动失败，刺客的身份暴露，那么他前面所说霸关驿被占设局刺杀赵匡胤的说法便会被认为是胡言虚构的。因为没有一个刺客会在自己刺杀时主动将同伴下一步的布局告知刺标，那么他这种做法就反会让赵匡胤这些人对霸关驿失去警惕，然后毫无防备地踏入第二重刺局之中。

但是他们今天遇到的是在凶险江湖上闯荡过且又在比江湖更凶险的官场上磨炼过的赵匡胤，不断在步步惊心的环境中求得生存和功名，必然也会养成步步小心的良好习惯。所以这一环套一环的双重刺局对于赵匡胤来说并不算太过出乎意料，很轻易便被拆破、化解。

另外，第一轮刺杀的那个假冒驿丞以吐露真言来接近赵匡胤时，不单说了霸关驿被占布成刺局，而且还说从此地到京师沿途有不下十几处都设下刺局、杀兜。现在霸关驿之说为实，沿途十几处刺局、杀兜的说法也完全有可能是真的。关于这个信息的准确性很快就得到证实。霸关驿中抓获的那几个冒充驿吏的刺客虽然强悍，但在大周禁军的威逼下，还是有人没能扛住，将刺行中有人下重额暗金要取赵匡胤性命的事情全招了出来。

对于出现这样的事情赵匡胤并不感到意外，当初自己身在江湖就有类似的情况发生过，现在身在官场就更不足为奇。比如说被自己设计顶去都点检要职的驸马张永德，比如说一直对自己职位虎视眈眈的侍卫亲军副指挥使韩通，还有特遣卫正统领薛康，他们都有向自己下手的可能。但问题是眼下的情形对自己不大合适，周世宗有要事发金龙御牌紧急召自己回京师，自己根本没有闲暇应对这些暗算手段。也许背后指使之人抓住的就是这个时机，就算不能刺杀自己，也让自己不能及时回京。如果误了世宗的军国大事，再有人在一旁煽风点火进谗言，世宗必定会责罪自己，而别人也就有了上爬的机会。

想到这里，赵匡胤心中很是后悔，暗暗自责太过大意了。自己一心为了大周，却未曾考虑背后会有人趁机暗算。

之前赵匡胤将弟弟赵匡义派遣去追踪薛康，抢夺宝藏秘密；将赵普派往了西蜀；而他的结社兄弟高怀德、张林铎等人随周世宗北征后被暂时委派为镇守收复城池的职务，没有随班师大队回朝；石守信虽在东京城中，却被调任外城守防；王审奇则被自己派往遗子坡，对蜀国青云寨施加压力。现在连他自己也远离东京，这时要是有人在世宗面前做点手脚，他真的是防不胜防。

赵匡胤越想越觉得自己应该赶紧赶回东京城去。即便不是因为有世宗的召唤，就算为了自己官职、地位的稳固也应该及时赶回。

明知山有虎，偏向虎山行，这虽然是勇者的做法，却绝不是智者的做法。所以包括张锦岱在内的好些人都劝阻赵匡胤，让他绕道而行，由一个别人意想不到的路径返回京师。

赵匡胤仔细考虑了一下，除去面前的这条官道，可选择的还有两条官道。一条是沿淮水往西，过南阳府，到伏牛山折转，然后走登封从郑州府绕回京师。还有一条道是先往北，过兖州府到济南府，然后沿黄河往上，绕回京师。这两条道不但是路程上要多走千里，而且一路山峦连绵，河流纵横，路途艰难。即便没有任何意外，恐怕也要多走二十天的样子才能到。如果不走官道自择野路而行则凶险更多，意外难料。一旦走错了路径，反复下来时间拖得可能比从那两条官道绕的还要长。而万一迷路了，那么需要的时间就更是不可知了。

"不行，走其他路径耽搁的时间太长了。皇上有要事找我回去商议，这路上万不能耽搁太久。"赵匡胤权衡之后，依旧要冒险而行。

"大人，仍走此路太过凶险，别人可是撒了兜在等你。万一有个什么闪失，我们回去也不好向皇上交代呀。"张锦岱坚持劝阻。

"我有个闪失不打紧，皇上那边的事情要是有个闪失那可是会危及千秋基业的，所以我必须从这条最近的路以最快的速度赶回去。另外，你们也真的不用担心，刺行中虽然很多人想挣到刺我的暗金，但就刚才我们遇到的两重刺局可以看出，这些人的刺术都不高，布局也不严谨。像这种能力的刺客在刺行中最多排在三四流。刺行中真正的高手那都是善权衡、知轻重的，肯定会顾忌到我的身份和实力，不会贸然来挣这份钱。反倒是些不知天高地厚的小徒才会贪这杯厚羹，但就凭他们这点微末技艺又能将我如何？"

赵匡胤说完这话后微微仰首，傲然而立，将神光闪烁的眼睛望向远处黛黑的山影："你们都看到了，今天我们虽路遇两次凶险，但全部解决也不过耽搁了一个时辰而已。这样的杀兜妨碍不了我们的行程，反倒是可以为这枯乏的一路奔走陡增些趣味。如若是在平时，身无我主召唤之令，我会定下心

第十章　惊雉立羽

来将这十几处刺局一一彻底破解，在江湖道上再扬我大周禁军的威名！"

所有护卫都看着赵匡胤，听了这一番言语之后，他们个个气息变粗，面色有血潮涌动。

"但现在必须尽快赶回东京，我们只需从那些凶险中闯过即可。当年我徒步千里送京娘回乡，一路上也是凶险不断，我仅凭一己之力便护着一个弱女子闯了过来。今日身边是你们这些如虎如狼、如铁如钢的豪壮之士，难道反倒惧怕了不成？"

护卫们顿时间血脉贲张、豪气冲顶，目光中流动的全是无所畏惧。

"各位将士们，今日我唤你们一声兄弟！敢不敢与我赵某往那些龙潭虎穴中走一遭，与那些妖魔鬼怪戏耍一番？"煽动性的言语是为了鼓起手下侍卫的豪情和勇气。

"愿随赵大人赴汤蹈火，定保赵大人安然无恙。"侍卫们齐齐抱拳高声呼喝。

赵匡胤嘴角微微扬起，他要的就是这结果，特别是最后那一句话。与杀手、刺客决斗，从杀场、刺局冲闯只是表象，而真正的目的其实是要他赵匡胤能安全及时地回到东京，否则一切都不存在意义。

赵匡胤果然是精明、睿智的，他的推断没有错，接下来两天里连遇三处刺局，都是刺行中的低劣手段。这三处他们未曾踏兜便已看出端倪，所以虽然貌似凶险却都轻易地尽数解决，只有很少的折损。

三处刺局的第一处是在河运县东城外的大马店。刺客用了最下三滥的蒙汗药，而且没有丝毫针对性，在店中水缸、酒坛中全都下了。但赵匡胤他们这些人上路后便绝不喝外人酒水，只喝自己从流动的河道山溪中取来并自己烧开的水，所以那蒙汗药只是将店中其他客人迷了。而这也是唯一一次刺客没有露面的刺局，赵匡胤也未查找到底是谁下的蒙汗药，只管急急离开。

第二处刺局是在洪泰县成子湖湾，赵匡胤他们是要从这里的成堰坝过去到破釜涧。此处的杀兜极为简单，就是一条小船。小船的船头、船尾各有一人：一个撑篙的渔家女，一个划桨的老渔翁。

赵匡胤一眼看出那撑篙渔家女穿的是软底快靴，这不是在非常光滑的船甲板上应该穿的鞋子。而那渔翁划桨时好几次桨头都触到水底的淤泥，但仍是将船往岸边上靠近。赵匡胤推断此二人为假冒的渔家，并不识得此处水势。他们如此强行想往边上靠近是有所企图。

果然，那女子竟然身具神力，手持的撑篙竟然是"夹刃竹篙"，篙头前段从水中提出时闪动着六道锋刃。"夹刃竹篙"以狂风之势横扫赵匡胤，幸好赵匡胤早有防备，盘龙棍五撞"夹刃竹篙"，最终用龙头将竹篙撞折。而那女子紧接着的两支飞叉，赵匡胤也都躲过，只将其身边一个贴身侍卫刺死。

老渔翁本来是要以铁桨飞砸赵匡胤的，但未曾来得及出手便被张锦岱的飞蝗石压住。一支铁桨虽击飞无数飞蝗石，却终究是没有机会出手合攻赵匡胤。最后在小腿迎面骨、膝盖连中两颗飞蝗石的情况下，老渔翁便赶紧将船划走，逃入湖区深处。这一次的刺局是赵匡胤他们到此为止遇到实力最强的一次，身边人有了折损。

第三处刺局是在徐州府外凤凰山处，布下的杀兜有三层：一层绊马索连伏地弩；二层锁脚陷坑连飞石阵；三层淋头毒油，江湖又称"毒蛟飞雨"。

张锦岱凭超人的目力直接看出道上的钢弦索，然后又从道边间距规则的凸浮土堆判断出此处暗藏伏地弩，只用了一辆铁钉铜包轮的长把推车便破掉了第一兜。

二层锁脚陷坑连飞石阵的崩踏杠设置得太过草率，只是随手拉扯了些旁边的杂草遮盖，乱糟糟的草面很容易便让人觉出异常。所以赵匡胤派人从不远处的村庄中找来七八只羊赶入兜中，触发陷坑和飞石，未损一人一骑便破解了此兜。

第三兜淋头毒油有两个条件：一个是必须是设在高处，再一个必须是现烧的热油。这次还是张锦岱发现的，他看到高处折坡的背后飘出很淡的轻烟了。两队侍卫迂回上坡，以连射弩将第三兜上的人爪子尽数灭了。无爪行兜，这一兜自然也就破了。

凤凰山这一处应该是他们到现在为止遇到的布置最为精妙的刺局，但是不曾折损一人就见招拆招全数破解了。

顺利闯过这几处刺局之后，赵匡胤的信心更足了。虽然所遇杀兜在实力和布设上比最初霸关驿那里的两杀都要高明许多，但这都在他的预料之中，而且之前得到讯息这一路会有不下十处刺局针对自己，现在算来已经破解五处，差不多要有半数了，接下来只需更加小心，肯定可以顺利闯过，及时赶回京师。

第十一章　狂攻刘总寨

堵军寨

接下来的两天中一路顺畅，只是穿越死黄河时听到有江湖盗匪常用的响箭声，但始终未见盗匪或刺客出手。估计是看到赵匡胤人多势众、兵强马壮未敢轻动，只能眼睁睁瞧着他们通过。

过了死黄河，便是平原大道，而且每天都有妥当安全的驻足点。赵匡胤估计这一大段路程很难布下刺局，倒是在经过热闹集镇时要提防单个或少量刺客的突袭。所以在这一段路程上，赵匡胤改换了着装，换上一套和身边侍卫一样的甲胄。这样一来，在经过几处集镇点时也未遇到任何意外。

死黄河下来后的第一站是一个叫泗阳的小县城，但是赵匡胤没有在县里府衙歇脚，而是穿城而过，来到泗阳西边二十里左右的刘总寨过夜。

刘总寨是个小军营，倚坡背林，全寨是由几幢大宅屋加尖顶围栅构成。这些大宅屋很是高大，坐落布局很是讲究，由此可见当初建造时的气派。据说这是隋朝时泗阳把总刘权建造的私宅。但是后来刘家败落，子孙离开，这些宅屋又地处荒僻，远离后建的泗阳县城，于是便荒废在此。现在这些宅屋

第十一章　狂攻刘总寨

被用来当做一个小军营，军营中其实只有四五十名兵卒，由一名队正带领。没有什么实际军事用处，只是当邻近几个县镇有事发生时可配合处置。

但军营毕竟是军营，外防内守的各项军事设施都是齐全的。这可不是泗阳县衙的一堵高墙能比的，安全性相对要高出许多。而且赵匡胤一进营寨之后便立刻吩咐手下侍卫布设三角钉、棘花索，进一步加强了防卫的强度。

刘家寨一夜安然无事，这依旧是在赵匡胤的预料之中。但是当他早起想要再次启程时，却发现周围的情形不对了。有人竟然趁着天黑在营外布设下了兜子，将出路彻底堵死，这是赵匡胤怎么都未曾料算到的。

虽然夜间布兜未能觉察，但赵匡胤并不惊慌。在他看来，暗夜之中难辨细节，不会布下什么细致的兜子。另外，这一夜整个军营中的人都未曾听到外面有什么异常响动，由此推断，外面所布兜子中没有设置什么固定的、重型的狠爪子。很大可能就是一些浮面儿（兜相的遮掩物）加人爪子，否则不会这么悄无声息。

但是当赵匡胤看到营外的设置后，他不由地倒吸一口凉气。

看到的情景告诉他，他只猜对了一半，就是外面兜子确实用的是浮面儿。但是猜对的这一半对他没有任何意义，而没有猜对的一半却可以让他寸步难行。

在正对军营营门的半圆范围内，放下了大大小小几十个草垛、草把。这就难怪了，黑夜之中也就只有搬运这些草垛、草把才不会发出什么大的声响，堆放这些草垛、草把也不用太过细致到位。

这些草垛、草把就是赵匡胤猜对的一半，平时像这样没用的东西的确是用来做兜子浮面儿的材料。而赵匡胤没猜对的一半，是今天这些草垛、草把构成了一个杀气无限、凶相重重的杀兜，往里看影影绰绰，往远看雾气昭昭。

让赵匡胤心中真正惊寒的是这个杀兜的兜相他竟然完全辨别不出，更无从知晓它的兜理。整个兜形看着仿佛是有九星八门的方位在，但又好像混入了二十八宿位。而且这些位置都是乱向的，并未按规矩排布。赵匡胤脑中搜刮几遍，最后只能沮丧地承认这是他从未见识过、也未听说过的布局，未见兜相、不辨兜理，就根本没有破兜的可能，也不具备闯兜的条件。就算手下人马很强悍，强冲之下只会是自寻死路。所以赵匡胤马上转向思考，立刻带人往军营后面走。他这是想拆开围栅从其他方向逃出。

但是在军营中转了一圈后他发现，军营外的兜子已经是将东、南两个方向堵死，而北面紧靠的是黑松林，西面倚靠光石坡。这两个方向本身就极为险要，如果再设置下杀兜的话，那比从正面营门冲出还要凶险。

"设兜的刺客已经将平坦的出路堵住，这两个凶险的方向又岂会不布下设施。虽然现在打眼看看不出什么来，但眼下这种形势下，越看不出就越是藏有鬼魅伎俩。而且对手将正对大门处的兜子做得无比凶悍，很有可能是故意所为。以此来威吓逼迫自己带人从另两面遁走，这样就正好落入他们更为巧妙的杀兜。"赵匡胤的思考缜密老到，这是走江湖才能积累起来的经验。

"肯定是这样！"赵匡胤很确定自己的推论。"对手设兜刺杀于我，如若我不进兜，他们所设杀兜再神奇、绝妙都是枉然。而我静心待在军营之中，让士卒、护卫在各处组阵守护，他们要想进来杀我也只会是自赴死路。所以我不用急，就躲在刘总寨中和外面的刺客、杀手比比耐心。刺行中一般的规矩，如果被刺标看破刺局，他们便会认为此刺局失败，马上退走。我坚守刘总寨不出，也就是告诉他们我看破了刺局。这样不出两天，外面的刺客肯定会自行撤走。"

赵匡胤已然知道杀兜凶险便绝不会以命试险，这种做法是完全正确的。虽然刘总寨这种小军营之中没有什么特别的传信、告警手段，信件、令箭都是由专门的信兵传递，要想从围困中传出救援信件不大可能。但是此地却并非极度偏僻，经常会有路人和乡民经过。而一旦有人路过这里发现刘总寨被围而将消息传出，或者附近的县衙发现刘总寨兵营久无讯息派遣人手过来探查，那样只会对这些刺客不利。所以相持之局看似不分上下，但实际上外面的杀手、刺客的危险程度和心理负担都要比赵匡胤要大。赵匡胤可以在寨子里安心睡觉以逸待劳，但刺客则必须时刻注意形势变化，提防刺标外援。

赵匡胤知道自己被困是在天色刚刚发亮的时候，但日头还未曾过房顶时他就又很坚定地决定留下来。留下来是没办法的办法，也是最有效有利的办

第十一章　狂攻刘总寨

法，眼下耐心周旋已经成为唯一可用来对抗的招数。

两天过去了，营外的兜子没有撤。非但没有撤，在靠近营门的位置又多出了一道兜子。这个兜子用的材料是百十根竹子，很新鲜的竹子，不高也不粗。但却是取了竹子的竹冠，连枝带叶，蓬展开很大的范围。这些竹子很杂乱地插在地上，东倒西歪的，看上去没有一点规律。

这次赵匡胤没用什么心思就看出来了，新增加的兜子确实不含任何玄理阵形，就如同一个很疏散的栅栏。但是这栅栏却不是随便可以闯过的，因为它的厉害之处不在兜形的兜理上，而是在那些竹枝的附着物上。

几乎所有的竹枝上都有硬壳的虫蛹，颜色也是青绿色的。这些虫蛹如果不仔细看还真看不出来，会以为是竹节或竹瘤。赵匡胤见过的虫蛹有许多，但这一种绿色虫蛹他真的是没见过，只是听说过。有一次和赵匡义所拜的一斧之师闲聊江湖异事时，那一斧之师曾提到过一种"竹浆虫"。这虫子成蛹之后便将卵下在蛹附着的竹管中，并且一直守护有卵的竹管直到枯死。但在未枯死之前，一旦有轻微的外力触碰竹枝，竹浆虫便会破蛹而出。出来后立刻身体爆裂，化作一团血肉浆汁四溅开来。这种浆汁含有剧烈的毒腐特质，沾肉即腐，腐后则毒随血行。除非当机立断切肢割肉，否则必死无疑。

赵匡胤估算了一下，即便动用军营中全部的兵卒再加上自己所带的侍卫，要从这些竹枝中闯过，非得死伤一半以上才行。

但是现在这兜子具有再厉害的杀伤力都没有太大意义，因为赵匡胤并不着急闯出来。他坚定地按原定计划进行，与对方比耐心，让对手知难而退，或者等到附近州县官衙发现此处情形前来救援。

过了第四天，外面的刺客杀手仍是未退。而且就在这天他们又明目张胆地再下一记杀兜，这一次的杀兜叫"板鹞下蛋"。

板鹞是一种最常见的平板型的风筝，它的特别之处是可以在上面装挂一个或数个哨口，这样风筝放飞升空后就会发出洪亮的哨音。但是此处刺客所用板鹞上是不会装挂哨口的，他们在原来装哨口的位置挂了一些黑乎乎的圆疙瘩。黑圆疙瘩的大小倒是和哨口很相似，但从板鹞飞起的高度来看，重量明显要多出很多。

板鹞摇摇晃晃借助风势朝军营飞去，张锦岱站在瞭楼上一直注意着这怪异的风筝。等风筝已经差不多到达军营上方，张锦岱看清风筝上装挂的黑圆疙瘩了。于是他想都没想，连声高呼："快躲！快往房里躲！"呼叫的同时，张锦岱自己直接越过木栏纵身跳下瞭楼，脚步刚站稳便连续几个大幅度的纵跃直往赵匡胤房中冲去。

赵匡胤听到外面的动静刚想要走出房门看是怎么回事，就被冲入的张锦岱一把推了回来。进来后张锦岱立刻将身后的厚木门关上并顶住，人还未离开大门便听到外面一声爆响。爆响之后，周围又是一阵暴雨击打荷叶般的声响。

整个房屋连连晃动，大门差点被一股大力掀开。而紧接着的暴雨击打荷叶般的声响更加可怕，就像许多刀凿一起砍插在门上，感觉那厚木门马上就要四分五裂了。飞尘夹杂着烟雾从门缝中、从门槛空隙中窜了进来，涌起的烟尘团仿佛是穿门而入的鬼怪。

爆响的余音未消，房子外面已经是惨叫声、呼唤声此起彼伏。另外，还有连续不停的咳嗽声，那应该是烟火味道和扬起的尘土太过浓重，把那些还能喘息的人呛得差点就喘不过来。

过了一会儿，张锦岱很小心地打开房门。此时外面的烟雾和飞尘已经散得差不多了，可以清晰地看到房前平地上刚刚出现的一个小凹坑，凹坑的周围有火燎的痕迹。就由这小凹坑看，似乎并没有发生什么大不了的事情。但是环视周围，看许多倒地乱滚或静卧呻吟的兵卒、侍卫，便可知这杀器的威力是何等厉害。

"伤他们的是这些钉子吗？"赵匡胤问一句。他环视一圈目光最终落在自己房间的厚木门上，那两扇门现在就如同一个刺猬，插满了一种异形双头钢钉。这种双头钢钉中间有荸荠座，两边的钉身宽根、尖头、双开刃，形状就像直刃三角短刺。像这样的双头钉发射出来后是旋转飞行的，可划、可刺、可砸、可钻。

"是的，这是南平九流侯府的'平地火雷铁横雨'。"张锦岱回答道。

赵匡胤听到回答微微点头，表情始终没有丝毫变化，其实此刻的他真的被惊住了，感觉一股寒意从脚上直窜到胸中，并且久久徘徊难以消解。这是何等凶悍、霸道的一次攻击呀！如果不是张锦岱及时阻挡，自己一旦迈出房门，那么这条命恐怕真就要丢在这里了。

雷横雨

"'平地火雷铁横雨'是将旋飞双头钉依次整齐地摆列成团状，草绳半扎半嵌固定，外罩软套成形。再以硝药为团心，撞擦火镰为引信。'平地火雷铁横雨'从高处落地时火镰撞击冒出火星点燃硝药爆开，将双头钉射出攻击目标。"张锦岱对这杀器很熟悉，因为他年轻时闯荡江湖，曾在九流侯府当过一阵门客。

"听你说起来像是很简单，却没想到威力如此强大。"赵匡胤发出一声感慨。

"不不，我这说法只是泛泛而论，其实这东西制作起来非常复杂，特别是以撞擦火镰为引信的部分。据说至今都没有妥善的技法保证制作好的'平地火雷铁横雨'每只都能炸开，五六个中能有一个成功就已经非常不易。刚才我见那只风筝上挂有七八个，单线风筝控制的机栝应该是将七八个一起扔下来才对。但最终好像只爆开了一个。"

这时周围烟尘已经完全散去，只需稍稍刻意寻找下，就能看到滚落在不远处的其他黑圆疙瘩。

"真的是好几个一起落下的，幸亏这玩意儿不是很灵，否则这么多一起爆了的话，那扇门能否挡住真是个问题。"到此刻赵匡胤心中的寒意犹自未消。"你刚才说这杀器是南平九流侯府的，难不成他们也会为几百两金子冒险到此地来刺杀我吗？"

"应该不会，也许他们同样贪图金子，但怎么都不敢得罪大周，权衡之下是绝不会做这傻事的。但是九流侯府限人不限器，他们制作的杀器却是可以用钱买到的。"张锦岱说的一点没错，刚刚刺客施放的"平地火雷铁横雨"真就是从九流侯府买来的。

南平九流侯府是个性质极为微妙的组织，由南平王高保勖的妻哥九流侯胡过栋执掌。胡过栋原先是在民间杂耍卖艺为生，后为求家中发达自己阉割了要入大周皇宫做太监。但是未能被大周皇宫收用，于是便混到了荆州南平王府中。后来他将自己的妹妹献给南平王，这才得了个九流侯的名号，并专门执掌九流侯府的一切事宜。知道内情的人透露，胡过栋的妹妹其实是从呼壶里买来的替钗。

九流侯府是南平官家机构，和刺行应该不搭界，可它所做的事情却和刺行相差无几。南平是个挤在各大国中间的小国，周旋于各大国之间与谁都相好无怨。由于几个大国都信任他，所以一旦有什么不能自己出手处理的事情时，便会委托南平的九流侯府来做。这些事情包括刺杀、窃密，等等。而九流侯府为了能更好地做好那些大国委托的事情，所以不断招募江湖奇异人才，研制各种奇绝武器。而研制出的武器只要价钱合适，他们也都会卖给其他大国和江湖组织使用。这样做除了要讨好那些大国，再有也是为了印证研制出的那些武器效果到底如何。所以总的来说，九流侯府应该相当于现在的刺杀组织、间谍机构、军火制造贩卖商的一个组合。也正是因为如此，几个大国都有不少秘密和把柄落在南平王手上，这才能使得这样一个小国被众强环伺犹能不灭。

"九流侯府限人不限器的规矩我知道，但这规矩也不是死的。如果是某一国家出面的话，他们还是会派人行刺局的。另外，不限器之说也是要看什么杀器的，有些绝妙的杀器怕制作技艺被偷学，就算卖出也必须由他们自己人布设施放。这其实已经是属于被雇行杀，只是单做爪不管兜而已。"赵匡胤身为大周殿前都点检，好多机密大事都是亲自操作或参与的，所以没少和南平九流侯府打交道，对他们的底子摸得非常清楚。甚至有些隐秘的真相就连在九流侯府做过门客的张锦岱都不知道。

"大人，你的意思是说外面设刺局的是九流侯府的高手？而且是由其他国家雇佣前来的？这恐怕不大可能吧。"张锦岱不是有些不相信，而是非常不相信。

"为什么不可能？我出三策挽大周面临的困境，还定下后手策略在万不得已时对蜀国边界官员进行刺杀，然后又亲往江中洲，打开南唐和大周间的私道。这些讯息如若传出，南唐、蜀国都有刺杀我的可能。之前我少想了一步，总觉得是朝中与我作对的几个肖小不惜重金阻我回京要我性命。但现在想来其实根本不用他们花费，只需将我的所说所为透露出去，自会有人替他们来做这些事情。"赵匡胤的思路越来越清晰。

"前几场刺局应该是真真假假故意让我放松警觉的。你看看外面堵住出路的两只兜子，再加上这么厉害的'平地火雷铁横雨'，他们这是想逼我拆栅栏从黑松林或光石坡逃出。由此可知那两个方向有比这三个刺局更加厉害的兜爪在等着我，这样的实力岂是前几天那些刺行的三四流角色可比的。世上除了九流侯府外，当然还有其他顶级的刺行门派有此气势和实力。但除了被某个国家委托了的九流侯府外，又有哪个顶级的刺行门派有刺杀我的理由？"

张锦岱也越来越觉得赵匡胤的分析非常正确，但是分析推断都只是看到的现象，始终都没有一个可靠的证据来证明困住自己这些人的就是九流侯府干的。

"大人刚才说得没错，据我所知九流侯府卖杀器确实不是很随意的，最多只给配足一杀和再杀的数量。类似'平地火雷铁横雨'这种杀器，一次卖出的总数不会超过二十个，而其中能爆的也就两三个。这主要是怕人家买回去后不用在刺局上，而是拆解后将其中的制作技巧参悟透。刚才营外刺客只施放了一只板鹞的'平地火雷铁横雨'，而没有几个板鹞同放，说明他们手中'平地火雷铁横雨'的数量最多只够一杀或再杀。从这一点来判断，我觉得他们不会是九流侯府的人。"

赵匡胤琢磨一下，觉得张锦岱所说也不无道理。但就在他思忖之时，周围的呻吟、痛苦声突然间变成了惊慌、恐惧的喊声。

"又来了！""不好了，快躲一躲！""这么多，娘啊！这下死定了！"
赵匡胤猛然抬头望去，远远看到有五六只板鹞一起朝军营飞来。

汴京城中，皇殿之上，周世宗坐在龙案前一动不动，就像一尊石雕。

他的眼睛始终盯在龙案之上，但目光散乱，无法知道他到底是在看哪一份奏折。

龙案上摊开的奏折有十几份，很整齐，是柴荣亲自一份份排放好的。从昨天晚上到现在这些奏折他已经仔细阅读过好几遍了，但每读一遍便多出一份忧虑，一份焦急。

这些折子大部分是关于市场粮盐价格飞涨和军中因粮饷短缺的事情，除此之外还有新呈上的北汉、辽国在边界挑衅的军报。应该是那两国已经获知大周现在的困境，所以再次蠢蠢欲动想乘人之危。百足之虫死而不僵，何况这两条虫子还没死。

除此之外还有渭南道传来的疫报，说发现一种在牲畜间快速传播的奇怪的疫病，病因无从查出，且病发之后无药可治。现虽然大量屠杀得病牲畜并掩埋，却只能暂缓传播速度。为了不加剧粮盐紧缺的恐慌，此疫情一直封闭。但封闭之举不可能长久，而且牲畜畜牧关系到工部、户部、兵部多个方面，所以拜请朝廷尽快拿出处置主张。

龙案前站着以范质为首的一众大臣，这些人已经以低头弓背的姿势站了很久很久，体质差些的已经腰背酸痛、双腿发抖、头冒冷汗了。但即便如此仍一个个连大气都不敢出，生怕稍有不慎惊动了龙案后的"石雕"。因为这"石雕"随时都会变成一条怒龙，一条会喷火的怒龙。

也不知过了多长时间，"石雕"终于长长地叹出口气。这让下面那一帮已经快站不住的人偷偷松了口气，因为叹气毕竟是要好过喷火的。

"赵点检到现在还未能回京？"柴荣轻声问道。

范质赶紧回道："还未曾，不过我已经吩咐过外城守护营和长亭驿站。一旦发现赵大人到了，哪怕是半夜，也立刻让他直接入宫觐见皇上。"

世宗点点头，范质做得不可谓不周到，他这已经相当于是让人在东京城外十几里的地方等候着，就差派人往赵匡胤可能回来的方向迎过去了。

"金龙御牌发出已经有些时日了，赵点检莫非路上遇到什么异常情况了。"周世宗既像是在自语，又像是在和范质商议。

"我也觉得奇怪。之前听说九重将军是在江都一带囤粮，那金龙御牌送到江都的时间，再加上赵点检回京的时间，赶得快的话早在一个月之前就该到了。莫非是在江都未曾找到九重将军，或者是回京路上遇到什么艰难险阻了？"范质回道。

柴荣又轻叹一口气，现在不管赵匡胤发生了什么都无所谓了，他只是觉得蹊跷才多此一问的。目前的情形已经不能再等了，真的不能再等了。

"各地佛寺的监控情况如何？"柴荣又问。

兵部卫戎戍道指挥使李重进赶紧近前一步："皇上，那些寺庙僧院可能已经听到什么风声。虽然兵部已经发信各州县驻军监视属地范围内的寺庙僧院，却苦于无任何理由阻止他们继续转移财物。"

"不能静心研佛，搜听凡世途说，但有涉财物之事便尽心维护、不舍分厘。我看他们并非什么真正侍佛之人，只是借佛之名敛取财物。如此这般还不如借机断了此道，免得天下人久被欺薄。"柴荣说话时轻轻拍了下龙案，虽然声音不大，却是吓得一帮大臣打个哆嗦。

"皇上的意思是……"李重进欲问又止。

柴荣没有说话，又是沉默许久，目光也重新回到那些奏折上。而众大臣也只得再次配合这样的静默，强自坚持着自己疲惫、忐忑的状态。

不过这一次的静默很快就被打破了，柴荣只凝固了一小会儿便断然站起身来，同时龙袍袍袖一挥，将龙案上摊开排摆的那些奏折全扫落地上，然后面色凝重、目光坚定地吐出几个字来。虽然只几个字，虽然是用平静的口吻说出，但众大臣听来便如晨钟震耳。

"拟旨，灭佛取财。"

急离蜀

萧俨从申道人那里获悉字画所含的重大内情之后一直心惊肉跳，心中再无一刻能安稳下来。他想得很多也很乱，首先这个好不容易得来的真相必须尽早告知皇上或韩熙载，让他们加以防范，以免心存叵测者再用类似手段或其他手段暗下杀手。但是这个秘密又不能让太多人知晓，万一此事泄露出去被背后操纵者知晓，那么能否将真相传回就很难说了。所以传递的方法必须可靠，而且最好是由自己亲自回去汇报，这样一则是稳妥详尽，再则可以全数算作自己的功劳。不过这样重大的真相他又不敢独藏于胸，万一出现什么意外，这个真相就有可能再次成为不解之谜。而心存叵测者便无法阻止，再有什么毒计恶招就很有可能得逞。

思前想后，萧俨最终决定将这件事情告诉给顾子敬知道，和他一起商量下一步该怎么办。

做出这样的决定其实最大的原因是因为萧俨在心理上已经承受不了了，心中藏着一个天大的真相要是没有人和他分担的话，他怕自己会得下癫狂之症。另外，他也想过，皇上让顾子敬与自己一同出使蜀国，说不定他早已多少知道些关于字画的事情。而且顾子敬是鬼党中人，皇上的心腹，即便他不清楚字画的事情，但将可怕真相、严重后果告诉他后，他肯定会想方设法把这真相传递回去。

当萧俨将事情的经过和最终结论对顾子敬说完后，那顾子敬的脸显得十分的苦涩而无奈。这一刻他心中首先想到的是自己被迫担上了一份危险，眼下关键的事情不是如何将这真相传回去，而是如何能保住自己的性命。

试想，一幅如此诡秘的杀人字画，一个针对皇上的刺杀手法，一个已经对皇上造成伤害的恶毒计划，这是一般人可以办到的吗？找到这样的字画，通过什么渠道送进宫中，而且还要有机会挂在元宗经常出入的地方。能做到这几件事情的人的地位、势力绝对非同小可，而且这人要么就在元宗身边，要么就是他的心腹眼线在元宗身边。

事实果真如此的话，字画被韩熙载从宫中拿走那人又岂会不知道，其后字画委托给萧俨带到蜀国找无脸神仙求解的事情估计也难逃他的耳目。所以为了自己不会暴露，为了以后能再次对元宗下手，那人肯定会千方百计阻止字画中的秘密被解出。而一旦真相被破解出来后，接下来的雷霆手段便是对所有知情人下手灭口。

"你通过申道人向无脸神仙求解之事还有什么人知道吗？"顾子敬问道。

"没有了，蜀宫里的总管大太监明公公虽然拿帖子引见我认识了申道

第十一章　狂攻刘总寨

人，却也不知道是为了何事。那申道人也非常小心，得到解语之后将我引到青羊观进行了交接。"

"申道人的做法是将祸事嫁接给了青羊观。如若有人要下手灭了知情人，那么就找不到他头上了，而是抓住你和青羊观的道人。而现在你把我也牵扯了进来。"顾子敬叹口气说道。

"扯不扯你都脱不了干系。虽然我是特使你为随行，但知道内情的人都知道你的真实身份，甚至会认为求解字画才是你真正随行的目的，估计你更有可能被当作灭口的第一目标。"萧俨这话说得很有道理，就连顾子敬自己都觉得没有半点可反驳的地方。

"如此看来，我们只有赶紧离开成都，日夜兼程往回赶。抢在别人设局灭口之前回到金陵，将真相传达给皇上。只有那秘密不再是秘密了，你我才能安全。"顾子敬心中也开始焦虑起来。

"行，这两天里我找机会与蜀皇拜辞一下便立刻离开，出使行文的回复也不要了。反正南唐来的使者不止我一个。"

顾子敬眉头微微一皱："萧大人最后一句什么意思？"

"哦，顾大人不要误会，我丝毫没有揶揄你的意思。既然顾大人被牵扯进来了，那另一件事情我也该如实相告。今天我在蜀国皇殿进见孟昶时，听殿外宣报有南唐使者求见，然后孟昶便匆匆退朝。我当时觉得是我国又有更重要的密使遣来，孟昶到后殿私下另行召见了。但是后来在我出蜀宫时恰好见到一人在高手的护卫下往申道人解玄馆的方向走去。我随从中有认识那人的，说是我南唐太子府上的德总管。"

"德总管？太子李弘冀？"顾子敬很是惊讶。

萧俨肯定地点点头。

顾子敬眼珠转了几转，随即惊讶变成了惊恐："不能再等什么机会拜辞蜀皇了。连夜收拾，明天就走！"

萧俨和顾子敬是第二天下午匆匆忙忙离开成都的。萧俨在上午早朝之后到毋昭裔府中告辞作别，未再求见孟昶，只拜请毋昭裔转达他们对蜀皇的敬意和歉意。

毋昭裔对南唐特使的这种做法很是疑惑，因为他们此次出使行文尚未得到孟昶批复，回去之后怎么向元宗李璟交代？虽然他们在皇殿之上受到些责难，但都未曾超出礼数。萧俨是常做外使的官场老手，其胸襟腹度不会因为那番舌战不顾大局愤而离去。何况，那番唇枪舌剑中他并未落了下风啊。难道……难道殿上所指大周使者被刺之事真是戳中他们的要害了？

　　但不管如何怀疑，毋昭裔都不便强留南唐特使。其实即便握有南唐刺杀大周使者的真凭实据，他也没理由采取任何行动。因为这事情和他蜀国不搭界，只是事情发生在蜀国境内，最多是保护不周。再说蜀国也有官员受此连累而殒命的，说起来自己这边也是受害者。不过真要是拿到什么证据的话，倒是可以将蜀国开脱出来，然后作为第三方静观大周和南唐对仗，取渔翁之利。现在南唐特使突然匆忙离开，虽非证据却是留了话柄。以此证实大周使者的猜测正确也好，以此推脱蜀国的干系也好，总之是对蜀国有利的。可免了两国使者在蜀皇面前纠缠不清，省了这理不清、断不了的官司。

　　所以毋昭裔很热情地挽留，很客气地送行，并调兵马一路护送出境。从他的层面上而言已经是做到了妥当。

　　而这一次南唐使队并未像来时那样借道南汉与楚地交界路径回南唐，而是往北走，出蜀境后穿南平而过进入南唐。这走法是顾子敬做出的决定，却是神眼卜福极力推荐的主意。

　　卜福获知他们匆匆离开成都是因为有人会对大唐使队不利，所以当即建议不从原路回去。但南唐与楚地不睦，借道楚地虽最为快捷但安全难保。另外，楚地可能因为怕南唐特使窥到其腹地城镇设置，很有可能拒绝借道。所以相比之下往北过南平应该是一条既安全又快捷的道路。

　　做出这样一个决定看似非常明智，其实却是犯了很大的错误。获取了很重要的真相，并且想要将这真相带回南唐，肯定会选择一条安全、快捷的道路往回赶，这对于有些风险意识的人都会想到：如果想阻止他们带回秘密的人已经确定萧俨、顾子敬获取到字画真相，那么肯定也会想到南唐使队会借道南平，可以在这路径上选择合适地点决心阻袭。如果阻止他们的人还未曾确定他们是否获取到字画真相，那只需在这条道路上等候，一旦看到他们确实是选择的这条道路,也就相当于证明他们已经获取到字画真相的事实。所以不管如何,只要是选择了这条道路,就必定会成为别人的目标。

南唐使队离开的第二天,大周特使王策、赵普要求进见孟昶,讨行文批复回转大周。

上次召见大周特使时孟昶已经弄清他们此行的目的有两个:一是误会蜀国屯兵运粮至周、蜀边界,怀疑蜀国要借大周内困之际对其不利;二是要求蜀国能加大边境交易,提供给大周平价的粮盐和其他物资。

对于这两件事情孟昶觉得自己说太多都没用,消除误会的最好办法是让大周特使在回国途中自己到边界州府去看一看。至于第二件事情,对己有利,对大周有利,又符合自己盟友李弘冀的利益,何乐而不为?

所以孟昶也不挽留王策、赵普,而且亲自主持皇宴为他们送行。双方推杯换盏甚是欢愉,一直都未曾再提蜀国境内遇刺之事。

翌日,毋昭裔替孟昶送王策、赵普至十里长亭。离别酒席上赵普才再次提及南唐特使匆忙离去以及他们遇刺之事。

毋昭裔其实早就想好了所有说辞,婉转圆滑地将蜀国置身事外。但至于刺客是否南唐所派他也不下定论,只是将所有疑点、可能都交给赵普他们,让他们自行推断。

赵普也不多说什么,只是再次强调了一点,而强调的这一点硬生生是将蜀国又拉入是非之中。

"之前我们已经说过,如若刺杀我们的刺客是南唐所遣,那么他们以蜀人之形、借蜀国之地下此杀手,其目的恐怕不是要了我们性命那么简单。这是要嫁罪蜀国,离间你我之盟。而南唐则可以趁隙拉拢,不是联我大周对付你蜀国,便是联你蜀国对付我大周。此叵测心计蜀皇一定要明察、明断才是。"

毋昭裔微微点头,赵普所说不无道理。南唐使队此次来到成都后上蹿下跳,乱转乱钻,民间、官家都在他们的探访范围内,种种表现的确像是存有类似意图。再有,不管大周还是南唐,都在暗中与蜀国争夺那个神秘的宝藏。而最近消息是说这宝藏就在蜀国境内,南唐使者在成都到处钻营是否和此事也有关系？如此看来此后与南唐间的来往还真的需要处处留意、步步小心。

时不待

　　南平与西蜀交界的烟重津，地势险要，地形复杂多样。有山有壑、有水有林，朝云晚雾、光影闪绰，是个乱得人眼也乱得人心的地界。

　　此刻齐君元便站在烟重津的一处坡顶上，他的心里也真就像这山水林木一样杂乱不堪。

　　呼壶里收到的露芒笺上让齐君元主事行烟重津的刺局，对此他非但没有感到一点疑惑，反而释怀了许多。这说明离恨谷中一直都关注着他的存在，也一直在利用着他的价值。之前长时间不得指令、不见代主的惶恐一扫而光。另外，他在灌州刺杀顾子敬失手，然后因为护送秦笙笙没能再杀。而这次刺活儿的刺标中就有顾子敬在，所以安排他主事也在情理之中。再有，其他几个高手虽然技艺高强，江湖经验却比较欠缺，对官家护卫的保护方式也不够了解。让他们主持布设如此大型的刺局会比较勉强，相比之下他齐君元应该算是最合适人选，这一点说明了离恨谷对情况的了解以及发出指令者的睿智。

　　本来齐君元已经下定决心，接下来哪怕是以尾随、旁观的方式来寻找谜底，也再不和这几个人混在一起。但是现在离恨谷中一份正式的露芒笺还是将他和这些摸不到底的人拴在了一处，这不能不让他在释怀的同时又平添了很多的疑问。都说一个谎言要用十个谎言来掩饰，他感觉自己现在面临的似乎就是这种情况。

　　比如说裴盛和唐三娘的突然出现就是个非常奇怪的事情。听他们自己说本来是要跟着一起去追踪唐德，找到上德塬被擒的那些人，然后将倪大丫解救出来，将之前所接乱明章上的任务完成了。但是才追出半天路程就又突然接到乱明章，让他们去呼壶里会合。按理说这解释也没什么破绽，范啸天就是去找倪大丫的，而倪稻花和哑巴也是想着要把上德塬的人救出来，所以另

第十一章 狂攻刘总寨

外安排他们两个任务也算正常。

还有哑巴本来就是跟随齐君元这一路的，为何不将哑巴调过来，反是将他们两个有活未了的给调了过来？难道发出这指令的人知道哑巴和倪稻花暗生情愫，单单放他一人去帮助稻花解救上德塬的人？

再有，他们稍晚一些到达呼壶里，并没有卖玩器的引导，又是凭借什么直接就找到楼凤山的竹林居所的？

除了裴盛、唐三娘，还有王炎霸，本来只说是个不属于离恨谷的再收弟子，可突然间又变成了主事。而且即便已经知道他这么多底儿了，他依旧没告诉大家自己到底在离恨谷中是怎样一个真实的身份。这个人就像他自己做下的虚境幻象，根本不知道还有多少隐瞒着的秘密。

而其他人会不会也有什么秘密隐瞒着？这一点齐君元立刻给了自己一个肯定的答案：有！肯定有！

疑问很多，但都不是一个刺客应该深究的。作为一个优秀的刺客，最重要的是将委派的刺活儿完成，不择手段、不惜生命去完成。所以现在齐君元最应该做的就是放下一切杂念，开始又一次环境查勘，找到最佳的刺杀点，设计成功概率最大的刺局。

齐君元没有想到烟重津是个如此复杂的地界，以至于复杂得处处都是可布刺局的好位置。但是复杂的环境往往是个双刃剑，对刺杀有利的环境，往往也是刺客很难逃脱的环境。

这一趟已经是齐君元第四次走过烟重津崎岖起伏的山道，他自己估量这应该也是最后一趟走过。

接到露芒笺之后一路紧赶慢赶，他们一行终于是赶在萧俨、顾子敬的南唐使队之前到达烟重津。但是留给他们勘地形、布刺局的时间已经不多，从官家驿站打听来的消息说，南唐使队再有两天就要入南平界，而进入南平后首先经过的就是烟重津。而要想在众多高手、侍卫、兵卒组成的大队护卫人马中杀死两个目标，是需要布设一个大型的刺局的，而大型的刺局需要充足的时间期准备。

时间仓促，护卫严密，对手势大。齐君元心中很清楚这一趟刺活儿的难度，否则露芒笺不会让他带领六个高手一同来行此刺局。这是他在离恨谷中从未做过也从未见过的一个大活儿，所以心中一分把握都没有。

情况的确如此，萧俨和顾子敬这次是作为南唐使者出使蜀国的，而且要途经不止一个国家，路途上的凶徒草寇不能不防。另外，顾子敬几个月前刚刚在濠州遭遇刺杀，防止再杀、三杀的弦还没有松。所以他们此行的防护方式会是非常严密的，防护的实力肯定也会非常强大。

使队中人多势众是肯定的，估计除了他们自带的护卫外，所经过的国家也会派当地驻军保护，否则在他们的辖区出事很难解释清楚。而人多还在其次，更严重的问题是高手众多。众多高手中可能还有神眼卜福，或者像他那样最善于辨相窥隙的人物。所以要想刺局能够成功，怎样利用地势、地形布设一个完美的兜子便成了关键。

就是这个关键难住了齐君元，不是因为环境复杂，也不是因为目标防护强悍，而是因为他根本静不下心，凝不了神。这也难怪，因为他的心中有很多疑问，而且如此之多、如此之怪的疑问都是来自自己的组织和同伴，这是他从来未曾遇到过的现象。现在要他带着这么一帮有着疑问的人去做刺活儿，心中没有些起伏、忐忑是绝不可能的。虽然之前进行了三次勘察，他脑子里却仍是一团糨糊，根本不曾有一个兜形的概念出来。而现在应该是最后一次实地勘察的机会，再没有时间了。

头顶上大太阳晒着，附近没有其他人。不过没有人并不都意味着安静，难得停一下的鸟叫和一直不停的蝉鸣喧嚣着，配合着火辣的大太阳一起往人心中填塞烦躁。

齐君元克制着心中的烦躁，努力集中思想，缓缓地踱步，走过石阶，转过坡坳，穿过树林……一边走一边看，一边看一边构思。也不知道是因为天太热了还是他心中太过焦急，头上的汗水不停地沿面颊流下、从发梢上滴下。

四次勘察齐君元都是选择在巳时到未时这段时间里，也就是现在的上午九点到下午三点。因为这段时间光照充足，可以发现更多的细节，找到更多可利用的条件。另外，烟重津这地界环境复杂、地势多变，南唐使队为了安全通过，应该也是选择在这段时间才对。

又一次将烟重津这片地界走了一遍，齐君元站定脚步，然后缓缓回身。身后站了另外几个人，除了卖玩器的六指其他人全都在。而六指昨晚就已经赶到蜀国和南平的交界关卡去打探南唐使队的情况了。

看着那几个人期待的表情，齐君元知道自己必须说点什么了。这已经是最后一趟勘察了，接下来必须开始进入布设流程。明天南唐使队就要通过了，再不布局就来不及了。

"此范围内道路所经过的地方有高矮坡九个，五处临江，溪流两道，大谷坳两处，沼塘一方，急转弯四处，缓转二十八处。树林看似绵延，实则分作三片。另有蒿滩一处，灌木丛许多。整个路程中平坦的直道只有两段。"齐君元大概对大家介绍了下烟重津的情况。这其实很多余，因为其他人也是不一般的刺客，跟在齐君元后面走了这几趟，所有情况也都了然于心。

"南唐使队的护卫形式目前还不知道，即便提前知道了也难保不会临时变化。但像这种车马一条龙的队形沿山道行进，一般是采用外侧轻骑队内侧步校队的方式，所以队形侧面的护卫应该是最薄弱的。抓住这一点，成功的可能性就有七成。"齐君元首先从对方情况开始分析。

"而烟重津的道路不宽，沿途两边不是山壁、陡坡就是草丛、树林，便于伏波和出浪。然后道路始终是起伏蜿蜒的，只有一两处平坦直行的路段，这样可选择在上坡或转弯处在队伍行进速度最慢时出浪，这样做的话成功的可能性又多一成可达八成。"齐君元越说汗越多。

"但是上坡处的地势顺向倾斜，很难借用外物冲击护卫队伍。转弯处是折转山壁，外侧是大面，对方防护的视角宽阔，一旦遇袭前后人马可快速聚集应对。也就是说，从这两种地形出浪，必须是要我们亲自冲破防护，杀入队伍中找到刺标灭了他。所以八成把握又要减去四成。"齐君元在用手抹汗，但怎么都抹不完。

"另外，无论上坡处还是转弯处，虽然有伏波处，却没有顺流道。不是陡崖就是水潭、沼地，所以就算出浪成功，我们也无法脱身而走。因此这是一场舍命刺局，而且……"

齐君元停了下，重重点了下脑袋，将眼眉、发梢上的汗水甩落，然后才又接着说道："而且我们能想到的对方的护卫高手也能想到，所以就算舍了所有人的性命，最多也就一成成功的把握。"

"你说的都是废话呀！就一成的把握你还叨唠个半天，戏耍我们呢？"秦笙笙有些发火，但没有骂齐君元。

"别急，还有另外一个方法，更简单、更直接的方法。就是各自为局，杀机迭出，惊杀合一。对方高手一般不会想到我们会采用这种技术性很低的方法。"齐君元又抹下一把汗水，呼出口燥热的气息。

"这我知道，就是让我们在不同位置上设伏，当车队过来时依次突袭。前面的人能一杀成功最好，不能成功也可将车队惊扰乱了。让两个刺标主动露相，给后面设伏的人制造机会。"楼凤山说得很认真，但表情却有些不屑。

"呵呵，齐大哥这方法也不是不行，但此处位置很难选择，能伏处不能逃，能逃处不能攻。最后结果我觉得不会比第一种方法更好。而且刚才也说了，目标护卫中有高手。他们即便不会想到我们采用这种技术性很低的方法，但在一位或二位动手之后，他们便能看出我们的意图来。"王炎霸依旧恢复成他以往的嬉笑面容，但齐君元、秦笙笙却觉得那么假、那么阴。

"是的，而且如果对方的护卫在这过程中各司其守，并不往目标处收缩防护。那前面的刺杀也起不到惊扰作用，无法让后面同伴知晓目标所在。"楼凤山又插一句。

"那就要看六指带回来的情况了，或许他能探明两个目标是坐车还是骑马。坐车又是坐在哪辆车上。"齐君元说这话时瞟了裴盛和唐三娘一眼。

全杀局

裴盛和唐三娘始终都没有发表自己的意见，而且面无表情，看不出在想什么，就好像这事情与他们根本没关系一样，这样子真的很奇怪。按理说露芒笺下达了刺杀的指令，所有人便都在同一条船上了，应该全力以赴。像他

第十一章　狂攻刘总寨

们如此漠不关心只有两种可能：一个是了然于心，不管别人会怎么做，他们已经非常清楚自己该怎么做了；再一个是不必操心，最后怎么杀、怎么逃所有事情自会有人替他们做主。

第一种情况不大可能，接到露芒笺之后大家就没分开过，他们没有再接到其他指令。所以刺杀萧俨、顾子敬的指令是最后指令，他们的任务和大家一样。

第二种情况倒是很有可能，比如说那王炎霸。他是一路主事，却始终跟随在秦笙笙身边而不露相，还能假传乱明章、读懂黄快嘴。所以他是有能力在暗中操控一些人和事情的。

齐君元心中的疑云再起：自己按指令要去秀湾集，然后哑巴临时被要求显相加入；半路突然改道去上德塬，裴盛和唐三娘又很突兀地出现。这些会不会都是他在暗中操控的？哑巴出现可以消除自己的疑心，唐三娘出现可以迷倒自己，然后甩了自己。而现在这个刺局中他又充当了一个什么角色？如果裴盛、唐三娘是为他所控的话，那最终这个刺局的目的又是什么？

除了王炎霸，另外还有个楼凤山，这人更是像谜一样。如果有人说裴盛、唐三娘此番调来是暗中听命于楼凤山的，齐君元绝不会有丝毫怀疑。

"没有准确的刺标，然后前赴后继往上扑。那要我们离恨谷来刺杀干吗，雇些山匪草寇和他们拉开阵势对战就是了。"秦笙笙噘着嘴嘟囔，但没有对齐君元说半句恶语。

齐君元心中一颤，秦笙笙的话像一根针一下扎入他有些混乱且迟钝的脑中。是呀，这次的刺标是行标（移动的，不固定在某一处），从西蜀到南平再到南唐，这一路上有很多地方都可以设局做刺活儿。而且对于这种有许多高手和侍卫、官兵保护的刺标，选择在热闹的州城中可能更容易成功。可是离恨谷中的指令为何指定要在烟重津下手？而且除去自己不算，余下六人正好是离恨谷六个技属各有一个。这样的人员配置可以说很复杂，就像这烟重津的地形、地势一样。但人员配置的复杂绝不是要他们在同样复杂的环境中各自选择一个合适的位置依次伏波、出浪，而是要他们共同组合成一个合适的刺局。尽可能利用到此地的环境，也尽可能利用到每个人的杀技特点。

齐君元的沉默出现得很突然。秦笙笙还以为自己刚才的话刺激到了他，想过去安慰一下。但是未曾迈步便被楼凤山拦住了，他看出此刻的齐君元真正进入了一种状态，此时他的沉默其实是类似得道僧人的入定、参悟。

"六指回来了。"王炎霸最早发现到沿侧坡小道蹿纵奔跑而来的一个矫健身形。

这六指是个近四十的精干汉子，短须黑面，身材并不高大粗壮，却是皮包肌、肌包骨，看着很像是常年辛劳的山农、耕夫的模样。他的真名叫何必为，至于他的来历和经历，同行的这几个人也全都不知道。

何必为位列功劲属，他对功劲属中很少有人修习"巧力技"情有独钟，在上面下了不少苦功。所以他和哑巴虽同列一属，技法特点上却大不相同。虽然都是追求一力既出，夺命而回，但哑巴的技法是以力压力、以强制强、以快胜快。而六指在出一力时会避开锋芒，选择最刁钻的角度和位置，然后在力杀过程中还会根据情况变化招式，还能在一杀过程结束后再出意想不到的后续杀法。正因为专修的是巧力杀技，所以他对妙成阁的技艺特别有兴趣，这一属技艺中很多的器具都是可以用在巧力而杀上的。另外，他还加修了色魂楼的"随相随形"，这也是一项对巧力杀技有很大提高和弥补的技艺。

这一次让何必为去刺探刺标的情况，就是因为他会"随相随形"。"随相随形"其实就是一种乔装的技法，但这技法是由内而外的，先气质后外表。即便是穿着龙袍，他都可以用各种表现让别人觉得他是乞丐。即便装束是屠夫，他也可以让别人确信他是秀才。所以更不要说外表装束和他表现的角色一致的时候，那他就比角色更像角色。

何必为还没到坡顶，几个人就已经迎了过去。与齐君元设计的刺局相比，他们似乎对刺标的情况更加关心。

齐君元没有过去，他好像根本就不知道何必为回来这件事情。但现在的他也不再像和尚入定了，而是眼睛半开半闭，右手食指在左手掌心中写画着什么。很明显，这状态已经不只是在构思，而且是要将那山水意境勾画出来。

第十一章　狂攻刘总寨

"使队护卫有多少人？""六指，你能确定刺标在哪辆车上吗？""他们大概什么时候到这里？"

几个人纷纷向何必为提问，但是他一个都没回答，而是绕开众人来到齐君元身后。何必为虽然学的是巧力杀，但是在为人处世上却很实在。从刺客的角度来讲，他是严格遵守离恨谷的规矩的。既然此次刺活儿齐君元是主事，那么他就只认齐君元。所获取的任何消息都必须先告知齐君元，然后由齐君元决定是不是告知其他人。

齐君元好像根本不知道六指在身后，只管自己入魔般的在掌心中画符。这一刻，四次勘察的情景全在齐君元脑海中呈现出来：每一处、每一点，早就注意到的细节，刚刚才意识到的细节。然后齐君元将它们一段一段地截取、选择，将一些可利用的关键进行关联。这是一个很有难度的过程，必须运用立体化的思维：兼顾到远近、高低，兼顾到山水、林木，兼顾到道路、视野，然后还要契合自己所带这几个刺客的杀技特点。

过了足有一盏茶的时间，齐君元才缓缓停止写画，以很放松的样子转过身来。而其实此刻他的衣服已经被汗水湿透，就连眼睫毛上都挂着汗滴。

"辛苦了何大哥，说说探到的情况吧。希望能有用。"齐君元说希望有用，其实心中却是认为带回的信息不会有作用。

既然主事的发了话，何必为也不藏掖，将探到的情况都对大家说了。

"南唐使队昨晚到达南平界，在界亭四总军营中歇息的。使队随行为百人护卫队。骑护二十，步护八十，虽只百人却是配的正负两都尉带领，一押队首、一押队尾。"何必为带回的消息很详细但并没有什么特别。都尉虽是带三百人以上的职务，但是出使他国的使队为了显示重视程度和规格高等，一般都会以都尉押队，配正负两都尉也是常有的事情。

"使队入南平境之前，除护卫队外另有一队蜀国兵马保护。明日开始从南平境内走，我估计四总军营也会派人马保护，至少是会将使队送到下一站的州镇。但四总军营人马总数不足千人，他们又是边界重守之地，所以我觉得调拨保护的人马最多是在两三百的样子。"这个消息也在大家的意料之中。

"除了这些，使队中还有官员自带的亲信和家奴，虽然总数就二十几人，但最棘手的恐怕就是他们。我直接目测就能看出其中有五六个不一般的高手。"这也在意料之中，至少是在齐君元的意料之中。

"还有一个棘手的是使队中共有七辆厢架马车，外形完全没有区别。所有马车鱼贯而行，根本无法判断刺标是在哪辆车里。"何必为说完这以后不再说话，看来能探的标相只有这些了。

虽然带回的信息不是太多，但是大家都知道，要得到详尽的信息必须是近距离察看，这过程是很危险的。

听了六指带回来的情况，所有人沉默了好一会儿。有人在心中盘算，有人在脑中思量，还有人在静心等待。

最终还是盘算的楼凤山先开口说话了："各位，何兄弟带回的情况我归纳了下。一是不出意外的话，刺标明天就会通过烟重津。二是刺标身边有官兵连带护卫至少有三百多人保护，或许还不止。还有就是刺标身边有高手，无论是技击还是辨兜的实力都可以与我们抗衡。而最重要的一点是有七辆车，不知刺标会在哪一辆或哪两辆车上。所以……"楼凤山欲言又止。

"所以什么？"齐君元追问道。

"唉，所以你刚才所说各自为局的做法肯定不行。"楼凤山叹口气说道。

"是的，刚才的各自为局是不行，但是现在可以了。我们要将各自为局设在一个特定的位置上，然后将所有人看似独立的刺局关联起来。"齐君元满是汗水的脸开始微笑了。

"就算你的办法能瞒过高手，突入防护，可是无法确定刺标在哪辆车里怎么办？而且如果刺标根本就没坐车，而是和其他手下人一样便服骑马，那又如何确定？"王炎霸也提出疑问。

要是其他情况下，王炎霸所说确定刺标的事情并不算是什么难事，离恨谷的技艺中有多种方法可辨别出哪辆车里有人、哪个骑马的人不是一般人。就像齐君元在灌州城里点漪查辨顾子敬的马车那样，就像秦笙笙在临荆县从众骑卒中辨出张松年那样。但现在的问题是烟重津的地势、地形不具备接近马车、马队的条件，另外，时间上也不允许。

"对，是无法确定。但我们将所有人都杀了，那也就不用确定了！"齐君元又抹一把汗，却没有甩落，而是紧紧地握在拳头里。

"什么？！三百多人啊！我们只七个！能把他们全部杀了？！"秦笙笙连续的几个惊叹才组成这句话。

"没错，全部杀光！"齐君元的回答斩钉截铁。

图书在版编目（CIP）数据

刺局.2, 赌杀局 / 圆太极著. — 北京：北京时代华文书局, 2017.12（2022.5加印）
ISBN 978-7-5699-1969-1

Ⅰ.①刺… Ⅱ.①圆… Ⅲ.①长篇小说—中国—当代 Ⅳ.①I247.5

中国版本图书馆 CIP 数据核字 (2018) 第 025265 号

刺局2：赌杀局
CIJU2：DUSHAJU

著　　者	圆太极
出 版 人	陈　涛
责任编辑	周　磊
装帧设计	程　慧　迟　稳
责任印制	訾　敬

出版发行	北京时代华文书局 http://www.bjsdsj.com.cn
	北京市东城区安定门外大街 136 号皇城国际大厦 A 座 8 楼
	邮编：100011　电话：010 - 64267955　64267677
印　　刷	三河市兴博印务有限公司　0316-5166530
	（如发现印装质量问题，请与印刷厂联系调换）
开　　本	710×1000mm　1/16　印　张｜17.75　字　数｜262千字
版　　次	2018 年 7 月第 1 版　印　次｜2022 年 5 月第 2 次印刷
书　　号	ISBN 978-7-5699-1969-1
定　　价	45.00 元

版权所有，侵权必究